關於我轉生變成史萊姆這檔事 11

Regarding Reincarnated to Slime

Kadokawa Fantastic Novels

目錄 一 勇者覺醒篇

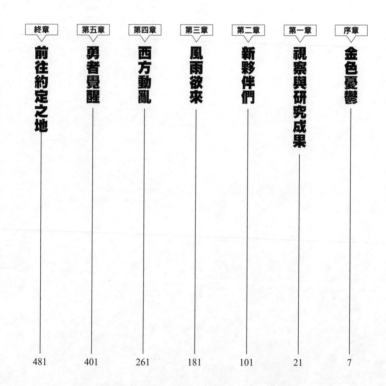

序章

金色憂鬱

Regarding Reincarnated to Slime

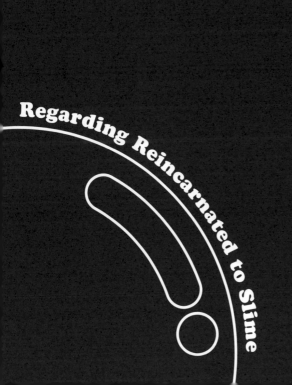

這裡是一座純白的樓房。
庭院裡各色花朵爭奇鬥豔。
有個少女在笑著，而一名少年正看著她。
那是曾經有過的幸福時光，這些記憶不曾褪色。
他一心只想找回這份幸福。
不過，這難如登天。
樓房——他打造的黃金都市。
彷彿天上的樂園再現，是座美麗的庭院。
遠比記憶中的更加豪華壯麗。
然而最重要、最後的關鍵卻怎麼找都找不著。
即使他在這個世上雄霸一方，仍無法找回最愛的那名少女——
沒找到她，他便無法找回笑容。
之所以準備這些，都是為了他心愛的少女。
他的名字是雷昂．克羅姆威爾。
人稱「白金劍王（Platinum Saber）」的魔王之一。
魔王雷昂在找的少女名叫——

這裡是雷昂統治的國度——黃金鄉埃爾德拉，呈螺旋狀的王城就聳立在中心，地點來到王城的謁見室。

在王座上的雷昂一身「威嚴」，三個可疑人物就跪在他面前。

他們穿得一身黑搭配傘帽，模樣怪異。那身衣物與武器商人達姆拉德如出一轍，用不著說也知道是拉普拉斯一行人。

「——是你們啊。這是第二次了吧？」

「是。能得魔王雷昂陛下這位知己，小的甚感欣慰。不過，關於這次的交貨內容，特定機密商品的交易將被迫中斷。」

有人回答雷昂，是語氣裝得鄭重認真的蒂亞。為了多少提昇好印象便由身為女性的蒂亞出面交涉。

然而這也是最後一次交涉。

他們決定照優樹的計畫行事，終止在西方諸國的一切活動。

由「三巨頭（Cerberus）」米夏繼續擔當和羅素一族對應的窗口。一面按先前的步調交易，優樹一行人預計將活動據點移往東方帝國。

此外，失去瑪莉安貝爾讓關鍵的羅素一族實力減弱。

事實上特定機密商品的供給地就是西爾特羅斯王國，且目前羅素一族也不具備足以安定召喚的體力吧。

再說如今魔國聯邦已加入西方諸國評議會，西方諸國形同受魔王利姆路影響。

對方會派更多眼線監視他們吧。

拉普拉斯等人一致認為是時候該撤手了。

「哦，膽子不小。不同於達姆拉德，馬上就要跟我抬高價格交涉？」

「不不不，您誤會了。想必雷昂陛下也知道，魔王利姆路已在西方諸國嶄露頭角。他似乎對召喚『異界訪客』頗感不滿，已嚴令禁止。我等認為繼續與之作對並非易事。」

蒂亞流暢地答道。

聽完這些，雷昂心想——果然是這樣。

他派一些手下混進西方諸國，這些人也如此稟報。雷昂也自認事情遲早會發展成那樣。

說真的，該方法的不確定因素很高。該說成功率低到跟天文數字一樣，他不認為這種手法能在一開始就成功。

畢竟是把特定對象召喚到這個世界裡——

他曾命部下召喚數次。

由超過三十人的召喚師同心協力，為了附加詳細條件須耗時七天進行儀式，放入諸多由雷昂指定的條件。

然而成功率連百分之一都不到。讓同一人進行召喚儀式須間隔一段時間，能嘗試的次數有限。

成功率原本就趨近零。

連雷昂自己都曾進行數次召喚，卻全數失敗。最後一次召喚的就是井澤靜江，間隔日即將屆滿六十六年。若他想放入更多條件，再召喚的間隔就愈長。

下次的召喚也不值得期待。

所以他把腦筋動到可嘗試數次的「不完全召喚」術式。

雷昂在找的人還是年幼少女，所以透過高機率召喚年幼孩童的不完全召喚將能提高成功率，雖然效果很有限。

他打算將那種術式下放到西方諸國讓其傳開，盡可能提昇嘗試次數，聚集更多的孩童……

——但如今卻徹底失敗。

沒有其他辦法了，而且他也想不到備案。

令他為之心急的焦躁感使內心一陣沉重，雷昂卻用一貫淡漠的表情開口：

「——利姆路是嗎？我們沒有訂立協議，也沒請求援助。就結果而言他成了絆腳石，但這也是沒辦法的事。不過，你們說交易中斷是什麼意思？就算西方失守，不是還有東方嗎？」

雷昂洪亮的聲音在謁見廳裡作響。

聲音裡蘊含強烈的壓迫感。正面迎擊的蒂亞身體不自覺僵硬。

「層次」不同。

半吊子魔人連站在魔王面前都有困難，就連排行前幾大的實力派蒂亞也難以應付雷昂。

可是在這裡的不只蒂亞一人。

「這部分就讓窩來說明唄。其實東方那邊也風雨欲來，他們似乎暗中備戰，沒空讓魔法師做額外的事。所以確保進行儀式必要的人才並不容易。」

雷昂聽了便瞇眼看著拉普拉斯。

他心想「真礙事」。

西方諸國跟東方帝國要怎樣與他無關，但戰爭拖長也會對雷昂的目的造成影響。這樣一來，他必須從根本重新審視方針吧。

想歸想，雷昂沒表現出來，仍帶著冷酷的表情，靜靜地盯著拉普拉斯。

這視線令拉普拉斯坐立難安。

（果然很棘手。窩殺掉的假魔王根本不能比。真貨就素不一樣嗎？就如老大所說，直接找這傢伙復仇沒那麼簡單……）

因優樹下令，目前他們暗中活動須低調點。即使殺掉卡札利姆的人就在眼前，拉普拉斯仍從一開始就沒對魔王雷昂動手的打算。

為了回應優樹的信任，他想好好把工作做好。

可是，就算這麼說——

仇敵當前，他還是能打量打量。

看穿對手的實力，盡可能找出弱點。

在這樣的拉普拉斯看來，魔王雷昂仍像隻怪物。

假如跟對方認真對戰……

到時不知誰勝誰負。

也許會贏、也許會輸。

蒂亞、福特曼和拉普拉斯，就算他們三人聯手挑戰也未必能戰勝魔王雷昂。

因此這次拉普拉斯公事公辦，試著跟對方交涉。同時他也猜中一件事，知道優樹將這份工作交給他們是基於何種考量。

（老大想讓窩們看看這個男人啊。摸清敵人的底細很重要。那個什麼瑪莉安貝爾，若老大跟她正面對決搞不好很吃力。而魔王利姆路素超乎想像的怪物，瑪莉安貝爾才會失手。話雖這麼說，要看穿那傢伙的實力不可能。）

瑪莉安貝爾會輸是因為她誤判利姆路的實力。

基本上瑪莉安貝爾擅於謀劃，直接發動攻擊算她失策。不只拉普拉斯，優樹跟卡嘉麗也如此分析。

瑪莉安貝爾在想什麼、在怕什麼——她認為時間拖愈久，情況就愈不利，才痛下決心做出高風險賭注，對此，身為局外人的優樹等人是不可能猜到的。

此外——

將瑪莉安貝爾的思緒導向那個方向的凶手，無須隱瞞，正是優樹本人。瑪莉安貝爾確實對自己的力量過分自信，但優樹刻意設計，讓瑪莉安貝爾誤以為自己能打贏魔王利姆路。

混入子虛烏有的情報，打亂瑪莉安貝爾的計畫。

優樹也不確定輸的人會是瑪莉安貝爾。

他的目的是讓強者互咬，藉此確認他們的力量。

最後由魔王利姆路贏得勝利。

就連優樹都覺得棘手的瑪莉安貝爾死去，且她的力量之源——獨有技「貪婪者」還認定優樹是新主人。

這才是優樹真正的目的，令事後聽說的拉普拉斯為之啞然。

他人的技能就算想奪也奪不來。但是照優樹所說，他覺得自己能設法弄到……

（真亂來。瑪莉安貝爾運氣不好呢。對手素老大，她太天真，對自己的能力過分自信。情報的力量果然很偉大，套到雷昂身上也適用。雖然火大，但還沒十足的勝算最好別出手，這才是明智之舉唄。）

最後他們得到這個結論。

全面凍結他們的作戰行動，致力於擴大勢力和蒐集情報——該方針依舊不變，如今優樹的目的已實現，沒理由留在西方諸國。

所以這次避免觸怒雷昂，他們才提議終止交易。

若屈服在雷昂的視線威逼下，話就談不下去了，拉普拉斯決定繼續把話說下去。

「其實並不是交易到此結束。等窩們又能進行召喚儀式，到時再跟您聯繫，請您等到那時候。此外，窩們的情報網遍及世界各地，若有來自異世界的迷途孩童，能否由窩等先行收容？」

「——那就沒辦法了。交給你們吧。但我有個疑問。」

「啥事？」

「你口風怎麼這麼鬆？」

「咦？」

面對雷昂的質問，拉普拉斯錯愕地應聲。

對方嫌他口風不夠緊，但他連自己說錯什麼話都不曉得。

（窩說錯什麼哩？沒辦法——如果他要當場跟窩們槓上，窩們就來大鬧一場唄。）

拉普拉斯一點都不慌張。凡事都要樂在其中，否則他就虧大了，就算他失誤也沒關係，到時再看著辦。

他隱藏殺氣，迅速做出覺悟。雷昂則朝這樣的拉普拉斯開口：

「對利益敏感的商人將戰爭這等大事隨口透露，這樣好嗎？換作前任負責人達姆拉德，他可不會做出這種蠢事呢。」

「這、這個……」

被這麼一說，拉普拉斯也覺得有道理。

但他也是有苦衷的。因為優樹下令，要他拿這話回絕。

而且優樹還跟他透露其他消息，想起那些話，所有的一切全在拉普拉斯心中串連。

接下來雷昂要說的話恐怕是——

「你在隱瞞什麼？似乎打算讓我把注意力放在戰爭上，你最好搞清楚，這樣的想法太過天真。」

他對拉普拉斯拋出疑問。

全被我方料中，這讓拉普拉斯找回從容，同時感到厭煩。

（真是的，敗給那位大人了。就連事情會演變成這樣都被那位大人看穿。）

雷昂過度解讀拉普拉斯的話且自行曲解，認為他在隱瞞什麼。正因魔王知道情報有多大的價值才會誤解，以為這是拉普拉斯的策略，要讓雷昂的注意力從其他目標上轉移。

事實上並非如此。

拉普拉斯等人只是照優樹的命令行事，沒想太多。只是這樣罷了，但事到如今說真話也沒用。對方只會覺得他在亂找藉口吧。

這都是經由人不在這裡的優樹巧妙安排。也就是說他這麼做，背後大有意圖。

當然，拉普拉斯要針對這張底牌給點提示。

「果然厲害，不愧素魔王雷昂大人。其實特定機密商品並非只有之前那些，某處還剩五名。就是那個井澤靜江介入收容的孩子們。」

「——嗯。」

有關受利姆路保護的孩子們，優樹一開始就打算將情報放給魔王雷昂知道。只不過直接告知對方，對方會懷疑他們別有居心。因此優樹才千叮嚀萬交代，要他最後才講孩子們的事。

看交涉情況而定，也不知道結果會變成怎樣，然而這些都被優樹輕易看穿，這就是他的可怕之處。感到害怕的同時，拉普拉斯仍照他所說將叮囑內容告知雷昂。

「共有三名男孩、兩名女孩。都素您要的『異界訪客』。可問題在於地點，窩們不便出手。」

「井澤靜江……是靜嗎？這麼說，地點是魔國聯邦？」

「正素。說來真的很可惜，窩們也算商人，不想主動涉險。對哩，那些孩子名叫──」

「三猿劍、良關、蓋爾．吉普斯、艾莉森、克蘿巴．哈愛爾。」

代替正要回想那些名字的拉普拉斯，至今都保持沉默的福特曼答道。大夥兒認為福特曼不擅交涉，只讓他記孩子們的名字。

「對對對。不過這些商品無法弄到手，魔王雷昂大人想必沒興趣唄。」

話說到這兒，拉普拉斯笑了一下。

反之雷昂不悅地皺眉。

「你的發音聽起來很難辨識。確定是克蘿巴，不是克蘿耶？」

即使雷昂用略為焦躁的語氣問話，福特曼仍閉口不語。要是他隨意開口，可能會基於對雷昂的惱火跟他大打一場。福特曼光待在這就是一大危險人物。從一開始就不說話是正確選擇。福特曼這樣應對無疑讓雷昂更加光火，但那是正確做法。

此時蒂亞代替他賠罪。

「恕我們得罪，魔王雷昂陛下。『異界訪客』的名字都不好用這邊的文字寫出，缺乏正確性。但我們聽說您並不在意名字，才向您獻醜。」

蒂亞說完一鞠躬道歉。

拉普拉斯和福特曼隨之誇張地低頭致歉。

「的確，名字確實不重要。商品被奪算你們的失誤，但不至於違反契約。即將發動戰爭的情報就當是你們賠罪，我收下了。」

雷昂吞下諸多情感，用一貫的態度宣告。

以這句話做結，會面到此結束。

拉普拉斯等人則收下商品貨金，平安離開埃爾德拉。

*

「好了，接下來該怎麼辦……」

待拉普拉斯等人離去，雷昂喃喃自語。

長髮在雷昂的脖子後方集成一束，煥發美麗的金色光芒。與這陣光芒形成對比，那對狹長雙眸帶著憂鬱色彩。

有個騎士直挺挺地立於雷昂身側，文風不動。

他是銀騎士阿爾羅斯，雷昂的心腹之一，同時也是商談對象。

「是否要除掉剛才那幫人？竟敢令雷昂大人煩心，屬下以為他們沒有繼續苟活下去的價值。」

嗯——的一聲，雷昂在咀嚼阿爾羅斯的話。

跟前任的達姆拉德相比，這次那三人豈止可疑，甚至令人懷疑他們是否同為商人。

基本上，雷昂從頭到尾都不相信商人。他只是想避免跟祕密結社「三巨頭」為敵，如此罷了。

雷昂的手下也已融入人類社會，卻不及將勢力據點設在「東方」且連「西方」都持續受其影響的巨大組織。

還能利用的時候就該利用——雷昂只是冷靜地做此判斷罷了。

特別是命人找「異界訪客」，與其叫魔物去找，不如派人更合適。為了達成他的目的，人類的協助不可或缺。

「隨他們去吧。更重要的是，那些傢伙透露的情報才是問題所在。假如東方帝國真的要採取行動，到時會引發如假包換的世界大戰吧。不知道其他魔王會如何行動，但世界大亂，我們可不能受牽連。」

「您說得是。此地埃爾德拉受雷昂大人庇蔭，但其他地方可能會發生大規模戰亂。必須做些準備以適時應對。」

阿爾羅斯對雷昂的看法表示認同。

隔著海，雷昂的領地埃爾德拉位在別的大陸上。

那塊大陸比地球上的澳洲還大，全都歸雷昂管轄。

中央有巨大的活火山，時常噴發。然而那些火山灰被魔法操縱的風吹走，不曾落入美麗的中央都市。

火山附近有各式各樣的金屬礦床，能加工成魔法金屬。加上有高產量的黃金礦脈，讓雷昂暗中與人類社會交易。

這座都市極其繁榮。

王國靠魔法守護。

那就是雷昂統治的黃金鄉埃爾德拉。

可不能讓這個豐饒的國度遭潑及，捲入人類的醜惡戰爭之中——不只阿爾羅斯如此期望，那也是該國居民的心願吧。

「那我們一併發動能應付緊急狀況的防禦魔法，進入戒嚴狀態。」

「好，就這麼辦。但事情無法盡如人意。」

「——？您指的是？」

「戰爭。如果死一堆人，可能會讓那些覺醒後難以應付的傢伙來到世上。記得黃色始祖就在這座土地上沉眠。雖說應該不至於獲得肉體降臨……」

幹那種事何等愚蠢，雷昂打心底厭惡。不曉得東方帝國在想什麼，但戰爭往往伴隨死亡。

若有大量鮮血流淌，沐浴在血海中將促使魔物活化。一個不小心恐怕會讓那群危險的惡魔覺醒，並降災於人。

雷昂身為前「勇者」立場特殊，在他看來那是愚蠢至極的行為。

不過——

如今他已當上魔王，便只是些許感傷罷了。雖然覺得人類可憐，但跟自己無關的外人如何不幸都無關痛癢。

雷昂只擔心一件事，就是怕在找的少女可能於某處遭受波及那微乎其微的可能性。

「屆時便讓人們見識我等的力量！」

「好，期待你們的表現。另外——」

「容屬下派遣數名青騎士團成員至該國。」

至此雷昂朝阿爾羅斯沉著地頷首。

用不著鉅細靡遺地下令，阿爾羅斯會體察上意並付諸實行。

「交給你了。」

語畢，雷昂靜靜地閉上眼睛——

當部屬退去，謁見廳恢復沉靜。

雷昂睜開狹長的眸子朝空中凝視。

（——話說，他剛才提到克蘿巴・哈愛爾？不該抱持過多的期待，但相似程度幾可亂真不是嗎？就算這是陷阱亦不容忽視。）

不，是不是陷阱都不重要。

因為魔王雷昂的首要目標就是找到她。

那女孩。

她是雷昂的兒時玩伴，他該守護的少女——

——女孩的名字叫克蘿耶・歐貝爾。

第一章

視察與研究成果

Regarding Reincarnated to Slime

地點來到某豪華洋館一角。

一群怪人圍著桌子坐在沙發上小憩。

這裡是祕密結社「三巨頭」位於西方的其中一個據點。

洋館為其中一名首領——代表「女色」的米夏所有。

米夏的貼身侍女替大家上茶後彎腰行禮，接著離開房間。

會談就此展開。

「原來如此，看樣子進展順利。」

聽完報告後，神樂坂優樹開心地說道。

「果然都被老大料中！人家一開始還懷疑拉普拉斯是不是失敗了呢。」

「呵呵呵。拉普拉斯行事謹慎，可是他不擅長交涉嘛。」

「欸，等等。總比你們好唄！」

蒂亞跟福特曼就只有這種時候特別有默契，對此拉普拉斯不滿地抱怨。並非真的在發牢騷，比較像感情要好的夥伴在拌嘴。

「別生氣，其實也沒什麼不好嘛。光是你們面對雷昂還能乖乖隱忍，我就很欣慰了。」

「是啊。說真的我也做好心理準備了，怕你們會失控呢。」

若真的發生再看著辦，頂多只是少了一個跟魔王雷昂交涉的窗口罷了。現在既然決定不在西方諸國行動，那就不是什麼大問題，優樹說完這些扯嘴一笑。

「您這個人真的好狠。之所以跟雷昂那傢伙講孩子們的事，有什麼企圖嗎？」

拿他沒轍的拉普拉斯問道。

優樹聽完帶著苦笑回應：

「不，其實背後並沒有太大的意義。要說雷昂為何聚集受到不完全召喚的孩子們，十之八九是為了增強戰力。只不過，也許他另有目的，這點讓人有點在意。」

「所以才暴露真相，跟他說有五名孩童受魔王利姆路保護？」

「不光只有這樣。畢竟雷昂會怎麼對待那些孩子只是我們的假設嘛。魔王利姆路救了那些孩子，還讓他們能行使精靈之力，雷昂應該不知道這些事情。照原本那樣應該會喪命才對，若是知道有這些孩子存在，那傢伙會如何行動，這方面也令我頗有興趣。」

「原來是這樣，這點確實耐人尋味。觀察反應就能推敲雷昂為何那麼做。」

「也素啦。畢竟目前都沒任何線索嘛。多少需要刺激一下。」

「對吧？不過有一半以上是基於好奇啦。我這個人總是很在意小細節。」

聽完這些，卡嘉麗和拉普拉斯等人亦了然於心。

的確，或許就如優樹所說，這一切不過是他多心。可是為了摸清雷昂的意圖，透露這項情報就具備重大意義。

假如魔王雷昂採取行動？

雷昂可不會為了增加區區五名戰士跟利姆路槓上。比起增強戰力，與之敵對的風險更大。雷昂可沒笨到不懂這點道理。

一般情況下，根本不會去管區區幾名孩童。然而倘若雷昂不惜展開行動——他們就能得出結論——雷昂另有目的。

「可是——就為了幾個小孩子，我不覺得魔王雷昂會採取行動。」

「真的假的？就為哩說小孩子的事，窩們連戰爭情報都走漏哩。對方起疑害窩緊張得要命，費了好大一番工夫呢。」

要是雷昂採取行動就有趣了，但機率非常低吧。

優樹的點子固然有趣，但卡嘉麗和拉普拉斯都覺得會付諸流水。

看夥伴們出現這種反應，優樹只能苦笑以對。

「就說是我不好嘛。如果不照這樣的走向跑，透露孩子們的情報會顯得不自然啊。若是一開始就講，靠你們的演技好像……」

優樹含糊帶過。

就算後面的話不講，拉普拉斯等人也心知肚明。

「雖然遺憾，但這也是沒辦法的事。福特曼口才不好又沉不住氣，拉普拉斯輕浮可疑。光靠人家一個，不管怎麼努力都辦不來。」

蒂亞撇得一乾二淨，拉普拉斯聽完傻眼，福特曼則一臉火大。這種景象經常上演。

不料這時蒂亞突然接話，似乎臨時想到些什麼。

「雖然老大您說可能是多心，但有件事也令人家在意。」

「哦——什麼事？」

「是這樣的，福特曼有說那些商品的名字，當時雷昂他——」

「雷昂他怎樣？」

「他特地反問名字的事。福特曼說到『克蘿巴．哈愛爾』，結果雷昂反問『確定是克蘿巴，不是克蘿耶？』。既然他口口聲聲說名字不重要，那就不用在意名字啦。」

「那個男人看起來很神經質，對小事比較在意唄。」

「呵呵呵，這男人真的讓人很火大。可能是在挖苦我，挑剔發音。」

拉普拉斯和福特曼聽聽就算了。

然而優樹卻跟卡嘉麗對看。

「妳怎麼看？」

「若他真的沒興趣，應該不會有反應呢。」

「可是啊，不不不，再怎麼樣……事情會這麼巧嗎？」

「既然有因果循環這種東西，我們就無法斷言『絕對沒那種事』……」

「這麼說來，搞不好真的是……」

「嗯。魔王雷昂的目的，很有可能是那個叫克蘿耶的孩子。」

「不會吧。」

優樹大感震驚。

如果真被他們說中，他們便在不知情的情況下輕易放掉用來對付魔王雷昂的王牌。

卡嘉麗比優樹更懊惱。

假如真的是這樣，或許就不會失去克雷曼——她一臉憤慨。

「咦、咦！」

看自己那番話引出令人意想不到的可能性，蒂亞也難掩驚訝。然而這就是現實，世間就是如此殘酷不公。

「喂喂喂，在說笑唄？」

「你們說這話是認真的？」

優樹和卡嘉麗確實擅於謀略，可是要說他們能否看穿一切，又不盡然。

就算失敗也不要緊，他們會想第二、第三備案，並思考接下來的對策，所以不管發生什麼事都能應付。

拉普拉斯很清楚這點，但他這次覺得那兩人真的是多慮了。

似乎認同拉普拉斯的看法，福特曼也大力點頭。

「不過再怎麼說，都只是有那個可能性罷了。事以至此就不能忽視，但還不確定事情就是那樣。」

「那老大出於好奇做的事就沒白做工嘍！」

「不不不，還提什麼白做工，這次可能要大爆冷門啦！」

「說得也是。雖然不抱期待，但事情若真是那樣就有趣了。進展順利將可利用這點，讓棘手的魔王們互槓。那樣也能替我們出口氣。」

「嗯。到時哪邊打贏都無所謂。好吧，就當樂趣多一樣好了。」

「呵呵呵。我是覺得想太多，但對我們也沒什麼損失。」

「總之過度期待素大忌。畢竟事情不可能那麼順利。」

發現大家鬆懈，拉普拉斯便要大夥兒皮繃緊點。大夥兒對此都有共識，談話到此結束。

這時米夏把侍女叫來替大家重新上茶。

「話說回來，老大那邊進展如何？」

喝杯茶後，拉普拉斯提出疑問。

「克蘿耶的事依然令人掛心，但那件事晚點再慢慢做打算。我們進入正題吧。」

朝拉普拉斯點個頭，優樹喝下紅茶。接著他扯嘴一笑，開始說這次的交涉經過。

當拉普拉斯一行與魔王雷昂對峙，優樹等人也在進行重大交涉。

對象是西方諸國檯面下的支配者。

瑪莉安貝爾捅了個簍子，他們去談該如何善後。

「如大家所知，我表面上被瑪莉安貝爾操縱。所以瑪莉安貝爾要負全責。」

「老大就剩這件事沒辦完吧？」

「沒錯。既然被人操縱，我總不能擅自跑到東方帝國吧？」

「這個嘛，說得有道理。」

「說得也素。」

「嗯嗯。就連人家都會起疑。」

「話說這股『貪婪』之力，能不能奪走是場賭注。但我有更重要的目的，就是殺掉瑪莉安貝爾。若是她死了，我就算自由行動也不奇怪。除了能鞏固立場，我還想跟羅素一族的格蘭貝爾大老交涉。」

對，優樹的目的就是瑪莉安貝爾。

為了避免在西方諸國徹底失足，他必須矇騙瑪莉安貝爾。

結果導致先前那場騷動發生。

一旦收拾瑪莉安貝爾，優樹將恢復自由身。連他做的壞事都能推給瑪莉安貝爾，說是她下的令。事情也按優樹的計畫發展。

瑪莉安貝爾失勢，不僅如此，優樹還獲得意想不到的力量。還跟格蘭貝爾交涉成功。

在交涉時聽說一些事情，才要大夥兒在此聚集。

「那我先說結論，去東方之前還有一項工作要做。」

大夥兒聽了全一臉驚訝，環視眾人後，優樹換上認真的表情。

「聽好了。我會從頭開始詳細說明。」

語畢，優樹開始向大家透露他與格蘭貝爾會談的內容。

●

待在魔國聯邦的首都「利姆路」，我每天都過得很忙碌。好和平。

瑪莉安貝爾已死，這點可以確定。

等風波平息，我再次命人前往遺跡探勘，卻沒發現遺體或任何物品。

大概如優樹所說自爆而亡，或是他動過什麼手腳吧。

關於這點，所有的問題都處理完了。

瑪莉安貝爾是西爾特羅斯王國的公主，這個公主在遺跡裡攻擊我們——就算把這件事說出來也只會讓問題擴大。

所以我們暗中與西爾特羅斯王國取得聯繫，把這件事當成「意外」處理。

能談成此事，前提是雙方都有共識，不想把事情鬧大。

歷史悠久的王族總會遇上不少意外，我們三兩下就把事情談成，沒起太大的爭端。

國王與王妃看上去冷酷無情。

有這樣的父母，怪不得瑪莉安貝爾會想仰賴前世的知識。

假如她能像天真的孩童般快樂過上嶄新人生，也許生活樣貌會更不一樣吧？想歸想，這些都是後話了。

再來看五大老。

唆使瑪莉安貝爾的幕後黑手正是五大老首席長老，羅素一族的首領格蘭貝爾・羅素。

原本想他可能也會有所行動便嚴陣以待，結果並沒有。

也對，在這方面有所行動形同承認他們幹了不法勾當，只要我們不吭聲，對方似乎就無作為。

事實上間隔超過一個月了，格蘭貝爾依舊默不作聲。

光這樣就讓我們有足夠的時間。

我們充分活用蒼影帶來的情報，掌握跟西方諸國有關的檯面下情報。

結果並未發現比羅素一族更大的威脅。

像是傭兵團「綠之使徒」等等，我們查出幾個須多加留意的組織。但是否與我的方針有利害衝突尚且不明。

若他們與我方明確敵對就另當別論，但我們沒道理主動出擊。我可不想打草驚蛇，這方面暫時只要查探敵人的動向即可。

且我方與自由公會關係良好，又有西方聖教會當靠山，照理說敢對我們有意見的組織沒半個。

就這樣，魔國聯邦變成評議會裡最大的派系。

和平的午後到來。

我們按照慣例召開幹部會議。

短期間內，我們形同代替了五大老。

八成是因為這樣，多出一堆新問題。

在西方諸國決策中扮演重要角色的無疑是西方評議會。

評議會上，各國議員將透過表決讓法案通過或予以否決。各國發言分量依送入評議會的議員數而定，如今我國已掌握各國弱點，我國派往評議會的議員就須擔起調停之責。

對西方諸國的影響力增加，抱怨與陳情也跟著變多。

就像在說「只是表達意見也不會少塊肉」，人們盡情上奏各式各樣的請求。

正因如此，要征服世界根本是痴人說夢。

當一個統治者絕對不輕鬆。怪不得其他魔王對他人領土一點興趣也沒有。

一不小心收到貧瘠的領地，到時就必須排解該地居民的不滿。消除貧富差距，嘴上講講很簡單，對負責調整的人來說可是件苦差事。

勞動力和資源相加就成了每個地區的總資本。從中扣除經費並計算可得利益、再行分配，這樣才是正確的解決之道吧。

由其他地區出資補助須審慎計議。

要是處理不當就會變成孳生怨忿的溫床。

我國既已成為評議會中最大派系，各國都期待我們能有相應的表現。目前暫時壓制，但可想而知要不了多久反對勢力就會崛起。

這時問題來了，那就是該送誰進評議會。

該人須頭腦好具社交手腕，且有一定程度的魅力。

若起爭執，夠霸氣能堵到他人無法回嘴再好不過……

「先說聲抱歉，我不想接這個任務喔。」

這種事先講先贏。

難得我自認最會耍嘴皮子，但我可不想主動跳下去接燙手山芋。

「我也不行吧。上次開會讓我有深切的體悟，跟人互相試探不合我的個性。去到不能發揮武藝的戰場，我好像起不了多少作用。」

紅丸追隨我的腳步。

聽起來略有謙讓之嫌，但大致上都是真心話吧。

的確，讓紅丸對付那些老油條貴族太過吃力。

「我的任務是蒐集情報。身為利姆路大人的『眼線』，不能從目前的崗位上擅離職守。」

蒼影也拒絕上任。

好吧，早就猜到了。我也不想派蒼影去。

蓋德也不行。

他價值觀正常，又是非常值得信賴的男人，但交派給他的工作都很重要。工程計畫塞爆，沒空檔可安插其他的工作給他。

我想蓋德應能完美應付那些議員，但眼下只能將他從人選中剔除。

如此一來……

「要、要派我去？」

這時我偷偷朝某處瞥了一眼，看向帶著嚴肅神情與會的戈畢爾。

他意外的有常識，讓他擔此重任應該也不會推拒才是。

……不對，該說不安的成分居多，卻找不到其他合適人選。

我讓白老當軍事顧問，要他鍛鍊士兵。

至於朱菜，讓她當議員也沒問題，但真的這麼做會對本國業務產生不良影響吧。

基於相同理由，當然也不能派利格魯德或其他哥布林長老。

身為新興國家須整頓法案，與他國談判協商、管理持續增加的人口，另有諸多問題。面對這些難題，他們會率先處理。少了朱菜和利格魯德，這些業務都得暫停。

雖說會培育後進，但他們今後還有很大的成長空間。

「我、我還想馴養抓回來的飛空龍，讓牠們當坐騎，以增強空戰兵力。訓練將不顧成本大幅投入各種藥劑，我想繼續採集資料……」

嗯——也是啦。

俗話說適才任用，我想這才是戈畢爾的天職。

與其逼他去評議會，還不如讓他繼續專心培養飛空龍部隊。

「好吧。戈畢爾你繼續負責這項工作。」

「是！小的遵命！」

只見他一臉開心，還露出安心的表情。

強人所難不好，我想這樣才是正確選擇。

不過話說回來，我們的版圖拓展太快了。明知還未培育人才就觸角大伸有弊無利，工作增加的速度卻快到擋都擋不住。

好困擾。

沒辦法。再想想有沒有其他人選吧。

——這念頭剛閃過——

我跟睜著晶亮雙眼看這裡的紫苑四目相對。

「利姆路大人，那我——」

「不准！」

我毫不猶豫打斷紫苑。

她似乎想自告奮勇，但唯獨紫苑沒得商量。

「為什麼！」

錯愕的她朝我反問。

妳的反應才讓我錯愕好嗎，真是的。

「打個比方。只是假設，假如妳是議員好了。眼前有個露肚子的好色大叔，那個人也是議員。這個大叔過來裝熟，還把手放在妳的肩膀上。那妳會怎麼做？」

「這還用說。伸出左手抓住那個男人的脖子，把他抬起來，不管三七二十一扁他！該打！」

該打！——個屁！

所以我才說紫苑沒得商量。

紫苑也有所成長。這點毋庸置疑，但許多層面依然令人無法放心。

之前就發生過類似事件——

我去餐廳發現紫苑在那兒，一看到我就笑容滿面。

然後將手裡端的盤子遞過來。

「利姆路大人，恭候大駕。我總算也靠自己的力量做出蛋糕了！來，請用！味道跟朱菜大人做的一樣，分量多出好幾倍。請別客氣，您快嚐嚐看！」

當時確實有種不祥的預感。

可是紫苑也會泡好喝的紅茶了。有這件事當前提，害我大意疏忽。

「呃，好。謝謝。那我就吃吃看。」

我不由得接下那樣東西。

算我失策。

盤子上放了看起來像蒟蒻的大型塊狀物。

這讓我面色一凜。

咦，蛋糕……？

看著那個物體，我環顧四周請求支援。

一個人都沒有。大家都逃走了嗎？

不，哥布一倒在廚房裡。他肯定是犧牲者。

這下我知道自己在最糟的時間點過來，但為時已晚。

「喂……這算蛋糕嗎？」

「是！味道完美重現呢！」

味道完美重現？

也就是除了味道其他都很糟……？

紫苑自信心十足。

看到那種表情，不祥的預感有增無減。

對自己的不察感到懊惱之餘，我試著吃下一口。

結果用不著多做解釋。

用湯匙舀了一口，我將它送入口中。

還以為自己會吐。

口感就像蒟蒻，然後味道是香甜的蛋糕味。

外觀呈現灰色。跟我看到的一樣，口感就是蒟蒻。

這時我重新體悟一件事，那就是蛋糕的外觀也很重要。

不，不只蛋糕。料理的外觀也很重要。直接將素材原封不動端上，看起來一點都不好吃。

「如何？很好吃吧？」

無可挑剔對吧？就像在說這句，紫苑那得意的表情令人火大。

紫苑連基礎都沒打。

在最初階段——「料理是什麼」這個基本階段就觸礁了。

「坐下。妳去那坐著。我要說說妳！」

「咦！怎麼這樣，為什麼——？」

從得意表情一口氣變成淚眼汪汪。紫苑好狼狽，但我才不管，開始對她說教。

苦口婆心唸了三十分鐘左右。

告訴紫苑料理為何物。

紫苑聽了似乎有在反省。

並答應我今後一定會找人商量，汲取意見。

——曾有過這麼一段插曲。

當時我唸完紫苑才想到一件事。

紫苑練習泡紅茶的時候，身旁有迪亞布羅。

迪亞布羅說他光試喝紅茶就喝到搞壞身體。有這樣的犧牲才換來紫苑成長。

若是讓紫苑獨自練習，她不會知道自己錯在哪裡。

丟著隨她亂搞是我失策。紫苑只想靠技能變出成品，這樣很難有所長進。

必須找人盯著紫苑。

哪能命這樣的紫苑擔任議員。

若是在評議會中引發問題，好不容易才跟人類剛構築的友好關係可能會出現裂痕。再來，要找紫苑發飆也鎮得住的人，那類成員在我國寥寥無幾。

既然有那樣的人才，派那些人當議員效果更好。

好比迪亞布羅。

「如果是迪亞布羅應該能做得很好。」

我不禁說出真心話。

接著幹部們不約而同頷首。

「嗯，迪亞布羅先生出面就無須擔憂了。」

「的確，如果是那傢伙，要讓那幫貴族對他言聽計從易如反掌吧。」

「如果是他，似乎不會對暴力屈服，也不會接受賄賂呢。」

利格魯德、紅丸、戈畢爾，大夥兒的意見各不相同，但都對迪亞布羅信賴有加。

不只這幾人，朱菜跟紫苑也是。

「他既聰明又機靈，想必能讓事情隨利姆路大人的計畫走。」

「雖然不甘心，但第二祕書迪亞布羅很優秀。再說那個礙事鬼若是跑去英格拉西亞王國，我身為第一祕書的重要度也會跟著提昇！或許沒有比他更適合的人選。」

大夥兒似乎贊成派迪亞布羅去當議員。紫苑聽起來動機不純，但認可迪亞布羅實力這點毋庸置疑。

無人持反對意見。

又沒其他更好的提案，這部分就決定讓迪亞布羅當強力候選人。

可是他本人一定會堅決反對。

「那傢伙好像討厭被塞這類雜事，才跑去找人當他的部下。搞不好會挖角到擅長進行這類交涉的人。

目前迪亞布羅是最合適的人選，但仍有變更的餘地。」

如此這般，這次先予以保留。

該說還沒決定人選前，出席評議會的人都是我。我想快點敲定代打人，希望迪亞布羅早點回來。

＊

這是十萬火急的課題，困擾的卻只有我一人。這部分就等迪亞布羅回來再做決定，沒其他要緊事可議，會議就此結束。

和平比什麼都重要。

沒問題是好事。

能享受自由時光真的好棒。

所以我跑去找黑兵衛。多虧我有得閒，最近才發現一件令人在意的事。

來到工房，我呼喚黑兵衛。

「黑兵衛老弟～！你現在有空嗎～？」

抬起一隻手跟戒慎恐懼的徒弟們打聲招呼，我朝後面的房間去。在那兒，黑兵衛對著一排劍露出若有所思的表情。

「噢噢，是利姆路大人啊？您來得正好，俺也有事向利姆路大人稟報。」

「嗯，向我稟報？發生什麼事了？」

他說有事稟報，可能是完成什麼新作品吧。

黑兵衛以我的點子為雛形，跟凱金一起開發各式各樣的東西，可能又做出什麼有用的好東西。

結果被我猜中。

「正是。以前您拜託俺做些東西，終於完成了！」

黑兵衛說完就指向排在眼前的劍，它們的形狀千奇百怪。

看他高興成那樣，可見這些是非常厲害的東西。

可是話說回來，我委託他做什麼啊？

隨口說說的事情太多，想不到是哪件事。

總之鑑定看看就知道了吧。

《答。武器「闊劍」——等級為特質級。》

哦哦，果然是特質級。

而且還是出自黑兵衛之手，肯定很高級吧。

但我覺得光這樣還不足以讓黑兵衛那麼有自信。以黑兵衛的手腕來看，每個月能打造出數把特質級武器。

一般來說黑兵衛一天就能打完一把劍。

平均水準都有特質級，就算失敗也能在稀少級中封頂。

細心打造就要花上兩三天，這時甚至能確定他一定會打出超越特質級的武器。

目前距離打造傳說級武器還很遙遠，但我相信黑兵衛能達成。

而且黑兵衛打造的武器若由武林高手持續使用，感覺光這樣就能讓武器進化成傳說級。素材經過精挑細選，拿高純度魔鋼打造。武器還會隨使用者的意志進化，我想要不了多久出自黑兵衛之手的傳說級武器就會誕生。因此黑兵衛沒道理特地對我展示特質級武器，原本是這麼想的……

我試著更進一步細細觀察那些闊劍。

特別之處在於劍根處開了小型孔洞，尺寸跟彈珠差不多。孔數有三個。

其他就沒什麼特別的了。

當然劍本身的性能非常了得。若這是徒弟的作品就另當別論，但跟黑兵衛鍛造的其他作品相比，感覺沒特別突出之處。

這樣講滿怪的，可是那些特質級武器都很普通。

看起來又沒施什麼特別的「刻印魔法」……咦，難不成！

「這是？特質級確實厲害，可是以你打造的武器來說沒什麼稀奇的吧？」

壓下內心的動搖，我問話時佯裝不知情。

「您該不會忘了吧？咕呵呵，這些可厲害了。乍看之下是普通的武器，而且還沒施魔法，但它有非常強大的特徵。」

我的——該說靠智慧之王拉斐爾的「解析鑑定」，目前仍無法測得任何不尋常的效果。倘若真如我所想，那它們就值得期待了。

我既興奮又緊張，黑兵衛則在我面前取出某種發光寶珠，然後將珠子隨手放入劍身的孔洞裡。

「將這個珠子像這樣放進劍的孔洞裡。那樣一來——」

《告。武器「闊劍」已變成魔法武器「闊劍」。》

啊，果然沒錯！

普通的武器變成魔法武器了。也就是說我一度妄想的點子成真了。

「唔喔喔喔！終於完成啦？」

「咕呵呵，其實利姆路大人已經猜到了吧？沒錯，這就是利姆路大人以前提過的那個！」

沒錯，我曾經提過這種點子。

我知道黑兵衛一直在研究，沒想到這麼快就實現了。

黑兵衛真可怕。

這個男人沉默寡言且不會宣揚自己的功績，但工作成果就是最好的佐證，讓人見識黑兵衛的厲害。

真是神匠典範。

「我、我說黑兵衛！黑兵衛老弟！好厲害喔！這真的是很棒的發明喔！」

我朝黑兵衛興奮地說著。

黑兵衛也開心地燦笑，並大力頷首。

「唔呵呵呵，太好啦！」

他一臉得意。

不過，他很少露出這麼誇張的得意表情。

紫苑的得意臉令人火大，但這次我真的只想誇黑兵衛。

要製作魔法裝備有幾種方式。

我可以利用「智慧之王」的「整合分離」輕鬆賦予魔法效果。

黑兵衛也能辦到類似的事，但凱金和那些徒弟沒這種犯規技能。

那麼他們該怎麼辦？

一般而言會採用的方法，就是讓符術師下「刻印魔法」。多爾德擅長使用這種手法，能替完成的裝備施「刻印魔法」。

像這樣上完刻印的魔法裝備可藉魔術式注入魔力，光靠那樣就能發動特定魔法。不過可指定的魔法有限，最多只能賦予兩種魔法。而且要解除上過的刻印是不可能的。

還有另外一個方法，我想應該說過不少次了，就是仰賴武器進化。透過使用者的魔力替武器施加特定力量。

要鎖定種類執行並不容易，而且得花一段時間。但有時武器成長後會發揮意想不到的威力，是否能用更有效率的方式讓武器進化——這類手法也成為研究對象。

而且我們曾在古代遺跡「阿姆利塔」取得大量特質級裝備，並提供一部分當研究資料。但我想要做出結果沒那麼容易，像這種事情就得持續進行研究。

再來看黑兵衛這次的作品。

這些將從根本顛覆既存的製品概念。

說出這個點子的時候，我正跟凱金、黑兵衛三人對飲。

利用具優越魔力傳導性能的魔鋼打造堅固武器。另外準備用來發動魔法的「核心」。那樣或許能打造出不須搭載特定魔法的魔法裝備。

例如想替劍鑲嵌帶屬性的魔石，會變出什麼東西？
答案揭曉，就是這些在刀身上開洞的武器。
而且放的不是魔石，而是純度更高的寶珠。
「如何，跟利姆路大人想的一樣嗎？如您所見，俺已經造出有孔洞的劍了。而且凱金先生成功濃縮魔素，精煉出高純度魔力結晶！」
黑兵衛這下可跩了。
看樣子凱金果然也有參與研究。當基底的武器由黑兵衛打造，做出寶珠的則是凱金。結合兩人共同研究的成果，才會有這麼棒的東西誕生。
「關於這種能賦予屬性的魔石，命名為『精靈屬性核（Element core）』。俺們稱為『魔寶珠』。之前戈畢爾先生去抓飛空龍外出一段時間，當時忙裡偷閒的培斯塔先生也一起做研究。聽說他們兩人原本就研究過『精靈魔導核』動力爐嘛。所以說，替魔石附加土水火風四元素的技術早已確立了。」
印象中菈米莉絲曾經說過，「精靈魔導核」主要是讓全屬性同時發動。凱金他們曾做過這類研究，要打造單屬性魔石似乎不費吹灰之力。
之後只要調整魔寶珠的大小、輸出功率。根據注入的魔力屬性分成土水火風四元素就成了精靈屬性核。
當然，能量會用完。等注入的魔力耗盡，它就跟只是擺好看的寶珠沒兩樣。將這些寶珠回收便能重複利用。
「可以補充能量嗎？」
「可以啊。但是得找熟手魔法師將自己的魔力封進去，資歷不夠的門外漢辦不到。」

「原來如此。那去找某些工房處理可能會產生新職業，由他人代為注入魔法。」

「沒錯。俺們想隨時準備備用的魔寶珠。那樣魔寶珠的交易也會跟著活絡起來。」

確實是那樣。

我原本是想將魔寶珠混入迷宮魔物掉落的道具裡，但光只有魔寶珠似乎也能變成一種專屬的新買賣。

「只是還得多加小心。魔寶珠還在實驗階段，依組合而定會使屬性產生變化。」

「組合？」

在說什麼？

屬性會變化……難道是？

「請您看看這個，這把劍上的空洞數共有三個。」

果然沒錯！

「換句話說，將兩種以上的相異屬性魔寶珠放進去，將會出現意想不到的屬性？」

「就是這樣！」

聽我如此推測，黑兵衛大力肯定。

這下事情就沒那麼簡單了。

必須進行實驗和驗證，這種技術不能隨隨便便公開吧。

《否。於迷宮內使用的情報皆可納入管理。》

噢、噢噢。

這樣啊，原來是這麼一回事。

可以節省實驗的時間，在迷宮內也不會有安全層面的問題。

如此想來，最好請迷宮挑戰者幫忙，藉此獲得大量的檢驗結果。

就算有不得了的發現，能重現那些技術的只有本國吧。

多少會有技術外流的疑慮，但要將其商業化，外流是遲早的事。既然這樣，透過易於管理的場地盡可能多做檢驗才是上策。

「對了，那你預計會出現哪些風險？」

「能放的寶珠依孔數而定，若是只有一個孔倒沒問題。可是若把風和火放在一起，威力就會增強。水跟火會讓威力減低，水一配火二則會爆發。而且不只增加三倍威力，甚至來到十倍以上。所以俺才覺得要多蒐集檢驗結果，也跟凱金先生談過這件事。」

照這樣聽來，其中不乏危險的組合呢。確實需要做實驗，可是一一驗證工程浩大。

這次就照智慧之王拉斐爾大師的提議，在迷宮內實際讓人使用更有效率。

「孔洞數最多只有三個嗎？」

「對。不管俺們再怎麼努力，最多還是只能放三個。」

不僅如此，開三孔的機率還低到打一百把也不確定能做出一把。且須黑兵衛使出全力敲出最棒的一下，這才有機會造出三孔武器。

當然，要黑兵衛的徒弟們打造有孔武器比登天還難。只有四名高徒能勉強打造開一孔的武器。

順便說一下，連凱金最多也只能打出兩孔武器，由此可見打造這種有孔武器是多麼困難的事。

「目前只打出這把三孔武器。但視它與魔寶珠的組合而定，可能會發揮相當於傳說級的威力。」

這話黑兵衛說得相當驕傲。

一般情況下魔法劍已經夠貴重了，要是能變更屬性，那作品將打破至今為止的所有常識。可針對敵人弱點切換屬性的魔法武器——他們造出不得了的東西。

其價值難以估算，就如黑兵衛所說，稱之相當於傳說級也不為過。而且根據組合而定，真的有可能發揮傳說級威力。

這真的好棒，我發自內心讚許黑兵衛等人。

跟黑兵衛討論後，我們決定先將完工的開孔武器流入迷宮。

並大量生產不能補充魔力的一次性魔寶珠，分灑在迷宮的寶箱中。

等黑兵衛的徒弟們也能打造開孔武器，我們預計立刻將那些武器設成迷宮內的魔王寶物。

打造三孔武器並不簡單，但若不拘泥於最高品質總能設法製造吧。耐用度設低，改造成低階武器，那樣應該能想辦法打造出來。

「這樣行得通嗎？」

「應該能設法打造。雖說容易損壞，不建議用在實戰上……」

黑兵衛似乎不怎麼認同，他答得支支吾吾。

話雖這麼說，總能耐得住實驗吧。

對我來說，只要能驗證魔寶珠的組合就行了。所以希望黑兵衛他們量產兩孔以上的武器，對迷宮挑戰者廣為發送。

再說那些挑戰者也不是笨蛋。三流角色才會一股腦兒依賴來路不明的武器，只要他們懂得區分主要裝備與用完即丟的裝備就沒問題。

在沒有魔法師的隊伍裡可能會被當成寶，就大膽將迷宮當成實驗舞台吧。

「利姆路大人，您的表情好邪惡呢。」

「哈哈哈。是你多心啦，黑兵衛老弟！」

「那俺就快點去跟徒弟們傳授訣竅。」

話說到這裡，黑兵衛答應會滿足我的訂量需求。

有他爽快承諾，相關方針就此底定。

雖然會消耗大量的上質魔鋼，但這對那幫徒弟來說也不乏是種練習。然後我們就能參考驗證結果打造堪用於實戰的產品。

我決定讓那些武器變成百夫長及更高階者的正式裝備。配合他們的弱點準備一些寶珠或許能拉抬戰鬥能力，這點也值得期待。

「那就拜託你了！」

「好！」

如此這般，這件事就交給黑兵衛包辦。

*

「對了，利姆路大人。您來找俺應該有別的要事吧？」

被他這麼一問才想起來。

突如其來的匯報令我驚訝到忘得一乾二淨，但我也是有事才跑來找黑兵衛。

「其實是這樣的，話說我這把刀——」

我邊說邊拿出自己的直刀，當著黑兵衛的面拔出來給他看。

「刀終於出現孔洞了？」

「不，不是那樣。如果是，我這次就不會那麼驚訝了。」

「這麼說也對……」

這把刀沒折斷也沒變彎，已充分浸於我的魔力。

那漆黑的刀身如黑夜般烏黑。

可是現在我只要握著注入魔力——

「什麼！刀身、刀身變成金色——不，不對。這是七彩光芒。刀發出七彩光芒！」

大概是太驚訝的關係，黑兵衛睜著眼呆呆地張嘴。

「很驚人吧？其實我也嚇了一跳，所以才來找你商量。」

我在房間裡盯著刀看，結果突然變成這樣。

當然會嚇一跳。

刀身發出七彩光芒。

又沒混入黃金，它卻放出比神輝金鋼更耀眼的光芒。

因此我稍微調查一下。

《答。是神鋼「究極金屬」。》

它這麼說。

看來性能比我精煉出來的神輝金鋼更棒，是很厲害的金屬。

我想做個確認才跑來問黑兵衛。

「這、這是……這究竟是什麼？連俺一時間也『鑑定』不出來……」

「好像叫究極金屬？」

「這、這是究極金屬？原、原來這東西真的存在？那可是具備永恆屬性的神話級金屬。還以為只是傳說故事呢……」

已經不只是興奮了，黑兵衛驚訝到連話都說不出來。

我原本就猜這變化似乎滿強大的，看樣子超乎想像。

之後我就跟黑兵衛一起研究變成究極金屬材質的直刀。

結果發現這把刀只對我的魔力有反應。

就算黑兵衛注入魔力，刀身依然是黑色的，當下的金屬反應只停留在魔鋼階段。不過它是如假包換的究極金屬。

這種究極金屬似乎能對抗各種性質的波長。平常連光都不會反射，直接抵銷，所以刀身才是黑色的吧。

甚至能瞞過他人的眼睛——連「解析鑑定」都能騙過，實在厲害。

當我注入魔力讓它進入戰鬥狀態，這把刀才會放出七彩光芒。

雖說在醒目處拔刀遭人注目不太好，但不注入魔力就沒問題。且它還是比一般武器堅固許多，該說永恆屬性意即「無法摧毀」。就算出現損傷似乎也能注入魔力修復。

很好奇究極金屬對究極金屬互相比拚會發生什麼事，但去想那種無法驗證的事也沒意義。

目前能斷言的只有一樣。

那就是這把直刀配當我的武器，進化成放眼全世界找不到比它更堅固的刀。

若這把刀與我的「絕對防禦」相輔相成，稍微亂來一點應該也挺得住。

此外——

這把刀目前還不算完成。

為了鑲嵌能賦予各種屬性的魔力結晶——魔寶珠，刀身根部有開孔計畫。

我盼著這把刀完成的那天。

目前就很棒了，一想到還有更大的發展空間就期待得不得了。

「話說這把刀真棒。雖然是俺打的，但是看起來實在讓人難以聯想……」

「不不不，沒那回事。黑兵衛很厲害喔！」

「多謝誇獎。聽利姆路大人這麼說，俺好高興！」

有黑兵衛才能造出這把刀。黑兵衛太謙虛，這可是毋庸置疑的事實。

「是說這把刀或許能勝過日向的劍呢。」

這把刀是出自黑兵衛之手的最高傑作，應該相當於傳說級吧？

我基於這層想法才那麼說。

對此，黑兵衛的答案出乎我意料。

「在說那把傳說級的——月光細劍嗎？嗯——……不，應該比它更強吧？這把刀或許等同維爾德拉大人看過的神話級。」

神話級——那是至高無上的究極代名詞。

目前市面上沒那樣的裝備，傳說和傳奇故事也無類似記載。

不過，這樣東西確實「存在」。

例如蜜莉姆的魔劍「天魔」就是其一。

以前她給我看過那樣東西，當時也「解析鑑定」不出來。照智慧之王拉斐爾所說，「天魔」的性能在月光細劍之上。

這把刀也成了逸品，不禁讓人聯想——這把刀也達到神話級才有的至高境界。

照黑兵衛看來，目前似乎已等同傳說級裡的高級品。這麼說來確實值得期待，它可能有神話級這樣的高水準。

後來有一陣子，我們看這把刀看到入迷。

「啊啊，刀真的好帥——」

「是啊。這麼美麗的刃紋難得一見呢。」

永恆的究極金屬散發光芒，替黑兵衛的技術結晶——刃紋增添美麗色彩。

看著那宛如藝術品的刃紋，我們倆發出感嘆。

美到讓人想一直看下去。

這把刀簡直無人能敵。

它還會持續進化。說我實際上已獲得神話級武器也不為過吧。

有了超乎想像的收獲，我非常滿足。

＊

一道慌亂的腳步聲朝這跑來。

來到我的辦公室前方依然沒有停歇跡象，來人沒敲門直接將門推開。

做這種事的人正是蜜莉姆。

其他人的態度若如此失禮，等著遭利格魯德鐵拳制裁。

假如對象換成維爾德拉或菈米莉絲，到時會被處以點心沒收之刑吧。

然而這次算特例，就不跟她計較了。

畢竟——

「利、利姆路！要生了。就快生出來了！」

因為蜜莉姆最近老是抱著一顆蛋不放。

連母國也不回，一直在本國逗留。

她說要是蛋有什麼閃失，有我在身邊比較放心。

這樣的蜜莉姆表現出明顯的慌張樣。

照她的言行舉止看來，再過不久就要生了吧。

蜜莉姆的舊友蓋亞就住在蛋裡——那顆「魔魂核」正淡淡地忽明忽滅。
這下確實只剩時間早晚的問題了。
成為新魔物的蓋亞即將誕生。

「咕咿——！」

一隻小小龍破蛋竄出。
全長大概五十公分左右。
這龍小到讓人無法想像牠原本是混沌龍。
「——你是蓋亞嗎？」
「咕咿、咕咿！」
少女和小龍緊緊地抱在一起。
看他們重逢令人感動。

蜜莉姆來之後沒多久，蓋亞就從蛋中孵化。
這下蜜莉姆就能放心了。我以為她會直接回母國，不料事實並非如此。
「來，我們跟蓋亞一起去冒險吧！」
她興致勃勃地提議。
——不，其實我早就猜到她會說這種話啦。

所以我的答案當然是──

「我說妳，芙蕾小姐應該很擔心吧？」

芙蕾小姐變成蜜莉姆的監護人。沒跟她報備就跑出來大肆玩樂，八成又會被罵。

蓋亞還沒出生就算了，如今看到蓋亞那麼有精神，照理說蜜莉姆應該要回去處理堆積的工作才對。

「哇哈哈哈哈，沒什麼好擔心的！」

不用擔心？

利姆路有給過蜜莉姆忠告。

可是這些忠告都被人當成耳邊風！

開玩笑的。

好吧，既然蜜莉姆都這麼說了，我也沒意見。

最近都忙著為瑪莉安貝爾的事善後，總算能偷閒了。

睽違許久跟大夥兒一起找些樂子也不賴。

「而且這是必經過程喔！因為龍是最頂端的掠食者，只吃自己捕的獵物。就連小寶寶也不例外，要教蓋亞狩獵技巧才行。」

這時蜜莉姆得意洋洋地補充。

據說龍不會一下子就挨餓，而且光靠水跟魔素就能存活。

可是這樣長不大。

若要讓牠長得又大又強壯，適度的運動和殺死魔物當美味餐點便不可或缺。

因此蜜莉姆才想帶蓋亞去冒險。在我看來她只是想逃離芙蕾的魔爪，原來她想滿多的。

「好吧。那我這裡有更合適的地點。」

「唔！我知道了，是迷宮對吧？」

「嗯，就是那裡！」

如此這般，我們啟動蓋亞育成計畫。

＊

既然決定了，那就快點叫大家過來集合。

我還把維爾德拉跟菈米莉絲叫來，準備再次挑戰迷宮。

這次讓蓋亞同行，組成五人小隊。

雖然牠剛生下不久，但去迷宮就安全了。與其帶去充滿未知危險的外界冒險，這樣更讓人放心。

「咕哈哈哈哈！我們也是大忙人，但畢竟並非他人，是你們出面拜託。也好。我就盡全力協助吧！」

「嗯嗯。既然我們都來了，你們大可放心。儘管放一百二十個心，栽培蓋亞包在我們身上。」

突然有種不安的感覺。

——不，不要緊。要對他們有信心。

維爾德拉跟菈米莉絲也變得比較成熟了，應該會確實看情況行事才對。

連蜜莉姆都知道這不是在玩，是在教育蓋亞。肯定不會我行我素大失控吧。

「那我們出發吧！」

經我發號施令，大夥兒一起「附身」到假魔體上。

要開始冒險了。

接下來要讓蓋亞吸經驗值。

我、維爾德拉、菈米莉絲和蜜莉姆。

除了這四人，能飛到空中的蓋亞則跟在我後方。

蓋亞是龍。

原本還是有毀滅世界之虞的混沌龍。

應該不弱。

而牠果然厲害，只多打個幾次就抓到訣竅了。對於一整群敵人還施以大範圍攻擊的龍之吐息。

瘴氣咒怨嘆息（Chaotic breath）——帶著詛咒，能腐蝕世上所有物質，是高濃度的瘴氣。效果接近本人「暴食之王別西卜」的「腐蝕」，那威力讓下級魔物不敢靠近。

此外蓋亞更具備「地」屬性。那是「靈魂」中與生俱來的能力，可讓牠進行重力操作。

假如那時被人解開封印放出的混沌龍具備知性——想到這裡就覺得可怕。

瘴氣咒怨嘆息和超重力波等招式胡亂飛射，到時受害規模會變得更加巨大吧。

不過這都是過去的事了。

如今蓋亞是蜜莉姆可愛的寵物、我們的可靠夥伴。

不是該列入警戒的對象。

此時血腥野豬出現。

血腥野豬棲息在三十層一帶，是具備強韌腳力的B級魔物。頭肩分別由厚實骨骼和肌肉保護，外皮的硬度在鋼鐵之上。全長超過兩公尺，這副巨大身軀會以時速近五十公里的速度衝撞，讓人難以承受。

若是在細長的通道上遇到牠，血腥野豬就成了讓人無路可逃的超危險敵人。

然而就連如此危險的魔物都不敵本小隊。

蓋亞操作重力讓血腥野豬的衝撞鈍化。沒放過這個好機會，蜜莉姆一擊貫穿要害，送血腥野豬上西天。

會用敵人的鮮血染紅體毛，血腥野豬因此遭人畏懼，現在卻變成蓋亞的主食。今天的成果如上，蓋亞今後的成長狀況著實令人期待。

如此這般，本隊作戰默契十足。

蓋亞還有「重力結界」這項技能，減輕物理攻擊威力的效果值得期待。加上我張的魔法障壁，還能對應來自敵人的魔法攻擊。

接下來這幾天，我們學會各式各樣的團隊招式。

蓋亞轉眼間躍升團隊戰要角。

之後我們持續累積實戰經驗，順便替蓋亞張羅食物，並突破四十九層。

最後連上次害我們陷入苦戰的五十層關卡魔王都擊敗。

「嘎——哈哈哈！哥杰爾這小子已經不是我們的對手啦！」

「就是嘛就是！哥杰爾不過就這點程度罷了！」

「哇哈哈哈哈！手感超順！」

「咕咿——！」

這夥人興奮得可以。

咦？說我們根本就玩得很盡興？

怎麼可以亂講話呢。我們只是為了蓋亞才這麼努力喔。

好吧，或多或少啦。

我們或多或少也有點樂在其中，但這都是為了栽培蓋亞。

拿這個當冠冕堂皇的理由，我們今天也從迷宮回來。

「看來你們玩得很盡興嘛。」

有人在等我們，是笑瞇瞇卻額冒青筋、一身氣息足以令人背脊結凍的芙蕾小姐。

「呃、呃啊！芙、芙蕾！不、不是那樣。這背後有很深刻的原因——！」

這句話似曾相識。

這是為什麼呢？

接下來的發展也預料得到，彷彿曾經看過那樣的光景。

「妳跟我約好，說蓋亞一出生就會回來吧？」

「不、不是啦。蓋亞需要我啊！」

「對，是那樣沒錯呢。但這不構成足以破壞約定的理由吧？」

「可是牠得受教育……」

「就如蓋亞須接受教育，我看妳也得受點教育呢。」

「——唔！」

勝負已定。

蜜莉姆根本講不過芙蕾。不管蜜莉姆再怎麼耍賴都無法打動芙蕾。

當然，我也不想踩老虎尾巴。

誰要自己沒事跳進去蹚渾水啊。畢竟芙蕾只是在講正確的道理罷了。

結果蜜莉姆最後又哭又叫像孩子般耍賴抵抗，卻不敵芙蕾的鐵面笑容，成了手下敗將被人帶走。

好吧。

這次蜜莉姆有錯在先，沒辦法。

她好歹跟人聯絡一下，如此一來芙蕾也不至於氣成這樣吧，但說這些都是後話。

「我還會回來的！」

蜜莉姆留下這句話就走了，但我想應該不會有第三次……

目前她還沒被人禁止外出，應該還能獲得許可，定期來我國遊玩，可是照這樣下去就連那點通融都岌岌可危。

芙蕾也知道不讓蜜莉姆喘口氣會很危險，因此才對她從寬以待，不過蜜莉姆若繼續當脫韁野馬，就不知會有什麼下場了。

那是別人的家務事，所以我一直退一步旁觀，但還是教蜜莉姆徹底落實報告、聯絡、商談會比較妥當。

邊想這些，我目送蜜莉姆離去。

蓋亞先留在我這邊。

迷宮內有不限次數的「復生手環」罩，可以放心，再說飼料也夠豐富。

而且我們還把假魔體設成自動模式，讓它們跟蓋亞一起行動。這樣就能讓蓋亞多練練身手吧。
目前讓蜜莉姆直接鍛鍊牠還太早，預計等龍強到某個程度再還給蜜莉姆。
如此這般，迷宮內多了新夥伴。

——順便補充一下。
不知不覺間，於迷宮內徘徊的五隻魔物成了特殊魔王，令人們心生畏懼。
人們還繪聲繪影地說——那些魔王的強度分成兩階段。
一般狀態就很可怕了，有時還會變得異常強大。
簡單講就是我們直接操縱會被人解讀成難以應付的惡夢。
不久之後我們才知道這件事。

＊

我們幾個若趁蜜莉姆不在偷玩，之後會發生很可怕的事。
一旦解除自動模式，假魔體的成長狀況就會出賣我們。就算沒成長值可依循好了，蜜莉姆的直覺也很敏銳，最好別幹那麼危險的事。
所以說，一併介紹我認真工作的情況吧。
既然要跟西方諸國交流，我們就得盡快制訂規矩。

身為統治朱拉・坦派斯特聯邦國的魔王，我對一切事物握有決定權。在某種程度上可以交給利格魯德等人處理，唯獨重要的決策事項須我過目。

我擁有的權限極大。

大致說來就是裁判權、立法權和行政權都可隨我的意思操弄。司長三權的絕對霸權——國家大權就握在我手中。

就連堪稱國家樞要的軍事統帥權也歸我。我一下令就能出動全軍，任命幹部也須經我核可。聯邦國只是取其名，事實上就跟我獨裁統治沒兩樣。

不過事實上，我都丟給別人做。

行政方面都交給利格魯德包辦，軍事面有紅丸當我的代理人，全權掌握。

我們正在大肆招募優秀的人才好輔佐他們。

利格魯德正在學習三權分立制度，原本是哥布林長老的魯格魯德、雷格魯德、羅格魯德這三人分別就任司法、立法、行政最高首長。

然而這時發生一個問題——三權分立須彼此互相監視才成立。

正如日本的議員制內閣等機制，立法與行政的界限非常模糊。為了改善這點，究竟該怎麼做才好。

總之我們要先設立立法機構。

關於這點，我國決定分成上議院和下議院。上議院的議員由我指派，下議院議員則靠選舉推派。上議院的議員不會更動。只要沒出問題失勢，在世時將永遠具備議員資格。反之下議院議員就由國民選派。

選舉並不簡單。可能有一再嘗試的必要。

立法院只負責制定法律。
然後行政機構再根據制定的法律負責國家營運事宜。
我想找優秀的人鞏固行政機關。
看日本的官僚體系也能窺知一二，就算首相一換再換，國家營運仍堅若磐石。
雖說近年來問題層出不窮……
總之我們要務實，慢慢推動須持續執行的政策。須具備這樣的毅力和勤勉度，以及執行時不輕言放棄的耐力。
不過長期計畫往往會浪費不必要的資源，或許還會有人遭收買幹壞事也說不定，但我想讓大家嚴密監管，以防這類事情發生。
至於這類行政機關的首波官員，我想從魔國聯邦各族長老中推選。年事已高者可派代理人參政。
在這方面，我想今後會變成能力掛帥。目前還在針對各種族的利害關係與對立磨合，希望將來能以一國為單位凝聚全體向心力。
我國在這方面也須花點時間，但我想推行和平的融和政策。
那些先不談，到這出現一個問題。
擅於處理政務的人以弱小種族居多，好戰種族的上位者們多半不擅處理文書工作。
這是很大的問題。
該重視魔物世界的力量多寡，還是以和人類共存為目標，重視知識與協調性？這點讓人煩惱不已。
不管再怎麼強，我都不願重用不守法的暴徒。這觀點已經對外昭告了，對力量引以為豪的人就請他乖乖去軍事單位待著。可是這樣一來就不能干涉國家的營運方針。視今後的政策而定，那麼做恐怕會引發不滿。

立法這部分會整合國民意見，再由幹部批准。

然而在行政面上，弱小之人也能靠腦力掌握實權，也許會剝奪強者的權利。

那樣某些人會有意見吧？——現階段已可預料到。

畢竟行政人員扮演重要角色。

管理國家預算也是行政機關的職責，於魔國聯邦聚集的龐大財富也要經公僕安排才得以運用。

摩邁爾是財務層面的最高負責人，但光靠他一人無法揪出所有的貪瀆弊案吧。

此外劃分領土也是行政管理的一部分。

我預計適才任用開發各區域，但這順序可能也會成為爭執焦點。

為了防止這些事情發生，所有政令都須以我之名頒布。

最後是司法院。

司法院最重要的工作，就是審判遭逮捕之人。

警察權歸行政院管，逮捕權則不只限於行政院，立法院和司法院也有管轄權。目的當然是互相監視。

司法院就負責制裁受逮捕之人。

該部門最講求公平性，不能受國民意見干擾，必須專心守護司法秩序。

不顧情面只靠法律制裁——這點意外困難。

如何監督該裁判系統，這也是使我困擾的主因。

總之為了徹底落實三權分立，我也跟利格魯德一起學習。

立法須聽取國民的聲音，大家一起討論並定立法案。將之徹底落實，構築開放性政壇。

在行政這方面，目前正選出利格魯德及其他優秀人才當官員，著手栽培中。為了強化國家中樞機關的權限，須早日設立執法機關。

至於由紅丸直轄的軍事單位、蒼影率領的諜報機關「藍闇眾」則只聽命於我。為了避免命令重疊造成混亂，他們不須聽令於行政院。因此我預計任命頗具實力之人擔任檢察廳首長。

另外還有一樣。

司法方面也出現問題。

若要鐵面無私地做出判決，很容易招來各方怨恨。若要徹底落實，不只是腦袋，還須具備相當的手腕。

當然我會派人保護法官，但光只有這樣依然令人不安。

為了報仇攻擊法官，這種罪犯絕對會被判死刑。然而不排除會出現有此覺悟才犯案的人。跟人不一樣，魔物很強韌，不管警備網有多麼嚴密，都有可能遭對方趁隙襲擊。所以法官本身需有某種程度的實力。

「唔——就這點看來，只靠魯格魯德令人擔心呢。」

「對啊。他可是說是我的心腹，但實力還不如百夫長。換成羅格魯德，是不輸一般年輕人……」

魯格魯德城府深且有心狠手辣的一面，但能做出光明正大的判決。很適合當法官，可是沒強到能在出事時保護自己。

羅德魯德就頗具實力，跟千人長一對一單挑也打得贏。可是他要代替利格魯德盯著行政院內的各省廳，難以調至司法院。

「說來，我想在行政院內設立檢察廳。如果是國內的犯罪行為，哥布達他們也能取締，但是要取締幹部或議員，對半吊子來說負擔過重吧。」

「的確，您說得是。不只各類魔物，連有名字的魔人也會造訪我國。此外受開國祭影響，來自各國、對自身實力有自信的人也會聚集於此。在這種情況下，不管引發何種騷動都不奇怪。」

開國祭帶來的多半是正面影響，但也容易引來粗暴的武林好手。在某種程度上算是如我們所願，然而某些蠢蛋不只會去迷宮鬧，還會跑到鎮上胡來。

哥布達歸隊讓警備部隊增強。但利格魯德覺得這樣還不夠。

「還出現A級以上的魔人是嗎？」

「是，雖然人數不多。他們在檯面上並未亂來，但小的以為仍有警戒的必要。」

正如利格魯德所說，事前準備很重要。

隊員的個人戰鬥能力存在巨大落差，等那些魔人胡來才想對策就太遲了。

「檢察廳跟司法院是嗎？還有要送人去評議會當議員，派誰去當這個外交官也還沒定案。目前大家都有自己的工作要做，隨便進行人事異動似乎不大好……」

「反而會造成混亂吧。」

唔——這問題讓人頭疼。

制度逐步確立，法律也循序制定，但是可將之運用的組織架構卻尚未成熟。

該說還未敲定人選的官缺也多。

急遽成長就會出現這種弊端，這也是沒辦法的事，只能在這感嘆人才不足……

＊

為不足的人才傷透腦筋也不是辦法。

我決定去現場視察，調劑一下心情。

我們計劃在獸王國猶拉瑟尼亞的遺址建立新王都，並由蓋德負責。

工程進展順利，基礎工程已經做完了。

地基打到位於地底深處的岩盤，以鋼筋鋼架連結的魔法高強度混凝土地基堪稱一絕。

採用帶有魔力的硬石等物當建材，好處不只是堅固而已，還會發出獨特的魔力波長，可以反彈低等魔法。

僅管壞處是無法透過重力減輕等魔法搬運，那些好處仍足以彌補這點，有過之而無不及。等這座巨大的塔城蓋完，不只能抵禦外部攻擊，還能封殺城內大半的魔法吧。

我們還切出硬度高出混凝土幾百倍的魔岩，打磨後立起數個巨大的塊柱。有這些當基礎，中央立起幾乎要高聳入天的支柱，然後用垂墜的方式組裝外壁。

是說規模太過龐大，光支柱就夠壯觀了。

人們如螞蟻般賣力工作。

這樣的比例看起來好怪，但那正好證明建築物有多巨大。

「原來是利姆路大人，歡迎您大駕光臨。」

邊說著這句話，此時蓋德開心地跑來。

為了避免妨礙大家作業，我開「空間支配」用「傳送」過來，但似乎還是被蓋德發現了。

「嗨，蓋德。好久不見。看你們進展順利真是太好了。」

「哈哈哈，多謝。聽利姆路大人這麼說，大家也會很開心吧！」

蓋德爽朗的笑聲響起，連我也跟著高興起來。

若工程進展不順就不會有這種反應。

工地現場的氣氛夠開朗，工作起來相對開心。

「不不不，我說的是真話。你們的工作情形比預料中更棒，似乎有望更快完工？」

「是。多虧跟大家打成一片的關係吧。」

照蓋德所說，之前跟我商量後，他自己也想了許多。然後就去跟俘虜的魔人們把話講開，四處傾聽他們的怨懟與不滿。

對毫無幹勁的人說再多也無法打動他的心。蓋德不靠力量支配，而是先從理解對方的想法開始。

「他們都為自己今後的處境感到害怕。怕自己跟利姆路大人作戰，等工程做完就會遭人肅清。」

「啊？我怎麼可能做那種事？」

「您當然不會。我們都知道利姆路大人不是那麼冷酷的魔王。可是這些人是新來的，他們不清楚利姆路大人的為人，才無法抹去那份不安吧。所以我就把自己的親身經歷說給他們聽——」

蓋德說他道出豬頭帝（半獸人王）與我對決一事，並說出結果，讓他們知道豬頭族（半獸人）的後續如何。

魔人們半信半疑，但眼前就有一大群豬人族（高等半獸人）。

大家都對蓋德的話表示肯定。這樣一來，對蓋德那番話存疑的人就變少了。

「其中一些人說利姆路大人太天真。可是那又如何。我問對方『連我都打不贏還想反叛嗎？』，結果大家都閉嘴了。」

蓋德說到這兒笑了一下。

換成紫苑或迪亞布羅八成會大動肝火，把那個失言的魔人收拾掉。蓋德的肚量果然很大，我再次體認這點。

就這樣，蓋德成功瓦解那些俘虜的心防。

他每個星期會請這幫人喝一次酒，讓他們吃美味餐點。如今他們也被蓋德的男子氣概收服，願意全力協助。

最重要的是——覺得自己能幫上他人的忙。自己的工作成績獲得認可，他們的自尊心因此獲得滿足吧。

不只因為努力就能從俘虜恢復自由身，他們體驗到了工作的樂趣。

比強制他們勞動更有效率，從某個角度來看這是當然的。

就這樣，高階魔人的協助成為一大助力。

解決人員不足的問題，增加勞動力。工作起來當然更有效率，工程進度比我所想的好更多。

事實上，跟死前世界的工程推進率相比，速度快到令人吃驚的地步。

甚至能說根本比不上。

沒重型機具，全靠人力也不受影響。

人們原本該對此感到驚訝，可是實地到工程現場看過，那些疑問八成全飛到九霄雲外。

畢竟魔人們不能以常理看待。

有人能獨力輕鬆搬起好幾噸的重物。

有人能用拳頭將礙事的廢棄物或岩石打碎。
飛到空中也變得理所當然，在高處作業的安全管理完全不適用人類標準。
怪不得這麼快——我一臉認真地點點頭。

*

還有其他地方也在施工。
如果是打仗，好幾個地方同時進行有弊無利，但施工另當別論。可分各階段定立計畫，依序施行才最有效率。
一方面能當工兵訓練，所以我們讓居指揮官位階者帶領各班，讓他們從各方面著手。
具體而言共四個地方——面向德瓦崗、英格拉西亞、猶拉瑟尼亞及薩里昂處。

面向德瓦崗的方位已有道路相通。
也有既成的旅店大街，施工目的為另外增闢「魔導列車」專用車線，並鋪設軌道。
我們還僱用冒險者等人員當日薪鐘點作業員。有工作就有人潮，現場可謂朝氣蓬勃。
再來是英格拉西亞這邊，這也跟德瓦崗路線一樣。但這邊一開始就拓寬道路，所以能直接鋪設軌道。要不了多久就會完工吧。
通往猶拉瑟尼亞的道路排在最後著手。
目前先讓大家把路拓寬，並進行生態保育等工作。

砍來的木頭會用於正在施工的新王都。因此我們正在進行調整，讓物資搬運能快速進行。

通往薩里昂這條就沒那麼順利了。

我們從砍伐樹木開始，花的時間比想像中多。

這邊的主力是豬人族，他們可以用「胃袋」搬運物資。都是些最熟練的老手，只是開闢道路沒什麼問題。

但還是得搬運砍掉的樹木。這類工作需要人手，等猶拉瑟尼亞那邊的作業結束，那邊的部下也會過來會合。

首先要能在森林中通行。

預計之後再慢慢整路鋪路。

挖隧道和鐵軌鋪設晚點再說。

以上就是目前四大方位的現況。

關於要讓「魔導列車」行走在我國和矮人王國這檔事，有人持反對意見。

他們聲稱難以判讀東方帝國的動向，可能會洩漏情報。

到時怕對方會奪走「魔導列車」，用於軍事侵略行動。這樣難得鋪設的「魔導列車」可能會變成雙面刃。

還擔心費力構築的線路遭人破壞。

甚至有人提出「應該建設用來迎戰帝國的要塞」。

城鎮臨艾梅多大河處設有最大規模的住宿區。他們主張該整頓此處，將它變成要塞都市。

這提案也列為檢討對象，但最後打住。

我認為沒意義。

現階段還不清楚東方帝國會如何行動。可是卻要增加多餘的工作，這點令人卻步。

雖說如今人手變多了，但要做的事還有一大堆。在這種情況下，我不想將勞動力分到優先度較低的建案裡。

這不代表我們疏於防範。

以東方帝國不會採取行動為前提，我們什麼都不做——並非如此，假如對方真的要卯起來進攻，到時我們也會全力擊潰對手。

我不想跟對方長久戴假面具周旋下去，持續嚴密戒備是愚蠢到家的做法。

要看帝國會怎麼出招，但我們也會派出最大戰力，試著在短時間內決勝負。

幹部們也有志一同認為這樣更乾脆。

屆時開戰可能會毀掉費心鋪設的軌道等物，此類事項確實令人擔憂。不過，如果真的變成那樣就算了，再重蓋一次就好。

總不能為將來可能會發生的各種情況怕東怕西，害開發進程延宕。

就算天使來襲也一樣。

不管對手是誰，我們都不退縮。

敵人進攻就將對方殲滅。

之後再重建就好了。

去想該如何守衛固然重要，但真正重要的不是物品，而是人。

能保護製造者就行了。

懷著這份覺悟推行計畫，換來的結果就是工程開發以驚人速度進行。

＊

最後造訪的視察點是法爾梅納斯王國。

按照跟我的約定，尤姆找來一些作業員，負責處理「魔導列車」通車前的準備工作。

並接獲回報說他們已選定軌道鋪設用地，且現場亦測量完畢。

這邊也比預料中更快。

我以為農忙期結束才會著手進行，不料尤姆——該說繆蘭似乎將鋪設軌道列為優先處理事項。

「這當然。可以讓我國的農產品銷往他國，因此獲得的外幣能使我國富足，這點我心知肚明。萬一發生饑荒，到時進行糧食援助也會更容易吧。當如此美妙的『魔導列車』完工，我國卻還沒建造能供其行駛的軌道，我可不許這種事情發生。」

繆蘭面帶笑容，比我更關注此事。

看來她現在當法爾梅納斯王國的王妃，真的在為國策操煩。

「哈哈哈，我都無用武之地了。隆麥爾那傢伙很擅長這個，我就派他去現場指揮。」

面露苦笑之餘，尤姆將名叫隆麥爾的男人介紹給我。

印象中曾看過幾次。記得是尤姆冒險者時期組隊夥伴的一名法師。

隆麥爾緊張地向我報告現況。

攤開相當於國家機密的精密地圖，他指出街道會通往哪些地點。地圖上按照我的指導走，一併標出精細的測量結果。

我們約好最後要由我確認一遍，所以我馬上動身前往現場。接著利用這天將所有的資訊精查一遍。

「雖然還有不夠完善的地方，但大致合格了。每個區間由誰負責有確實記錄吧？」

「是。全都按您的指示安排。」

「那麼這邊和這邊，還有這段區間都去跟負責人說一下，要他們再調查一遍。」

看樣子確實有在栽培新人才。製出的計畫圖精確度確實在可容許之誤差範圍內。其中某些團隊超出容許值，但他們確實有認真學習，這點毋庸置疑。

讓他們再次調查並重新審視，應該會自行發現錯誤。這樣有點嚴厲，可是這部分不能放水。全部由我執行將能以正確無比的精確度完工，不過那樣沒意義。為了栽培後進，希望他們實際將所有的流程親手做過一遍。

照這個情況看來，修改也不會花太多時間。

可能會提前著手施工，得先跟凱金等人說一聲，要他們預先準備全自動魔法發動機。

全自動魔法發動機做出很棒的成績。多虧有它才能守護我國與布爾蒙王國之間的街道安全。

石板會與魔素起反應發光，還能當路標。

造訪魔國聯邦的旅人對它讚譽有加，警備部隊的士兵們也給予高度讚揚。

此地——法爾梅納斯王國的魔素濃度比朱拉大森林內部還低，但我仍預計在此設置全自動魔法發動機。

這天我受到尤姆等人盛情款待。

「不過話說回來，居然一個人跑出來閒逛，少爺還是一樣自由自在，讓我好羨慕啊。」

酒過三巡的尤姆當真很羨慕我。

不過他誤會了。

其實我不是一個人，有把蘭加一起帶來。

「蘭加也在喔。」

「您在叫我嗎，主人！」

對我的話起反應，蘭加從影子裡探臉。

「唔喔！原來你在啊，嚇我一跳……」

「這還用說。雖說敢對魔王出手的人應該沒幾個，但留意主君安危是部下的職責。所以請您行動時也要更有身為一國之君的自覺。」

「我就免了吧。等艾德卡那傢伙能獨當一面，我預計擺脫這個讓人喘不過氣的王位。」

艾德卡是前王艾德馬利斯之子吧。他看起來確實很機靈，王家血脈最濃的莫過於他。

尤姆認為自己竄位名不正言不順，因此才想讓正統的王族當繼承人。

然而當事人艾德卡──

「尤姆陛下，請您別說傻話！繆王妃已懷上王嗣，理當由他繼任王位！我的夢想就是服侍這位殿下，請您別隨意說出這種會引起不必要爭端的話！」

他似乎沒有當王的意思，對尤姆的話出言否認。

但是比起那個──

「咦，先等等？剛才你好像不經意說出不得了的事？」

我停下分帶骨肉給蘭加的手邊動作，改問尤姆那件令人在意的事。

剛才說繆王妃已懷上王嗣，是指繆蘭懷孕了？

原來高階魔人跟人簡簡單單就能生孩子啊……

「莫非陛下還沒對大恩人利姆路大人說王嗣的事？」

「就不好意思講嘛——」

「由我開口也覺得難為情……」

面對艾德卡狀似傻眼的問話，尤姆和繆蘭不約而同答道。

你們果然是天作之合。

話說魔物生下孩子好像會弱化，繆蘭沒問題嗎？

「這方面沒問題，我原本是人類，雖說應該多少會弱化，但事到如今強弱已經沒意義了。魔法知識和技術依然健在，不至於產生太大的不便。」

我的疑慮三兩下化解。

「順便說一下克魯西斯那傢伙，他好像受到太大的打擊，整個人陷入低潮……」

怪不得。

才想說來這之後都沒看到克魯西斯。

算了啦，我想他以後也會遇到好對象啦。

但這不是我能置喙的問題。

我也是一直交不到女朋友，這問題克魯西斯該自行解決。

「那就請他節哀順變了。那克魯西斯變成那樣，騎士團沒問題嗎？」

八成是迪亞布羅出手的關係，血氣方剛的叛軍已變得很安分。因此我想應該沒什麼好擔心的，不過騎士團長變這副德性令人有點不安，怕會出問題。

「這部分沒問題。裡頭還有我的夥伴，最重要的是拉贊大叔超厲害。不愧是活傳說，真的不得了。」

對喔。

這個國家還有拉贊。

聽說迪亞布羅把他收為僕人，他似乎在這個法爾梅納斯王國認真賣命。

好吧，畢竟迪亞布羅都用獨有技「誘惑者」確實訂立契約了，應該不用擔心對方叛變吧。

「說到這位拉贊大人，他目前正精力充沛地視察國內情形。會用魔法定期聯繫，替我們將國內的危險因子全數剔除！」

艾德卡用少年會有的閃亮眼神訴說。看來拉贊在這個國家很受歡迎。

我曾接獲各式各樣的報告，心想拉贊一直以來都做些沒血沒淚的事，但從守護國家的角度來看，他算很優秀的男人吧。

我也不打算挑毛病非難，專心聽艾德卡訴說。

立場改變，看事情的角度也跟著變。

常言道贏了是大爺，輸家將失去一切。

看在這個國家的人民眼裡，艾德馬利斯王和拉贊才是對的。倘若跟法爾姆斯軍對戰是我戰敗，如今我們將在歷史上留下紀錄，被人寫成邪惡殘酷的魔物集團。

我沒有用不正當手法貶損對手的意思，但能這麼做也是因有餘力。

從這個角度想，尤姆的興國計畫算是非常成功。

他將在舊體制擔任要職者中夠優秀之人直接留任。其結果得以將怨懟壓到最低，成功讓國家繼續順利地營運下去。

除此之外還進行情報操作，不放出對我方不利的評價，如今我們已成法爾梅納斯的邦交國。照這個步調發展下去，人們對魔物的偏見遲早會淡化。

迪亞布羅果然特別優秀。或許是他夠了解人心吧，這才帶出我要的結果。

一切都按計畫進行。

對此感到滿足之餘，這天我跟尤姆等人開心地聊了一整晚。

*

在我工作的這段期間，菈米莉絲和維爾德拉似乎也很賣力。

視察完各大工程現場的我回到母國，他們兩人一起出來迎接我。

是出什麼問題了嗎？還是有事想跟我炫耀？

這次是後者。

「太好了，利姆路！試作機終於完成了。要是測試成功，我們就能著手量產實用機型吧！」

「嗯嗯。這次我有自信。快來看看吧！」

在兩人催促下，我跟著他們走。

目前魔國聯邦境內有幾個研究地點。

有對外公開的鍛造工房，供黑兵衛和他的徒弟使用。

在這研究的技術多半是盜了學不成也沒用。

我委託製作的特殊武器另當別論，大半武器都堂堂地對外公開兼作宣傳用。

譬如用春季新作之類的方式呈現，希望可以打造成黑兵衛品牌和葛洛姆品牌。

接下來這部分才是重頭戲。

這些地點須對外保密，用來進行各式各樣的研究。

研究設施最好在一般人難以進入的易守地點。基於上述理由才集中設在地下迷宮內部。

第一百層有我、菈米莉絲和維爾德拉個人用的研究場所，以及由戈畢爾擔任所長的本國官方研究所。

此外第九十五層有開闢公園，裡頭也準備了廣大的研究設施。

獸人難民全都離開了，所以空出廣大的腹地。這下正好，我們就轉而利用該地。

德瓦崗派出鍊金工匠，薩里昂派魔導研究員，魯貝利歐斯則派閒得發慌的吸血鬼研究者，他們都來到我國聚集。因此須大規模研究場所。

各國派遣的研究員都是各有專精的專家。

矮人王國的鍊金工匠擅長「精靈工學」。凱金和培斯塔曾涉足的「魔裝兵計畫」就以此學問為基礎進行研究。

在這個世界裡，人們認為自然現象與精靈的力量有關。共有地、水、火、風及空間這五大元素，以及光、闇、時這三個高階要素。

利用這些元素產生的現象形成科學技術，將之發展成一個技術體系，這就是「精靈工學」。

可說是這個世界最具代表性的學問。

來自薩里昂的魔導研究者則修習稱作「魔導科學」的隱密學問。

唯有鑽研魔法至極致者才得以進入此學術殿堂。

據說其基礎理論由長耳族天才研究者、薩里昂天帝艾爾梅西亞的生母提倡，能承襲並將之重現之人似乎少之又少。

藉魔法進行法則操作，能改變世界到什麼地步？

甚至連這類哲學領域都網羅在內。

感覺是迪亞布羅會為之心喜的學問。

該理論的精髓在於能強行更動現象，讓「精靈工學」得以發展。

難處在於只有精通「元素魔法」的魔法師能讀懂，但這套獨特理論的實用性自然不在話下。

怪不得被列為魔導王朝薩里昂的國家機密，禁止洩漏給其他國家知道。

最後是吸血鬼族，會收他們是因為跟魯米納斯做過約定。

都是名喚「超克者」、相當於災厄級的高手。盡是些稀奇古怪的分子，幸好人數不多。

原本還一個頭兩個大，怕他們引發問題，結果是我杞人憂天。

「嘿——利姆路大人！Ｍｅ們對好玩的事最有興趣啦！」

當團體代表的男子非常開朗陽光，很容易跟人打成一片。

他們單純只是喜歡新事物罷了。就算有人類、長耳族跟矮人當同事也不在乎，首要目的是滿足自己的求知慾。

不，裡頭還是有傲慢的傢伙存在。

不過——

那裡還有維爾德拉和菈米莉絲坐鎮。雖說菈米莉絲本人不夠看，但助手貝瑞塔和德蕾妮小姐可不會悶不吭聲。

傲慢者的下場很悲慘。

「喂，上茶。」

「是——現在就來——！」

「唉，今天太拚，肩膀好僵硬。」

「小的替您揉————！」

「超克者」究竟算什麼……

「OH，都是些蠢材。真沒用！」

吸血鬼族的隊長在那唉聲嘆氣，卻沒對維爾德拉或菈米莉絲發牢騷。

就這樣，他們變得非常配合。

而他們的研究就有趣了。

吸血鬼族做的研究面向正好跟「魔導科學」相反。

魯米納斯曾說那些研究沒什麼用，但我不這麼認為。

吸血鬼族的研究在地球上就是所謂的物理工學。排除一切魔法要素，試圖找出自然界定理。將這些詳細記錄並定為物理法則，那就是他們的學問精髓。

不管是誰來做，結果通常都一樣。

從某方面來說當然是這樣，但這個世界裡的魔力多寡會造成不同影響，該學問可歸類為異類。

魯米納斯似乎不怎麼買帳，可是這研究確實挺有趣。

就算說穿了不過是吸血鬼族為了打發時間累積資料，但這些大數據具有重大意義。若是拿這些資料當基礎，將更容易調查魔法的影響力。

劃時代發明往往是一些細小事物日積月累而來，他們的研究絕不容小覷。

如此這般，來自各國的多領域學者便於我國齊聚一堂。

他們帶來的情報很貴重，交融而生的研究成果將難以估算其價值。

須確保各研究人員的人身安全，並對研究成果保密。這是我國被賦予的使命。

在這工作的研究人員都戴上特製手環。這個好東西由菈米莉絲特製，拿掉「復生手環」的復活次數限制等機制。還具備通訊機能、在迷宮內傳送的機能。不過預先設定的傳送地點就只有地表和研究所兩處。

由於研究人員必須保守各式各樣的機密，所以我們就強行剔除便利性。基於上述考量才由我免費提供該品項。

只能去傳送點，不能從此階層移往其他地方。一傳送就會記錄相關資訊，可防止情報外洩。

但還是有其他手段可用，例如拜託樹妖精幫忙傳送。這方面也需要德蕾妮小姐核准，應該沒辦法在迷宮內從事間諜活動。

嚴格說來「超克者」們有可能走旁門左道，不過這麼做很危險。連我也不清楚迷宮設了什麼樣的陷阱，吸血鬼族的高手要突破應該也不容易。

他們的行動都受到監控，不管幹什麼勾當，我方都能立刻派出追擊手。若是在迷宮內被絆住，馬上就能捉住他們吧。

會這樣嚴加管理當然是有原因的。

據說發展成高度文明會引來天使進攻——應對這點的理由較大。

單就這方面而言，沒有比這座菈米莉絲迷宮更安全的地方。

若在此處——也就是迷宮的地下九十五層，就連天使進攻都擋得住才對。菈米莉絲還誇下豪語，說若有萬一可變更樓層，讓九十五層跟九十九層交換。

話說迷宮最深處的這座都市，在魔國聯邦境內算最安全的地方。

為了防止機密外洩，這個地方完全隔離，根本無可挑剔。此外在駐紮人員的健康管理等社會福利方面，迷宮內部可說是最棒的環境。

九十五層有我國最高級的服務設施，我認為足以滿足這些人。

順便說一下。

封印洞窟內部的研究地點在以前算主要機構，現在那裡封起來了。反覆栽培希波庫特藥草使魔素濃度降低。儘管如此雖仍測得偏高的濃度指數，但可以想見收成量將會遞減。

因此我們將希波庫特藥草的栽培地移往別處。

講是這樣講，其實第九十三層的花田已規劃希波庫特藥草專用區塊。我們只提昇該區域的魔素濃度，促使雜草突變。

戈畢爾等人的研究所也搬到地下一百層，栽培區搬遷的其中一項原因在於更便於做研究。

而封鎖的洞窟目前已另闢一條通道連往後山，當成飛空龍的棲息地。那好歹算軍事機密，所以我們徹底封鎖、不讓一般人進出。

今後重要的研究預計全在迷宮內進行。

他們兩人要帶我去的地方果不其然是迷宮研究設施，位於地下九十五層。
不是去他們的私人房間，看樣子八九不離十是各國共同研究機關的研究成果。
有提到是試作機，看來研究也進展得很順利。
關鍵物品似乎能趕在鐵路開通前交差。
許久未見的九十五層不知不覺間變成森林型都市。
在修整得漂漂亮亮的公園裡，有一大片和樹木同化的城鎮。
我心想在那麼短的期間內虧他們能建造如此大規模城鎮，一些長耳族居住在森林裡，這些都是他們的智慧結晶吧。
樹人族似乎也有出力協助，將這裡打造成美妙的空間。
當然了，暫時來迷宮逗留的挑戰者無法進入這座城鎮。只有按官方規定攻略迷宮的人才能進入該都市。
我也常去造訪ＶＩＰ專用的長耳族酒店，但白天很少過去，所以沒料到這裡變化那麼大。
雖說都交給維爾德拉和菈米莉絲處理，不過成果確實很有意思。其他樓層似乎也大幅改頭換貌，期待下次有空來場悠哉的迷宮之旅。
我邊想邊跟在兩人後頭走著。
接著看到立於都市中央公園裡的研究所，那棟鋼筋水泥建築物大放異彩。研究所旁有大型建築物並排而建。
連供各國研究者過夜的宿舍也準備妥當了。在我監督之下準備了嶄新的建築物，不知為何外觀變得有些古老，看起來年代久遠。然而它散發獨特氛圍，感覺也不賴。

「哦，有樹根繞在上面，看起來別具風情呢。」

「對吧？研究所果然還是該散發神祕氣息！」

維爾德拉得意地說著。

說什麼神祕氣息，感覺好像小孩子開開心心搭建祕密基地一樣。這些光怪陸離的知識究竟都從哪裡學的？

「現在大夥兒感情融洽，在討論要不要組成祕密社團呢！」

妳說祕密社團？

你們在這到底都做了什麼？

「嘿嘿嘿。利姆路不是率先揭露大家的研究資料嗎？一些人原本想竊取他國情報作為己用，也因此看開啦。」

原來還有這種事啊。

國與國之間存在巨大藩籬，各國研究員容易意見相左。他們都為母國利益打算，打算隱藏自己的技術並吸收他國技術。

我想這樣下去不行，就把各國的技術揭露出去。

碰上智慧之王拉斐爾大師，設為機密技術也沒用。我將之統整成人人都易於理解的官方說明書，每人發一份影本。

這是請優樹準備的貴重紙張，但我不惜將它們全用上。有點可惜，然而我們須甘於接受這點損失。

比起羊皮紙，我更想用植物性纖維製成的資訊用紙管理文件。優樹給的紙張似乎是帝國出品，不過品質已經很接近地球的產品了。我將這些紙全數發出，大家應該能察覺我的誠意。

這件事過後，研究者全都變得很坦然。為了滿足自身求知慾，大家同心協力。

「對，將各國的機密情報整理成資料本，這樣大家都能閱覽對吧？當時大家很有意見，但最終將對技術發展有所助益。」

「嗯嗯。就跟利姆路想得一樣！後來我們開了慰勞會，大家在會上一拍即合。」

菈米莉絲是這麼說的。

大家放棄隱瞞技術，決定互相幫忙，結果研究所內出現奇妙的連帶感。最後似乎讓大家放棄對祖國的執念。

就連那些「超克者」吸血鬼如今也變成對等的夥伴。

事情變有趣了。

那樣很好。

雖然是很棒的結果，但問題在後頭。

研究者們變成一個由維爾德拉和菈米莉絲帶頭的群體，因此才出現獨特的組織系統吧。對。

就像某種邪惡的祕密社團，每個人能盡情研究自己喜歡的事物，形成不可思議的環境。

菈米莉絲對這類研究特別有興趣，不知不覺間變成該群體的吉祥物兼偶像。

維爾德拉則變成邪惡首領。

這些傢伙竟然趁我不注意……想歸想，若我在也許會讓他們更加無法無天。

——不，這怎麼可能。

就當是這樣好了，我繼續跟他們談下去。

「總之就是這麼一回事，所以這裡的外觀就變成那樣了。」

「怎麼樣？很像邪惡的祕密基地，感覺很帥吧？」

啊，果然是祕密基地。

維爾德拉學到的知識多半自我的記憶重現。那些形象大多來自漫畫等物，而我的直覺導向正確答案，想來也情有可原。

「嘖，就你們幾個自己在那找樂子。」

「嘎哈哈哈！沒什麼，接下來才要進入重頭戲。今後還得借用你的智慧吧。」

「就是說啊，利姆路！你總是讓我們嚇一跳，這次換我們。你就先看看我們的研究成果，之後再請你說些意見。」

聽到我不經意說出的真心話，維爾德拉高聲大笑，緊接著換菈米莉絲安慰我。

她都這麼說了，我也不好一直鬧彆扭。

這就換個心情，在他們兩人的帶領下進入研究所。

＊

一群白衣人忙碌地工作。

一台小型列車從我眼前跑過。

就是所謂的鐵路模型。

但仍大到足以讓一個大人跨坐在上面。

「嗨，少爺！被嚇到了吧？」

還以為是誰呢，原來是凱金。

他穿著不搭調的白衣於現場當總指揮。

這個大廳跟大學禮堂差不多大，地上鋪滿軌道，連給人踩的空間都沒有。

有山有谷有隧道，目的是做空氣力學的解析吧？

那這座大廳就等同風洞實驗設備了？的確，用魔法能輕鬆進行環境實驗吧。

「好厲害，這座大廳都變成實驗設施了？」

「正是。竟然能一眼看穿這點，不愧是少爺。可是要說真正厲害的在哪兒，那就是聚集在本國的人才吧。因為他們輕輕鬆鬆就弄出這麼棒的設施。」

的確，凱金說得沒錯。

多虧聚集在此的技術人員互相幫忙，才能弄出這樣的設施。

運用各種魔法打造這座立體透視模型。在上頭奔馳的精巧模型出自凱金，是他的一大力作吧。

「這台列車的動力是什麼？」

靠智慧之王拉斐爾大師「解析鑑定」也行，但我故意這麼問。

「是蒸汽。」

凱金答完露出一抹笑容。

果然沒錯，想到這裡我跟著頷首。

目前我國境內的列車動力來自馬匹。有貨車在軌道上面滑動，馬來拉那些車。

當然載運量跟馬車同等。這樣更安定且有助於交通管理，效率卻沒顯著提昇。

有人提議讓魔偶或魔物拉車，但那些說到底依然治標不治本。

關鍵在於開發機動車輛。

動力首選還是蒸汽機吧。

當然了，不用燒煤驅動的舊時代技術，我們試著設計兼採魔法與科學長處的機構。

因此才命名為「魔導列車」。

利用魔法將魔素轉變成能量來源，其燃燒力足以催生蒸汽——這就是魔導機關的基本概念。該機構說是「精靈魔導核」的雛形也不為過，雖然單純卻需要高度的魔法技術。

催生魔法的法則與自然現象有別。能發揮想像中的效果，卻難以從中看出規則性。

舉個例子，要在透明玻璃容器裡點燃燭火。

在密閉容器裡很快會出現二氧化碳，將氧氣耗盡。然而靠魔法產生火焰，火將能一直燒下去。

只要術師注入的魔力和魔素還在，魔法之火就不會消失。當然術師的魔力總有極限，故無法讓火永續長存。

由此實驗可知魔法火靠有別於化學現象的法則作動。因此現實中要將其運用在別的地方將窒礙難行。

有鑑於此，在這個世界裡似乎沒人會把魔法跟物理聯想在一起。

然而這裡所說的魔法單指「元素魔法」。

借用精靈之力發動「精靈魔法」，不會被術師的假想左右。換句話說，精靈跟自然現象同等，該魔法則將精靈的力量原封不動發出。

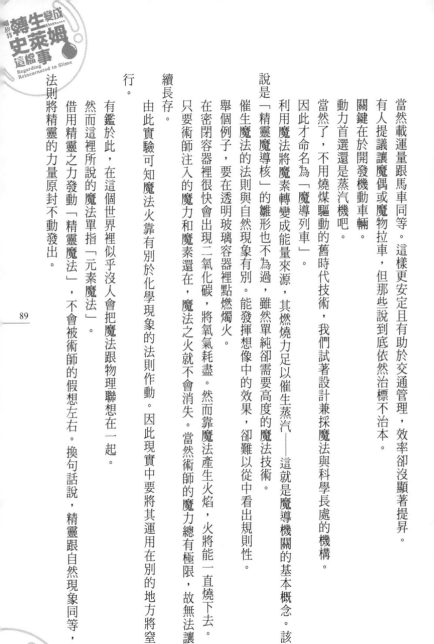

也就是說靠「精靈魔法」點的火將消耗氧氣，製造二氧化碳。

插播一下，以前我跟焰之巨人作戰時，「大賢者」曾提過讓水蒸汽爆發，能引發該現象是因焰之巨人的火與自然界之火同性質。假如那是靠魔素置換物理法則的「元素魔法」，這麼做搞不好起不了任何效用。

能在「聖淨化結界」裡使用「精靈魔法」也是同理。

還有一樣。

為了在洞窟內準備照明，我曾用「刻印魔法」加熱金屬，結果光靠這樣無法確保足夠的光量。後來讓多爾德下工夫，變更成其他術式，運用元素魔法「照明」將魔素直接轉換成光。

多虧有魔法，在這個世界裡可以無視過程、直接叫出結果。衍生的害處就是遲遲未剖析自然現象。要重現來自物理現象的科學技術，靠類同自然現象的「精靈魔法」正合適。因此我才想到開發用精靈製成的動力爐。

「我們也會用鍛造廠的火焰熱度煮水，卻沒想到可以用這種方法製造蒸汽。」

凱金對此感到佩服。

光聽我的說明就能讓蒸汽機重現，我倒是對這樣的技術水平感到吃驚。

「總之有很多方式啦。像是運用活塞或渦輪發動機，蒸汽——簡單講就是運用熱能創造物理變化，或是將它轉變成電力。電力方面是今後的課題，但與活塞原理運動相關的研究似乎挺順利的。」

「對，如您所見。少爺說得沒錯，電力運用得當能產生很強的力量。」

凱金說完就看向小型列車。

以前我曾跟凱金等人說過電力的事。後來他們似乎持續鑽研，看來如今已確實理解。

甚至讓我懷疑他們比我還懂。

凱金正看著那台機關車，有六台車連在上頭，各自堆了一些鐵塊。如果這些是如假包換的列車，似乎能實現高載運量。

「在這個實驗室裡，我們能重現各種環境。目前是熱帶雨林。隔壁那間房是沙漠地帶。再過去是大雪紛飛的地方。每個房間都會分別採集數據，也許能設計出適應各種環境的列車。」

不知不覺間已讓菈米莉絲坐到肩膀上，德蕾妮小姐面帶微笑地解說。

連一對尖牙正閃閃發亮的吸血鬼族人聽完也頻頻點頭。

「Ｍｅ們也有幫上忙真是太好了。Ｍｅ們最喜歡做這種實驗了。」

那個開朗男似乎有點怪。與其說他喜歡實驗，倒不如說他是對其他事情完全沒興趣的研究狂。

不過，想必他們真的有幫上忙吧。

他將整理得一絲不苟的筆記遞過來，上頭密密麻麻地寫著詳細註記。

順帶一提，紙張材質是植物纖維。

若跟東方帝國有交流就能進貨，可惜現階段沒做買賣。無計可施之下，我請他們先從造紙研究開始。戈畢爾的部下很擅長做這種單調工作。因此試著交給他們處理，讓他們利用樹木纖維等物品試做低品質紙張。

之後就交給他們隨意處置，反覆試誤後，轉眼間將品質提昇到現在這種水準。

雖說他們有樣本供參，還給他們記載製紙步驟的資料，但這樣還是很厲害。

我二話不說誇獎他們。

話題拉回到重點的筆記內容上。

上頭寫了疑慮點、解決方案、對此做的實驗和實驗結果等，非常有趣。像是動力，以及獲得動力不可或缺的魔素量。

連續運轉多少時間，因應而生的動力爐劣化情形。

預測可載運多少物品，還有這樣會對貨車產生多少重量。據以算出處於室內的安定性，連能加速到什麼程度都預測了。

這類資料將能作為參考，用來打造實體大小的機關車。我大致看過一遍，看樣子已經完成相關理論了。

如上所述連模型都有了，能實際打造試作機——咦，莫非！

「喂，維爾德拉，難不成試作機不是這台，另外還有其他的？」

「咯咯咯，果然厲害。連這都能發現，你這小子果然有一套。」

維爾德拉開心地笑著。

坐在他肩上的菈米莉絲也一臉得意。

再朝四周猛一看發現凱金、其他研究人員、德蕾妮小姐和貝瑞塔也不例外。

他們神不知鬼不覺聚集，在某扇門前列隊排開。

這麼說……

「我們費了好大一番工夫。光只是在爐內召喚焰之精靈還不夠，還得控制輸出功率，若要靠人力進行，列車上須隨時配備有一定水準的咒術師。按預計上路的列車數培訓咒術師也行，可是那樣會花太多時間。所以我們就在那安裝魔法迴路讓它自動控制。有了當爐『核心』的焰之精靈，加上控制板，裡頭安裝可控制爐子的『刻印魔法』。兩者相結合就生出這樣東西！」

凱金邊說明邊朝門緩步走去。

他雲淡風輕地說出召喚精靈一事，但一般在這個階段就會卡關。因為低階精靈火力不足，至少也得召喚火蜥蜴等中階精靈。

火蜥蜴等級來到B+，一般人不可能長時間持續召喚。

是因為有菈米莉絲在吧？

八成是她原本在當精靈女王的關係，感覺跟精靈有關的事都難不倒她。

我在一旁暗自感到吃驚，凱金則伸手搭上門板。

＊

「噢噢，這是……」

門前方出現那樣東西。

烏黑光亮又氣派。一看就知道用魔鋼製成，同時又像一隻散發危險氣息的鋼鐵怪物。

「這就是匯集我等技術精粹的『魔導列車零號』！」

我正感到佩服，此時培斯塔驕傲的聲音傳入耳裡。

還以為停留在實驗階段，沒想到已經完成了。雖然只是試作機，但這可是第一台夢想列車。

一開始就向前邁出一大步。

「之後會針對車體的耐久性進行測試，不只貨車，我們還想準備客用車、臥舖車及用餐車廂。」

「當然機關車本身也還沒完工。還得做細部調整，提昇完成度。」

培斯塔跟凱金都幹勁十足。

研究人員也用熱切的目光看著零號機，想必還有改良空間。

「還有利姆路提過的電力，那個有點困難。我有叫風之精靈發電，可是好像沒辦法直接利用那股能量……」

這麼說也是啦。

電可以說是萬能的，但困難之處在於無法輕鬆駕馭。

「要先開發蓄電器。一旦成功就能利用機關車的熱能發電。到時列車在運用上會變得更便捷，值得努力看看。」

我完全是門外漢，但智慧之王拉斐爾大師將地球上的技術手冊翻成此地語言，做成文本。我將那些交給他們，培斯塔等人應該能有效運用吧。

感覺很像透過魔法二次利用，但能變得更方便，我可是很歡迎。

「對，就是這麼一回事。剛才提到電力就想順便說一下，但最後還是決定邊看這玩意兒邊說。俗話說『百聞不如一見』嘛。我們進去吧。」

莫非電力也能實際運用了？

在那猜想，我一面跟著凱金走。

來到裡頭讓我大吃一驚。

機關車內部籠罩在柔和的光芒裡。

我看向凱金，用眼神問他「這是怎麼一回事？」。

「當少爺把資料交到我手中，我就做好覺悟了。對吧，培斯塔？」

「對。自從利姆路大人將運用電力的研究交給我等處理，我和凱金先生就時常細讀那些資料。但有些地方還是看不懂，然而此處有這麼多的技術人員齊聚，因此得以借大家的智慧集思廣益。」

「嗯，就是這麼一回事。大家替我們解惑。還有就是看到那位小姑娘——菈米莉絲大人的聖靈守護巨像，我們好驚訝。因為曾遭我們廢棄的『魔裝兵計畫』完成品就在眼前。」

好吧，確實是那樣沒錯。

有實物可看有助於理解。

目前聖靈守護巨像正在重建，似乎直接被列為研究對象。

「正是。看完那份資料並聽取大家的寶貴意見，我們這才發現自己的重大失誤。從前我們做實驗的時候，以為『元素魔法』跟『精靈魔法』是一樣的魔法。但那成了錯誤的開端——」

「——因此，我們打算看實品檢驗不足之處在哪裡。」

結果他們發現魔法系統不同，法則南轅北轍。

菈米莉絲的聖靈守護巨像是透過「精靈魔法」——該說透過被召喚的精靈作動。凱金他們想用「元素魔法」驅動「精靈魔導核」，因此無法引發連鎖反應，以至於不能順利啟動。

「——但我卻調高魔法輸出功率。最後導致無處揮散的魔法熱能失控，實驗宣告失敗。」

原來是這樣啊。

菈米莉絲那邊可能單純只是不能用「元素魔法」罷了。不過，到最後那卻是成功的關鍵。

聖靈守護巨像的動力爐為「精靈魔導核」仿製體，這次技術人員齊聚一堂，這才找出實現應有性能的線索。此外，解析我製作的「魔精核」讓「精靈魔導核」以應有樣貌完工。

「一方面感到開心，一方面又覺得不甘心吶。」

「對，確實如此。一度放棄的理論居然只是因我們會錯意才導致失敗……」

不管怎麼研究都只停在理論階段，完全沒有成功跡象，只因解開誤會就像這樣輕鬆完成，凱金他們也只能一笑置之了吧。

「就是啊，有了『精靈魔導核』就能把魔素轉換成能量。只是那些能量還分成好幾種，不是三言兩語就能解釋。」

「這個機關車會讓魔素轉變成熱能，使渦輪發動機旋轉。還能產生利姆路大人說的電力，甚至能像這樣替各車提供照明呢。」

真教人驚訝。

不，說真的我嚇一大跳。

簡單講這台列車的動力來自完全版「精靈魔導核」。具備著透過將魔素分給各種屬性的精靈，將之轉換成易於利用之能源的機能。

而且還能讓能量循環。渦輪發動機產生的電將回到「精靈魔導核」留存。

似乎也能直接發電，但據說這樣難以控制。因此開發重點才放在運用蒸汽機製造的電力上。

電這種東西果然不是輸出愈強愈好。不是只有發電廠就好，還需要變電所，以及用來儲電的蓄電池。

如此複雜的工序居然只靠「精靈魔導核」執行……

且燃料還是大氣裡的魔素，假如這樣也不夠用，我們只要準備易於搬運的魔石就解決了。

連續運轉時間視魔素有無而定。

來到總是充斥魔素的地方，只要不做高度運轉就能永久——雖說還需要維修保養——活動。

簡直可說是得到夢幻般的動力。

「怎麼樣啊，利姆路，很驚訝吧？」

「我們只要認真做也能做到這樣喔！」

在那自賣自誇的維爾德拉和菈米莉絲令人厭煩，但做出的實績確實了得。這次還是老實誇獎一下吧。

「哎呀，真的好厲害。之後麻煩你們照這個步調繼續做下去！」

「嗯。包在我身上！」

「嗯嗯。我辦事你放心！」

維爾德拉他們會想賣弄是人之常情，就連我都想找人炫耀一下。

再過不久我國就會有列車行駛了吧，讓魔導列車系統橫掃全世界的日子不遠了，我對此感到興奮不已。

「話說少爺，有件事想跟你商量……」

「嗯，什麼事？」

「沒什麼，其實是這樣的，為了慶祝『魔導列車零號』完工，想大家一起開個懇親會。所以說，那個……」

我知道了，就是說懇親會只是名目，他們想大吃大喝熱鬧一下對吧？

地點還是我很愛光顧的夜晚的店家。

好吧，就那麼辦。

「好！今天大家一起喝通宵吧！」

「多謝！那些高級酒店都是少爺在關照。我總不能擅自包場嘛。」

凱金說完露出開心的笑容。

那裡的確不是可以一大票人過去喧鬧的店。在那之前，這麼多人沒辦法全塞進店裡吧。

但對凱金來說，錢似乎不是問題。

「我叫人在店外準備位子。今晚就不收其他客人了，專替這裡的職員開慰勞會吧。」

都已經這麼熟了，事到如今還開什麼懇親會。為了感謝大家，由我出資開慰勞會吧。

其實老實說，拿什麼當名目都好。

要慶祝喝酒最合適。

管他是懇親會還是慰勞會，能玩得盡興開什麼會都一樣。

幸好這裡是名氣響亮的樂園——長耳族村。

就讓我們一起分享喜悅，為今後養精蓄銳吧。

「嘎————哈哈哈！你真懂事！」

「「「多謝款待，利姆路陛下！」」」

維爾德拉心情大好，與此同時研究員們異口同聲向我道謝。

動作整齊劃一，令人懷疑他們平常就有練習。

對那些吸血鬼來說生血似乎不是必須品，他們也愛喝酒。這幫人理所當然地加入。

除此之外——

「太好了！今天我也能喝免錢的酒！」

「哎呀，那真是太好了。但請您小心別喝過頭——」

「那可不行，菈米莉絲大人。利姆路大人已嚴令禁止小孩子喝酒了。」

某隻小不點想趁亂喝酒，自然是遭人制止了。

ROUGH SKETCH

第二章

新夥伴們

Regarding Reincarnated to Slime

那名惡魔如狂風過境，摧殘這個魔境。

穿過「地獄門」，他來到冥界——或稱作地獄的精神世界，成為暴力的化身，屠殺那些強大的惡魔。

弱小的惡魔早就逃之夭夭，有實力的人成群結隊迎擊。

可是對那惡魔來說，這都是不足掛齒的弱者掙扎罷了。

他完美地擊破敵人，悠哉地蹂躪下去。

惡魔是精神生命體。

因此就算肉體遭破壞，過一段時間也會自行修復並重新活過來。

或許是因為知道這點的關係，他毫不留情，對迎面而來的敵人痛下殺手。

令人畏懼的暴力化身——這名惡魔名叫迪亞布羅。

「咯呵呵呵呵。好久沒來這裡，看來多出一堆雜碎呢。蒐集這種雜碎也沒用。得快點去見老朋友。」

和迪亞布羅足以匹敵的老朋友們。去挖角這些人才是迪亞布羅此行遠征的目的。

「咯呵呵呵呵。若是找那些人，利姆路大人肯定也會很滿意！」

留下這句話，迪亞布羅自該處瞬間移動消失。

身後剩下的，是看不清迪亞布羅實力的愚蠢之徒殘骸……

結束現場視察後，我已掌握現況。

軌道鋪設工程距離完工遙遙無期。

連通矮人王國與我國。

連通我國與布爾蒙王國。

還要在布爾蒙王國與法爾梅納斯王國間開路。

去矮人王國的路上轉彎南下，經過由蜥蜴人族統治的西斯湖一帶，有條路通往猶拉瑟尼亞。

並整頓從布爾蒙通往薩里昂的街道，須於哥夏山脈開通隧道，之後才能開闢軌道，要做好長期施工的心理準備。

真想快點讓軌道通往海邊，以便用便宜的價格提供水產。

將來還打算在布爾蒙王國和英格拉西亞王國間闢出一條鐵道主幹。

如此想來，似乎還得花一段時間才能將交通網打造完成。

此外還得同時進行列車開發。

因試作機完工，研究已突破最大關卡。

再來只要狂操試作機進行測試就行了。

雖說我們得到夢幻般的動力爐，但開發工作並非到此為止。

列車搭乘的舒適度也很重要，必須解決為周遭帶來的噪音問題。

這已經比一般的蒸汽機關車安靜了，但高速行駛還是會發出高分貝噪音。

以凱金為首的研究團隊正著手處理這類細部問題。

將這些令人掛心的問題點進一步細分，擬出相關理論解決。在此同時，我還希望他們將解決這些問題的過程做個紀錄，成為有助於今後發展的參考資料。

不過話又說回來，如今最難突破的「精靈魔導核」已經完成，跟列車有關的事都交給凱金處理就沒問題了。

對於開始啟動的計畫，我們不吝砸下大筆國家預算。去巴結摩邁爾，讓他稍微增加一點配額。

如此這般，我也開始往研究所跑。

還因此和研究人員混熟，更有機會跟他們聊有用的事。我身為「異界訪客」所擁有的知識對他們來說似乎很有趣，他們常來徵詢我的意見。

遇到太難的問題就派智慧之王拉斐爾出來對應。

拜託性能在量子電腦之上的智慧之王拉斐爾大人，不管多難的計算都能在眨眼間完成。所以我就肆無忌憚地利用。

工作結束後，緊接而來的是夜晚交流時間。

夜晚的店家並非全是高級店。研究遇到瓶頸可以去逛街上，除了散心還能辯論。

我每天也都奉陪到很晚，但沒拿加班費。

真的很不可思議。

順帶一提，雖說預算變多，但我們絕對沒有統統拿去喝酒。應該也有確實花在技術發展上，望各位寬容以待。

此外，在我、維爾德拉跟菈米莉絲這三人裡，薪水最高的就是菈米莉絲。

扣除迷宮營運費用仍獲得莫大收益。其中兩成歸菈米莉絲所有，不只當初預定的金幣兩枚，平均一天可以賺二十枚以上。

折算起來一天超過兩百萬日幣，但德蕾妮小姐和她的姊妹們、貝瑞塔的薪水等支出都由菈米莉絲支付。話雖如此，每個月手邊還是會留下將近百枚金幣吧。

我跟維爾德拉領一樣的錢。每天由國庫支付金幣一枚。

維爾德拉是迷宮主人，菈米莉絲也會給他零用錢。迷宮受維爾德拉的魔素關照，有時國庫也會編列特別支出。因此他領的錢比我還多。

不過我還是確實藏了私房錢。正在投資各種事業，收入頗寬裕。

受大家的工作熱誠感召，我也決定好好努力。

跟迪亞布羅約好要製作供惡魔附身的肉體，正卯起來賣力打造。

還要替德蕾妮小姐的姊妹們準備身體，需要菈米莉絲提供意見。助手是菈米莉絲。

菈米莉絲爽快答應，但硬要我替她增加人手。

「我們這邊有許多雜事，而且我還有很多事情要拜託別人幫忙。光靠德蕾妮跟貝瑞塔，我的工作很難做下去……」

這傢伙只是想增加供她炫耀的對象吧？——想是這樣想，看到德蕾妮小姐等人忙碌的模樣就改觀了。

菈米莉絲不只是我的助手，另外還有她自己的工作要做——就是重新打造聖靈守護巨像。

最重要的心臟核心部分已經完成了。骨架和概略軀體由我製作，再說還有可以供她參考的聖靈守護巨像在。

只要參考這些做研究就行了，但改造起來還是得花些時間。

不僅如此，凱金正忙著打造列車本體，培斯塔準備自行完成「魔裝兵」。若是有空，培斯塔似乎會幫菈米莉絲的忙，但這樣好像有點過勞。

到時要裝入完全版「精靈魔導核」，我想確實蒐集數據。要蒐集實驗數據，可以肯定的是人手愈多愈好。

「對了，那維爾德拉呢？」

「嗯——師父那邊就不知道了。每次拜託他做瑣碎工作就搞失蹤……」

原來如此，感覺有點靠不住是嗎？

的確，被她這麼一說確實有那種感覺。

維爾德拉總是看似忙碌地忙進忙出。

以為他會妨礙大家，沒想到不全然是那樣。看起來是那副德性，其實上知天文下知地理，似乎幫了不少忙。

他好像很喜歡被人阿諛奉承，與其拜託他當菈米莉絲的助手，不如讓他隨自己的意做事。

「我知道了。那我私底下會物色一些人才。」

「嗯，麻煩你嘍！」

跟菈米莉絲做了約定，我開始煩惱誰才是合適人選。

＊

就這樣，日子一天天過去，我們的日常生活過得很和平——

某天那傢伙突然跑來。

地點來到辦公室。

桌上放著大量的裁決文件。

一般人處理起來不管用多少時間都不夠，但我可以拜託「智慧之王拉斐爾」處理。

讓它掃過一遍大致精查，將較重要的案子排在前面。接著判斷要核准或駁回，並行雲流水地迅速用印。

雖說沒剛才說的那麼費力，但進行單調的作業很痛苦。我想著要是迪亞布羅在就可以讓他代打，同時手邊動作沒停，將那些工作做完。

再來是休息時間。

我變回史萊姆，去沙發上悠哉一下。

這樣好舒服。

自己的身體好柔軟，加上靠枕很有彈性。兩者相融創造彷彿被羽毛包圍的觸感。

現在的我連睡覺都要特別下工夫，這是我的祕密小樂趣。

這時敲房門的聲音響起。

我正想在這偷閒放鬆一下，但好像有人來了。

沒辦法。

我變回人型坐到椅子上。

「請進。」

接著擺出帥氣姿勢回應。

緊接著朱菜推開房門進來。

她朝我一鞠躬。

「利姆路大人，您有客人。對方自稱迪諾，說他跟利姆路大人認識？」

被我料中，有客人造訪。

說他認識我又叫迪諾，我能想到的就只有一人。

「那個人是魔王——跟我一樣，是『八星魔王（Octagram）』之一。他來這裡幹嘛？」

「魔王是嗎？那麼為了以防萬一，要叫哥哥過來，出兵將他團團包圍嗎？」

「不，不需要。萬一發生戰鬥，只要把紅丸跟紫苑叫來就好。不過應該用不著擔那種心。我想他大概只是過來玩而已。」

安撫看似擔憂的朱菜，我說完這句就從位子上起身。

沒什麼好擔心的吧。

印象中在魔王盛宴上，迪諾好像對我說「下次要過來玩」之類的。

當時我聽聽就算了，看樣子他是說真的。

「——遵命。那麼，就照您說的安排。」

朱菜先是點了個頭，接著就領我至訪客室，迪諾在那等著。

房間很多在這種時候就方便，可以依對象區分用途。

商人和貴族用的豪華客房。

遇到強而有力的魔物或可疑人物，就帶到質樸堅固的房間。

會這樣分只是因為對方在豪華客房大鬧會害我們損失慘重。

因此讓迪諾等待的房間機能性夠卻不華麗。

我跟在朱菜後頭進屋，懶洋洋的迪諾出現在那兒。

他放鬆地坐在沙發上——該說是用躺的。

這裡明明是別人家，他卻大剌剌。

講難聽點就是一個神經大條的男人。

「嗨，好久不見。過得好嗎？」

發現我來也沒起身的跡象，他躺著向我打招呼。

這反應讓朱菜用不悅的眼神看他，但她不發一語，只行個禮就離開房間。

大概是去幫我們泡茶吧。

「嗯，我過得不錯。只是問題一籮筐，沒辦法輕鬆度日就是了。」

我邊答邊坐到迪諾對面的椅子上。

然後慢慢觀察迪諾。

就跟以前遇到他的時候一樣，迪諾還是悠悠哉哉的。可是身上散發不容輕忽的氣息，怪不得朱菜會心生警戒。

「什麼嘛，出問題了啊？聽起來好麻煩。」

「對啊。才剛當上魔王，做什麼都不容易。對了，你來這幹嘛？」

「咦，我嗎？就跟之前說的一樣，我是來玩的。」

面對我的提問，迪諾答得乾脆。

聽起來就很假。

我跟迪諾雙雙陷入沉默。

這時朱菜正好備了茶與甜點並端進屋裡。

在一片寂靜的房間裡，她若無其事地做事。迅速將餐點配好，一鞠躬後朱菜退了出去。

她很專業。

我先是喝了一口茶，接著就看向迪諾。

迪諾疑似放棄掙扎，慢吞吞地開口：

「——沒啦，其實啊，是我被達格里爾趕出來了。」

「啊？」

「哎呀，其實也沒什麼，就是我沒有家，達格里爾收留我。還有就是我身無分文——」

喂。

這樣也算魔王？

他說得臉不紅氣不喘，但這傢伙非常糟糕啊。

「——正在想該怎麼辦，我就想到達格里爾的兒子們在你的國家受關照。所以我也想來這給你照顧！」

這下可不能有任何心軟的表現。

「不，不行。」

我當機立斷拒絕迪諾。

「──咦？」

「咦？」

房內再度恢復寂靜。

被我拒絕，迪諾那反應就像在說他很意外。

想法天真到不行，驚訝的反倒是我才對。

就算跟我認識好了，我可沒義務養這種可疑分子。

我知道。這傢伙肯定是會說「不想工作是也！」的那種人。

「等、等一等。這算什麼？要讓我餓死在路邊嗎？」

「不，你去工作啦。」

「別強人所難啦！我的美學就是不工作。這數百年來不曾靠自己的力量賺錢，沒靠自己賺的錢吃喝過！」

怪不得。

不工作確實會身無分文。又怎麼會有辦法靠自己的錢吃喝。

「哦，真厲害。把那個吃完就回去吧。」

遇到這種人就要快點把他趕回去。

把迪諾的話當耳邊風，我朝自己掏錢買的甜點伸手。

用來配茶的甜點是泡芙。

好好吃。

這個應該吃不膩吧？

迪諾看起來大受打擊，但他還是追隨我的腳步拿起泡芙。只吃了一口就眼神大變。

「好。那我也要當這個國家的居民，讓我替你效命吧。」

他突然說起傻話。

「啊？你啊，沒頭沒腦的在說什——」

「不，我是認真的。能夠每天吃到這麼好吃的東西，我一點都不後悔。利姆路，不對，讓我叫您利姆路大人。有事情儘管吩咐！」

……

不，都跟你說了，我不想僱用你。

「——真是的，就算我們認識好了，也只是一面之緣。你真正的目的到底是什麼？」

吃完泡芙，我喝著茶，一派認真地質問。

迪諾的眼神飄忽不定。

這方面跟菈米莉絲很像，但是跟她不一樣，這傢伙一點都不可愛。

最後迪諾似乎放棄掩飾，他聳聳肩膀，一改先前的輕浮態度。

「其實是這樣啦，金說我給這個國家養會更好，但沒說原因。那傢伙很任性。跟他作對會很麻煩，再說我真的被達格里爾趕出來。去想那些又很麻煩，所以我就跑到這來了。」

「金——那個紅髮男是這麼說的？」

「對對對，就是那個紅髮男。」

唔——

看起來不像在說謊。

金真的說過這種話吧。

可是，為什麼找我……？

《答。不想養個體名「迪諾」，個體名「金‧克林姆茲」才把麻煩事推給主人，這種可能性很高。》

喂。

說得這麼白──但這種可能性確實很高。

「啊，對了。金有放一封信在我這邊。」

迪諾邊說邊拿出一封信給我。

上頭有封印跟妖氣。

沒錯，是金‧克林姆茲的波動。

裡面只寫了一句話，「幫忙照顧迪諾」。

看來是真的。手裡有這封信表示迪諾曾跑去拜託金，這點毋庸置疑。

看樣子我被人硬塞抽鬼牌遊戲裡的鬼牌。

「看吧！」

「看吧！」什麼鬼！

感到煩躁的我開始思考。

麻煩歸麻煩，跟金為敵不是明智之舉。

金在眾魔王中仍屬佼佼者。至少目前的我贏不了他。與其跟金為敵，不如照顧迪諾更省事。
只能接受這項提案是嗎？
不過，我可不打算讓他玩樂度日。
既沒主動邀他做客，又不想開負面先例。
這時我突然想到一件事。
這傢伙在菈米莉絲面前似乎抬不起頭。
菈米莉絲一直想要人手，也許迪諾來得正是時候。
這個叫迪諾的魔王也不容輕忽，但即使是在開玩笑，他仍說要為我效命，那我就利用個夠本。
讓迪諾去當菈米莉絲的助手。
打定主意後，我帶著邪笑開口。
「好，我知道了。但是你也要工作喔！」
「你說什麼！」
還敢問我！
剛才不是說「有事情儘管吩咐！」。
我掩飾內心的焦躁，向迪諾說明工作內容。
「不過，雖說是工作，但內容很簡單。我想拜託你當菈米莉絲的助手。」
「菈米莉絲？那傢伙也在這裡啊？」
「是啊。在我工作上幫了不少忙。」
「什麼？那傢伙一直窩在迷宮裡，還以為是我的同類呢……」

看樣子迪諾擅自認定菈米莉絲是他的同類。我懂他的心情，但現在菈米莉絲意外勤奮。

「那傢伙幫忙我處理一些工作，很樂在其中喔。我也想快點投入開發工作，但有很多事情要忙。有那傢伙在真的幫助很大。」

跟她本人講會讓她得意忘形，所以我都沒提，但這是我的真心話。

迪諾無言地愣了一會兒，接著怯怯地問我。

「那、那麼，你說工作……究竟是要我做什麼呢？」

看來他超討厭工作。

原想在這說明，可是那樣也許不妥。還是讓他實際上工，當場碰到不會的事再教好了。

「總之你別想得太困難，先做會的事就好。首先，我會帶你去參觀職場。」

「唔，嗯。好吧。別對我抱持期待喔！」

「嗯？哎呀，別還沒做就說這種話嘛。我想應該沒問題，只要聽從菈米莉絲的指示就行了。」

心裡浮現一絲不安，我決定帶迪諾前往位於一百層的私人研究所。

＊

直接傳送到地下一百層，我們穿過由維爾德拉守護的房間。

那裡有等待挑戰者到來的大房間，以及與之相鄰的維爾德拉私人專用房，共兩個房間。

維爾德拉跑哪兒去了？

大概又晃去哪玩了吧。

「喂喂喂，這裡的魔素怎麼那麼濃？」

「哦，因為這裡是維爾德拉的房間。別進去喔。那傢伙很任性，亂碰這個房間的東西會惹毛他。」

「啊？原來維爾德拉住在這裡啊？之前在魔王盛宴上就很好奇了，你跟他是什麼關係？」

「是朋友、朋友。」

「我有猜到你們不只是認識而已，居然是朋友……不過，這個先擺一邊。」

迪諾一副睡眼惺忪的模樣，我的回答似乎讓他大出意料，雙眼稍微睜大。

「原來如此，因為維爾德拉躲在菈米莉絲的迷宮裡，所以他才突然沒反應啊……」

「哦，不是那樣啦。反應會消失是因為維爾德拉學會控制魔素。那傢伙以前都放妖氣亂竄，連魔素也一直狂流。我打算像現在這樣吸引很多人來我國，維持那種狀態不太妙吧？所以才要那傢伙練習控制自己的妖氣。」

「啥——？要求那隻任意妄為不聽勸、曾是朱拉大森林王者的維爾德拉？是說他能完美壓抑妖氣到連我都感應不到？在說那個維爾德拉？」

別說得那麼容易好嗎——言下之意似乎是這個，迪諾激動地問我。

就算他這麼說也沒用，那是事實。

「咦？對啊，他一下子就答應了。否則這座城鎮的大半居民早就受不了了。」

「不，雖然你這麼說……但他可是魔素量高到不行的維爾德拉吧？被『勇者』封印之前一直釋放妖氣，人人畏懼的暴君，在天上飛來飛去的大災害？」

人們對他的評語似乎糟糕透頂，但那是事實吧。畢竟還有魯米納斯這個受害者在，聽起來那傢伙以前真的壞事做盡。

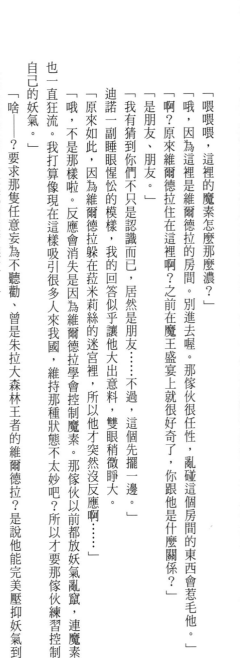

「總之那傢伙多少也有些改變吧。現在只要我要求，在某種程度上都能聽進去，沒那麼任性啦。」

「剛才你不是發牢騷，說他很任性嗎！」

咦，有這回事？

《答。你說過。》

這、這樣啊。

「任性歸任性，但他的症狀沒那麼嚴重啦。話說控制妖氣這檔事……」

像這種時候就要快點改變話題。我跟迪諾分享剛解放維爾德拉時的情形。

「關於妖氣，我說『壓抑妖氣會更帥』，被我煽動後他很努力練習喔。只是陪他一起練習的我很辛苦就是了。」

雖然辛苦卻值得。否則照那樣下去不能放維爾德拉出來見人，這也是沒辦法的事。

八成對這樣的我感到佩服，感覺迪諾看我的眼神變了。

「原、原來是這樣啊。你真厲害，利姆路。看樣子我果然沒看錯人。」

不不不，你只是想來我這白吃白喝吧？

說得那麼好聽，我可不會受騙上當。

「是說你能馴服那個維爾德拉，真的好厲害喔。」

迪諾再次感到佩服。

可是說到任性，蜜莉姆有過之而無不及。

就連這樣的蜜莉姆在芙蕾面前都抬不起頭。任誰都有難以應付的對象。

「任性的不只是維爾德拉。蜜莉姆也——」

如此這般，我對迪諾說出認識蜜莉姆的經過，一路講到她有多蠻橫。

蜜莉姆不在這兒，我才能說出真心話。

就連最近蜜莉姆給我添的麻煩都毫不吝嗇講給迪諾聽。順便道出維爾德拉的乖張行徑，想聽聽迪諾的意見，看他覺得哪邊比較難搞。

我說了一大堆。

迪諾聽了似乎受到打擊，聽到一半就放空了。本來想問蜜莉姆跟維爾德拉誰比較過分，結果沒問到。

＊

就這樣，我帶著迪諾來到我的研究所。

環顧內部狀況發現剛才提到的維爾德拉正忙著幫菈米莉絲。

看來他今天有認真工作。

被菈米莉絲呼來喚去操得很厲害，這隻龍意外勤奮。

「維、維爾德拉竟然在工作……？」

「看吧，都跟你說了。」

維爾德拉抱怨歸抱怨，最後還是跑去幫菈米莉絲。被人叫師父似乎挺樂的，維爾德拉意外地寵菈米莉絲。

對我的委託也一樣，最後還是出手幫忙了。若巧妙煽動就更容易操控，所以我才會叫他呆頭龍。

連該在九十五層改造聖靈守護巨像的貝瑞塔也在這兒。菈米莉絲曾說人手不夠，才要他們優先處理我的委託嗎？

菈米莉絲和維爾德拉面帶邪惡笑容開心地辦事，培斯塔看起來卻很疲憊，整個人死氣沉沉。

他沒事吧？我有點擔心。

「嗨嗨──怎麼樣？研究有進展嗎？」

稍微打聲招呼，我進到裡頭。

培斯塔在文件上書寫的手停下，一看到我就站起來。

「原來是利姆路大人，您來啦。」

「是啊，你繼續沒關係。話說你還好吧？看起來好像很憔悴？」

「不要緊，我很想這麼說……但這裡在做對心臟不好的研究……」

嗯嗯？他好像有什麼話不方便講。

正想回問培斯塔，不料維爾德拉搶先插話。

「哦，是利姆路啊。我也來這幫忙了。菈米莉絲拜託我無論如何都要過來幫忙，我也是逼不得已才來的。」

「多謝相助。其實她那邊好像人手不足。」

我的研究被列為機密。不能從九十五層叫人過來，只能找值得信賴的人──不對。只想給不會有意見的人看。

畢竟我要準備一堆附身用的軀體，預計讓惡魔族附在上頭。

別說是研究了，別人可能會認定是軍事威脅。

最好對其他國家保密。

「呀呼——！利姆路，我一直在等你喔！有師父幫忙如虎添翼。可是可是，還是希望早點補充人手！」

「就知道妳會這麼說，所以今天把幫手帶來了。菈米莉絲，這個人妳也認識吧？跟我們一樣是魔王的迪諾先生從今天開始也要過來幫忙。很多事情都可以拜託他幫忙。」

迪諾好像沒什麼學識涵養，但貢獻勞力應該沒問題。

說來門外漢應該沒辦法當研究開發工作的助手。頂多只能搬東西、幫忙蒐集資料吧。

可是這裡仍需要做這類單調工作的人，我想他應該會有相當程度的助益才對。

迪諾似乎覺得很新奇，朝四周來回張望，聽到我的介紹便跟大家打招呼。

「我叫迪諾。你們應該都知道了，姑且還是說一下，我是其中一個魔王。本人不想工作，被逼到不得不工作。請多指教。」

該怎麼說，這樣的招呼方式一點幹勁都沒有。

不過沒問題。只有幫忙的話，他似乎願意做。

大致打個招呼後，我聽人稟報培斯塔來這裡的理由，以及至今為止的狀況。

培斯塔之所以會來這裡——位於一百層、屬於我的研究所，果然是被菈米莉絲抓來的關係。如我所料，因為人手不足才要培斯塔暫停他的研究，優先處理我的研究。

聽說是菈米莉絲強力要求，根本不管培斯塔方不方便。

但這也是沒辦法的事。

菈米莉絲說她需要進行細部作業的人手，例如整理文件或資料蒐集等等。貝瑞塔光勞動工作就忙得不可開交。

德蕾妮小姐須管理迷宮，照顧菈米莉絲的生活起居。

維爾德拉似乎都不幫忙這類工作，因此菈米莉絲才相中培斯塔。

「聖靈守護巨像那邊沒問題嗎？」

「唔——不能說沒問題，可是這邊的工作一旦完成，德蕾妮的姊妹們也能獲得肉體嘛。那之後再開發巨像也行啊。」

原來如此，這麼想確實合乎邏輯。

「辛苦你啦，培斯塔。」

當我對培斯塔這麼說，他露出既無奈又孩子氣的笑容。

「我個人還是對『魔裝兵』的完成懷有遺憾，但這邊的研究也很……」

看來培斯塔的心情很複雜。

一方面想發牢騷，一方面又覺得能參與這項研究令人欣喜。身為一名研究者，培斯塔心裡似乎也出現矛盾。

而這樣的矛盾似乎讓培斯塔更加成熟。剛才就是一個例子，得知迪諾是魔王便一臉驚訝，但一下子就恢復平靜。

已經被許多事情嚇過，因此培養出不動如山的心。

他很能幹，我曾想培斯塔可能打算專心投入自己的研究……看樣子我搞錯了。

培斯塔會憔悴是因為這裡的研究內容。

「請您務必讓我繼續在這研究。利姆路大人試圖打造這些軀體，我想親眼看它們完成。每天都有新的驚奇，讓我連睡覺都捨不得！」

他難掩興奮地對我訴說。培斯塔會憔悴單純只是因為睡眠不足罷了。

魔法能恢復體力，但並非萬能。不是說用了就能不睡覺，還是得做最低限度的休養。

我硬逼培斯塔去休息。

正好多了迪諾這個幫手，培斯塔睡覺的這段時間，雜務就交給迪諾去做。

有鑑於此，培斯塔向迪諾解釋工作內容。

希望他能跟大家好好相處。

就算對手是魔王，培斯塔也不害怕，解說起來流暢自如。

「那麼迪諾大人，這就麻煩您來幫我的忙吧。」

「咦……？」

「您就別『咦』了。來，時間有限喔！」

「但我是魔王耶。」

「那又如何？」

「居然說那又如何……」

「呼」地嘆了一口氣，培斯塔目不轉睛地盯著迪諾瞧。

「您聽好，在這裡是不是魔王不重要。您請看，維爾德拉大人和菈米莉絲大人都對工作樂在其中喔。」

「不，看起來是那樣沒錯，但——」

「您能理解真是太好了。來，我們開始吧！」

「——是。」

培斯塔好強喔。

我稍微觀望一下情況，看起來似乎沒問題。

這才放心交給他們去辦。

*

來看令人好奇的研究成果。

雖說是來自迪亞布羅的委託，但要打造數以千計的軀體仍舊工程浩大。

我也想過先製造跟貝瑞塔一樣的魔鋼人偶，再用「智慧之王拉斐爾」複製。

但這樣沒什麼意思。

話雖這麼說，總不能一點一滴靠手工打造。

這時我又想到強大的點子。

就是打造能大量生產的設施。

我準備直徑一公尺、高三公尺的透明強化玻璃圓筒。

正式名稱叫培養膠囊。

如它的名字所示，目的是在裡頭培育魔物等物體。

膠囊內部灌滿溶液，那是之前被我裝在「胃袋」裡，從「封印洞窟」地底湖採集的水。

內含大量的高濃度魔素，又稱「魔水」。可用於稀釋藥效或補強，是具備廣泛用途的便利物品。

培養膠囊有加裝魔素注入口，能注入魔素，可調節魔水的濃度，藉此催生魔物。

當魔水的濃度降低，它會自動注入魔素，由此保持一定的狀態。

我準備了一千個培養膠囊。

當我準備好，這才想到既然要準備那麼多膠囊，不如直接準備一千具人偶會更省事吧——但關於這點，認真就輸了。

重點在於這樣才夠浪漫。

反正準備起來很開心，我一點都不後悔。

大廳裡擺滿培養膠囊。

好壯觀。

若想催生魔物，須具備特定條件——會發現這點也是拜最近的研究成果所賜。

不管對培養膠囊注入濃度多高的魔素，都不會產生魔物。

然而一旦混入某種因子——就會產生該因子的強化版魔物。

具體而言——

若是將蛇丟進培養膠囊，魔素會把那隻蛇毒死。可是該肉體會融化且與魔水混合，重生為嵐蛇。

所以才會突然生出A⁻等級的魔物。這下就知道那個培養膠囊有多厲害了吧。

由此可證出自培養膠囊的魔物比自然催生體強上好幾倍。可能是濃度都維持在一定水平的關係，魔物生來就有強韌的肉體。

然而某些個體的肉體會崩毀，一下子就死了。是否能安定下來全憑運氣。

目前仍有改善空間，但我打算利用膠囊特性生產千具軀體。

「那麼，過程如何？」

「很ＯＫ！然後我也做了不少研究喔！」

「哦？那我就拭目以待——咦，這是什麼？」

看到漂浮在裡頭的東西，我嚇了一大跳。

跟預料中的完全不一樣，裡頭的東西好驚人。

在我的規畫裡，只有骨骼用魔鋼製作，將它放到培養液裡。然後理論上就能用這些骨頭當媒介，形成人骨魔偶。

骨骼是人造物，能降低肉體崩毀的機率，且不會有靈魂寄宿。只有水裡的魔素會在骨骼上形成結晶，形成自我意識的可能性按推論來說也會是零。

跟造貝瑞塔的時候不一樣，不須要精密塑形。附身的惡魔會利用那些魔素自行整頓外貌吧。

我原本是這麼想的⋯⋯

在數量達千的培養膠囊裡，浮著的無疑是人骨魔偶素體。但是各部位都加上形形色色的措施。

最醒目的就是心臟。胸窩裡有心臟替代品「精靈魔導核」在跳動。

「這是⋯⋯」

「是我想到的！若是有強大的核心，魔物就會變得更厲害吧。」

笑瞇瞇的菈米莉絲若無其事地答道。

簡單講就是要準備一千個「精靈魔導核」已經夠困難了。我的話在製作上不用花太多時間，但沒有興趣和熱誠就嫌麻煩，提不起勁製作。所以才選擇更簡單的方法，然而菈米莉絲似乎無法就此妥協。

看來她反覆按部就班製作，準備千人份的軀體。

而且還裝了「擬造魂」，並套用來自薩里昂的人造人附身技術。

貝瑞塔能輕鬆附到拿來當肉體的軀殼上。但換成德蕾妮小姐的姊妹，或許沒辦法那麼順利。想到這裡就覺得採用「擬造魂」應該是正確選擇。

可是這樣要耗費大量心力……

怪不得她說人手不夠。

「菈米莉絲大人的點子很棒，非常引人入勝。看到這些，要我不幫忙也難。」

培斯塔接著說道，眼神看向遠方。

這也難怪。數量那麼多，想取多少數據就取多少。

這些拳頭大的「精靈魔導核」個個都是上等貨。並與我製作的骨架相結合，產生的變化已和最初設計理念相異。

金屬骨架上還施了咒印，魔素包覆骨骼，開始讓肌肉組織成形。可進一步詳細觀察魔物成形的過程。

原來如此，怪不得培斯塔連睡覺都嫌浪費時間。

「如何，很有趣吧？」

「嘎哈哈哈，光是能看到利姆路露出這種表情就值回票價啦！」

菈米莉絲和維爾德拉一臉爽樣。

「不，確實很有趣沒錯……但這個真的是菈米莉絲想的？」

「當然啦！怎樣？你覺得怎樣嘛！」

除了大喊，菈米莉絲還自傲地挺起胸膛。

嗯，妳盡量現沒關係。這個確實厲害。

菈米莉絲乍看之下白痴，事實上卻很聰明。精靈工學已經學到無可挑剔，目前也在研讀魔導科學，據說她時常往九十五層跑。

活那麼久不是活假的，物理法則已修習完畢。

著實令人意外，研究人員該有的學位她都修了。

不能被她的外表騙倒。

「哎呀，這些真不是蓋的。全都靠人手製作，應該很辛苦吧？」

「還滿辛苦的。雖然不是像貝瑞塔那樣的球體關節人偶，只是模仿人骨做出軀體，但像這樣準備擬造的心臟，我想浸泡膠囊內的魔素應該能吸收龐大魔素量！」

聽菈米莉絲大力主張，我深表認同地頷首。

的確，這樣一來應該能造出比我預料中更加強韌的肉體。

還是頂尖的。

望著那些在培養膠囊中漂浮的軀殼，我試著預測它們有多少能耐。恐怕魔素量將高到在A級裡名列前茅。

而且有一千隻。

虧他們能準備這麼多「精靈魔導核」和「擬造魂」。

真的很厲害，我打從心底佩服。

*

迪諾來這裡之後，幾天過去。

迪亞布羅還沒回來，但我有種預感，覺得他差不多快回來了。

為了早日讓那些軀殼完工，我今天也去研究所報到。

今天也很熱鬧，菈米莉絲跟維爾德拉正在爭吵。

「就說了嘛，為了促進成長，想要把師父的魔素直接灌進去！」

「可是幹這種事，要是弄壞該怎麼辦？到時被罵的人是我吧。」

他們又在變什麼把戲了。

感覺有很趣，我躲起來偷看。

最近我也變得很會隱藏聲息，似乎連維爾德拉都沒發現我過來。

「有這麼多隻，沒問題啦！再說師父打算拜託利姆路那件事，我也會幫腔的。所以拜託你嘛！」

菈米莉絲好像在拜託維爾德拉供給魔素。

他們兩人的感情還是那麼好，令人不禁莞爾。

話說維爾德拉有事想拜託我，是什麼事啊？

我一點頭緒也沒有，讓人有點好奇呢。

「真拿妳沒辦法。那件事妳也要幫忙求他喔。」

「嗯嗯，包在我身上！」

看來他們達成共識了，維爾德拉說了聲「嗯」並點點頭。在那裝模作樣，表情看起來卻很樂。

一方面是因為菈米莉絲鼓吹的關係，但他從一開始就打算答應吧。

維爾德拉舉手對準培養膠囊。接著大叫「喝啊！」裝得煞有其事，一面注入魔素。

濃度異常的魔素在培養膠囊內捲動。看那股壓力如此龐大，感覺很像會把整個設施毀掉。

那樣沒問題嗎？

我暗自感到憂心，即使如此仍默默地觀望。

若是真的弄壞，到時再做打算。

比起那個，我更好奇菈米莉絲有何企圖。

在容器裡，結晶化的魔素全黏在魔鋼骨上，變得像肌肉一樣。到這都按智慧之王拉斐爾大師的計畫走，是預料中的結果。

然而眼下維爾德拉將魔素直接灌進去，試圖讓事情出現意想不到的轉折。

大量魔素滲進骨頭裡，讓其構造產生變化。

「怪了？跟想像中的不一樣……」

這時菈米莉絲的聲音傳來。

當然啦，做實驗就是這樣嘛。

骨骼材質已經不能稱作魔鋼了。

裡頭沒混黃金或白銀，所以不是神輝金鋼也不是魔銀。不過，就算強度不及究極金屬，仍高到有機會媲美神輝金鋼。

而且更教人在意的是明明是金屬，看起來卻彷彿在呼吸一樣……

《答。那是一種生體魔鋼。推測是個體名「維爾德拉」的波動讓其變質。若要取名，大概就叫龍氣魔鋼。》

原來如此。

菈米莉絲似乎想早點完成附身用的軀殼，但到最後只發現有趣的金屬。

不，看樣子還沒結束。

「等、等等，師父！暫停、暫停──！」

「唔？唔喔喔喔，膠囊出現裂痕了！」

菈米莉絲和維爾德拉大聲吵鬧。

到底是高手還是蠢蛋，看他們兩人現在是這副德性，我也搞不清楚了。

「你們在做什麼啊？」

為了收拾殘局，我不再藏身，而是跑到那兩人面前。

在修理培養膠囊的時候，我們順便喝杯咖啡。

還把培斯塔跟迪諾叫來，大家一起享用咖啡和蛋糕。

餐點由樹妖精德蕾妮小姐準備。

「嘖，虧我現在狀態正好……」

「啊，那你不要蛋糕了？既然這樣就給菈米莉絲──」

「對不起，我亂講的。不對，那是真話，只是不小心說溜嘴。」

八成是工作被人打斷的關係，迪諾看起來很不爽。可是當我說要拿走他的蛋糕，他馬上搓著手向我低頭，一臉諂媚。

這樣好嗎，迪諾先生？

「幽眠支配者（Sleeping Ruler）」這稱號要哭了……

不過他看起來似乎有在認真工作，讓我放心不少。

培斯塔和迪諾兩人一起做實驗。

據說他們一面記錄高達千體的培養膠囊資訊，空閒時就去確認黑兵衛打造的孔洞武器性能。

起因是我在這炫耀。

若結果順利還會對聖靈守護巨像的改造工作有所助益，因此培斯塔便樂得展開魔寶珠搭配研究。

我給了幾個拿來當樣本的魔寶珠，讓迪諾實際使用看看，然後再讓培斯塔做詳細記錄。

看我剛才叫迪諾過來休息惹他不快，由此可知迪諾也對這項實驗樂在其中。

這是工作，但跟遊戲只有一線之隔。

迪諾會說些不想工作之類的蠢話，不過，來到這座職場似乎也會在不知不覺間融入工作呢。

工作能做得開心最重要。

接下來——

喝完咖啡，我轉頭看菈米莉絲。

「對了，菈米莉絲，妳幹嘛急著完成附身用的軀殼啊？」

我開門見山地問了。
「啊，這個……」
菈米莉絲支吾其詞。
像在掩護這樣的菈米莉絲，德蕾妮小姐擋在我面前。
「請等一下，利姆路大人。菈米莉絲大人是為了我的妹妹們、為了夥伴才如此盡心盡力！」
我沒有責備她的意思，但德蕾妮小姐似乎以為我要罵菈米莉絲，便出面拚命說情。
她平常就是這樣。
可是，我覺得德蕾妮小姐太寵菈米莉絲。
「沒啦，我只是想知道理由，不是在罵她。所以原因是什麼呢，菈米莉絲？」
我先安撫德蕾妮小姐要她放心，接著問菈米莉絲原因。
「嗯——靜下心想想，我好像太急躁了。那些人很仰慕我，我想讓他們早點拿到屬於自己的身體。這樣一來，那些人會很開心，我們的人手也會增加，助益良多嘛。」
菈米莉絲答得很難為情。
原來是這樣，我懂她的意思了。
如果是樹妖精，就算沒肉體也能在迷宮內活動。可是樹人族就沒辦法。在本體也就是樹木附近還能現身，卻不能去到看不見樹的地方。
基本上若是沒有肉體，魔力會持續外洩，對他們造成很大的負擔。樹妖精也一樣，假如離本體太遠，力量將會大幅減少。
在A級魔物裡算高階種，樹妖精比高階魔人更強，連他們都這樣了，對低階種族樹人族苛求更多未免太不近人情。

在莅米莉絲看來，利用這些培養膠囊裡的人偶，到時不只是樹妖精，連樹人族都能自由行動。所以才想趁我不注意對幾隻人偶偷偷下手吧。

「既然這樣，可以跟我商量嘛。反正迪亞布羅還沒回來，再說也不知道那傢伙會帶多少部下過來。要是不夠之後再做也行，我們先準備樹妖精用的肉體吧。」

「可以嗎？」

「當然啦。」

「謝謝你，利姆路！」

莅米莉絲在我四周開心地飛來飛去。

但這對我來說也有好處。

人手確實不夠。德蕾妮小姐的姊妹、其他樹妖精都在努力協助迷宮營運事宜。目前她們已經夠忙了，沒多餘心力。

這樣下去大家會過度操勞。

因為迷宮營運是不分晝夜的。

所以我想必須盡早補充輪替人員。

使用這些附身體，樹人族也能升上A級。在迷宮內就能盡情活動吧。此外，萬一肉體遭到破壞，只是附在上頭的他們也將安然無恙。

雖說必須在念力可及的距離內——也就是僅限在莅米莉絲的迷宮裡，但這樣就夠了。

至於樹妖精——

「對了，那就跟德蕾妮小姐一樣，讓德萊雅小姐、德莉絲小姐還有阿爾法她們全都變成靈樹人型妖精——」

「——！」

「嗯？」

「那樣好嗎？」

我還沒把提案說完，德蕾妮小姐就以駭人的速度追問。

「可以嗎，利姆路？」

將狀況外的迪諾等人撇在一旁，就連菈米莉絲都緊張地問我。

「可以什麼？」

「就是——要讓她們進化成靈樹人型妖精，需要付出相當多的勞力吧？」

「算是吧。不過她們幫了不少忙。今後也想繼續請她們協助迷宮營運工作。」

「但那是因為您也讓我們住進此地……菈米莉絲大人決定幫助利姆路大人，身為部下自然該追隨菈米莉絲大人。」

聽我這樣回菈米莉絲，德蕾妮小姐顯得很內疚。

可是她們協助處理迷宮內部的工作，我方也受益良多。一方面是為了感謝她們，也該給她們一個機會，讓進化成樹妖精的人能自主活動。

雖說須手工雕琢人偶，但打造美女或美少女人偶從某方面來說也算我有興趣的事。

原想直接挪用為迪亞布羅準備的軀體，不過那樣好像有點煞風景。

樹妖精還是該用木製的身體吧。

「不不不，妳們真的幫很多忙。今後也想請妳們多多指教，別客氣儘管用。看要直接附在這些軀殼上，還是從本體切出木塊好進化成靈樹人型妖精，讓她們自己選吧。」

我朝德蕾妮小姐提議。

只見她開心地點頭。

一旁的菈米莉絲嘴裡唸唸有詞「我說你，為什麼對德蕾妮講話比對我更有禮貌？我不能接受……」，可是這些話都被我輕輕帶過。

＊

休息完畢，培斯塔等人重新上線工作。

「看來這個地方超出我的理解範圍，但是很有趣。我去把我的『工作』完成吧。我們走，培斯塔先生。」

「遵命，迪諾大人。」

諸如此類，迪諾邊強調工作兩字，邊帶著培斯塔走人。

那傢伙之前都沒什麼在工作吧。

顯然以前是個廢人，可是他來這有好好努力，就算了吧。

那我也快點去處理自己該做的事——

「等等。利姆路，有事拜託你。菈米莉絲，該是履行約定的時候了！」

嘖，就猜到他會說些麻煩事，原本想及早逃離現場。看來維爾德拉那傢伙一直在等休息時間結束的這一刻。

「……有事拜託是什麼事？」

儘管心裡老大不願意，我還是朝維爾德拉提問。

「嗯，其實是——」

「師父說他想要幫手。人手變多是好事，所以我也……那個，想拜託你幫忙……」

嗯。不祥的預感成真啦！

又遇上麻煩事……

眼下人手不足，哪能多給維爾德拉玩伴。

「不不不，大家都很忙，沒空陪你——」

「等等！利姆路啊，你搞錯了。我有在幫菈米莉絲，還要守護迷宮，擔負重要的工作。若能找個助手慰勞我，大肆誇獎我，起到療癒作用，那樣也不會遭天譴。」

維爾德拉大哥強力主張。

菈米莉絲也深表認同地點頭，然而剛才的對話都被我偷聽了，只心想「妳還真守規矩耶」。

是說我想不到能拜託誰去陪維爾德拉，還是只能請他死了這條心。

「不——只可惜——」

「且慢且慢且慢——！」

話說到一半又被人打斷。

維爾德拉似乎也不打算退讓，這次死命堅持呢。

「老實跟你說，以前我待在你的『胃袋』裡，在那遇到一個能稱之為朋友的人。拜託你務必也給對方一具肉體，就是這邊這種的。」

維爾德拉大哥突然迸出這麼一句。

我完全摸不著頭緒，是什麼樣的友人啊？

《答。推測應是高階精靈「焰之巨人（Ifreet）」。》

啊？

維爾德拉怎麼會跟焰之巨人變好朋友？

《答。當時個體名「維爾德拉」介入，讓焰之巨人被「捕食」到相同的隔離位置。》

也就是說，根據智慧之王所述。

我從靜小姐身上吃掉焰之巨人，似乎被擅自運進在「胃袋」裡用來隔離維爾德拉的空間。即使如此也不影響我們奪取焰之巨人的資料，因此當時還是「大賢者」的智慧之王拉斐爾大師也沒刻意抵抗，就這樣默許了。

對我來說也沒什麼不方便的地方。不僅如此，直到我現在聽說這件事才發現。

所以說，在我不知道的情況下，維爾德拉跟焰之巨人似乎變朋友了。

「這樣啊，你希望我讓焰之巨人復活？」

「嘎哈哈哈！不愧是利姆路，一下子就聽懂了！」

維爾德拉大哥開心得很。

我的心情則有點複雜。

焰之巨人跟靜小姐水火不容，而且還是魔王雷昂的部下。要是讓焰之巨人復活，會乖乖當我們的夥伴嗎？

這念頭掠過腦海，讓我無法輕易點頭說好。

「嗯——……」

「不、不行嗎？」

「利、利姆路，我也想拜託你！請你實現師父的願望！」

維爾德拉露出傷心的表情，加上菈米莉絲也在拜託我。

真教人頭疼。

事情果然變棘手了，我好苦惱。

說真的，我想要人手。可是解放焰之巨人還是讓我感到不安。

別看焰之巨人那樣，可是比二流的高階魔人強上許多。雖說我們能戰勝，但一鬧起來會很麻煩，搞不好還會逃回去雷昂底下。

不想把睡著的孩子吵醒——會這麼想也無可厚非吧。

「可是啊，焰之巨人原本似乎宣誓效忠魔王雷昂……就算復活也不確定會當你的助手吧？」

「唔？嗯嗯，原來是這麼一回事。這方面用不著操心。我的熱誠已經打動焰之巨人了，那傢伙也想快點當我的助手呢。」

真的假的，喂。

有那麼一瞬間，維爾德拉看起來像在跟某人說話。對方肯定是焰之巨人本尊。

換句話說，他不知透過什麼手段跟我體內的焰之巨人通話。

「你剛才在跟焰之巨人說話吧？」

「嗯。我什麼都辦得到。」

「師父可厲害了。他拜託焰之巨人召喚一大堆火蜥蜴，要給魔導列車用呢！所以為今後做打算，讓焰之巨人當夥伴更好。」

原來是這麼一回事。

的確，單就迷宮內而言，有菈米莉絲就能輕鬆召喚精靈。然而魔導列車一旦開始運用在各層面，有人能掌管火蜥蜴更令人安心吧。

咕唔唔，從利益面切入完全沒反駁的餘地。而且維爾德拉打包票說要照料焰之巨人了。

那我就該信任維爾德拉吧。

「好啦好啦。既然這樣就准了，但你要確實擔起所有責任喔！」

「好，包在我身上！」

「太好了，師父！」

感覺好像吵著要買寵物一樣。

也罷，就相信維爾德拉不會不負責任，扔著焰之巨人不管。

「那我們這就──」

「對了對了，利姆路。暴風大妖渦的魔核空殼還有剩吧？那是我的魔力殘渣，容易跟我的力量相融。焰之巨人長時間沐浴在我的妖氣裡，拿那個當『核』應該會更好。」

照維爾德拉的話聽來，相容性似乎會比用「擬造魂」更好。

《答。認同個體名「維爾德拉」的看法。》

既然智慧之王也同意了，我沒道理反對。

「ＯＫ。那就決定拿這個給焰之巨人當附身用軀殼。」

我說完就站到休息前剛修理過的培養膠囊前。

魔鋼製的骨頭已轉變成特殊金屬——龍氣魔鋼。裡頭裝了來自維爾德拉的過剩魔素，半吊子魔物無法承受。

關於這點，高階精靈焰之巨人應該有辦法撐住才對。

「噢噢，這個好。想必那傢伙也會很開心。」

維爾德拉也同意了，我便毫不猶豫地實行。

《告。已找到焰之巨人的殘渣，移往暴風大妖渦的魔核……成功。接著進行第二階段，製作靈魂容器……使其與龍氣魔鋼製成的軀殼「融合」。》

作業轉眼間完成。

不愧是智慧之王拉斐爾大師，好熟練。

接著——

在我、維爾德拉和菈米莉絲的守望下。

焰之巨人進駐軀殼成為核心，讓該軀體出現劇烈改變。

變成銀黑色的骨骼逐漸長出肌肉，有鮮血流通。守護那些的肌膚和維爾德拉一樣，同為褐色。

有著一頭長長的捲髮，以亮麗的黑色當基底，如熊熊火焰的赤紅點綴其中。

且眼眸是金色的，像龍一般的瞳孔發出深紅光芒。

——咦，怎麼看都是女的。

還是一個大美女。

「噢噢，焰之巨人伊弗利特。總算獲得肉體重返人世的感覺如何？」

啊，這名美女果然是焰之巨人。

暫且不論精靈有無性別之分，印象中原本好像是更精悍的男性型態，怎麼會出現這種變化？

「維爾德拉大人，這是我第一次像這樣回歸現世。還有利姆路大人，您讓我復活，我感激不盡。」

不管我的困惑，焰之巨人說完這些話就跪下。

原本還怕焰之巨人出於對雷昂的忠心作亂，看樣子是我白擔心，這才鬆了一口氣。

「噢、噢噢。有精神就好。話說我想問一件事……」

「請您儘管問。」

有好多事想問。

但最在意的莫過於——

「話說妳之前的模樣更適合作戰，感覺動起來比較俐落……」

沒那麼大的胸部對吧？

——這句話我說不出口，沒那個膽。

不能怪我啊。焰之巨人身上只用薄薄的布遮住重點部位，走超性感的印度風打扮。腋下、肚臍和大腿內側全露在外頭，散發強烈的性感氣息。

「您是說這副模樣嗎……」

話說到這裡，不知為何焰之巨人為之嘆息。

「恐怕是維爾德拉大人害的——是他的意思。」

她剛才確實想說「被維爾德拉害的」吧？

焰之巨人看起來有點疲憊，感覺似乎很操勞。

莫非這傢伙在我的「胃袋」裡吃了不少苦頭？

想來焰之巨人一直跟維爾德拉兩人共處，無處可逃。肯定被整得慘兮兮。

「嗯嗯。多虧我才得到肉體。要心懷感恩喔！」

「——是。」

就像迫於無奈似的，她做出回應。

「妳剛才說是維爾德拉的意思，此話怎講？」

「嗯？」

「哦，關於這點，我雖然是火屬性的高階精靈，但目前連風屬性的力量也能駕馭。原本頭髮該是深紅色，但黑色比重卻占大多數，由此判斷可能受維爾德拉大人的力量影響極深。此外或許是因暴風大妖渦為女性型態，才會變成這副模樣。」

《答。正確。》

居然說對了！

喂喂喂，性別這種東西也能隨便改嗎？

我沒有惡意，希望她不要恨我。

「這、這樣啊。如果妳不滿意——」

「小的怎會不滿。外觀姑且不論，變成這樣遠比以前的我要強上許多。」

露出一抹微笑，焰之巨人如此斷言。

大概習慣被維爾德拉捉弄了吧，適應力看起來似乎頗高。

讓人很有好感。

跟之前和靜小姐融合的時候不一樣，從如今的焰之巨人身上感覺不到任何惡意。

「妳不恨我嗎？」

「不，怎麼會恨您。在利姆路大人體內，我也跟維爾德拉大人學了不少事情。仔細想想，我跟井澤靜江的使命感和責任感都太強了吧。彼此的想法背道而馳，完全沒有交集。令人不禁心想應該能改用更不一樣的方式相處才對。」

看樣子焰之巨人一點都不恨我，甚至還為無法跟靜小姐敞開心房相互理解一事感到懊悔。

我不由得陷入感傷，我們決定換個地方商量今後打算。

我跟焰之巨人聊了許多。

聽起來她果然吃了不少苦頭。

讓我萌生強烈的親近感。

若要拜託人應付維爾德拉，相信沒有比她更合適的人選。

她仍舊掛念魔王雷昂，但似乎不到宣誓忠誠的地步。

「如今我曾敗給利姆路大人，差點被您殺掉。運氣好被維爾德拉大人拯救，自我意識才免於消滅，不過我也有自覺，自己已經跟以前不一樣了。我依然覺得雷昂大人是很偉大的魔王，但現在想效忠維爾德拉大人。」

她確實表達自己的意願。

我認為值得信賴，再說維爾德拉從一開始就相信焰之巨人。

用不著煩惱那麼多吧。

「我知道了。那今後妳就繼續努力，好好當維爾德拉的助手吧！」

「遵命。我願奉獻一切，效忠維爾德拉大人。」

焰之巨人果然很認真。

靜小姐的事讓我心裡還是有疙瘩，但焰之巨人也一樣。過去的事就放水流吧。

想到這兒，我決定接受焰之巨人。

＊

「對了，利姆路。有件事想跟你商量。」

還有其他事情喔！

我不想再管其他麻煩事，可是不聽會被他煩死吧。

「什麼事，維爾德拉老弟？」

「嗯！其實是這樣啦，我想替伊弗利特取名。因為伊弗利特說是個體名又不算。被人用精靈召喚『焰之巨人伊弗利特』叫出來的焰之高階精靈都是『伊弗利特』。」

嗯嗯，是出乎意料的正經意見。

名字啊，確實沒錯，好像滿需要的。

不過——

「命名」是很危險的事情。

曾在命名時出現好幾次失誤的我都這樣講了，肯定沒錯。

「替現在的焰之巨人取名很危險吧？你的魔素量確實很龐大，可是拿捏不當會出大問題喔！」

給予過多魔素形同毒物，命名者也不會安然無恙。我至今仍平安無事純粹只是運氣好罷了。

「嘎哈哈哈。如果是你就能完美計算，導出適當的量吧？要是我放太多魔素，你就替我切斷『靈魂迴廊』吧。」

唔，這樣確實比較安全。

《告。請交給我處理。》

大概對我不會產生危險吧，智慧之王拉斐爾也爽快答應。

「好，那我就幫你。」

「噢，就知道你會這麼說！」

如此這般，我們要來替焰之巨人取名。

「伊弗利特啊，妳從今天開始就叫『卡利斯（Charys）』吧！」

維爾德拉用莊嚴的聲音朝伊弗利特說道。

卡利斯——這是焰之巨人的名字。

伊弗利特的要素幾乎全沒了，那名字是暴風大妖渦（Charybdis）正式個體名的縮寫。我個人認為叫伊利斯會比較好，但插嘴不太好吧。

透過「靈魂迴廊」，我看到維爾德拉身上有大量魔素消失。

如今焰之巨人的魔素量來到特A級——意即與災厄級相當。雖如不紫苑和紅丸，卻與蒼影、蓋德不相上下。

這樣的焰之巨人一旦獲得名字——

「遵命。我將成為『卡利斯』，宣誓效忠偉大的維爾德拉大人！」

焰之巨人接受「名字」了。

在這瞬間，智慧之王拉斐爾關閉「靈魂迴廊」，斷絕維爾德拉的力量。

成功了。

維爾德拉順利替焰之巨人命名。

——而焰之巨人則開始進化——

體內的魔素量變得異常龐大。

來到魔王級。

別說是德蕾妮小姐，看起來還超越卡利翁和芙蕾。

《告。高階精靈焰之巨人進化成「焰魔精靈王」。》

智慧之王拉斐爾向我告知此事。

焰魔精靈王啊。

該種族似乎是原為精神生命體的精靈魔化，並獲得肉體。

「嘎——哈哈哈，幹得好。交給你果然令人放心，利姆路。」

維爾德拉大哥心情大好。

可是看到焰之巨人的樣子又皺起眉頭。

她的外觀出現巨大轉變。

該說是恢復原樣才對。

頭髮顏色的比例依然由黑與紅構成，卻變成曾和我對峙的男性型態。

細部有所改變，大概是焰之巨人的心願造成強烈影響。

「嘖，虧我還為了找樂子——想說那樣比較好看，才讓你變美的。真沒想到你會變成這樣。」

維爾德拉在那發牢騷，他果然是想找碴吧。

伊弗利特——說錯，是卡利斯才對，他深深地嘆了一口氣。

「果然沒錯，我就猜應該是那麼一回事。幸好我的心願戰勝，這樣我就放心了。我也能變回女性姿態，若您執意要求……」

「不必不必，只是在鬧你玩的。就算你維持自己喜歡的姿態，我也不會有怨言！」

維爾德拉的玩笑一點都不好笑。

雖說這次順利恢復原樣，但弄不好可會終其一生維持那副模樣。我也要小心才行。

「那你的身體狀況如何？」

「回您的話。非常舒暢——咦，這是！」

被我一問，卡利斯這才察覺身上出現變化。接著便困惑地確認那股力量。

「竟、竟有如此強大的力量……」

他似乎對自己的力量感到驚愕。

「咯咯咯，你說對了。」

維爾德拉大哥露出滿意的笑容。這邊則是合乎期待的樣子。

「關於你的種族，好像進化成焰魔精靈王了。」

「您、您說焰魔精靈王？真不敢相信我有這種力量……」

也是啦，剛復活就獲得魔王級的力量，怪不得會有那種反應。

不過，雖然變得那麼強，你的工作卻是負責監督維爾德拉。而且不小心變太強，維爾德拉會更用力壓榨你吧。

我有點同情變成我們夥伴的「卡利斯」。

如此這般，我們多出卡利斯這個新夥伴。

卡利斯很快就進入狀況，被維爾德拉和菈米莉絲壓榨。

我的疑慮成真，但他本人一點也不困擾，所以沒問題。

多了卡利斯這個夥伴，工作速度快到大勝以往。

「問一下，什麼時候多出這種新成員啊？」

「就是你還在沉迷組合魔寶珠的時候。」

「不不不，說得那麼簡單，那可是魔王級的精靈王喔！」

「不對喔。是魔精靈王。」

「什麼王都好啦！我想說的不是那個啦！」

就迪諾一人情緒激動，但其他人都習慣了。

「哎呀，別激動，有時也會發生這種事嘛。」

「不，可是──培斯塔先生？」

「迪諾，跟利姆路和師父相處，不能為這點小事感到吃驚啦。」

「不，就說……」

迪諾似乎不能接受，但在大夥兒的安撫下，他心不甘情不願地收手。

這種事習慣就好。

要懂得放空別想太多。

我逐步削割木頭，著手製作人偶，然後讓樹妖精進化成靈樹人型妖精。有別於樹妖精，在遠方也能發揮真正的力量。

大家都不排斥進化。

就這樣，靈樹人型妖精增加近十人左右。

她們沒有實戰經驗，雖然不比德蕾妮小姐強，但在迷宮裡訓練機會多得是。放眼未來，她們會成為菈米莉絲的好部下吧。

此外，要借給樹人族的附身用軀體——該說假魔體也接近完工。

這些只要供人附身而已，性能不夠高也沒關係。

相容性也沒問題，一百數十多名樹人族將能在迷宮內活動。這樣就確保相當人數的人才，害我不禁感到懊惱，心想該早點實施才對。

樹妖精多半為女性姿態，樹人族則以男性居多。

他們似乎沒性別之分，用不著那麼在意。因此我在打造人偶時特別重視效率。細部修正等他們附身再各自進行便可。

一旦完工，他們似乎就要馬上轉移。

東敲敲西打打，工程宣告結束。

多出新的人手，我們就不會那麼忙了。

「謝謝您，利姆路大人！」

聽到德蕾妮小姐向我道謝，我搖搖頭。

這點小事不算什麼。

平常受他們諸多照顧，一方面也想向他們道謝，再說他們幫了我們不少忙。

「那之後就拜託你們了。菈米莉絲，有什麼狀況就來通知我。」

「好喔！我會馬上飛過去告訴你。」

我要她一出問題就來通知。

手邊還有一些工作要做。

每天都要跟利格魯德、摩邁爾開會，須我做決策的事堆積如山。

制裁罪犯也要徵求我的意見，幹部意見對立時出面調停也是我的職責。

我很想在這一直幫忙研究工作，但事實上無法如此。

想早點找到能委託那些工作的人才——這是眼下課題。

我不需要睡覺可以做自己有興趣的事，但偶爾也想睡懶覺。

原以為自己只會耍嘴皮，原來很勤奮嘛。

對此感到存疑之餘，我回到辦公室。

＊

「迪亞布羅大人回來了。另外還有幾名陌生人，他想覲見，該如何處置？」

這時我收到引頸企盼的消息。

如果只有迪亞布羅一人，他大可毫無顧忌地入內。

可是這次還有陌生人。

雖說對此只覺得麻煩，但四周還有其他人在，必須經過這些程序。

趁紅丸還沒說他要一起列座，我趕緊來接見吧。

「去接待室見吧。立刻傳喚他們！」

侍女恭敬地行完禮就從我面前離去。

動作很僵硬。

看來遇到我還是會緊張。

心想真拿她沒辦法，我要在隔壁房待機的別的侍女備茶。

朱菜在忙自己的工作，白天會在別的地方做事。只是晚上一定會撥空替我張羅餐點等等。

紫苑則在迷宮裡訓練「紫克眾」。似乎在檢驗他們有多不容易死，進行非常嚴苛的訓練。聽說都窩在較深的樓層，沒事就別去叫他們好了。

所以說，如今我有兩名專屬侍女。雖說是前哥布林進化而成的女性，但外觀幾乎已經跟人類沒兩樣了。最近朱菜開發的簡易化妝品開始造成流行。可能是因為這樣吧，女性變得愈來愈美麗。

如果對象不是我，她們可是遇到別國國王也不會緊張的一流侍女。

無可挑剔。

我也動身前往接待室。

是較堅固的那間。

我想應該不會有事，但這也是為了以防萬一。

說起迪亞布羅選的部下，不曉得來的人會有多怪。

一進到接待室裡，侍女立刻端出茶點組。

準備得萬無一失。

才想到這裡，房外就有人靠近的跡象。

「利姆路大人，我回來了！」

帶著開心的笑容，迪亞布羅進到裡頭。

這樣講好像不太好，但迪亞布羅笑起來好邪惡。

我就算了，看在他人眼裡像不吉利的象徵吧。

渾身散發邪惡氣息，感覺很像會幹壞事。

「今日依約帶來想請利姆路大人過目的人。若您能見見他們，將沒有比那更令人開心的事。」

還是老樣子，迪亞布羅用恭敬的態度問候我。

感覺有禮到誇張的地步，不過最近我也習慣了。

這傢伙把我當成唯一的主子，當成神對待。

三名女性隨迪亞布羅入內。

他說要去找一些手下，這幾名女子就是嗎？

看起來還很年輕，但惡魔的年齡不重要吧。

不知道迪亞布羅活過幾年，但他說那些都是舊識，應該活滿久的吧。

在迪亞布羅催促下，三名女子朝我行禮後坐到沙發上。

「這幾位女孩就是你的舊識嗎？」

看起來好像不怎麼強——

《否。這三人在惡魔族中仍屬高階種——是高階魔將。疑似完美控制魔素，假扮成人類。》

似在訂正我的誤解，智慧之王拉斐爾大師這麼說。

最近我的眼光也變準確了，然而看樣子還有進步空間。聽完那些我試著提昇「魔力感知」的準確率，可是她們看起來仍跟普通人沒兩樣。

——咦，剛才說高階魔將？

就算要召喚高階惡魔，叫出高階魔將仍極其困難。畢竟單體就具備戰術級強度。付出巨大的代價也不一定能召喚成功。

若是人類要召喚他們，須準備國家級的大規模儀式。

這裡就有三名。

這麼說來，迪亞布羅原本也是高階魔將。

聽他說是舊識就該猜到會變成這樣。

「是的。我認為只有這些人才配來此覲見利姆路大人。」

「是嗎？能擬態到這種地步確實厲害，看起來就像普通人。連聖騎士都看不出她們是高階魔將吧？」

我的話讓那三人有些動搖。

對此，迪亞布羅開心地笑了。

「咯呵呵呵，不愧是利姆路大人。我要她們盡全力隱瞞種族，卻被您輕鬆識破呢。」

看迪亞布羅這樣，我高高在上地點頭，並說了聲「還好啦」。其實是智慧之王拉斐爾大師罩我啦。

「那其他人呢？」

「只有七人堪用——」

這傢伙未免言過其實。

我都準備千具附身體了，結果找來的連十人都不到。

不過已經被樹人族用掉百具以上，或許這樣正好。

「——剩下的都是雜兵，但他們是這幾人的部下，故可考慮賜他們加入利姆路大人麾下的榮譽。」

啊，原來有更多啊。

「這樣啊。那你帶了多少人回來？」

「回您的話，這方面就由她們報備。」

「初次見面，利姆路大人。身為無名之輩深感羞愧，還望您多多指教。聽說小黑醉心於您，說真的我難以相信……但這下我就明白了。」

「是嗎？」

一名美女起身向我打招呼，她有著一頭白髮。

感覺就像千金小姐，舉手投足非常優雅。

笑容也如夢似幻、溫柔典雅，看起來一點都不像惡魔族。

「是。從見到您的那一刻起，我的心便悸動不已。請利姆路大人務必讓我和兩百名部下加入您的陣營。」

帶著華美的笑容，白髮美女如此宣誓。

被人當面稱讚好害羞，可是拜迪亞布羅之賜我已習慣這一切。就把這解釋成類似反應，輕輕帶過。

「我也是——想跟兩百個僕人一起追隨利姆路大人。」

一名紫髮美少女精力十足地宣誓。綁在一邊的側馬尾跟她很搭，看起來非常可愛。

即使剛才智慧之王拉斐爾跟我提過，我仍對她是惡魔族的事存疑。

「我也沒意見！將帶我的兩百兵力歸順利姆路大人！」

長了一頭耀眼金髮的少女傲慢地宣示。

只見一臉惱火的迪亞布羅正要起身，被我伸手制止。

她本人似乎已努力對我展現最大的禮貌。用不著氣得指責。

那麼，到這裡大家都大致打過招呼了。

有這幾名女子加上她們的部下各兩百。

合計高達六百的惡魔要加入我——加入迪亞布羅麾下是嗎？

迪亞布羅這傢伙還真可怕。

沒想到他真的準備一支軍團……

「咯呵呵呵呵。她們各有兩名心腹，還有一人也令我感興趣。對方底下也有將近百名部下，加起來就變七百人。原想準備一千人，很抱歉。我為自身無能感到萬分可恥。」

「哦，不會不會。別放在心上。總之先見見他們吧。」

不是六百，來到七百……

未免太多了吧。

「噢噢，謝謝您！在那之前。我是怎麼拉攏她們的，容我對此詳細報告——」

「說起來很長嗎？」

「是的，長得很。但為了讓利姆路大人知道我有多活躍——」

迪亞布羅似乎要開始講又臭又長的炫耀文。

我立刻阻止他。

「那就算了。她們也不想聽你炫耀吧，以後有機會再說給我聽吧。」

不會有這種機會就是了。

迪亞布羅露出錯愕的表情、驚訝地僵在原地。

看他那樣，三個女惡魔暗自竊笑。看樣子跟我一樣，擔心迪亞布羅的話又臭又長。

知道自己判斷正確令人心滿意足，我帶著壞笑開口。

「讓其他人等太久也不好意思，快點介紹吧。」

「——遵、遵命。那我們換個地方……」

迪亞布羅一臉遺憾。

這次可不能寵他。

我承認迪亞布羅很優秀，可是在新人面前給他甜頭會對往後留下不好的影響。

可不能讓人以為我在偏袒他，就請迪亞布羅忍耐一下吧。

當然，我嫌聽那一大串太麻煩——這是我的真心話，沒必要說。

＊

迪亞布羅很快就振作起來。

八成因為他是精神生命體的關係，非常頑強。

既然這樣一開始別受打擊不就好了，不知為何因我的話一下悲一下喜。

這傢伙真的很不可思議。

「在鎮上召喚可能會給人添麻煩，我們去迷宮再叫吧。」

看來多少有變得比較成熟了，迪亞布羅也開始會注意別給周遭人添麻煩。

——正為此感佩，不料卻發現我好像搞錯了。

「咯呵呵呵。在鎮上叫出那些傢伙會把結界弄壞。那是利姆路大人費心繪製的魔法陣，得多加留意才行。」

迪亞布羅說的話微妙地搞錯方向，我聽完才發現這件事。

話說迪亞布羅那番話讓我對某事在意起來。

在這座魔國聯邦首都利姆路裡，常施以試驗性結界。這是聖淨化結界的改良版，能抑制從魔物身上漏出的魔素。許多人類會造訪這座城鎮，這是為了維護他們的安全。

雖說會對魔物居民造成負擔，卻不至於影響日常生活。只要他們耐得住，我們就能維持人類也便於居住的魔素濃度。

此外還能防止在鎮上發動被禁的魔法，以及防止凶惡的魔獸入侵。
若要強到能破壞這座結界，唯有超越A級、被視為災害的魔物。
而且他們也無法一下子就突破吧。
結界出現異常狀況就會立刻反應出來，這段時間內衛兵將出面處理。
說起A級魔獸，智商不高就沒什麼好怕的。如果是我國久經鍛鍊的士兵出馬，他們將能沉著對應。
我只怕另外那七百隻惡魔中有足以破壞結界的傢伙。
跟在我後方的那三人應該能輕易突破，但會不會還有其他可怕的傢伙在？
迪亞布羅批評人不留餘地。
他說某七人堪用，感覺那些人好像很危險……

我們來到迷宮內的設施。
「我准你們現身。出來吧！」
迪亞布羅就此下令。
七名惡魔隨之現身。
背後還跪了七百個。
該說果然不出所料嗎？
在那七名裡，有六名是高階魔將。
迷宮內有防止魔素擴散的機制，現身的負擔比在地面上更少。因此惡魔們就將那駭人的原貌暴露出來。

話說這七名可是迪亞布羅認可的。
看起來很有大惡魔的風範。
其中一個是高階惡魔，但好像是特殊個體。確實有一定的實力。
聽說是那個惡魔主動找迪亞布羅打架，迪亞布羅順便把對方打爆。
看樣子很帶種，這樣就好。
不過看不穿對手有多強就出局了，話雖如此，那傢伙有點特別。
照迪亞布羅的話聽來，對方似乎一再過來找碴。
這已經不是帶不帶種的問題了。
肯定是笨蛋沒錯。
然而迪亞布羅好像很中意這樣的高階惡魔。
既然迪亞布羅喜歡，我就沒意見。
比起那個——
更讓人在意的還是最初那三個。
兩名與其同階級的高階魔將聽命於高階魔將。這表示她們有某些特質，光靠魔素量無從判斷吧。
《答。惡魔族不會死亡，年資愈久的人戰鬥經驗愈豐富。惡魔世界依此為基準劃分相當於「王公貴族」的階級，其中立於支配階級者更有莫大威能，與其他惡魔有著天壤之別——》
是喔？

聽說惡魔族有成長界限，封頂就是高階魔將。取而代之，在對等條件下透過戰鬥磨練，明確區隔實力「層級」。

魔素量不相上下，每個惡魔的實力卻不盡相同。
包含知識量、對勝利的執念、意志堅韌度。
惡魔們靠這些構築。
除此之外——

《——高階魔將還依出生的年代區分。》

年歲達三千年以上，從遠古時代留存至今的傳說——史前種。
活過千年以上的歲月的大惡魔——「古代種」。
累積四百年以上的知識——「中世種」。
超越百年世代的——「近世種」。
學習時數超過人的大半輩子——「近代種」。
剛出生的——「現代種」。
以及——
被定義為初始惡魔的始祖。

《惡魔的力量強弱依存活年數而定。統治階級指的是古代種——伯爵以上。》

多謝你的詳細解說。

智慧之王拉斐爾大師為了我詳細調查惡魔。

感謝感謝。

那麼，這就來活用那些知識，試著觀察眼前這些惡魔吧。

剛開始來的那三人是統治階級，那這六個就是被支配者吧。換句話說不只最初那三人，迪亞布羅也是位列伯爵以上的遠古惡魔嘍。

我都不曉得，但看樣子之前收了這個不得了的夥伴。

這讓我渾身發抖，此時迪亞布羅開始笑瞇瞇地解說：

「這些人就是稍微夠看的傢伙。我對他們說利姆路大人有多好多棒，結果他們哭著懇求，說無論如何都想替利姆路大人效力，這才考慮讓他們同行。」

如此這般，迪亞布羅說得很美好。

感覺他好像在腦內擅自勾勒故事。

我開始端詳這七名惡魔。

曾經哭哭啼啼應該是真的，但是否曾說想為我效力令人存疑。因為大家都有被痛扁掛彩的痕跡。尤其是等級較低的高階惡魔，樣子慘到令人納悶對方居然能保住小命。

看樣子果然是迪亞布羅亂編的故事。

這七名惡魔欲言又止，但他們的上司就在面前，所以不敢講。

被教得很好——不對，應該是迪亞布羅威脅他們。

「從現在開始，我們就是魔王利姆路大人的忠實僕人。任您差遣！」

七名惡魔不約而同低頭，宣誓要對我盡忠，七百名惡魔隨之唱和。

七百名惡魔族同時下跪極其壯觀。

迪亞布羅滿意地看著這一幕，一顆頭點啊點。

這傢伙好可怕。

真的很慶幸他跟我站在同一邊，我暗自鬆了口氣。

*

接下來，惡魔族是精神生命體，若是沒有肉體，光顯現於世將洩漏魔力。一直漏下去就慘了，趕快讓他們獲得肉體吧。

方法很簡單。

先用「暴食之王別西卜」捕食那些惡魔。再靠「智慧之王拉斐爾」將他們整合到培養膠囊內的人偶「擬造魂」上。

結果當然很成功。

獲得肉體後，惡魔按自己的意思變成各種形狀。

過兩三天就能徹融合吧。

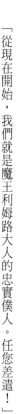

問題在於最初那三隻。

總覺得讓她們跟這些部屬惡魔一起接受相同處置不太妥當。

都說是迪亞布羅的老朋友了，稍微給點特別優待也行。

畢竟她們是美女嘛。

這時就換我這個美之探究者出場。

除去惡魔的特徵又不至於損及現今外貌，讓她們變得像人。這點小事輕而易舉，因此我提議幫忙。

「要我調整妳們的外貌嗎？」

「可以嗎？」

「當然好。」

「那麼，請您務必幫這個忙。」

白髮美女面露微笑並接受我的提議。另外兩人見狀也拜託我為肉體做調整。

我爽快應允並著手修改。

只改變外貌卻不動到骨骼很困難。

不過手隨我的意思移動，智慧之王拉斐爾的演算天衣無縫。看三人的外貌雕塑骨骼對我來說小事一樁。

她們的話，只要調整骨骼及魔素流量，照理說就能完美重現該樣貌。

順便給點利多。

我將黃金混入魔鋼製的骨骼中，讓它變成神輝金鋼。既然是迪亞布羅的朋友，替她們做這點事也不成問題。

黃金來到這個世界也是萬用金屬。跟魔素的相容性極佳，不只強度，各方面都在「魔鋼」之上。
她們說這些骨骼好美，大受好評。
「「「謝謝您，利姆路大人！」」」
看她們這麼開心，我也很滿足。

那麼，這樣所有的工作就結束了。
再來就等他們醒來。
對了對了，沒取名不方便吧——才剛想到這邊——
「喂喂喂，你從剛才開始就在忙些什麼啊？」
「呀呼——利姆路！迪亞布羅把部下帶來了吧？也介紹給我認識——咦？」
迪諾、菈米莉絲、維爾德拉徹底發揮他們愛看熱鬧的特質，跑到這邊來。
「正如菈米莉絲所說，迪亞布羅帶部下回來了。這些傢伙都是惡魔，所以我為他們準備軀殼。」
我向狀況外的迪諾解釋。
「不，那些我都聽說了……」
既然聽說了，那麼驚訝幹嘛？
「又是一大奇觀。能聚集這麼多的惡魔，迪亞布羅真了不起。」
啊，的確。數量確實很多。
維爾德拉這麼一說我才恍然大悟，怪不得迪諾嚇到。
換成是我若沒聽說，應該會更驚訝。

「不，不只這樣。我也有點嚇到，那邊那三個看起來好像活很久了……」

菈米莉絲狀似驚訝地說了這番話，迪諾跟著點點頭。

「哦。她們好像是統治階級的古代種，似乎活了千年以上喔。」

「咦……？」

「是不是搞錯啦？」

哪裡錯了？

智慧之王拉斐爾的解說不可能出現錯誤。

《……否。是解釋錯誤。無從知曉正確年代，預測僅只於預測罷了。所謂存活千年以上，就算活超過三萬年也不稀奇。》

的確，這麼說也對。

千年以上，這句話包含三千年、四千年甚至是一萬年。

智慧之王拉斐爾沒弄錯，但聽者不一定會做出正確解讀吧。

「嗯——就算你們這麼說……我也不方便問女生的年齡。」

「嘎哈哈哈。關於這點，我也學到教訓了。那樣可能會沒事找事做把人惹毛。」

「總之，活多久這檔事不是很重要吧。知道統治階級的強力惡魔變成夥伴，這樣就夠了。」

「要是利姆路可以接受，我也沒意見。」

「好厲害的想法。我可學不來呢——」

「咯呵呵呵，不愧是利姆路大人。重要的不是活多久，而是怎麼活。您的意思是這個吧？」

唔、唔——？

迪亞布羅那傢伙好像下了很棒的總結。

讓人有點難為情，但我還是點頭表示贊同。

迪諾他們害我差點忘記剛才要幹嘛，我要替惡魔們想名字。

這次就單刀直入，跟迪亞布羅一樣來個超跑系列好了。

不是說價錢等於戰鬥力，只是跟高級跑車借用一下名字。

「那麼從今天起，妳們就叫戴絲特蘿莎（Testarossa）、烏蒂瑪（Ultima）跟卡蕾拉（Carrear）。」

我高高在上地宣示。

對著漂在培養膠囊裡的三具黃金骨骼說。

第一名有著白得發亮的美麗秀髮，配上宛如白雪的肌膚。在這一片雪白中，唯獨那對高雅的眼眸、看似柔軟的唇瓣特別醒目，是鮮明的紅。

這抹「紅」讓我想到那台美麗的法拉利跑車「Testarossa」。

紫髮的活潑女孩叫烏蒂瑪。

像野馬般活力十足，跟跑車形象不謀而合。

卡蕾拉用不著多說也知道是保時捷跑車。

金髮女孩的雙眼不媚俗，恰如會挑主人的那台名車。

「等等，喂！居然這樣隨隨便便替那些人取名——」

感到驚慌的只有迪諾一人。

但現在才給忠告已經太遲了，事到如今慌也沒用。

看看菈米莉絲跟維爾德拉。

他們不會為我的行為大驚小怪。

「他本來就那樣吧？」

「利姆路做這種事很正常啦！」

如此這般，被他們三兩下帶過。

我的話一說完，三名高階魔將便在當下附身完成。

血肉覆在黃金骨骼之上，頓時變成仿若美神化身的裸體。接著順勢將魔素轉換成衣服穿上身。

培養膠囊碎裂四散。

似乎無法承受她們放出的妖氣。

這也難怪。因為我替她們取名的關係，三人進化成惡魔大公。

跟之前截然不同。

那股壓倒性力量令人畏懼，有著超乎常理的實力。

「不是吧……連舊魔王卡利翁都不是對手嗎？深不可測啊，喂。太好了，我沒跟利姆路敵對。」

迪諾在那呻吟，但大夥兒對此都沒反應。

僅姍姍來遲的培斯塔獨自一人在角落碎唸「我什麼都沒看到，哈哈哈，我不知道。什麼都不知道，跟我沒關係……」

看他狂拍自己的頭如囈語般重複叨念令人感到哀傷，但我打算裝作沒看到。

這天到此暫時告一段落。

要是被奪走一大堆魔素會很不妙，得慎重行事。

得看自己有多少餘力，在不至於勉強的範圍內取名。一天限替三人取名才是正確選擇吧。

有鑑於此，接下來這幾天都在替人取名。

摩斯。

維儂。

阿格拉。

耶斯普利。

祖達。

席恩。

威諾姆。

就像這樣，從強者開始依序「命名」。

戴斯特蘿莎的心腹是摩斯和席恩。

烏蒂瑪的心腹是維儂和祖達。

卡蕾拉的心腹是阿格拉和耶斯普利。

迪亞布羅中意的惡魔則是威諾姆。

光戴絲特蘿莎等三名女孩就讓人覺得獲得的戰力亂強一把，多了三名惡魔大公，但這似乎只是開端。

那七名惡魔也在命名同時瞬間進化完成，理所當然地離開培養膠囊。

其中兩名是惡魔大公。

其他四名仍為高階魔將，可是散發的氛圍跟之前有點不一樣。我無法確切說明，不過很像上限解除的感覺。此外威諾姆也進化成高階魔將，戰鬥力大幅增強。

只不過我個人已經驚訝過頭，來到心如止水的境界。

基本上惡魔大公沒那麼容易現身。似乎是凌駕一般魔王的傳說級惡魔，連同迪亞布羅算在內，我國就有六個。

讓人覺得沒什麼真實感呢。

戰力增加成這樣，到底想幹嘛？

我個人倒想網羅政經界的優秀人才。

他們有辦法勝任這部分嗎？

我看八成沒辦法，但只能硬著頭皮試試看……

邊為這些事情苦惱之餘，我還替剩下那七百個想名字。

既然都跟迪亞布羅約好了，我要負責到底。

是說仍出現意想不到的誤算。

照智慧之王拉斐爾大師所說，我取名時只耗掉留在培養膠囊裡的魔素。

這個消息令開心。

那句話讓我萌生幹勁，只花兩天就替大夥兒「命名」完成。

總數超過七百的惡魔群體在我跟前跪拜。

多數人原先都是低階惡魔，然而進駐肉體且獲得名字讓他們在種族上進化成高階惡魔。

接著如我所想，跟種族無關，魔素量已來到A級。

突破A級的部下共七百名。

我自己說這種話有點那個，但戰力過剩到有點莫名其妙的地步。

其中幾人還疑似進化成高階魔將。

搞不好我又做過頭了……

戰力的增加幅度大得嚇人。

不對，光最初三名——戴絲特蘿莎、烏蒂瑪和卡蕾拉就夠扯了。

反正現在事情都過去了，就裝作沒發現好了。就這麼辦。

那才是讓心情保持平穩的最佳解決之道吧。

「利姆路大人，承蒙您賜予動聽的名字與力量，我等喜不自勝。請您今後也容我等盡忠！」

戴絲特蘿莎代表大家向我宣誓。

我「嗯」了一聲並點點頭。對大家說「要好好表現」。

仔細想想，迪亞布羅要為他們負起全責。

我只要遵守約定就好。之後迪亞布羅會教育那些惡魔吧。

本人很沒責任感地想著。

正當利姆路在逃避現實——

「小黑——不對，迪亞布羅。我總算明白你為何如此醉心於利姆路大人了。」

「嗯。那個人好厲害。」

「不僅看穿我們的真面目，還認定我們不足為懼。就連遠古魔王迪諾看到我們都面色鐵青呢。」

戴絲特蘿莎等三名女惡魔在那議論紛紛。

利姆路並不知道，戴絲特蘿莎等人一開始並不打算效忠利姆路。是因為老朋友迪亞布羅跟她們交涉，才暫時出借她們的力量。

…………

…………

……

她們很長壽。

是這個世界「最強」的存在。

追隨她們的惡魔也一樣。

其中兩名甚至是人類所定義的史前種。

這些惡魔活過如此漫長的歲月，從未輸過。

分別是摩斯與維儂。

摩斯——數萬年來從未吃過敗仗，僅次於始祖的強者。惡魔界的大公爵。

維儂——存活四千年以上，老奸巨猾的侯爵。敗給摩斯數次，一再轉生。

其他隨從也不簡單。

阿格拉——近世種，居子爵位。

耶斯普利——目前乃五百年來無敵的子爵。

祖達——至今三百年來無敗績的男爵。

席恩——至今三百年不曾輸過的男爵。

阿格拉為特殊個體，三百年前被卡蕾拉降伏後，從不曾輸給任何人。以惡魔來說很稀奇，擅長的不是魔法，而是刀這種武器。

耶斯普利、祖達、席恩這三人跟維儂一樣，一再地轉生。他們在遠古時期誕生，是非常接近始祖的個體。

威諾姆是一生下來就具備獨有技的特殊個體。雖說存活的歲月不算太長，成長速度卻很驚人。

這些強者在惡魔族中亦大放異彩，被迪亞布羅挖角過來。利姆路對此毫不知情，就跟平常一樣懷著輕率想法，魯莽到連「名字」都賜了。

結果——在此重生的惡魔們獲得凌駕「世界真理」的力量。

並成為超乎想像的軍團。

他們是令人畏懼的大惡魔。

數量不多連千員都不到，該集團卻能稱得上是一個軍團。

他們是魔國聯邦最大的戰力、恐懼的象徵。

——後來世人都這麼認為。

惡魔自培養膠囊解放——這一刻就是黑色軍團誕生的瞬間。

…………

…………

……

戴絲特蘿莎的白皙雙頰泛紅，她陶醉地輕喃。

「啊，好有趣。比起反覆玩讓國家墮落的遊戲、比起跟妳們爭奪霸權，看著那位大人反倒更有樂趣呢。」

烏蒂瑪對此表示認同。

「對啊。我也是，比起拷問不知天高地厚的惡魔們，在這個國家工作似乎更有趣呢。」

卡蕾拉也同意這兩人的看法。

「沒錯。就像妳們說的那樣，利姆路大人好厲害。我放出『威壓』卻被他像在逗小貓般帶過！讓我覺得侍奉這位君主也挺有趣。不過得到『名字』之時，我就發自內心效忠他了就是。」

話說到這裡，卡蕾拉露出燦笑。

「那時我原本想把妳殺了喔。」

迪亞布羅一臉認真地宣告，但八成看出卡蕾拉沒說謊，目前似乎沒有進一步追究的打算。

看迪亞布羅那樣，戴絲特蘿莎朝他搭話。

「就是說啊，迪亞布羅。我很感謝你喔。當你找上我，其實我真的打算把你殺掉呢。」

「我知道啊。妳就是這樣的女人。我反倒好奇妳當時怎麼會接受我的提議。如果是妳，應該會跟我打到滿意為止……」

迪亞布羅認識的「白」性格激烈，絕不會乖乖聽其他人的話。

惡魔們的對決講究知識與技量。雖說進化成惡魔大公，是否能確實戰勝「白」仍有疑慮。正因為這樣，反倒更有趣。

「對，我們很強。你覺得這世上可有人比我們惡魔族更強？」

「不。」

面對戴絲特蘿莎的提問，迪亞布羅帶著滿足似的笑容回應。

臉上笑容加深，戴絲特蘿莎繼續說道：

「對吧？所以說，迪亞布羅，這才讓我對你珍視的主君產生興趣——能把世上最強的我的同胞迷住之人。若對方太過無趣，我原本打算殺掉呢。」

「我也這麼想。」

「哼，雖然已經打消那個念頭，但我原本還想跟他正面對決呢。」

聽到這話，迪亞布羅焦躁地咂嘴。

「沒讓我在利姆路大人面前丟臉，這點值得誇獎，不過，倘若妳們真的要那麼做——」

「別擔心，迪亞布羅。就跟你為自己的名字感到自豪是一樣的道理，我也很喜歡利姆路大人給的『戴絲特蘿莎』這個名字。我以這個名字起誓，將效忠利姆路大人。烏蒂瑪和卡蕾拉也這麼想吧？」

「嗯！」

「就跟剛才說的一樣。」

三名女子不約而同朝彼此頷首。

迪亞布羅則無奈地搖搖頭。

「總之，除了妳們幾個，其他雜碎都幫不上利姆路大人的忙吧。沒辦法。可別給我添亂，不只遵從利姆路大人的命令，妳們也要聽令於我喔。」

「拿你沒辦法這句話是我該說的。就當是回報你引介利姆路大人的恩情吧。」

「好吧，我也沒異議。」

「邊幫利姆路大人的忙，同時追趕過你的地位就得了。在那之前姑且准你對我們下令。」

迪亞布羅滿心焦躁，但戴絲特蘿莎等人答應會服從命令，因此他就不繼續追問了。

能讓迪亞布羅隱忍的人屈指可數。光看這點就知道戴絲特蘿莎等人有多特別。

就這樣，在利姆路不知道的情況下，一套上下關係就此成立。

●

——也不確定是否真的有過那段對話。

今天我也打算過和平的日子，迪亞布羅卻悄悄告訴我這件事。

「——我們曾經有過這樣的對話。那些傢伙將聽我指揮，但不確定她們會幹出什麼事情來。利姆路大人無須為此操心，不過，還是請您留意！」

「呃，喔。」

咦，這傢伙在說什麼啊？

那三人可是你叫來的耶！

雖然想為此發飆，但一切都太遲了。

虧我今天也想快快樂樂度過和平時光，感覺好像多出不必要的問題了。

原本還很期待夥伴增加……

算了，也不曉得真話有幾分。

再說既然都聽迪亞布羅指揮了，他還是該一肩扛起所有責任。

我既然起用這些惡魔就該負責？

那是什麼，好吃嗎？

就是這麼一回事，我爽快地將問題全丟給別人處理。

ROUGH SKETCH

第三章

風雨欲來

Regarding Reincarnated to Slime

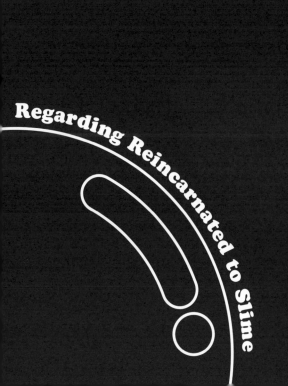

沒料到戰力增強這麼多，但夥伴增加著實令人開心。

我趕緊跟迪亞布羅討論惡魔們的工作安排。

戴絲特蘿莎等三名女惡魔也以代表人身分列席。

想說順便問問她們的意見。

「那我現在想立刻找人上任的職務有三個。有當我全權代理人的外交武官、負責偵查國內重大不法事件的檢察廳檢察總長，還有公平裁判事物的司法院最高裁判所長官。妳們剛好三個人，要不要試試？」

感覺好像滿強人所難的，但我還是隨口拜託看看。

那工作沒這麼簡單，也許幹部們會反彈。可是迪亞布羅要負責擺平這些反彈聲浪。

做那些工作可不能跟人不法勾結，也想過任命我的親信會更穩妥。

假如這些傢伙幹了不法勾當，到時再命迪亞布羅肅清就好。那樣反倒好辦吧。

「那就容我擔任外交武官吧。」

「比我更壞的大壞蛋？讓人好興奮喔！」

「我會秉公裁判。必傾盡全力回應我主的期許！」

喂喂喂，都沒聽工作內容的說明，這些人就接受啦。

「可以嗎？工作內容應該滿難的……」

「交給我們吧。」

「嗯！我很擅長偵查喔！」

「就讓我秉公賜死那些人吧。」

不對吧？好像哪裡怪怪的。

這回答讓人莫名不安。

我轉眼偷看迪亞布羅。

他臉上掛著滿意的笑容，但那表情怎麼看都像在說「能把麻煩事推出去真是太好了」。

好吧，也對啦，迪亞布羅肯定會拒絕當外交武官吧。

「聽好，當外交武官要成為評議會的議員，代替我發聲。不僅如此，若我們在各國配置武力，一方面也要擔起掌管這些軍隊的任務。是很重要的工作喔。」

「是，我明白。」

戴絲特蘿莎露出溫柔的微笑，打包票說沒問題。

「戴絲特是很聰明的女人。我敢保證她不會進行不利於利姆路大人的交涉。」

呃，你只是不想去做這個工作吧？

雖說迪亞布羅的保證不怎麼可靠，但戴絲特蘿莎或許真的很聰明也說不定。

「還有目前在制定的我國法令，必須讀懂法條並周知各國——」

「請您放心，利姆路大人。我會全背起來。」

戴絲特蘿莎說完就背出仍在嘗試階段的我國法令，而且還指出問題點。

「錄取！沒問題直接錄取。去評議會有時會遇到令人火大的事，但妳要有背負我國名譽的自覺，不能衝動行事。拜託妳嘍。」

「包在我身上。要是有什麼萬一，我也會湮滅下手的證據。」

不不不，問題不是那個吧？

不過，戴絲特蘿莎真的有才華。

找不到其他適任者，且我之前在評議會上失控，說那種話也沒什麼說服力。

目前先觀察吧。

此外，戴絲特蘿莎是外交武官的內定人選，但其他兩人也很優秀。

「那接下來換我！」

烏蒂瑪說完就背出正在制定的主法典。

跟戴絲特蘿莎一樣，似乎非常機靈。

「稟吾王，我們是重視契約的種族，很懂得鑽漏洞，哪會輸給愚蠢的凡人。且我們不會收受賄賂，要我們聽話只能靠力量決勝，但能戰勝我們的魔王也不多吧。」

——任何人都不是我們的對手呢！

沒如此斷言，表示在魔王之中有比她們更強的強者吧。

大概是那傢伙。

那個紅髮男。

總之跟我無關。

總歸一句話，重點在於卡蕾拉應該會公平裁判所有的罪犯。

「就錄用妳們吧。那麼三位，今後也請多多指教！」

「「「包在我們身上！」」」

趕鴨子上架的人事安排，我決定錄用戴絲特蘿莎等三名女孩。

而那是正確選擇。

魔國聯邦變成無可比擬的法治國家，這套架構成了範本並流傳於世。

順帶一提，那些法律連我也適用。

為了避免因賄賂遭逮捕，我也要小心才行。

＊

我國總算也具備法治國家的架構了。

雖說還在試營運階段，但三權分立已確實運作。

烏蒂瑪和卡蕾拉的工作態度很認真。或該說她們似乎有為數眾多的優秀部下。轉眼間就凝聚組織向心力，充分發揮他們的力量。

烏蒂瑪很黏羅格魯德。

她都叫羅格魯德「大叔」，會確實遵從他的指令。

羅格魯德也叫烏蒂瑪「小小姐」，當成女兒般疼愛。

對，其實羅格魯德不知道烏蒂瑪的真面目。

羅格魯德這男人雖膽子夠大，然而一旦得知烏蒂瑪是大惡魔，也許會莫名禮讓也說不定。基於這層考量，我只跟他說烏蒂瑪是迪亞布羅找來的。

總之重要的是工作態度和成果，基本上沒什麼問題吧。

最高裁判所長官卡蕾拉也不遑多讓。

魯格魯德身為司法長官，已回歸屬於行政機關的法務部。司法院正式成為獨立機關，今後將與行政切割。

不過，這不表示司法院能擅自亂來。司法、立法、行政要互相監視。

魯格魯德負責監視由我任命的卡蕾拉，並提供協助。據報告指出卡蕾拉的言行舉止姑且不論，她的工作表現很優秀。

卡蕾拉不會屈服於暴力和賄賂，魯格魯德似乎也認可卡蕾拉。

這樣就好。

世上沒所謂完美的政治體制，等問題發生再解決就好。

這樣一來，之後只要將相關法令的草案告知評議會便可。

「就是這麼一回事，戴絲特蘿莎，都準備妥當了嗎？」

「是的，利姆路大人。摩斯已將一切手續辦妥。」

戴絲特蘿莎在我面前優雅地小憩。

為我倒了一杯她親手泡的紅茶。

好好喝。

朱菜泡的紅茶是絕世好茶，紫苑的紅茶也很不錯。

不過——

戴絲特蘿莎泡的紅茶好喝到令人吃驚。

香味很深奧、味道濃醇。也不會在口中留下什麼味道，一點苦味都沒有。明明沒放砂糖卻有淡淡的甜味，而且喝起來很清爽。

「戴絲特，沒想到妳會親自泡茶。真讓人吃驚。」

站在我背後的迪亞布羅睜大眼睛。

「呵呵，是啊。給利姆路大人特別優待。當然了，沒你的份喔。」

「——我無所謂。只要妳把我當成上司，私底下我可以睜隻眼閉隻眼。」

一面聊這些，迪亞布羅替自己準備紅茶。

他們的感情究竟是好，還是不好啊。

雖說不算緊繃，但又不至於關係良好。

「話說各國的反應也很耐人尋味呢。某些國家想討好我們魔國聯邦，某些國家則想善加利用，藉此獲得權益。表示歡迎的國家不到半數，大多數的國家似乎都對我們疑心暗鬼。」

戴絲特蘿莎突然那麼說。

講得好像親眼見過一樣……

「這些情報是哪來的？」

「不好意思。為了幫利姆路大人的忙，我命摩斯稍微調查一下。」

又是摩斯啊。

看來他似乎是很優秀的人才。

印象中他好像是僅次於戴絲特蘿莎等三名女惡魔的高手。是進化成惡魔大公的人之一，比另一名心腹維儂還強。

原來這個摩斯連情報蒐集能力都很強啊。

「這些情報的準確度多高？」

是靠魔法取得？或是親耳所聞、親眼所見？

若是值得信賴的情報就好，否則反倒會壞了大事。為了確認這點，我質問戴絲特蘿莎。

「摩斯具備特殊能力，能讓分裂出來的多名小型『分身』飛往各地。同時蒐集各地情報並進行分析，對摩斯來說就如兒戲。」

那不就很厲害了。

撈到這意想不到的寶，我暗自感到欣喜。

「那還真可靠。下次把他介紹給蒼影，讓他幫忙蒐集情報。兩人各有長處與短處，希望能讓他們截長補短。」

「哎呀，被利姆路大人誇獎真令人羨慕。我簡直要嫉妒摩斯了呢。」

戴絲特蘿莎說完就露出一抹笑容。

「您、您就別說笑了……」

有人神不知鬼不覺地待在戴絲特蘿莎後方待命，說話時臉上冷汗直流。

存在感太低讓人無從察覺，然而他就是摩斯本人。

維儂是留著好看翹鬍子的老紳士，摩斯則是隨處可見的可愛少年。

外觀上看起來就像小學五六年級吧。沒有半點高手的影子在，他真的那麼優秀？

「摩斯查到的情報是真的？最近我們才剛除掉幾個敵對的議員呢。人們會疑心生暗鬼在情理之中，但還有國家想利用我們是嗎？」

自己說這種話有點那個，可是我國好像滿威的。

竟然想利用這麼威的國家，那些國家的領導人是腦袋空空還是怎樣？

怪不得我會懷疑摩斯說的話有誤。

「摩斯，把情況說給利姆路大人聽。」

不知道為什麼，下令的不是戴絲特蘿莎，而是迪亞布羅。

「好、好的。鄰近魔國聯邦的南方地帶以布爾蒙王國為中心，都對我國抱持好感。可是我國的相關訊息沒能傳到北方，許多貴族似乎對傳言真假存疑。至於那些遭肅清的議員，就算他們說真話疑似也無法取信於人。這部分都是依傳聞推測，也許難以斷言其真實性。不過在某幾個國家裡，有些王族成員確實不懷好意。」

話說摩斯的力量，他能聽取現場的對話內容。因此情報正確性須由接受情報的一方做判斷。

話雖如此，這些情報還是很有用。

「能事先察覺可疑之處，我們就能在出事前擬定對策。」

「是的。」

「戴絲特蘿莎，可以麻煩妳對應嗎？」

「當然好。那麼要如何處斷，把整個國家滅掉嗎？」

不對，不是那樣。

「這樣太過火啦！讓當權者負起責任就好。」

「遵命。」

「盡量用不會造成傷亡的方式喔。」

「如您所願。至少我不會做出讓世人批判魔國聯邦的事。」

戴絲特蘿莎臉上掛著華美的笑容，但我卻覺得她好可怕。

有點擔心交給她真的不會有問題嗎？可是凡事都要試了才知道。

再說光對外示好無法撐起一個國家，這也是事實。若是被其他國家看扁，只會增加不必要的損失。

「那就好！要努力精進以免打壞我國的品格，且適時展露威嚴。」

就這樣，我把戴絲特蘿莎送進評議會。

＊

大問題收拾好了。

這幾個月來一直令我煩惱，從今天開始似乎能安穩度日。

咦？

問我不是樂得在做各種研究？

這個嘛，其實就那樣嘛。

偶爾也要裝認真，不然看起來好像一天到晚在遊山玩水。

這就是所謂的大人社交術。

在職場上全力以赴是大忌。一旦那麼做了，下次做到那樣的量就會被視為理所當然。

看清自己適合努力的量有多少，這是有能力的男人必備的條件。

再說工作就是要做得開心嘛。

——講得很好聽，說到底不過是種理想罷了。

畢竟我對現在的自己很滿意，能在這種環境下工作，讓我再次體認到自己果然很幸福。

所以說，今天要去參觀建設完成的校舍。

從英格拉西亞王國帶來的孩子們也會在這一起上課。

我跟優樹也曾聊到，要學習人類社會的常識，讓孩子們一起相處是最快的。待在都是魔物孩童的學校裡，恐怕無法學到人類社會應有的常識。

然而來到這所學校就不用擔心那種事。

不少冒險者和出外打拚的勞動者都聚集在本鎮，攜家帶眷移居的也不在少數。

其中當然也包括小孩子。

在這個世界的低收入階層裡，一般而言似乎認為孩子也能出賣勞力，但在我國受法律禁止。

孩子們的工作就是玩樂。除此之外，他們只要學自己有興趣的事就好。

人類和魔物都待在同一個教室裡，用一樣的規格學習。那樣一來，將來也會萌生攜手合作的同袍意識吧。

基於這層考量才如此規劃。

此外，在這所學校學習的不是只有小孩子而已。

大人也來學讀書寫字和算術。

他們有這方面的迫切需求，因此學習意願很高。若沒這方面的技能，能選擇的職業有限，可能還會犯大錯、給同事帶來困擾。正因為大人們理解這點，才會拚命學習。

不知學習這些在將來有什麼用——這是無法激起學習欲望的最大原因吧。

在這用不著擔心那種事，看到大人們拚命學習，孩子們也會燃起對抗心態，並努力向學。

不過，算數姑且不論，重點在讀書寫字上。其實教的內容連我都嫌難。

不只是我，正幸也那麼認為。

對話上毫無阻礙，也能閱讀文章。

不過——

寫就難了。

我可以靠「智慧之王拉斐爾」開自動模式蒙混過去。要是少了這個，我沒自信能在本校教授的「國文」測驗上考滿分。

既然不構成困擾就算了，我都這樣帶過，可是這部分有點像在小作弊。

就這點而言，孩子們就非常優秀。

為了提昇他們的學習欲望，我給了翻譯成這世界語言的漫畫，結果大成功。他們似乎一直把漫畫帶在身上，連這所學校的其他學生都很喜歡。

劍也等人擁有那些漫畫，似乎也在這所學校奠定難以動搖的地位。

跟人對決身手了得，還持有令孩子們憧憬的漫畫，劍也儼然變成這所學校的老大。

「你們這些臭男生！別在那邊玩，幫忙打掃教室啦！」

啊，艾莉絲發飆了。

變成稱職的班長了呢。

「啊？為什麼要我們幹那種麻煩事——」

「等等，小劍，惹艾莉絲生氣會很慘的！」

「少囉嗦，良太！今天我一定要打倒艾莉絲，變成真正的老大！」

你是小屁孩喔！

——呃，這些傢伙還是小朋友嘛。

看來本班的老大不是劍也，而是艾莉絲。

是因為這樣的關係？

劍也那傢伙才無法坦率面對，要跟艾莉絲槓上。

是那個吧？

男生會故意去惹喜歡的女孩子，要她對自己產生興趣。

那麼做的效果沒想像中好，還容易造成反效果喔。

面對喜歡的女孩最好溫柔以待。

連這點都不懂，表示劍也還太嫩。那樣不能討艾莉絲歡心，只會惹她生氣吧。

「我說過吧？要讓你知道我有多可怕！」

艾莉絲也真是的。

一點女人味都沒有。

看似成熟卻不盡然。

好吧，艾莉絲才十一歲，小學六年級生就是那樣吧。

大家的反應也是老樣子。

「喂，你們覺得今天誰會贏？」

「當然是女帝啦。」

「也是啦。她是我們的女王，年紀最小卻最強。劍也也很強，但不是女帝的對手。」

「因為他喜歡艾莉絲嘛，怎麼可能打贏。」

大家開始盡情發揮。

「喂，蓋爾！別在那亂講話啦！」

「就是嘛！劍也怎麼可能喜歡我。你腦子有問題啊？」

蓋爾若無其事地抖漏劍也的祕密。

劍也為此發牢騷，艾莉絲看了只笑著當蠢話看待。

嗯——

看來這些孩子要談戀愛還太早。

好吧，這樣也不錯嘛。

魔物小孩跟人類小孩看他們兩人那樣都覺得有趣，大家應該都知道他們兩人不是真的感情差。

蓋爾較年長，看上去較像在一旁守候他們，準備在出問題前確實阻止。

繼續默不作聲地看下去也很有趣，但今天可不能那樣。

因為待會兒日向會來。

「好了，到此為止！別在教室裡亂來啦！」

我邊說邊進到教室裡，去迎接劍也等人。在那瞬間，克蘿耶從旁邊抱過來。

「老師！」

聲音聽起來很雀躍。

竟然沒讓我讀到她的氣息，看來克蘿耶那傢伙的身手又提高不少。而且她似乎在很早之前就發現我會來。

「啊，利姆路老師！克蘿耶妳偷跑，好奸詐！」

艾莉絲也迅速反應。

跟克蘿耶一樣，朝我抱過來。

嗯嗯，可愛最重要。

背後還出現另一人。

「利姆路大人，好久不見！」

頂著妹妹頭的可愛少女跳到我面前。

身上穿著優雅的和服，看起來是年紀跟艾莉絲差不多的小女孩。

特徵為頭上的狐狸耳朵。

嗯──印象中沒見過這樣的美麗小女孩……但總覺得好像在哪裡看過。

難不成──

「妳是九魔羅？」

「正是！」

那個妹妹頭小女孩很有精神地回應──不對，是九魔羅。

對喔，九魔羅也是高階魔物。我替她取名讓她進化，才能變成人型吧。

印象中我把她跟劍也等人一起交給日向照顧。

學校蓋好，劍也他們就開始去學校上課，還以為這段期間九魔羅都留在迷宮內把守。

事實上她好像直接跟劍也等人一起進學校就讀。

似乎還交到朋友，這樣也算好事一樁吧。

ピョコン

「咦，利姆路老師來了啊——」

反應比克蘿耶等女孩慢了一些，劍也和良太似乎也注意到我了。可是那句話被其他學生的歡呼聲蓋掉。

「唔、唔哇——利姆路大人！」

「是他本人！好棒————！」

「回去要跟老爸炫耀！」

就是這樣，現場引發一陣大騷動。

聽到騷動聲，連老師都跑過來。

「原、原來是陛下大駕光臨！若您事先聯絡，我也好接待您！」

「在說什麼傻話？老夫是副校長，該由我接待利姆路陛下才對！」

「聽你在亂講！區區一個副校長還不退下。利姆路陛下賜我當校長，我可是有那個殊榮呢！」

這邊也鬧得沸沸揚揚。

我們以月薪制聘用教師，找來退休的冒險者，透過摩邁爾安排找來布爾蒙王國的商人等等。

這所學校的校長是其中一名哥布林村長老。雖然無法授課，但一發生爭端就能迅速對應，還要睜大眼睛盯哨，以免魔物孩童遭受迫害。

除了校長，其他都不是魔物，只有人類。

聖騎士擔任特別講師，輪流執教鞭。

日向也會找時間帶劍也等人。

而且進展順利。

一開始聖騎士似乎都很困惑，但仍不分魔物與人類，一視同仁細心指導，幫了我們不少忙。

「哎呀，別見怪，今天我是偷跑出來的。剛好有事要找劍也他們。」

「原來是這樣啊。那請您下次務必要來視察孩子們的學習狀況！」

「說得是。您可告知來時日期，將可見到完美的授課情形！」

教師們一一點頭稱是，孩子們也一樣。

不過，先等一下。

完美的授課情形是什麼鬼。

那不就有造假嫌疑了。

沒意義了吧？

「喂喂喂，利姆路陛下很困擾喔。」

若是今日負責授課的聖騎士夫利茲沒出面制止，這場騷動還會持續一陣子吧。

話說聖騎士團的隊長來當老師，未免太酷了吧。

「今天是夫利茲先生當老師？」

「哎呀，利姆路陛下您就別加『先生』了，直接叫我的名字也行。」

「啊，這樣啊。那夫利茲，你也別叫我陛下吧。」

「這樣不好吧。至少讓我叫您大人，否則這個國家的居民會賞我白眼。」

夫利茲笑著說道。

這男人似乎是最不在意身分的，但似乎連這樣的他都無法直接叫我的名字。

好吧，換成是我應該也沒辦法。

敢直呼他國元首的名字，除非這人來頭頗大，否則只是單純的笨蛋吧。

「說得也是，起碼在沒人看的時候才會改稱呼，眼下這種地方不方便改叫吧。」

「多謝體諒。」

話說到這兒，夫利茲眨一隻眼睛並露出痞痞的笑容。

看男人眨單眼一點也不開心，但夫利茲的為人讓我萌生好感。

「好吧，那個先擺一邊。感謝你為學校的活動提供協助。」

「快別這麼說。講真的，跟日向大人的嚴苛訓練相比，來這裡出任務根本爽翻天。有飯吃又能得到孩子們的敬重，團員都搶著做呢。」

原來如此。

真不想聽到這種祕辛。

夫利茲這種表裡如一的性格固然討喜，但我可不想像他那樣不會看場合。

畢竟現在我的「魔力感知」起反應了。

「哦。那真是恭喜你了，夫利茲。我的訓練嚴苛？我刻意配合你們的力量拿捏力道，看來是我多管閒事。」

一道冷酷的聲音澆在夫利茲身上。

日向登場。

剎那間，現場被緊張的氛圍籠罩。

不只孩子們，連聚集在此的大人都伸直背脊，不敢動彈。

教師們的反應也一樣，也不知該笑不該笑。

用不著多說，最可憐的莫過於夫利茲。

「呃、呃——日、日向大人！誤會，對、這是誤會。這只是場面話……」

夫利茲拚命補救，但我想應該沒搞頭。

所以說，確認周遭安全是很重要的。

我趕緊跑去避難，希望夫利茲未來不會遭遇不測。

＊

我們來到迷宮內。

日向人都到了，劍也他們五人和九魔羅也一起過來。

至於夫利茲……嗯，大家就別干擾他了吧。

「老夫早已恭候大駕，利姆路大人，還有日向小姐。」

「看您老人家今日也很硬朗，真是太好了。」

出來迎接我們的正是白老。

似乎跟日向在不知不覺間培養交情，兩人和顏悅色地打招呼。

「百忙中還要你抽空，不好意思啊。」

「不會，沒問題。重大問題已經解決了。」

「這樣啊。已經決定送誰進評議會了嗎？」

「決定了。迪亞布羅挖來有望的新人。替她命名為戴絲特蘿莎，下次再介紹給妳認識。」

「……替她命名？我想說的話一籮筐，但一講下去沒完沒了，就不講了。」

「是、是喔。」

「我知道你這個人很脫離常軌，就算了吧。比起那個——」

聽了八成只會讓頭更痛——日向小聲抱怨。

不過，裝作沒聽到才是正確選擇。

「今天會請你抽空，是想讓你看看這些孩子的成長狀況。我跟那位白老先生一起指導他們，而我也想讓你知道現況。」

唔……有點不明白，就先繼續談下去吧。

「妳都這麼說了，表示他們成長許多吧？」

「成長許多？罷了。實際對戰就知道了吧。迷宮內部真的很便利。全力作戰也不會真的死掉。」

笑著說這些話的日向，還是一樣可怕。

身上有虐待狂的肅殺之氣。

「我知道了。那我就開『分身』當他們的對手吧。」

我說完便讓史萊姆的身體分裂。看起來像冒牌貨，然而這個才是本體，由人型體負責對戰。

「好耶！好久沒跟利姆路老師戰鬥了！」

「太好了。也請老師看看我成長多少！」

好戰的劍也跟艾莉絲第一時間出現開心表現。

在一旁較寡言的蓋爾也默默做起熱身操，良太還是老樣子一臉慌亂，可是眼裡閃著期待的光芒。沒打退堂鼓就表示他有相當程度的自信。

再來看另外兩人，就是克蘿耶跟九魔羅。

「那奴家先上場！」

「咦——？克蘿耶也想跟利姆路老師對打呢！」

這邊也幹勁十足。

「大家都這麼有幹勁啊。所有人同時一起上也行，不過，既然要打就試著單挑吧。」

聽我這麼說，大夥兒面露笑容。

似乎很期待跟我對決，偶爾當他們的對手也不錯。

帶著這樣的天真想法，我跟孩子們打起模擬戰。

…………

……………

……

一小時後——

「你、你們幾個，未免變太強了吧！」

我的驚呼聲響徹整座迷宮。

劍也確實變得比一般聖騎士還強。跟光之精靈有著絕佳默契，擺出會在漫畫裡看到的奇怪架式，從而舞出千變萬化的劍招。

良太的劍技就沒那麼強了，但他會分別使用水和風的「精靈魔法」，譜出非常靈巧的戰術。

蓋爾就很踏實。慎重的性格讓他專注於防衛面，巧妙地運用盾牌和刀劍。還會用土屬性的「精靈魔法」，讓自身防衛網變得堅不可摧。
這些男性成員固然令人吃驚，但女性成員更厲害。
來看艾莉絲，怪不得被人稱作女帝。
不知從哪變出數個類似貝瑞塔的「魔鋼」製人偶。它們彷彿是活的，張牙舞爪地攻擊我。操偶師依然健在。這次不是玩具人偶，若不是對上我可就危險了。
而且艾莉絲還留了一手。大量的劍浮到半空中，硬是瞄準我飛過來，不斷攻擊我。
說真的這招嚇到我。軌道呈現不規則型，假如我沒有「未來攻擊預測」可能會被確實打中好幾下。
再過幾年或許跟聖騎士隊長有得拚。
再來看九魔羅。
「來吧，各位，向利姆路大人展現你們的力量！」
喊完這聲，她將力量解放。
九根尾巴發著金光，在可愛的女孩背後搖搖晃晃。
下一秒，那些尾巴逐一變成魔獸。
呃，我早就猜到大概是那樣，但一口氣飛出八隻還是嚇我一跳。
不愧是克雷曼的殺手鐧，光兩隻尾巴變的魔獸就很強了。
這次還來八隻。
第九根尾巴似乎屬於九魔羅本人，其他好像全都是魔獸。每隻都突破A級，一般聖騎士動不了他們吧。
戰鬥經驗似乎能彼此分享，合作起來也天衣無縫。

照目前這樣看來，似乎能戰勝夫利茲他們。

這個小女孩與「十大聖人」不相上下。

聽起來好像在開玩笑，但那是真的。

若尾巴變成的魔獸多累積戰鬥經驗，到時會強到無以復加吧。

或許會成長到不辱地下九十層的樓層守護者之名。

最後是克蘿耶。

「喝……啊——！」

吆喝聲很可愛，但她出劍一點也不可愛。

速度比劍也還快。

不，不只那樣。

我這次共對付六個人，但讓我認真起來的就只有克蘿耶一人。

說反了。

是克蘿耶強到不認真對付會有危險的地步。

當然不認真打也不會死。

只是會當著孩子們的面出糗吧。

我身為大人可不能在這獻醜。

所以才認真打。

別笑我幼稚。

為了守護這點小小的自尊，我才不會手下留情。

「你的心情我很能體會。」

「正是。老夫也跟利姆路大人一樣，唯獨跟克蘿耶小姐打模擬戰有使出真本事。」

真的假的……

連技量比我高的日向和白老都難以對付克蘿耶是嗎？

發自內心感到吃驚之餘，天真無邪的克蘿耶還令我戰慄。

＊

「哎呀，你們真的好厲害喔！」

「對吧！聽老師這麼說，我就有自信了！」

「不過真正厲害的是克蘿耶才對。雖然別人都叫我女帝，但我從來沒有打贏她。」

「是啊，克蘿耶很不一樣。乍看之下很乖，生氣卻很可怕。艾莉絲生氣也不可怕，但克蘿耶生氣就得下跪了。」

艾莉絲氣得說「你說什麼！」，一旁的良太和蓋爾也跟著點頭。

看樣子男生們的意見一致。

「劍也也很厲害呢。你的姿勢跟劍術有出入，算你的弱點吧。若能學得更精闢，動作會更順喔。」

感覺很像從漫畫裡面學來的，但看起來還不錯。只是跟正統派劍術脫鉤，動作拖泥帶水。

只要改善這點，劍也會變得更強吧。

「就是這個。不管我怎麼教他，劍也都不改……」

看來日向也注意到了，嘴裡吐出傻眼的嘆息。

「我也沒辦法啊！那個姿勢可是正幸先生親傳的！」

啊？

那個白痴教劍也不必要的知識是嗎？

哎呀，光看外觀確實很帥氣啦，在某種程度上還算有用……但我知道正幸真正的實力，突然間就覺得擺那種姿勢不行。

怪不得那些姿勢就像漫畫裡頭會有的。畢竟這些知識肯定都來自漫畫吧。

「好吧，講了也是白講。就讓老夫來指導你，改掉你的壞習慣，好好鍛鍊你，讓你的動作行雲流水。」

白老跟日向不一樣，似乎不拘泥於正道。他私底下似乎也保有邪派技巧，若覺得某些招式有用，應該會著重於磨練那些技巧。

看樣子並非全盤打翻，剩下的事就交給白老吧。

比起那個——

「克蘿耶的劍招跟日向好像。動作非常漂亮，很值得效法。」

被我誇獎，克蘿耶開心地笑了。

「嗯！看起來跟靜老師的一模一樣，所以我努力模仿！」

「雖說是模仿，學起來卻沒那麼簡單。如果像我一樣都靠技能學習另當別論，妳是靠自身天分學習的。該感到驕傲才對。」

「說的是。老夫也教過各式各樣的學生，卻沒看過比這個女孩更有才華的人。正所謂將來發展有望啊。」

白老跟日向是嚴格的老師，連他們都對克蘿耶讚不絕口。
這樣聽來，她真的很有才華。
目前年紀還小，不知照這樣成長下去會有多大的發展。
一方面感到期待，一方面又覺得害怕。

焦點拉回今日。
日向來這邊似乎有其他的目的。
「之所以會把你叫來，一方面是想讓你看看這些孩子的成長狀況。這些孩子很有才華，但他們年紀還小。為了避免他們走上歪路，希望你也能先了解一下現況。」
用不著她說，我也一直很關心這方面的事。
當我決定先乖乖聽她的忠告。對於靜小姐曾經照顧過的孩子們，日向似乎也把他們當成弟妹看待。
「我知道了。白老也很關心，加上這座城鎮裡有許多先進。我也一樣，會好好照顧他們，以免這些孩子走上歪路。」
「呵呵，就知道你會這麼說，我會講這些只是想以防萬一罷了。」
這傢伙真愛瞎操心。
日向平常總是冷冰冰的，其實也有溫柔的一面。
「那麼，還有其他理由？」
斜眼看全體總動員跟白老打模擬戰的孩子們，我朝日向問道。
「有。該說這也是一大重點——」

話說到這裡頓住，日向也朝孩子們看去。

就算是白老，要同時對付五個孩子似乎也有困難。雖然他看穿孩子們的動向，但只要反應慢一拍，馬上就會造成致命傷。

若單純只論基礎身體機能，劍也他們完全把白老比下去。當然不能大意。

順帶一提，九魔羅沒有參戰。

假如九魔羅加進去認真打，他們將靠人海戰術打贏白老。目前也因隊上有克蘿耶在，讓孩子們占上風，我認為這是很棒的組合。

就像在進行武術表演，擄獲觀眾的心。

「她的年紀還那麼小，真的很厲害。」

這時日向小聲輕喃。

她眼裡看的是克蘿耶。

劍也、良太、蓋爾和艾莉絲。

這個四人也非常厲害，但唯獨克蘿耶異常強勁。

若是少了克蘿耶，白老就能結束這場戰役，不會像這樣陷入苦戰吧。

緊接著，模擬戰結束。

孩子們大口大口地喘著氣，白老開始給建議。每次都進行如此嚴苛的訓練，怪不得孩子們會成長得如此迅速。

日向將注意力拉回我身上，開始切入正題。

「剛才話只說到一半吧，我不由得看呆了。魯米納斯大人一直在吵著說音樂交流會還沒到嗎？我早就猜到她會感興趣，但是照那個樣子看來，她似乎相當中意。我就想來跟你說這件事。」

真令人意外——不過最近有許多事情要忙，所以那件事就往後延了。

「哦，看樣子魯米納斯對我們的演奏會非常中意。我要塔克多他們持續練習，而且曲目也變多嘍。」

「你在這方面的記憶力還真驚人。我連音符都看不懂，要憑記憶寫成樂譜根本是不可能的事。」

哎呀，原來日向也有不擅長的事啊。

感覺好像對演奏會也沒什麼興趣，應該是音痴吧。

我悄悄地沉浸在優越感中。講是這樣講，我自己也是靠智慧之王拉斐爾啦。

「那就在不久後過去叨擾一下吧。」

「也好，移動整個樂團是大工程，就由我們派遣聖騎士，靠元素魔法『據點移動』分批帶人過去。」

「那真是太好了。人數多行李就多。我想搭馬車過去會很折騰。」

印象中魯貝利歐斯由「結界」守護。沒辦法直接「傳送」過去，這種時候更需要舒適的移動手段。

等列車開通，這個問題就解決了，但那是很久以後的事。不存在的東西求也求不來。

整個樂團移動不是只有孑然一身出發就好，還要搬運他們演奏的樂器，非常費事。如果換搭馬車，遇到還沒整頓好的道路也得硬走。走在路況不好的道路上會把樂器震壞，想盡量避免遇上這種情況。

薩里昂皇帝擁有的飛龍船讓我羨慕得要命。搭列車旅行也很有趣，但是要縮短時間，乘坐飛行交通工具肯定比較有利。

如果要搬運物資可以走海路或陸路，然而要觀光或有其他目的，空運是最快速、最舒適的。

日向的提議對我們來說好處多多。

我當然也會幫忙，所以我們開始討論移動當天的相關事宜。

就這樣，跟日向確認細節到一半，進入休息時間的孩子們統統聚集過來。

「利姆路老師，你跟日向姊姊要到哪裡去？」

既然克蘿耶都這麼問了，我便跟大家解釋，說之後要在魯貝利歐斯開音樂交流會。

「我也想去！」

「我也是！」

「我可能會睡著，但克蘿耶跟艾莉絲要去，我就跟去吧！」

「我也要！」

「既然這樣，我也一起過去。只有這些傢伙過去令人擔憂，怕他們會闖禍。」

因為克蘿耶的一句話，連劍也等人也吵著要去魯貝利歐斯。

嗯——該怎麼辦？

當作一種社會歷練，讓他們增廣見聞是好事。

但是問我會不會有危險，我不敢說沒有。

抬頭看煩惱的我，九魔羅也怯怯地開口：

「奴、奴家也想去……」

九魔羅需要在地下九十層擔任樓層守護者，說話的樣子看起來非常內疚。理性告訴她不能做這種要求吧。

可是身為一個小孩子，自然會想跟朋友一起去某個地方遠足。不准她去有違我的作風。

「用不著這麼客氣。只是一點小小的任性要求，就算妳大膽說出來，我也會批准。」

要是變成像蜜莉姆那樣就頭疼了，但總比失去赤子之心健全。基於上述想法，我邊摸九魔羅的頭邊說這番話。

就跟變成小狐狸的時候一樣，摸起來柔軟蓬鬆。不管是人還是魔物都一樣溫暖……呃，九魔羅經過人化程序，也許只是本人擅自做出合理想像。

「太好了！去旅行就能光明正大蹺課！」

「小劍，你每天上課看起來都很開心，原來想蹺課？」

「笨蛋！去學校上課是很開心沒錯，但是大家在讀書的時候，只有我們能夠玩樂，該怎麼說，就覺得我們很特別。」

「劍也，我懂你想表達的，但我不想跟你混為一談。話雖這麼說，總覺得心情好興奮呢。」

「對吧？就是這麼一回事！」

我都還沒批准，孩子們就一副準備要去的樣子。

甚至還說出要蹺課這種話。

他們的心情，我不是不懂。

雖然能體會，我卻不曾付諸實行……

「好吧，沒關係。取而代之，就請老師多出點作業吧。」

「咦！這怎麼可以，老師！」

劍也的哭喊被我忽視。

不是什麼事都能盡如人意，趁他們還小，要讓他們學會這點。世上有很多事都不公平，這是我的父愛表現，要藉此讓他們變得更堅強。

絕對不是在找碴，或是在責罰他們，希望孩子們能明白我的苦心。

「我只是想跟老師在一起。」

始作俑者的克蘿耶看起來心滿意足。

好吧，只要能讓他們留下美好的回憶就好。

「你真的很容易心軟耶。」

「啊，莫非日向小姐反對？」

這是在反駁，順便用眼神示意——妳好冷淡喔。

日向「嘖」地咂嘴。

「我可沒這麼說。」

她回答的語氣老大不爽，但是看樣子並沒有反對的意思。

那就沒問題了。

就這樣，方針已定。

我們要跟魯貝利歐斯展開交流會。而且派遣我國樂團的那天，孩子們也會一起過去。

*

我們來到神聖法皇國魯貝利歐斯。

孩子們在看魯貝利歐斯的街道，似乎覺得很新奇。

塔克多等樂團成員緊張到發抖。

迪亞布羅以祕書身分前往。

紫苑也有來。上次讓她看家，所以這次就帶她過來。

換維爾德拉留守。

你有一個重要任務在身，就是當迷宮的主人——我拿這句話說服他，這次大長征他才沒有跟過來。

去其他國家另當別論，讓維爾德拉跟魯米納斯見面太危險。

《警告。問題發生機率——百分之百。》

我還收到這種任誰都知道的忠告。

避開顯而易見的地雷——這是一定要的。

替我們帶路的就是日向本人。

「歡迎光臨魯貝利歐斯。法皇猊下也歡迎你們。」

一點敬意都沒有，日向對我們如此說明。雖然我知道內情，法皇只是由路易扮演罷了，但塔克多他們什麼都不知道。當然這些都是機密情報，孩子們就不用說了，也不能透露給塔克多等人知道。

我隨便應個幾句，跟日向確認接下來的預定行程。

「首先是今晚，我們會舉辦晚宴來歡迎你們。然後明天一整天要請你們到會場調音，預定安排後天練習。三天後正式演出。這樣有問題嗎？」

「你覺得怎樣，塔克多？」

「是、是的！沒問題，利姆路大人。雖然要移動卻是用魔法搬運，我想應該也不會對器材造成影響。

之後還要配合會場大小進行微調，但是這邊也有樂團，小的認為應該沒問題。」

那應該就ＯＫ吧。

「可是練習期間只有一天呢。」

「哈哈哈，在這邊是那樣沒錯，但我們天天練習就是為了這天。定會不負期望，全體同仁上下一條心！」

那就好！

會這麼有自信也拜平日的努力所賜吧。

雖說有時候努力仍敵不過才華，可是努力不會背叛。努力能造就自信，能讓心變得更堅強，不管面臨什麼樣的場面都能發揮所有實力。

若是平常就有在努力，將會對自己產生信心。

塔克多的回答，我打滿分。

這下很值得期待，我滿意地點點頭。

時間來到當天晚上。

塔克多等人受到貴族般的禮遇，他們變得更加困惑、更緊張。

「請、請問——利姆路大人。我們只是魔國聯邦的一般國民，可以住這麼豪華的房間嗎？」

這次的大長征成員超過百人，每個人都分到一間房間。而且每個房間都配有女僕。她們似乎在隔壁的房間待命，有事馬上就可以叫她們過來。

此外還有跟高級旅館相提並論的沙龍，不須驗證身分就能使用，害塔克多等人非常惶恐。

晚宴也很豪華。

剛好一口大小的料理就放在小湯匙上，陸陸續續送上來，在味覺和視覺上都是一種享受。

雖然分量不多，但調味都很講究。特別下過功夫讓人吃不膩，大家都很滿足。

劍也他們一開始似乎嫌分量不夠，看起來都很不滿，可是到晚宴快要結束的時候，他們看上去都吃得很飽，在那摸著肚皮。

我是史萊姆所以沒有吃飽的一天，不過劍也等人的胃袋大小有限。不管每次來的分量有多麼少，若是總數龐大，吃不完也是正常的吧。

跟這些天真無邪的孩子不一樣，塔克多等人心情看起來似乎很複雜。

魔國聯邦也有很多好吃的東西，然而出的料理不像這樣——都是精心烹調、專供王公貴族享用。

他們不僅沒吃過這麼豪華的餐點，甚至不曾被這樣細心服侍。要他們別慌根本是強人所難。

「總之你們別在意。這表示對方非常期待你們的演奏。」

這種時候就很慶幸自己不用演奏。

我並沒有經過一番努力，若是跟塔克多等人站在相同立場上，大概會緊張到食不知味吧。

沒辦法品嚐這些美食是人生的一大損失。

我要塔克多等人多多享受。

這場晚宴也順利結束，塔克多他們都回到自己的房間。

孩子們已經去睡了。

沒看過的新鮮事物讓他們興奮不已，肯定玩累了吧。

大家都安靜地睡著，剩我一個人。

這時就要派我的特技貪睡上場，但似乎沒有用那招的必要。

「叩、叩」的敲門聲響起。

「抱歉這麼晚還來打擾您，我國君上來邀請利姆路陛下，不知您是否方便？」

有人無聲無息地跑來叫我，是服侍魯米納斯的女僕──「超克者」。有別於來我國研究所的那些人，她們似乎很優秀。

還以為魯米納斯那傢伙這次不打算露臉，看來還是有意跟我見面。

我不客氣地應邀。

只帶了紫苑跟迪亞布羅，我讓女僕帶路。

「好久不見，利姆路。你沒把那隻邪龍帶來，值得誇獎。」

那隻邪龍指的是維爾德拉吧？

考量到那傢伙幹過的好事，說這種話不能怪魯米納斯，但未免說得太難聽了。

不過這跟我無關。

「是啊，好久不見。當然不會帶他來，那個人可是麻煩製造機。帶他出席這種場合，吃力的人是我。」

「呵呵呵，你很清楚嘛。」

只是稍微問候幾句罷了，我卻有跟魯米納斯心靈相通的感覺。

維爾德拉也能在意想不到的地方派上用場。

在豪華的房間裡等我的，包含魯米納斯在內共三個人。

儼然一副老管家模樣的岡達待在魯米納斯左側，被任命為法皇的路易待在右邊。如今擔任魯米納斯替身的羅伊已死，魯米納斯底下的「三爵」都在這兒了。

裡頭少了日向令人納悶。

「不把日向叫來嗎？」

「對。雖然她從仙人變成『聖人』，但原本是人類。明明都不需要睡覺了，現在似乎還是無法擺脫以前當人養成的習慣。」

「我也去叫過她了，但她說睡眠不足對皮膚不好還什麼的，說些莫名其妙的話……」

面對我的疑問，岡達和路易做出回應。

的確，目前時間已經超過午夜十二點，所以他們才沒有硬是把日向叫來。

我正要接受他們的說法，魯米納斯便朝我露出一抹輕笑，告訴我一個真相。

「哎呀，她的肉體構造改變，已經接近精神生命體，皮膚不可能變差。不過，日向確實需要睡覺。雖然變成『聖人』，肉體還是跟以前當人一樣。要過很長一段時間，身體才會完全進化。大家都誤會了，日向不是超人。」

話說到這邊，魯米納斯笑了一下。

人類跟魔物不一樣，肉體不會急遽變化——就是這麼一回事。

換句話說，日向還保有以前當人類的特質，換個角度想也可以說是弱點。

我隱約注意到了，魔物的進化方式超乎常理。

附帶一提，我就不用說了，迪亞布羅也不用睡覺。

紫苑還是需要睡一下，但一次似乎只要睡三小時就好。而且還可以連續超過七天都不睡覺。紅丸跟蒼影也一樣，或許是魔物的環境適應能力比較強。

沒關係，日向不在就不在，那種事不是我這個受邀者該擔心的。

「既然這樣，這個伴手禮給你們。是朱菜跟吉田先生一起開發的新作，白蘭地跟蘋果磅蛋糕。」

趁日向不在拿出伴手禮，她可能會抱怨，可是吃宵夜跟點心也對美容不好吧。日向似乎很喜歡這些東西，但她不知情就不用煩惱該不該吃。

算是我的體貼表現。

「禮數真周到！你滿機靈的嘛。」

魯米納斯出聲誇獎我。

感謝讓我帶這些東西過來的朱菜。

有兩個人自稱是我的祕書，心思卻沒這麼細膩。迪亞布羅對我是細心到無可挑剔，但似乎沒把心思放在其他地方。

這些傢伙都有點脫線。

總之那些姑且不論。

「對了，叫我過來有何貴幹？」

「嗯。其實妾身在煩惱該不該跟你說這件事，最後還是決定說了。格蘭貝爾那傢伙似乎在動歪腦筋。妾身很期待三天後的演奏會，不希望有人礙事，才想請你一起幫忙。」

對方面不改色地切入重要話題。

這種事不該邊吃蛋糕邊說吧──真想跟她抱怨這句。

紫苑煞有其事地點頭，我看她八成沒聽懂。

迪亞布羅則一副事不關己的樣子。大概在想「敵人殺過來除掉就是了」。

好吧，我個人也很困擾就是了。

若是這塊土地歸我管那還好說，這裡可是其他國家。雖說可以把四散於各國的蒼影部下和一些惡魔叫過來，但我不想把事情鬧大。

正因如此——

「既然是這麼重要的事，那就應該把日向叫來吧？」

沒錯，這種時候就該日向上場。

比起只是來做客的我們，她更適合維持這個國家的治安。

我是這麼想的，魯米納斯卻不買帳。

「哼，可別小看我們！就算那些雜碎打過來，魯貝利歐斯的防線也堅不可摧。為了應付那隻邪龍，我們已徹底強化防衛機制。不過，並非做到滴水不漏。可能會有人悄悄透過連我們都不知道的暗道入侵。」

照魯米納斯的話聽來，可以窺見那份自信，就算別國的軍隊打過來也固若金湯。這也難怪，若是預先設定要對付維爾德拉，就算來一萬大軍也游刃有餘吧。

可是魯米納斯擔心的似乎不是這點。

「連你們都不知道的暗道……對喔，記得格蘭貝爾．羅素曾是『七曜大師』之首……」

「你說對了。他們在這塊土地上長時間於檯面下活動，想必已確實準備一兩條暗道。人類最擅長耍這種小手段。」

「而且最不妙的是那個男人曾為『光』之勇者，還跟魯米納斯大人作戰過。如果他真的要掩蓋氣息，就連我們都難以察覺。」

路易和岡達的血色雙眸閃動，對我的話給出肯定答覆。

聽起來好棘手。

這就是所謂的內賊吧？

格蘭貝爾比任何人都精通該國的地利情報。

而且實力還掛保證。聽說比魔王克雷曼還強，不能掉以輕心。

我是這麼想的。

「無聊。請你們不要拿那種雜事煩利姆路大人。」

此時突然有人口出惡言。

是迪亞布羅。

還在想他這次好安分，結果突然迸出這句。拜託你看場合啦，真是的。

路易和岡達頓時臉色大變，但魯米納斯的笑聲使這兩人收斂。

「呵呵呵，黑暗始祖，利姆路真的把你馴得服服貼貼。就算親眼所見，到現在還是難以置信。」

在這種狀況下還笑得出來，魯米納斯還真難懂。可是多虧那一笑，現場氣氛恢復原樣。

「請您別那樣叫我。利姆路大人已經為我取了很棒的名字——」

「你退下，迪亞布羅。我跟魯米納斯已經構築友好關係，今後還想繼續保持下去。」

我也出聲警告，一方面是為了向魯米納斯賠罪。

「恕我得罪。」

迪亞布羅沒有再對魯米納斯進一步回嘴，而是聽從我的命令保持肅靜。看起來似乎只是做做樣子，但他都對魯米納斯等人低頭道歉了，就這樣算了吧。

魯米納斯他們有事想拜託我們這些賓客，應該不想把場面弄得更難看……
「不，那個人——迪亞布羅說得也有道理。拜託你這種事，妾身也有禮虧之處。不過，就算這樣還是想請你答應，那是有原因的。」
魯米納斯的肚量果然很大。
顧慮到迪亞布羅的心情，確實叫他的名字。
……雖然是直呼。
魯米納斯不會為一點小事生氣，開始靜靜地說出找我們過來的理由。
「剛才說日向需要睡覺就有提到，人類就算進化，身體也不會立刻適應。必須經過漫長的歲月才會適應——」
從與「魔王種」不相上下的仙人，進化成跟魔王覺醒後同等的「聖人」。可是，如果說這樣的進化需要一段時間醞釀，那麼剛轉變的「聖人」就不會構成太大威脅。
就算身上出現龐大的能量，不能用也沒意義。
日向控制能量的手法非常純熟，但那都靠技量。不像呼吸那麼自然，似乎會對肉體和精神造成負擔。
可是話又說回來，魯米納斯為什麼趁日向不在的時候提起這件事——啊，我懂了，應該反過來講吧。
就因為日向目前不在現場，她才敢跟我們說。
人類進化，活過漫長的歲月。
莫非那是——
「關於格蘭貝爾，那個人不是『聖人』，而是『有勇者資質者成長茁壯』。雛鳥羽翼豐厚離巢。就連妾身都不清楚那個人變得多強。」

也就是說，他是如假包換的勇者嗎？

在這個世界裡全都統稱「勇者」，卻分成各式各樣的種類。

有的人自稱勇者，有的人身上則寄宿由世界公認的「勇者資質」。

換句話說世上也有強到足以封印維爾德拉的真勇者。

就跟「魔王種」被當成魔王一樣，有「勇者資質」的人也會被當成勇者。而他們的力量來源都很類似。

勇者與魔王受因果束縛，這句話說的真好。

依此類推，大可假定格蘭貝爾的力量與覺醒魔王同等。

「──莫非他比日向強？」

「聽說格蘭被區區一個尼可拉斯殺掉，當時還以為妾身聽錯了。『靈子壞滅（Disintegration）』確實是最強的魔法，但是格蘭沒笨到會讓那招正面擊中。還有，關於你的提問──」

魯米納斯筆直看著我的眼睛。

原來是那樣，所以才不叫日向過來嗎？

「──你猜對了。妾身曾經想馴服他。正因曾經跟他交手過，所以敢這麼說，那個人肯定比老資歷魔王們都要來得厲害。」

魯米納斯毫不猶豫地斷言。

為這句話感到吃驚的不只是我，就連魯米納斯的隨從路易和岡達都啞然失聲。

他們之前都沒發現自己太小看格蘭，當然會有這種反應。

「的確，我們沒有跟格蘭正面交手過……」

「他有這麼厲害？」

「是啊。妾身之所以放格蘭為所欲為，都是因為想把那個人握在手掌心上。妾身與格蘭的利害關係沒有對立，覺得有趣才跟他締結約定。讓那傢伙變成『七曜』，給予最大的權限。真要說起來，妾身把他當成一張王牌。」

這張王牌還沒使用就翻盤了。

變成一張敵對的牌，抵住她的喉嚨是嗎？

一方面來說是她失算，但部分原因出在我身上。不過，再怎麼說都只是原因而已，沒有任何責任。

「那女孩似乎是羅素一族的珍寶，都怪這個瑪莉安貝爾死掉。」

至今都慎重行事的格蘭貝爾之所以會出動，原因肯定出在這上頭。

「就是在貴國開國祭上見過的小女孩對吧。妾身也不認識她，但她應該是非常棘手的對手吧？既然那個格蘭貝爾這麼寶貝她，也許是成就野心的關鍵。」

瑪莉安貝爾確實很棘手。

假如她沒有到檯面上活動，持續策劃陰謀，肯定會替未來埋下禍根。

比起看得見的敵人，看不見的惡黨更要難纏數倍。

話說回來——

「對了，格蘭貝爾的目的是什麼？事到如今才有所行動，感覺並不像自暴自棄，要為瑪莉安貝爾報仇……」

「應該是為了——不，沒什麼。」

魯米納斯欲言又止地閉上嘴巴。接著閉起眼睛沉思數秒，這才開始靜靜地訴說：

「那個人從以前就很想為人類世界帶來和平。與窮凶惡極之輩作戰，滅掉凶惡的魔獸，為守護人類的生存圈奮戰。直到他曉得妾身並不想將人類趕盡殺絕，而是要構築共生關係，妾身跟那個頑固的傢伙對決過好幾次。之後我們締結約定，這片西方土地就成了安居樂業的地方。各部族被整合，國家因應而生，小國變得富有、繁榮，躍升成大國。格蘭在這些國家背後暗中操盤，催生西方諸國評議會——」

聽完這些，我發現格蘭貝爾——勇者格蘭似乎真的是傳奇人物。如今他處在五大老這個可疑的位置上，會那麼做全都是為了守護人類這個冠冕堂皇的理由。

是好是壞姑且不論，單就結果而言，人類因格蘭貝爾獲得千年的太平……

「由古老長耳族部族統率的薩里昂在擴張版圖上沒有任何野心，『大地之怒（Earthquake）』達格里爾和『暴風龍』維爾德拉肆虐，我們魯貝利歐斯負責抵擋。北方的惡魔從冰封世界反覆介入數次，但那就像在跟我們玩一樣。假如金認真起來，這個世界早就毀滅了吧。再來就剩另一個人類生存圈。為了一決雌雄，我們跟矮人聯手，透過商人打探內情。格蘭貝爾一直獨自一人做這些事情。」

聽魯米納斯這麼說，我覺得格蘭貝爾這個人真的很厲害。

不，不行。現在不是聽魯米納斯說話，然後起共鳴的時候。

「所以呢？格蘭貝爾先生這麼厲害，他的目的究竟是什麼？」

「呵呵呵，別這麼心急。格蘭沒道理跟妾身作對——妾身很想如此斷言，但卻想到了一個動機。不過，妾身不打算告訴你。」

啊，果然沒錯。

她曾經語帶保留，我就猜到這個可能性。

「可是關於動機，有個消息令人在意。你應該聽過神樂坂優樹這個名字吧？」

「知道。妳曾說他身上有不祥氣息吧？不僅煽動法爾姆斯王國，還是教唆魔王克雷曼對我出手的幕後黑手。」

「什麼嘛，原來你已經發現了啊。既然這樣就好說話，那個優樹曾跟格蘭接觸。他們兩人似乎有過一些交集，還訂立協議。」

又是優樹啊。

真是夠了，已經被那傢伙耍到很煩了……

要是沒有智慧之王拉斐爾，我大概三兩下就被騙倒吧。繼續放任這樣的人胡作非為，今後類似的問題八成會層出不窮。

或許該做個了斷了。

「格蘭貝爾有所行動，背地裡是優樹在動手腳？」

「沒錯。其中恐怕有部分是針對你們吧。」

原來如此。

如今我離開魔國聯邦，是襲擊我們的最佳時機吧。

「我懂了。換句話說那小子（優樹）的目的是讓格蘭和利姆路大人對決吧？」

這時紫苑突然說出那種話。

我好驚訝，目不轉睛地盯著紫苑瞧。

還以為她聽到一半就不懂了，把這些話當耳邊風，沒想到居然都聽懂了。

「咯呵呵呵呵。這次我們帶著一點點的人離開國家，他覺得機不可失是嗎？太天真了。在我們四天王中，就有兩人擔任護衛，不管他在策劃什麼都沒意義。」

迪亞布羅就跟平常一樣。

話說那個四天王講起來很丟臉，拜託你別說了

「總之為了以防萬一，我們還是先保持警戒。往後還有三天，等這段時間過去就跟你們無關了吧。就像妾身一開始說的那樣，妾身只是想好好享受演奏會罷了。」

魯米納斯也不為所動。

嘴巴上說格蘭是種威脅，卻還是將自己的休閒娛樂擺第一。

我想跟她學習，變得像這樣從容不迫。

腦裡想著這些，深夜密談就此結束。

＊

接下來，來看看格蘭貝爾是否真的會行動？

還有優樹是不是會搭順風車？

一面為此擔憂，住在魯貝利歐斯的第二天就此揭開序幕。

今天要為會場做準備，將器材搬過來並設置好。

我們被帶到大聖堂。

這個龐大的建築物一次能容納大量信徒，同時也是守護通往後方道路的關鍵地帶，似乎是主要設施。

我沒什麼特別要做的事。

像是配置樂器等等，這種事交給專家做就對了。

就按當初安排的預訂行程跑，要帶孩子們來場社會見習。

當然，都聽魯米納斯這麼說了，該做的措施還是要先做好。我們把直接聽命於迪亞布羅的威諾姆叫來，讓他執行戒護任務。

突然被叫過來，威諾姆肯定很錯愕吧。

「迪亞布羅，你負責照看塔克多等人的準備工作──」

我才說到一半，迪亞布羅就開口道：「利姆路大人，請您稍等。我早就猜到會有這種事，所以在昨天夜裡都打點好了。」

迪亞布羅這傢伙，要把跟我分離的可能性全數剔除就對了。我已經猜到他把手下都找來就是為了這個，雖然這行動讓人無可挑剔……

迪亞布羅還強迫威諾姆要「十分鐘內過來」。

會去執行的威諾姆也真是的，但是迪亞布羅能面不改色地下這種命令，未免也太沒血沒淚。

好吧，怎麼可能會有。他可是惡魔。

為迪亞布羅的能幹感到佩服之餘，同時也覺得當這傢伙的部下好累。

所以當我發現的時候，威諾姆旗下的百名惡魔已在幫塔克多等人了。突破A級的魔人高達百人，且魯米納斯的部下應該也會嚴加戒備。這樣我就可以放心了吧，護衛任務可說是萬無一失。

在日向的帶領下，我四處去拜見魯米納斯的政績。

感想就是跟魔國聯邦恰好形成對比。

但這並非在說他們沒有優點。

雖然沒有自由，卻打造一個幸福的社會。

因為這裡的人不會互相競爭吧。

只要去做別人安排的工作、照別人安排的程序進行就可以了。

這樣可能會讓大家放棄思考，但至少他們不用挨餓，不用受苦。因為無法忍受這種環境的人早就離開母國了，基本上一生下來看到的人都是那樣，自然就不會感到不平衡。

不知道就不會羨慕他人。

若是不會跟別人比較而覺得自己悲慘，就不會為此感到懊惱，因此形成動力，讓人奮發向上。

沒有競爭的社會只會停留在那個階段。

「總覺得很無趣呢。」

「是啊。在這個地方，跟我們同年的人都在工作呢。沒有學校那類的？」

艾莉絲喃喃自語，劍也認同她的看法。

其他的孩子雖然沒有說出口，看起來卻對這種奇怪的光景感到困惑。

「這個國家沒有學校。全國上下都受人管理。在神的威名下人人平等，大家來到這個國家都能安居樂業。」

日向用自豪的語氣說明，但她真的覺得這樣是對的？

只有他們自己嚐過奢侈的滋味，獨享這些就沒有任何想法？

雖然說那也沒錯，讓什麼都不知道的人品嚐奢侈滋味似乎不太對……

「某些東西不管再怎麼努力、再怎麼拚命都得不到。若是從一開始就不知道有這些東西，人們就不會因為想得到而受苦。」

「這樣說也沒錯啦……」

劍也也不是笨蛋。

確實理解我話裡的意思。

「待在這個受管理的社會中，國民幸福指數總是維持在高水平上。因此要跟其他國家交流，都必須透過西方聖教會。」

想來也是。

國民一無所知，不能讓他們直接接觸來自國外的刺激。

「聽起來好像被養在水槽裡的魚。」

「若是他們本人覺得幸福，這些問題就不是我們可以干涉的。」

「說得也是。人類所謂的幸福，不是只要靠物質滿足就好。若是要追求精神上的幸福，這樣的社會也不錯吧。」

但我應該沒辦法忍受。

既然知道就想追求那份富饒，這是我的原則。

在很久很久以前，我到處跑來跑去，跟人玩捉迷藏。如果是那個時候的我，應該會覺得這樣不錯吧。

每個人定義的幸福都不一樣。

別人沒資格指責他人的想法是錯的。

有自己的想法、做自己想做的事。

我認為這樣就夠了。

雖然有些地方還是令人在意——

「——可是，這裡的人沒辦法自食其力生活。要是沒有人保護他們，似乎就沒辦法繼續過這樣的生活──」

──克蘿耶的呢喃道出我的心聲。

孩子們的觀察力也不容小覷。

這聲輕喃讓日向有所反應，眼睛輕輕地眨了幾下。

看樣子她也注意到了。

發現這個社會很扭曲。

若是沒有管理者，對外界一無所知的人什麼都辦不到。

失去自由就表示生殺大權握在他人手裡。

那樣生活跟家畜有什麼兩樣……

「──是啊。為了避免發生這種事，我們有在努力改善。」

「哦──是這樣啊。可是我覺得大家同心協力一起努力更好。那樣就不用光靠日向姊姊一人努力，大家可以互相幫忙！」

是一種理想形式。

就是因為事情沒這麼簡單，大家才那麼辛苦。

每個人與生俱來的才華都不一樣，能做的工作量也不同。「平等」講起來很好聽，但也伴隨讓人無奈的現實，殘酷且不公平。

理想與現實。

存在永遠無法消弭的矛盾。

一方成立，另一方就不成立。

沒有所謂的正確答案。
只要在自己相信的道路上奮力前進，這樣就夠了。
正因為這樣，人生才會那麼有趣。

這天孩子們似乎為一些事煩惱不已。
而我也重新體認，幸福不是只有滿足物質欲望而已。
雖然知道，卻停不下來。這是我的結論沒錯，但我覺得今天並沒有白費。
這也是一種正確的做法吧。
這種多樣性讓人擁有無限可能。
我重新審視自己的人生，再一次細細思考。
不用刻意侷限什麼才是對的。
就連前世被人刺死的我都轉生成史萊姆。
天底下沒有人知道今後會發生什麼事。
若是如此，沒活在當下就是一種損失。
這天讓我不免為這些事情深入思考。

而命運的齒輪在此時開始運轉——

「你說黃色始祖(jaune)消失了？」

「是的。雖然讓人難以置信，但是在感應到一股龐大的魔力後，沉眠在那塊土地上的惡魔氣息全都消失了——」

「……真教人不敢置信。」

雷昂聽完阿爾羅斯的報告，還以為自己聽錯了。

話說雷昂統治的區塊，這裡跟精神世界「惡魔界」交會。

那塊土地被濃郁的魔素和瘴氣覆蓋，有時會出現擁有強大力量的惡魔。

如果是沒有肉體的半吊子惡魔，就算是高階魔將，光靠雷昂底下的騎士團也能對付。

可是他們發現那塊土地上有幾名古老的惡魔。

其中甚至包含連雷昂都無法忽視的霸主。

這個惡魔就是黃色始祖。

由於她還沒獲得肉體，因此活動範圍有限。可是，就為了警戒這號人物，雷昂不能從這塊土地離開。

因為其他人無法對付那個殘暴的惡魔。

「那傢伙可是一個瘋狂的惡魔，會打核擊魔法當玩樂。不可能跟她共存。跟她交涉也聽不進去。若是不仰賴雷昂大人，我可能也難以對付……你說這樣的敵人不見了？」

「對，克羅多。連我也不敢相信，才想過來親眼確認看看。發現應該要跟惡魔界重疊的地方不知道為什麼經過次元修正。只有一個合理解釋，那就是有人把『地獄門』關上。」

「竟然有這種事……」

聽了雷昂麾下首席騎士——銀騎士阿爾羅斯的話，對此激聲回應的是黃金鄉埃爾德拉最強騎士——黑騎士克羅多。

不只雷昂，這塊土地上的居民全都為那些惡魔苦惱。而其中的元凶黃色始祖消失，這簡直是天大的好消息，讓他們一時間無法置信。

而且連「地獄門」都不見了，反而讓人懷疑這是不是某種不祥的前兆。

「地獄門」是讓這個物質世界與精神世界重疊的門。因為有那樣東西，就算是沒有肉體的惡魔，還是能在短時間內對現實世界造成影響。

雷昂曾經派遣騎士團去封印那扇門數次，但都被那些惡魔阻擾。自從他在這塊土地上建國以來，總會定期發生小規模的衝突。

棘手的點在於不摧毀根源，精神生命體就會復活。而且那些戰鬥對惡魔來說就像在打發時間，可是卻對雷昂等人造成莫大的災害。

對於支配這塊豐饒大陸的雷昂來說，惡魔是他煩惱的根源。

若是雷昂認真起來，也許能將惡魔一掃而空。可是稍有不慎就會喚醒黃色始祖。

不，就算真的變成那樣——

若要雷昂對付覺醒的黃色始祖，經歷一番激烈戰鬥，他還是能獲勝吧。

可是雷昂與黃色始祖作戰將讓大陸沉入海底。

不希望這種事情發生，雷昂才避免作戰。

（究竟發生什麼事了？黃色始祖……照金的話聽來，可不像米薩莉或萊茵那樣是能溝通的對象啊。）

雷昂慎重地衡量利害關係，就算得做出部分犧牲，他仍選擇維持現狀。

然而這股威脅突然消失。

天底下哪有這麼好的事——不只雷昂，大家都這麼認為。

感到動搖的雷昂更接獲報告。

「有事稟報。目前被藏在魔國聯邦的孩子共有五人。已跟英格拉西亞王國確認過消息真偽，並精查情報。魔王利姆路似乎跟魔王魯米納斯有過祕密約定，打算把孩子們賣掉。」

「有這種事？」

「魯貝利歐斯和魔國聯邦已締結條約，兩名魔王關係良好。推測可能是魔王利姆路欺騙神樂坂優樹，將魔素量豐富的孩子們當成交易籌碼！」

青騎士團的魔法騎士正在調查魔國聯邦，他透過「魔法通訊」回報。

然而雷昂聽了不禁心生納悶。

他曾在魔王盛宴上見過利姆路，感覺他不像會做出這種事情的人。

「找人監視情報來源。對方可能跟某人掛勾，搞不好被操縱了。」

「怎麼會……」

「莫非是魔王利姆路從中作梗？」

「不，應該不是。魔王利姆路沒道理對這些孩子們放手。」

「那又是為何？」

「八成有人想讓我們打起來，從中獲取利益。魔王魯米納斯可能也遭這個計策波及。又或許魯米納斯本人就是主謀。」

「——唔！」

「這究竟是……」

雷昂開始思考。

根據西方諸國目前的情勢判斷，誰最有嫌疑？

這點看似昭然若揭，卻又捉摸不定。

「——是祕密結社『三巨頭（Cerberus）』？」

知道雷昂在蒐集「異界訪客」孩童的就只有那些可疑商人。不對，還有其他人。就是將召喚用魔法術式外流的人。

（也有可能是羅素一族發現召喚背後的祕密？）

或是那些商人私底下聯手……

一旦開始懷疑就會無限擴張。

不過從剛才那些報告內容來看，邏輯上有點奇怪。

就為了區區五名孩童，雷昂沒道理行動——照理說外界應該如此認為……

一般而言都會盡量避免去干涉其他魔王，再加上跟自己無關，對這些魔王之間的交涉插嘴，簡直是愚蠢至極的行為。

一個不小心還會跟這兩名魔王為敵。

這次也該忽視才對。

魯米納斯很可能有什麼企圖，但那些都針對利姆路，跟雷昂無關吧。

沒道理行動——這是雷昂下的結論。

然而這次卻讓他難以做此判斷。大概是察覺這點，雷昂的部下們開始上奏意見。

「原來如此……某些人想利用雷昂大人，是這麼一回事吧？」

「是否要滅掉他們？」

雷昂出聲制止。

「不，在沒憑沒據的情況下，跟去到東方帝國也吃得開的『三巨頭』敵對不是明智之舉。恐怕是那些傢伙煽動的，但也有可能是羅素一族背叛。此外——」

冷靜做出判斷，雷昂確實地做出指示，但他心裡閃過一絲不安。

他想到克蘿巴．哈愛爾這個名字。

莫非那是……

目前沒道理行動。不僅如此，若是行動就等同著了某人的道。

就算心裡明白這點，雷昂還是焦躁萬分。

假如黃色始祖還在，他就不能離開此地，做出那種愚蠢的行為。

他會毫不猶豫地做出正確選擇吧。

然而今日——

（真是不可思議。不知道為什麼，我覺得這次必須展開行動……）

雷昂的話說到一半就停了，所有的部下都在看他。

「陛下，我們都是對您忠心耿耿的騎士。謹遵您的旨意，悉聽尊便。」

「正是。就算您再任性一點，大家也不會有怨言。請您下令。屆時我等必會實現您的願望！」

「各位……」

阿爾羅斯和克羅多紛紛開口。

其他的騎士團團長也跟進。

對雷昂展現赤誠忠心。

「——黃色始祖消失純屬巧合，抑或……」

嘴裡喃喃自語，雷昂閉上眼睛。

接著他再次睜開眼時，嘴邊已浮現桀驁不馴的笑容。

「就接受各位的勸諫。我去一趟。麻煩你們留守。」

「「「遵命！」」」

在這塊土地上——豐饒的黃金鄉埃爾德拉。

情勢出現巨大轉變。

「白金劍王」雷昂．克羅姆威爾打破長久以來的沉默，執起那把劍——

●

「是喔！魔王雷昂採取行動啦。果然被我料中，不是隨便哪個孩子都行。那『克蘿耶』搞不好就是——」

雷昂的目的不是那些孩子們，而是某個從「異世界」過來的人——就是這麼一回事。那麼受因果律束縛，克蘿耶很可能就是雷昂要找的人。

「不過，優樹大人。就算雷昂展開行動，也並非隨我們的意思起舞呢。他要去的地方應該是魯貝利歐斯，但我不認為他會將我們放出的情報照單全收。不如說一定會起疑心。」

「我想也是。不過，光是能鎖定雷昂的目的就很足夠了。」

優樹看起來很滿意。

可是卡嘉麗跟其他人都跟不上優樹的思考速度。不知道他葫蘆裡賣什麼藥，看起來很不滿。

「我同意克蘿耶很可疑，但是要當成王牌，沒有確切證據支持吧？想在這個不明確的可能性上賭一把，這樣很不像優樹大人的作風呢。」

「就素說啊。而且窩們還做出危險舉動，由窩方放出消息，等於在叫人懷疑窩們嘛。做這種事究竟有什麼意義？」

「對啊。人家覺得老大不會做出錯誤判斷，可是這樣一來『三巨頭』就會變成雷昂的眼中釘吧？將我們之前的交情全部打壞，對我們來說完全沒好處啊！」

拉普拉斯和蒂亞朝優樹提出疑問。

福特曼一副事不關己的樣子，但就連聰明的卡嘉麗這次也悶不吭聲。

這時米夏露出妖豔的微笑。

「各位小丑會覺得困惑無可厚非。畢竟這次的事一點好處都沒有。這次會那麼做理由只有一個。就是從今往後無法再跟魔王雷昂做買賣——老大已經做了這個決定。」

光聽到這句話，卡嘉麗就明白一切。

「原來如此，原來是這樣啊。不對，並非再也不跟他做買賣，而是無法做買賣嗎……」

「在說什麼？」

「這、這是什麼意思，卡嘉麗大人？」

「呵呵呵。反正問了也聽不懂，我們只要遵從命令就好——」

「福特曼，你先閉嘴。就算聽不懂，人家還是要問一下！」

被蒂亞用這句話打斷，福特曼陷入沉默，看起來有點沮喪。就因為他們平常很要好，所以更容易受蒂亞的話影響。

用不著去聽那些麻煩事，只要遵守上司——也就是優樹跟卡嘉麗的命令就好。光這樣就能讓一切順利進行。福特曼如此深信。但似乎只有福特曼這麼想。

其他人也信賴優樹和卡嘉麗，但他們想確實把理由弄清楚再採取行動。

轉眼環視這樣的夥伴們，優樹面露苦笑。

（單從方便利用的層面來看，找福特曼這種男人就很方便。不過話又說回來，要提高作戰計畫的成功率，拉普拉斯他們是更優秀的人選。總之這次背後並沒有多大的理由。）

腦裡一面想著這些，優樹也跟夥伴們說明事情原委。

「雷昂開始行動了，光這樣就已經十分足夠。我要拉普拉斯等人把特定機密商品送過去對吧？那是因為我不想再跟雷昂做買賣，所以最後也給你們機會，讓你們看仇敵最後一眼。」

「咦，這麼說來那天在現場窩們大鬧特鬧也沒問題？」

「對，沒錯。前提是你們能活著逃出來。」

做出回應後，優樹露出壞笑。

他的笑容充滿自信，讓拉普拉斯等人恢復冷靜。

「雖然都是一些小孩子，但是要蒐集『異界訪客』並不容易。明知這會使雷昂增強戰力仍要持續販賣給他，你們應該知道理由是什麼吧？」

「因為老大你想跟他保持聯繫對唄？」

「對，正確答案。那做這些事情的必要條件是什麼？」

「就是特定機密商品──來自異世界的孩子吧？」

「沒錯。但我們現在沒辦法再弄到那些東西。知道原因是什麼嗎？」

「因為召喚孩子們的羅素一族──咦……窩知道哩，原來如此。」

「咦，什麼跟什麼？」

「簡單講就是這樣，蒂亞。老大打算讓羅素一族負起全部的責任。沒辦法再弄到商品，以後就不能做買賣了。雖然我們沒辦法蒐集自然而然誤入這個世界的迷途孩童，卻能假裝是那樣並販賣孩童。所以主導權掌握在我們手裡。目前暫時中斷跟雷昂的交易，等哪天有必要再跟他接觸就好。」

「但就算是這樣好了，還是不用刻意做出引人懷疑的事啊……」

「不素那樣。這素為哩讓羅素一族變成幕後黑手。老大這個人真的很心狠手辣呢。」

蒂亞一頭霧水。

拉普拉斯似乎察覺真相了，他發出傻眼的呻吟。

「啊哈哈哈！這對我來說是種誇獎。拉普拉斯說對了，我打算把所有的責任都推給格蘭貝爾大老。」

「雷昂那傢伙惹人厭，但他非常慎重。他只會懷疑我們。不過，一方面又覺得『三巨頭』的手法不會如此拙劣。應該會把魔王利姆路或魔王魯米納斯剔除在外，想不到還有誰會有所圖謀。至於羅素一族，他根本沒放在眼裡吧。」

「雷昂確實很慎重，但他同時也對自己過分自信。某些人對他來說只是拿來利用的，他不覺得對方有辦法加害自己。所以不會打算去了解羅素一族。而真正的威脅就潛伏其中，他應該想像不到吧？」

「說得對。事實上五大老也沒什麼了不起的。除了那兩人。」

「兩人？瑪莉安貝爾已經除掉哩，剩下的就只有格蘭貝爾唄？」

「看樣子你們都不知道呢。在羅素一族裡，不容忽視的人有三個。」

瑪莉安貝爾已經死了，但還剩兩個人。這是「三巨頭」弄到的情報。

「正確說來他不屬於五大老。聽說五大老之一的西德爾邊境伯爵有個部下，他也是狠角色呢。」

優樹臉上掛著苦笑，開始分享自己知道的情報。

西德爾邊境伯爵負責守護英格拉西亞王國北境。在那有個守護者世世代代守護那片土地。

這個男人戴面具，穿著從頭包到腳的鎧甲，沒人知道他的真面目，身分成謎，一直聽令於格蘭貝爾。

雖然不是五大老，但知道這號人物的人都不敢忽視他。

這個面具男的事，優樹是從達姆拉德那聽說的。

「就連那個達姆拉德都說『沒跟他實際交手過，不確定能不能打贏』呢。實力可見一斑。畢竟讓他給出這麼高的評價的人，除此之外就只有日向一人了。」

就優樹所知，達姆拉德在西方諸國警戒的對象就只有三人。

日向跟瑪莉安貝爾，再來就剩這個男人。

對達姆拉德來說，比起五大老之首格蘭貝爾大老，那個男人似乎更棘手。

「金」之達姆拉德，他是祕密結社「三巨頭」的首領之一。優樹信賴的首領身分的夥伴都這麼說了，這個人應該具有相當的實力，絕對不容忽視。

「那傢伙素何方神聖？」

「不清楚，我沒見過。可是，就因為有那個男人在，北方才會長治久安嘛。聽達姆拉德說，他好像碰巧看過那傢伙作戰的情形，據說對手是北方的惡魔們。」

優樹這番話為現場投下震撼彈。

卡嘉麗跟米夏早就有所耳聞，但他們還是露出難以置信的表情。

這情報就是如此驚人。

「聽說那個男人的名字叫『蘭斯洛』。由格蘭貝爾大老親自替他命名。」

「你說格蘭貝爾大老──」

「替他命名？」

「咦，難不成……」

「看來卡嘉麗大人也不知道這件事。對，據達姆拉德所說，蘭斯洛似乎不是人類。」

「不是戴面具並用鎧甲包住身體，而是那才是蘭斯洛的真身吧。達姆拉德是這麼說的。」

米夏出面解釋，優樹則補上這句話。

不過，這些事對拉普拉斯他們來說只是一點小事罷了。

「那點小事不重要啦。先確認一下，剛才說北方的惡魔，他們不素那個魔王的手下唄？」

「就、就是說啊。要是那個魔王──『暗黑皇帝（Lord of Darkness）』出動，西方土地早就化為灰燼了吧……」

拉普拉斯和卡嘉麗平常絕對不會有這種慌亂表現，但大家都沒有笑他們。

優樹也一樣。

「別那麼緊張。看來你們很怕魔王金．克林姆茲嘛。但那個現在先不談。關於你們剛才的問題，北方惡魔當然是魔王金的部下。他的部下會為了找樂子跑去攻打人類社會，金似乎默許了。對惡魔來說就像在玩遊戲，但被攻擊的一方可受不了。而蘭斯洛將他們擋在國境外。」

這個男人憑一己之力守護人類社會，打退惡魔大軍。

聽到那個男人身手如此了得，除了優樹，其他人都渾身僵硬、說不出話來。

「雖然讓人不敢相信，但我想這是真的。魔王金並沒有認真攻打，怪不得西方諸國安然無恙。話說回來，那個叫『蘭斯洛』的男人很具威脅性。」

「那傢伙未免太亂來哩。那種事窩根本做不來。」

「不、不過，現在已經知道那傢伙很強了，但是這跟雷昂有什麼關係？是想用計讓雷昂跑去北方，讓他跟那個傢伙作戰嗎？」

大夥兒逐漸從震驚中恢復，這時蒂亞提出疑問。聽到這句話，優樹開心地笑了。

「這個嘛，我們把話拉回正題吧。就如我剛才說過的，羅素一族手上有王牌『蘭斯洛』。不曉得惡魔什麼時候會攻過來，為了對付他們，這顆棋子沒辦法調離北方。」

因此瑪莉安貝爾才沒把「蘭斯洛」算在內。畢竟那是直屬格蘭貝爾大老的戰略級英雄，瑪莉安貝爾無法隨意支使。

優樹也不是最近才聽說那個男人的事。明知有這號人物卻沒把「蘭斯洛」用在計策上，是因為找不到機會。

輕舉妄動可能會讓金的手下毀掉西方。優樹想避免這種事情發生，所以才執意不對北方出手。

然而——

現在情況變了。

「接下來我們談正經的。之前去找格蘭貝爾談事情，我跟那個老頭做了什麼約定，內容之前也跟各位說過了。」

話說到這兒，優樹臉上的笑容消失。

大夥兒點點頭。

卡嘉麗代表大家發聲：

「在西方聖教會裡被大家膜拜的神，其真面目就如我們所想。此外，失去瑪莉安貝爾讓格蘭貝爾很傷心，決定跟優樹大人聯手。」

「那個大叔真的好蠢。」

「你別吵，拉普拉斯。後來優樹大人接到一項任務。然後我們就按計畫準備嘍！」

優樹跟格蘭貝爾的密談。

內容就是——

…………………

…………

……

優樹向格蘭貝爾傳達瑪莉安貝爾的死訊。

瑪莉安貝爾挑戰魔王利姆路，最後慘敗收場。並且使出最後的手段，讓魔導中控動力爐失控，被那場爆炸波及，因而喪命。

這些話就跟優樹和利姆路說得一樣。

其實優樹也想過要說謊，但他認為最好別這麼做。如今利姆路不再懷疑自己，優樹可不想一不小心破壞這個圓融的局面。

雖然猜不出格蘭貝爾會有什麼反應，但只有他一人就不是優樹的對手。就算其真面目是人類守護者「七曜大師」，事到如今也只是一個悲哀的老人，沉溺在名為權力的慾望之中——優樹如此認為。

雖然不能輕忽，但並非他無法戰勝的對手。

在他們展開會談的地方也有護衛，個個身手矯健。其中還包含異界訪客，與他們所有人為敵不是明智之舉。就算面臨這樣的狀況，優樹依然從容不迫。

現在連瑪莉安貝爾都消失了，要小心的只剩「蘭斯洛」一個。

因為優樹是這麼想的，所以他不打算隱瞞自己的本性，選擇與格蘭貝爾對峙。

「是嗎，瑪莉安貝爾死掉了啊……」

「沒錯。我這邊也很困擾呢。被瑪莉安貝爾操縱，被迫與魔王利姆路對戰。就算自由公會是評議會的下級組織，由評議會提供營運資金，這還是違反契約吧？你們剝奪我的自由意志，我想請求賠償呢。」

「那你跟魔王利姆路怎麼樣了？」

把優樹的話輕輕帶過，格蘭貝爾只要求他說明。

在某種程度上優樹也料到對方會有這種反應，他並沒有因此感到不滿，而是聳聳肩膀，繼續把話說下去。

「不怎麼樣。或許他也在懷疑你，但我想他應該以為一切都是瑪莉安貝爾策劃的。我刻意製造這種假象。關於這點，希望你別怪我。」

「嗯……」

跟優樹預想的不一樣，格蘭貝爾露出疲憊的表情。

深深地閉上眼睛，格蘭貝爾沉默了一會兒。

「——這樣啊，瑪莉安貝爾死了啊。我們羅素一族的希望消失了。既然如此，我們必須使用那位大人珍藏的祕寶，向他復仇。」

「那位大人？還有你剛才提到祕寶？我不知道你在說什麼，但是拜託別再把我拖下水啊。」

「咯咯咯，別這麼說嘛。優樹啊，你也是個聰明人，早就知道了吧？」

「……知道什麼？」

「哼！魯米納斯教所說的神就是魔王魯米納斯大人。」

「哦……」

優樹早就猜到了，可是格蘭貝爾將其說出來令他感到驚訝。在此同時，他也好奇格蘭貝爾為什麼會說出這麼重要的祕密。

「你跟我說這件事有什麼企圖嗎？」

「竟然說我有企圖，話說得真難聽。我這是認可你。眼下已失去瑪莉安貝爾，要找人託付西方諸國以及人類的未來，除了你沒有更合適的人選。」

格蘭貝爾從沙發上起身，對著優樹煞有其事地說著。

優樹可不會將那些話照單全收。

「在說什麼傻話。就算我不出手，利姆路先生也會想辦法吧。因為那個人似乎真的想跟人類共存。」

拿這些話回格蘭貝爾，優樹對格蘭貝爾的話嗤之以鼻。

交涉失敗。

看上去似乎如此，但格蘭貝爾的話還沒說完。

「好嫩。你還太嫩。瑪莉安貝爾已經預見未來，可是照這個樣子看來，你好像沒看到。那個魔王——那個叫利姆路的魔王，絕對不能讓他存活於世。魯米納斯大人對人類世界一點也不關心，所以才能跟人類共存。然而魔王利姆路不一樣。那個魔王會讓人類墮落，讓世界陷入一片混沌吧。到時會流下大量的鮮血。」

「哦，那可真不得了。你有什麼依據？」

「是我的直覺。」

「啊？居然是這種莫名其妙的理由——」

「我身為前『勇者』的直覺要我討伐魔王利姆路。」

這句話讓優樹大吃一驚，他瞇起眼睛看著格蘭貝爾。

格蘭貝爾說他原本是「勇者」，可是怎麼看都像油盡燈枯的老人。

他身上穿著豪華的衣物，目光銳利。

散發一股懾人的霸氣，且具備領袖魅力。

可是優樹看著眼前的格蘭貝爾，從他身上感覺不到超越瑪莉安貝爾的「強勁」。

「你說你是勇者？玩笑別開得太過火。」

「哼，信不信由你。只要回答我，你是否願意協助我討伐魔王利姆路。」

「哈哈，要我幫忙？做這麼危險的事情一點意義都沒有。我只想維持現在這種關係——」

「蠢材！如今瑪莉安貝爾已死，哪有閒功夫跟人戴假面具耍嘴皮應酬！雖說還能將一切全委由帝國處置，但是那邊的高層亦讓人摸不透。就連跟你掛勾的商人也不知有多少可信度呢。」

「哦……」

在說傻話的是誰啊——優樹在心裡暗自嘲笑格蘭貝爾。

跟格蘭貝爾不一樣，優樹沒有把人類擺在第一位。不管人類社會變成什麼樣子都無妨，只要最後能得到一切就行了。

只是有一點令他在意，就是格蘭貝爾剛才脫口的「祕寶」。對方似乎認為用這個就能打倒魔王利姆路，這讓優樹感興趣，很想知道那究竟是什麼東西。

格蘭貝爾不在意優樹在想什麼，他進一步發話，試著拉攏優樹。

「我不求你相信我。但我們可以暫時結盟，一同奮鬥。」

「就跟你說了，那對我來說有什麼好處？」

「我可以把魯米納斯大人珍藏的祕寶交給你。」

「那個祕寶是——」

「用來封印那個維爾德拉的終極決戰兵器。」

「——唔！」

這顆震撼彈來得太過突然，優樹無法將這件事當耳邊風。

「據說那是人稱最強的『勇者』。就連我都沒有直接接觸過，但是被魯米納斯大人用聖櫃守著。」

「魔王會守護勇者？這是在開什麼玩笑……」

「咕哈哈，別這麼說。我一開始也很困惑。可是每隔幾百年就會發生一場大戰，我親眼看過那個人作戰的情況。那真的是將魔物殲滅的至高無上存在。」

「比全盛時期的你還強？」

「根本不能相提並論。」

優樹認為他說的是真話。

他自認很擅長看穿謊言，知道現在的格蘭貝爾在說真話。

如此一來，他大概也猜到勇者丟下井澤靜江消失的原因。

（——「勇者」大概有活動界限吧。是壽命有限？不，原因是什麼都無所謂。只要搶走魯米納斯守護的聖櫃，我就能得到最強的棋子——）

格蘭貝爾剛才說那是決戰兵器，那「勇者」肯定受魯米納斯支配。那麼魯米納斯很有可能用某種術式操控勇者。

如果真是那樣，若能破解那些術式……

「這件事挺有趣。可是我沒有善良到會直接相信你說的話。」

「我想也是。我有個提議。由我攻進去，在大聖堂內搗亂。到時魯米納斯大人的大本營也會陷入混亂吧，你再趁機偷走聖櫃。」

這項提議很吸引人。

對優樹太有利了，反倒令人懷疑。

「那你有什麼好處？魔王魯米納斯是你的主子吧？不惜忤逆那個魯米納斯，無論如何都要替瑪莉安貝爾報仇嗎？」

面對優樹的提問，格蘭貝爾帶著令人發寒的目光做出回應。

「這是當然的。我以前跟魯米納斯大人關係良好，但她已經將我拋棄。追根究柢，她跟我約好不會與人類為敵，我們的關係才得以維持下去。若是她跟魔王利姆路聯手，那魯米納斯大人也——不，魔王魯米納斯也不過是我的敵人罷了。」

他的話似乎蘊含某種怨念。

就連優樹都感受得到，為那股魄力驚嘆。

（哦，還以為他是個如風中殘燭的老頭，看樣子現在還派得上用場嘛。那麼這個提議或許不錯……）

想到這邊，優樹開始認真思考。

前提是格蘭貝爾要先出動。

他大可確認情勢再展開行動，被人背叛的疑慮不大。

還能得到最強的戰力。

假如他說謊，自己用不著加進去打，在第一時間逃走就行了。

最壞的情況是格蘭貝爾說謊誆騙優樹等人，打算陷害他們。

不過關於這點，只要看格蘭貝爾等人的對戰情況就能分辨真假。看他究竟是真打還是假打，連這點程度的事都看不出來，那就沒什麼好說的了。

「有趣，聽起來真是太有趣了。雖然還有一些疑點，但考量到之後能獲得的利益，冒點險也不賴。」

「咕哈哈，就知道你會這麼說。這次是暫時聯手，大概也是最後一次，可以期待你的表現吧？」

「當然。既然你都準備替我大肆鋪張了，我就稍微相信你一下。那你打算靠什麼來促成這次的計畫？」

「這個嘛。就是——」

接著他們兩人開始細細規劃。

如此這般，於西方諸國執牛耳的怪人，和企圖征服世界的魔人就此聯手。

…………

…………

在大聖堂裡，羅素一族全體總動員，將掀起一場戰爭。

有西爾特對外情報局的特務，加上「血影狂亂（Blood Shadow）」的倖存者。

其中不乏羅素一族召喚的「異界訪客」。不僅如此，連守護北方的「蘭斯洛」都出動了。

「羅素一族全體出動究竟有多強，真令人好奇。」

臉上掛著邪惡笑容的卡嘉麗喃喃自語。

聚集在此的人都這麼想。

「那麼優樹大人，知道藏聖櫃的地方在哪裡嗎？」

「格蘭貝爾已經告訴我詳細資訊了。考量到他可能會欺騙我們，必須慎重行事。」

「這個任務窩接了。這次獨自潛入不素很放心，可以帶蒂亞跟福特曼去唄？」

「我很想說當然沒問題，但我想拜託蒂亞負責別的工作。」

「什麼嘛，那窩只帶福特曼也行，可是你想讓蒂亞做什麼啊？」

「讓她做這次最重要的工作。還有就是你們要盡量避免跟人作戰，把此行目的擺第一。」

「這有可能是陷阱，覺得有危險就要馬上撤退喔。」

「窩們不素小孩子哩。那種事用不著說也知道。」

卡嘉麗在那嘮叨。

拉普拉斯則信心十足地回覆她。

跟拉普拉斯的看法一致，福特曼默默地頷首。

「那就好。魔王魯米納斯好歹是魔王瓦倫泰的主子，瓦倫泰跟我的實力不相上下。魯米納斯有多強用不著多說，大概比全盛時期的我還強。知道了吧，拉普拉斯。首要目標不是搶走聖櫃，而是在不逞強的情況下帶回情報喔。」

「別擔心啦。窩們又沒有欠格蘭貝爾那老頭。他也沒僱用窩們中庸小丑幫，窩們只會在可行範圍內努力。」

「說得對……這次我也會過去支援喔。畢竟『聖櫃』可是被那個格蘭貝爾斷定為決戰兵器的東西。」

「你對窩們沒信心呢。讓人有點受傷……」

「不，不是那個意思。那裡就算有陷阱也不奇怪，而且戒備森嚴吧。這只是為了以防萬一。」

優樹對拉普拉斯等人有信心。

但是這次不曉得會發生什麼事。可不能因安排得不夠周全導致計畫失敗，那樣他絕對不能接受。

「我會偷偷跟隨你們。所以作戰計畫交給你們各自執行。」

「原來如此，要讓窩們牽制敵人！這樣做確實比較聰明。」

「若是出現最糟的情況，你們就趁亂逃脫。我再趁機直搗黃龍。」

語畢，優樹扯嘴一笑。

計畫天衣無縫，他跟格蘭貝爾討論過幾次，同時發現格蘭貝爾是認真的。這肯定是千載難逢的好機會，往後很難再遇到這樣的機遇。

不管採取什麼手段，這次都要把「聖櫃」弄到手——優樹如此盤算。

「不過話說回來，那個東西有這麼好嗎？那個『聖櫃』到底素……？」

「那個啊，聽說是封印那個維爾德拉的——『勇者』。她聽命於魯米納斯，但我打算分析那個魔法術式，把她變成我的棋子。」

「啊？」

「不是吧？這是真的嗎？」

「咦，所以是怎樣？」

「呵呵呵……」

「其商品價值難以衡量呢。移轉至東方的相關事宜都安排妥當了。能夠支配究極『勇者』的機制，我一定會解開。」

優樹若無其事說出的話，讓大夥兒為之驚愕。

知道「聖櫃」蘊藏超乎想像的價值，他們興奮不已。

米夏接獲命令，要事先做好移轉東方的準備，就連她臉上都浮現明顯的紅潮。

這是當然的。

足以封印這個世界最強的「龍種」，若是能支配那個「勇者」……

到時優樹和「三巨頭」的野心——征服世界就不只是痴人說夢。

「怪不得老大會這麼慎重哩。」

「是啊，既然這樣，務必讓我參與研究。」

「哈哈，妳未免太性急了吧，卡嘉麗。將格蘭貝爾的話照單全收很危險喔。但我想可信度應該很高。所以說，絕對不容許失敗。」

「有優樹大人出馬大可放心，你們幾個可別扯他的後腿。」

「知道咧。」

「呵呵呵，包在我身上！」

拉普拉斯和福特曼知道自己身負多大的使命，立刻充滿幹勁。

看他們兩人這樣，優樹很滿意，這次改朝蒂亞看去。

「再來是蒂亞……沒想到這次連魔王雷昂都參與這項計畫。若是沒有誠心歡迎他未免太失禮了。」

由於雷昂有所行動，優樹他們也因此擬定方針。

假如雷昂沒有出動，他們打算看情況，稍微出點力參戰就好。

可是如今就連雷昂都朝聖地去。

戰場將變得一片混亂。

這點可以確定。

「對於被引過來的雷昂，只要讓他以為『三巨頭』也被羅素一族利用即可。那樣他就會被誤導，以為我們值得信賴——」

「然後要去跟魔王利姆路灌迷湯，讓他以為魔王雷昂殘虐無道，想抓住孩子們對唄？」

「對。為此我想要可以準備給魔王雷昂的孩子。」

「啊！要讓人家做這個工作吧？」

「答對了。雖然要以真面目示人，但是交給妳辦肯定不會穿幫吧？」

「嗯，人家知道了！就靠人家的精湛演技把魔王利姆路騙得團團轉。」

蒂亞幹勁十足，不料優樹卻無情地搖搖頭。

「我很期待，可是光這樣還不夠。魔王利姆路心思縝密，直覺異常敏銳，可能會發現我們在後頭搞鬼。所以我就先跟格蘭貝爾商量——」

優樹壓低音量向蒂亞下作戰指示。

魔人們的惡意無限高漲。

命運之日——近了。

這個房間沒有任何一絲光芒，在屋內深處……

「魔王利姆路自然得討伐。還有魔王雷昂，再來……魯米納斯大人也是——」

格蘭貝爾口裡唸唸有詞，雙眼晦暗，充斥著無止境的憎恨。

為了人類，格蘭貝爾獻出超過千年的光陰。

就算他的目的不知不覺變成登上統治階級握有絕對支配和管理權，格蘭貝爾的願望仍是「人類社會和平」，這點毋庸置疑。

他面臨一連串的苦難。

一再的背叛，以及支撐格蘭貝爾的夥伴們陸續死去。

即使如此，格蘭貝爾還是靠不屈不撓的精神克服困難，守護這個世界的每個人。

除了有魔王魯米納斯幫忙，格蘭貝爾自身的努力也功不可沒。

在遙遠過去的日子，他跟夥伴們高談的理想。

跟相繼死去的人們做的約定。

在瑪莉安貝爾這個希望誕生後，只差一步就能實現理想。

明明如此——格蘭貝爾失去希望。

西方與東方。

他們要統一人類生存圈，與那些魔王對抗。

否則人類社會難以存續。

如今那些魔王已經變成「八星魔王（Octagram）」，力量太過強大。十大魔王少了兩名，權勢卻不減反增。

「暗黑皇帝（Lord of Darkness）」金・克林姆茲放任底下的惡魔在北方大地撒野，當他們的遊樂場。

「大地之怒（Earthquake）」達格里爾有擴張版圖的野心，似乎對人類社會也有興趣。

目前不想跟「夜魔女王（Queen of Nightmare）」起衝突，才沒有付諸行動，但不知他能忍到什麼時候。

此外，東方帝國那兒也隱約可見某種超越人類的力量正在介入。

格蘭貝爾懷疑是「幽眠支配者（Sleeping Ruler）」暗中動了什麼手腳，卻無從確認真偽。

面對這些強大的存在，格蘭貝爾守護人類，讓他們免受其害。

然而這也快——

「那個小子也抱持無聊的野心。辦得到就試試看吧。我已經累了……」

格蘭貝爾也不曉得自己能活到什麼時候。

現在瑪莉安貝爾死了，沒人有資格擔任格蘭貝爾的後繼者。

少了出面調停事物的人，人類很快就會走上毀滅之路。徹底顯露他們的慾望，甚至開始自相殘殺，

人類就是這樣的種族。

在很久很久以前，跟瑪莉安貝爾很相似的妻子也被那些人殺掉。

為了倖存的孩子們，格蘭貝爾強忍悲痛一路活過來，但這些即將劃下句點。

「這個世界留給我的只剩下剝奪，它最好滅亡——」

真心話輕輕地脫口而出。

這才是格蘭貝爾沒有半分虛假的真實心念。

格蘭貝爾已經被這份瘋狂吞噬。

也因為這樣。

他沒有任何迷惘。

格蘭貝爾已經瘋了。

第四章

西方動亂

Regarding Reincarnated to Slime

魔王雷昂去找其中一個棘手人物面談。

對方有長長的銀髮，加上很特別的長耳。深深地靠坐在豪華的椅子上，那副模樣美得就像一幅畫。

這是風精人暨魔導王朝薩里昂的天帝──艾爾梅西亞．阿爾隆．薩里昂。

涼亭就設在優美的庭園裡，兩人相視而坐。

端上來的茶杯飄著淡淡的熱氣。侍女在一旁待命，趁茶還沒涼掉趕緊換新的。

茶飄出馥郁的香氣，讓人心情放鬆。

他們彼此對望一陣子。

率先開口的是艾爾梅西亞。

「你還是一樣寡言呢，雷昂。你好久沒來見我了，這樣很無趣喔。」

她的語氣很親暱。

這是當然的，因為艾爾梅西亞跟雷昂早就認識了。而且不僅是把對方當成重要的貿易對象國國主，私底下也關係親密。

雷昂獲准進到這個地方，由此可見一斑。

他還沒當上魔王之前就跟艾爾梅西亞有交情。

當時雷昂還被人喚作「勇者」，還在這塊土地──薩里昂境內活動。兩人從那個時候開始就是朋友。

「目前的情況讓人笑不出來。」

「但是我很少看到你笑呢。」

「那種事不重要吧？我現在沒空。就早早切入正題——」

「啊，對了對了。我從吉田先生的店進了一些點心過來，你要吃嗎？」

打斷雷昂的話，艾爾梅西亞如是說。

聽到這句話，僕人趕緊將餐車推過來，然後開始用俐落的動作將蛋糕分進盤子裡。

「我不喜歡吃甜食。」

「哦——這個很好吃耶。啊，這邊的餅乾好像有混茶葉，口味沒那麼甜喔。好像叫抹茶餅乾。」

「——那我就吃這個吧。」

跟艾爾梅西亞爭論也沒用，雷昂依照自身經驗做此判斷。

魔王菈米莉絲也一樣，讓雷昂感到棘手的人物都有一個共同點，那就是他們似乎都把別人的話當成耳邊風。

關於這一點，雷昂早就放棄反抗。

他這次也按捺焦躁的心，朝餅乾伸手。

「好甜……」

「哎呀？這個也不行啊？」

「不，嚐起來並不難吃。」

「哦——你的個性真的不夠率直耶。算了，沒關係。那你今天跑來有什麼事？該不會要問我有沒有在魔王利姆路的國家裡看到一些小孩子？」

被艾爾梅西亞這麼一問，雷昂嘆了一口氣。

（還是老樣子，不能對這個女人大意。連我這邊的狀況都掌握了嗎？）

既然這樣談起來就快多了，雷昂立刻調整心情。

「對。魔王利姆路似乎對我有意見。可能是我以前的部下跟利姆路接觸，對他說了什麼吧。」

「這個我知道，是井澤靜江對吧？那個叫『爆焰支配者』的英雄吧。她在這個國家也很有名。」

「妳怎麼知道？我跟靜的關係應該是機密才對——」

「哎呀，不如快點談正經事吧。你不是沒空嗎？」

雷昂內心一陣煩躁。

妳以為是誰在浪費我的寶貴時間？他有點想朝對方大吼，但忍住了，雷昂決定切入正題。

「好吧，也對。過陣子我打算送邀請函給利姆路。我想解開誤會，再說跟那傢伙敵對太危險。」

被對方牽著鼻子走，這對雷昂來說可是難得的經驗。他面對金也能保持自己的步調，卻對艾爾梅西亞這種人感到棘手。

「哎呀？如果是你，應該能戰勝利姆路不是嗎？」

艾爾梅西亞朝雷昂提問，就像在調侃他。

可是雷昂不會輕易被人挑釁。

「問題不是能不能打贏，而是跟他敵對沒意義。一點好處都沒有。壞處太多了不是嗎？」

妳也如此判斷吧——雷昂用眼神直截了當地傳達這項訊息。

關於這點，艾爾梅西亞也同意。

「算是吧。而且跟對方締結邦交會帶來莫大好處。雖然怕魔王利姆路改變心意，但是懼怕這點就無法向前邁進。」

雷昂自然地接受這種說法，他早就猜到艾爾梅西亞會做此判斷。

「正是如此。我個人也很歡迎能溝通的魔王。如果是利姆路，比起跟魔王——該說是前魔王卡利翁和芙蕾，更適合跟我結盟。不過，這會遇到瓶頸——」

「是因為你平常的所作所為吧？」

「……」

不——雷昂很想這麼說，可是照眼下情況看來，他難以否認。

事實上雷昂用錯的方式對待靜，已導致他跟利姆路關係惡劣。

「好吧，沒關係。關於這件事，最近這陣子我也會出動。要是魔國聯邦跟埃爾德拉打起來，我們也會很困擾。還有你要問孩子們的事對吧。我有看到喔。他們看起來在慶典上玩得很開心。」

「真的嗎？那——」

「別急、別急。啊，這個蛋糕好好吃！」

雷昂平常總是冷靜沉著，剛才卻差點失去冷靜。

所以他才不想過來，雷昂在心裡暗暗咒罵。

可是現在不是說那個的時候。

「那麼，在那些孩子裡，有個名叫克蘿耶的少女嗎？」

單刀直入地問風險也很高。不能保證艾爾梅西亞不會背叛他，雷昂總是很小心，以免做出一些事情害克蘿耶身陷危機。

不過，雷昂將艾爾梅西亞當成朋友看待。眼下情況緊迫，一方面他又不想有所隱瞞。

整合這諸多的條件，雷昂決定說出祕密。

「你總算願意相信朕了嗎？好吧，魔王雷昂。既然你願意相信我，那我也不吝於提供協助。」

身上的氣息一變，艾爾梅西亞對雷昂如此宣示。

就這樣，兩人開始對照手裡的情報。

受魔王利姆路保護的孩子共有五人。

三崎劍也、關口良太、蓋爾．吉普森、艾莉絲．倫多，最後是──克蘿耶．歐貝爾。

這是雷昂窮其一生尋找的少女之名。

「──妳一開始就知道了嗎？」

「你的話太少。也不怕遭人誤解，不對任何人敞開心房，打算自己一個人背負所有的業障。就因為這樣，連英雄井澤靜江都不信任你吧？前『勇者』大人？」

若是雷昂願意對靜吐露心聲，兩人的關係或許會更不一樣。

艾爾梅西亞是在嘲諷這點。

其實艾爾梅西亞知道雷昂心地善良。正因為她知道，如今雷昂變成魔王受世人畏懼，艾爾梅西亞無論如何都無法忍受。

可是雷昂開口了。

「哼，無聊的推測就免了。我──老子為了自己，犧牲許許多多的人。只要能救她，老子會不擇手段。不管是什麼樣的罵名都甘願承受。」

這是雷昂的真實心聲。

這個男人過去是守護人類的「勇者」，他發現光靠善行無法達成自己的目的。後來便不惜玷汙自己的雙手，朝他的目標邁進。

事到如今他不能當作這些都沒發生過。

並不是做出這份覺悟，將自己的行為正當化。這是雷昂的生命樣貌，是他的信念。

「你這個男人真是死腦筋。這樣連克蘿耶都會討厭你喔。」

「住口。那麼，利姆路有小心呵護那些孩子們對吧？照這樣聽來果然有人要把老子引出來，想圖謀不軌。」

「是羅素，還是三巨頭？魔王魯米納斯也有嫌疑——雷昂你是在煩惱這個吧？」

「妳到底知道多少？」

雷昂一陣無力，傻眼地低語。對艾爾梅西亞神通廣大的情報網再次有所體認，認為來找她幫忙是正確的選擇。同時打心底覺得艾爾梅西亞很可怕。

這不是在講戰鬥能力，而是政治實力。不過，看樣子讓雷昂感到棘手的人物果然沒那麼簡單。

「好了，就別再逗你了吧。根據我的調查結果，魔國聯邦跟魯貝利歐斯沒有嫌疑。魔王魯米納斯似乎打算認真遵守跟魔王利姆路的約定。看聖騎士團長日向的舉動就很清楚了。三巨頭那邊則有點難判斷。那個組織是一團謎，上位者也並非真的聯手行動呢。他們好像刻意打造那種假象，能從外部探查的內情有限。這部分就先保留，來講羅素一族吧。這個就不妙了。據說他們現在將北方的守備人員全部撤掉，打算偷襲魯貝利歐斯。就連西爾特對外情報局的特務都全體出動，在那邊鬧得沸沸揚揚。」

北邊國度的守衛網變薄了，實際發生戰鬥的地點則是魯貝利歐斯。艾爾梅西亞指出這兩個地方。

她給的情報對雷昂來說也會挑起重大問題。

「那金就會出動。」

問題是這個。

正確說來不是魔王金有所行動，而是他的部下會出來搗亂。若是金本人出動，不管誰出面做些什麼，世界都會滅亡吧。

艾爾梅西亞也很清楚這點。可是就算只有這樣好了，對人類來說還是一大危機。

因為金的手下包含綠之始祖與青之始祖。

「沒錯。就是這點可怕，問題很大。若沒有人出面阻止魔王金的手下，西方諸國可能會滅亡……」

擺出一副真的很困擾的樣子，艾爾梅西亞看著雷昂。

「喂，老子──！」

「雷昂，從剛才開始你的語氣就回到從前嘍。」

「唔，我只是……」

「其實你用不著逞強，在那耍帥。雖然這種地方可愛，但現在沒空逗你呢。」

情況都這麼危急了還有心思管那個，艾爾梅西亞不為所動的表現令雷昂嘖嘖稱奇。

「抱歉，我只為我的目的行動。我很想去找金談判，可是那傢伙脾氣彆扭。隨便出手干涉可能會造成反效果。」

「我知道。若是不讓他看看我們會靠自己的力量努力，那個魔王可能會對人類失去興致吧。眼下聖騎士團無法行動，只好派魔法士團守護北境了。所以我們可以順便用飛龍船載你到半路上。」

「……可以嗎？」

「所以啦，剛才才要你別那麼著急嘛。好了，你在趕時間對吧？快點過去吧。」

情況比雷昂想得還要危急。

不管雷昂再怎麼厲害，他都沒辦法「傳送」至不曾去過的地方。再說魯貝利歐斯有結界阻擋。若是現在要去魯貝利歐斯，從空中飛過去是最快的吧。

雷昂樂於接受艾爾梅西亞的提議。

「有勞了。」

「要是你一直都這麼坦率就好了。對了對了，我想應該用不著多說，但三巨頭肯定想把你拖下水。那個百分之百是陷阱喔！」

面對艾爾梅西亞的忠告，雷昂只回一句話：

「我知道。」

艾爾梅西亞聽了則說「我想也是」，露出有點悲哀的笑容。

雷昂從以前就是這樣。

絕不在他人面前示弱，不管遇到什麼樣的危險都要達成目標。

那名少年有著不會被擊敗的心，生活方式就像一個真正的勇者。

就算他現在當上魔王也一樣。

（還是一樣笨拙。從以前到現在都沒變……）

艾爾梅西亞的心情變得一則以喜一則以憂。

要搭乘飛龍船時，雷昂突然想到什麼並轉頭看艾爾梅西亞，告訴她一件事。

「當作是謝禮，就告訴妳一件事情。黃色始祖消失了。妳也要多加小心。」

「咦！」

艾爾梅西亞相當驚訝。

看她露出那種表情，雷昂呵笑出聲。

「妳的興趣似乎是蒐集情報，看樣子不知道這件事情。我很高興，好像幫上妳的忙了。」

留下這句話，雷昂暗自品嚐勝利的餘韻並離開現場。

雷昂離去後──

「騙人的吧？始祖有三人。還挑魔法士團出動達半數的這個節骨眼出事，給我找這種麻煩真是見鬼了……不過，若不是這樣，雷昂也不能行動吧。我的洞察力還不夠呢……」

每個傢伙都這樣我行我素──現場獨留嘴裡嘟噥且懊惱得抱頭的艾爾梅西亞。

●

這天一大早就放晴。

風吹在身上也很舒服，感覺會是美好的一天。

不料這種預感──

「不、不好了！好像有人入侵大聖堂，目前正在交戰──！」

一名聖騎士慌慌張張地跑來，嘴裡這麼說。

我的預感失準。

「別慌。敵方規模多大，目前造成多少損害？」

日向跟我一起享用早餐，她無比冷靜地應對。看到這副模樣會讓人覺得與她為敵果然很可怕。

「是！敵軍數量不明，但可以確定的是至少接近百人。最弱的也有B+，照他們的行動模式看來很熟悉本國內部構造。」

將近百人的B⁺兵力，這樣的戰力不容小覷。他剛才說對方熟悉本國的都市構造，真實身分可能就是格蘭貝爾那邊的人了。

「——關於目前的損害狀況，有許多見習騎士受傷。法皇直屬近衛師團出現數名死者和傷者。不幸中的大幸是一般市民並未受害。」

傳令兵流暢地應答，內容顯示他們損失慘重。

平常的我早就發飆了，可是現在來這裡作客，還是別多管閒事，乖乖待著就好。

這樣好像滿冷淡，但這個國家不歸我管。

「是嗎？然麼敵人就是『七曜』首腦日曜師格蘭，還有聽命於他的羅素一族。不能輕忽這些對手，他們的戰鬥能力應該比表面上看到的更厲害，要待命的聖騎士團也做好全體出擊的準備！」

敵方似乎也出現犧牲者，折損的兵將比他們更多，然而日向沒有掉以輕心。

我心想「不愧是日向」為此感到佩服，同時問出最讓我在意的事。

「對了，你們說的那個大聖堂，該不會是昨天設樂器的地方？」

如果是，問題就大了。

昨天塔克多等人在名為大聖堂的地方設置樂器，進行音響調校。

我想名叫大聖堂的設施應該沒幾個，本人有非常不祥的預感。

這種時候我的預感——

「除了那裡，沒有其他叫大聖堂的設施。」

往往會成真……

該說從來沒有猜錯。

心想「真討厭」，我一面轉頭看向迪亞布羅。

臉上笑意不減的迪亞布羅表示「沒問題」。

傳令兵過來的時候，他好像就開「思念網」聯繫威諾姆了。

如此能幹真不是蓋的。

威諾姆的對應也要打滿分。

塔克多一行人似乎已經進入大聖堂，但周遭被守得滴水不漏。沒有讓可疑人物靠近，繼續為音響進行最終調整。

「都發生那麼大的騷動了，那些傢伙的神經也太大條。」

「咯呵呵呵，這是當然的吧。連這點程度的小事都無法處理，沒資格當我的部下。」

我也想學他培養那種自信。

「先別管那個了，我們也別在這悠哉，快點過去吧。」

用這句話帶過，我開「空間支配」連通大聖堂。

已經用得很純熟，就算來到這裡——由神聖結界守護的魯貝利歐斯也能順利使用。

是因為他們沒阻擋傳送，或是架那類的結界吧。

「——呼。我已經連吐嘈都提不起勁了。也把我帶過去吧。」

這時日向小姐一臉疲憊地說著。

一大早就這麼累啊？講這種話好像會被她回嗆，說我在性騷擾，還是別講好了。

我也學到教訓。

我可不想再被人說神經大條。

名叫尼可拉斯的人也跟來。

他替我們準備早餐，本以為是僕人，沒想到竟然是西方聖教會的樞機大人。

圍裙下面套著看起來很高級的聖袍，看來這話不假。為什麼這樣的大人物會來服侍日向？感覺謎團愈來愈多。

——唔，那種疑問不重要吧。

孩子們也在大聖堂裡。他們從一大早就很有精神，所以我先讓他們過去。

雖然守備網很完善，但是在這個世界裡，不曉得未來會發生什麼事。我整肅心緒，迅速前往大聖堂。

＊

來到大聖堂裡，這裡可以聽見外頭傳來的激烈戰鬥聲。

我看見害怕的塔克多等人。

這時紫苑抬高音量大喊。

「別慌！你們把利姆路大人說過的話全忘了嗎？他說會維護你們的安全，你們用不著擔心，專心演奏就好，利姆路大人不是這樣說過嗎？可是你們卻沒繼續練習，這算什麼！」

呃……說這種話是在強人所難吧？

我說紫苑小姐，這裡可是戰場耶。

要塔克多等非戰鬥人員別害怕，怎麼看都覺得太強人所難——

「紫苑大人，不好意思。我剛才好像有點慌亂。」

——咦？

塔克多那傢伙被紫苑一罵，眼睛又變有神了。

接著塔克多的目光回到樂團成員身上，並拿起指揮棒。

似乎發現我來了，感覺塔克多他們在看我。

不確定原因是不是這個，但是樂團成員似乎沒那麼緊張了，全都變得怡然自得。大家嘴邊甚至浮現笑容。

「我們繼續練習！」

塔克多看來一點都不擔心大家會反對。他開始練習，像是團員都會理所當然地跟進般。

接著，大家都很配合，美麗的音色開始流淌。

強而有力的演奏，連戰鬥聲響都被蓋過。

我聽了不禁為一同過來此地的團員感到驕傲。

戰鬥搭配演奏，感覺就像在演舞台劇。

不過用不著說也知道，這是如假包換的戰鬥。

我找到孩子們，要他們別亂跑。

「有奴家在！」

九魔羅充滿鬥志，但我要她稍安勿躁。

目前九魔羅的尾巴只剩一條，只有她一個人。

就跟孩子們一樣，現在讓他們體驗實際作戰還太早吧。
我把紫苑叫來，命令她跟迪亞布羅一起保護孩子們。
「利姆路大人有什麼打算？」
「我？我要去除掉那些礙事鬼。日向等人在那對付的敵人好像就是始作俑者，最好快點讓他們滾蛋。」
我們來這邊作客，原本不該多管閒事。
可是看到塔克多他們那麼努力，無論如何都希望明天的演奏會成功。
「——遵命。」
「嗯？第二祕書你怎麼了，竟然會乖乖聽從利姆路大人的命令，讓人有點意外呢。」
紫苑驚訝地看著迪亞布羅。
嗯，我也很意外。
還以為迪亞布羅會說他要跟來呢。
話雖如此，可以避免這場騷動擴大，這麼做更好吧。
「那之後的事就拜託你們了！」
「那麼，祝您武運昌隆。」
「啊……」
紫苑好像有意見，可是當著迪亞布羅的面似乎什麼話都說不出口。
這樣正好，我順勢前往戰場。

＊

在大聖堂的入口處，敵我雙方打成一團。

大門被破壞，連殘骸都不剩。

交戰人數超過百人。

其中最引人注目的莫過於跟日向對峙之人。

雖然是個老爺爺，但他的背伸得直挺挺，保持漂亮的姿勢。身上穿著看起來很高級的西裝。目光銳利，那身氣息顯示此人不是泛泛之輩。

不是魔物，也不是人類。看到他身上的那股霸氣，一眼就知道身懷不尋常的力量。

「那個人是誰？」

「格蘭貝爾．羅素。這個老人就是五大老的首腦，羅素一族的總帥。」

「原來那傢伙就是……」

聽人這麼一說，我頓時會意過來。

「瑪麗亞，妳去把魯米納斯大人找出來，把她帶來這裡。若是抵抗殺掉也沒關係。」

對格蘭貝爾的話起反應，一名女子出列。長相神似瑪莉安貝爾，但是名妙齡女子。感覺兩人似乎有血緣關係，但不確定是不是母女。

《答。就基因情報看來，無血緣關係事證。》

這種事你用看的就知道啊……

算了。

假如她神似瑪莉安貝爾並非偶然，問題就是那個叫瑪麗亞的女子有多強。

看起來似乎沒強到能跟魯米納斯對戰，格蘭貝爾下那種命令是認真的？

「遵命。將執行命令。」

被稱作瑪麗亞的女子對我們連看都不看一眼，直接往前走。反應很像機器人，能看出的就只有她異於常人。

不知道她的實力是不是真的那麼強，但確認工作就交給魯米納斯吧。

我只想快點讓格蘭貝爾也一起離開。

若是談談話就能收場，那就好。假如無法溝通，到時再迅速了結他。

「格蘭貝爾先生，初次見面你好，我是魔王利姆路。」

跟人對話要從打招呼開始。

現在好像已經很難構築良好關係，但我還是試著用友好的方式跟他攀談。

「你就是魔王利姆路嗎？竟敢把我的瑪莉安貝爾給……」

「喂喂喂，那是你們先——」

啊，我果然也遭人怨恨了。可是瑪莉安貝爾是出意外死的，恨我好像說不過去。

跟他說我不想殺瑪莉安貝爾，聽起來就像藉口吧，說來瑪莉安貝爾若沒有跟我動手，最後就不會發生那種事。

就算這麼說，格蘭貝爾也聽不進去吧。優樹應該有過去說服他，但是現在已經知道那傢伙不可信，可以想見他會怎麼說我。看來現在已不是說服對方彼此和好的時候了。

《告。不管事實的真相是什麼，推測敵我雙方的主張都無法相容。》

好吧，是這樣沒錯。

瑪莉安貝爾就是一個例子，我想跟這個格蘭貝爾也很難共存。

既然這樣，只好靠蠻力擺平。

「——跟你解釋也沒用吧？那麼哪邊才是正確的，就靠力量來證明吧。」

「咯咯咯，口氣真大。不過是一個初來乍到的魔王，你以為能贏過我？晚點再來對付你，你就在那老實待著，等著看夥伴被打倒吧。」

竟然說我只是一個初來乍到的魔王？

明明原本是魯米納斯的部下，這個男人好大的自信。好吧，他說得沒錯，魔物的強度隨存活年數變動……可是遇上魔王總該警戒吧。

看樣子這個老爺爺比我所想的更自以為是。

有些人跑來挑戰這樣的格蘭貝爾。

「用不著日向大人和魔王利姆路先生出場。『七曜』格蘭，你的對手是我們！」

這聲叫喊來自尼可拉斯。

這個人明明該是高層的大人物才對——啊，我想起來了。

對喔。尼可拉斯樞機就是設陷阱抓格蘭貝爾，對他使「靈子壞滅」的男人嘛。

難怪他這麼積極。

有人響應尼可拉斯，是三名聖騎士團的隊長。

分別是副團長雷納德，還有阿爾諾跟莉緹絲這兩人。

夫利茲和巴卡斯目前在迷宮裡修練，所以他們人不在這兒。早知道會變成這樣——啊，該做判斷的人不是我。

「日向大人，請您在那看我的表現吧！」

尼可拉斯一聲令下，雷納德展開行動。

不只雷納德，阿爾諾和莉緹絲也在同一時間對格蘭貝爾發動攻勢。

由三名聖騎士隊長爭取時間，再由尼可拉斯使出致命的「靈子壞滅」是嗎？

這樣的作戰計畫好像有點過頭了，但那表示尼可拉斯對格蘭貝爾保持高度戒心吧。

雷納德用華麗的劍術捉弄格蘭貝爾。

阿爾諾則正確解讀，配合雷納德出招。

莉緹絲適時輔助這兩人。

在一般情況下，光靠他們三人聯手發動攻擊就能定勝負，然而格蘭貝爾應付起來游刃有餘。

更糟的是格蘭貝爾沒有妨礙尼可拉斯詠唱，而是用堪稱典範、行雲流水的動作對付那三人。

臉上神情不慌不忙，面對三人的攻勢一滴汗也沒流。

層次完全不同——這是我發自內心的感想。

尼可拉斯的詠唱只剩最後一節。

他藉著詠唱干涉世界，展開層積型魔法。待在由咒文編織而成的光之牢獄裡，格蘭貝爾處之泰然。等「靈子壞滅」完成，那道閃光無從防禦。快達光速的絕對速度連靈魂都能打碎。

照理說應該是這樣。

可是這個常識卻遭到顛覆。

「嗯，詠唱得非常好。對於領會魔法之流向，大概沒有更甚於此的吧。」

格蘭貝爾用冷酷無比的聲音道出這句話。

說話方式高高在上，就好像老師對學生。

緊接著——聽到這句話，日向臉色鐵青地輕喃「難道……」。她似乎察覺什麼，卻來不及告訴尼可拉斯。

「受死吧，靈子壞滅（Disintegration）！」

一道閃光射出。

筆直射向格蘭貝爾——不料軌道突然改變，被格蘭貝爾手上的劍吸收。

事情就發生在剎那間。

就連加速百萬倍的感官機能都難以捕捉。

可是我知道。

清楚剛才發生什麼事……

因為我曾經看過那個招式。

這是究極聖劍技「崩魔靈子斬（Melt Slash）」——日向開發的最強奧義。

「——大家散開！」

雷納德等人按日向之令做出反應。

動作俐落到不辱高手之名，但還是太慢。

格蘭貝爾將崩魔靈子斬打散。光這個動作就讓衝擊波呈扇型放射。

日向在那瞬間衝出，在尼可拉斯前方接下格蘭貝爾的劍。動作快到令人佩服，然而光只是這樣無法徹底抵擋格蘭貝爾的攻擊。

日向正面接下崩魔靈子斬，被打飛的她撞上尼可拉斯。她本人沒事，但尼可拉斯受了重傷。假如日向的劍不是傳說級月光細劍，兩人早就一起灰飛煙滅了吧。

此外雷納德等三人也被餘波打飛，全倒臥在地。看來剛才那一擊已經把他們打昏了。

「你……你們沒事吧！」

想也知道，無人回應。

日向瞪視格蘭貝爾，臉上顯露些許焦急色彩。似乎連冷靜沉著的日向都沒料到這個格蘭貝爾有那般實力。

有人告訴她答案，是理當與她為敵的格蘭貝爾。

「嗯。居然連一個人都沒殺成，看樣子我的身手大不如前。你們要感謝那個魔王呢。」

「啊？你說什麼……」

日向朝我瞥了一眼，接著便恍然大悟並恢復冷靜。

「這樣啊，是你救了我們。謝謝你，利姆路。」

不客氣。

我朝日向輕輕地點了個頭。

對，雷納德他們頂多只有昏倒而已，多虧我出手相救。感到不妙的瞬間，我發動「絕對防禦」。否則這三人也會灰飛煙滅吧。

原以為能完美抵擋，看樣子我想得太美。

究極技能「誓約之王烏列爾」的「絕對防禦」能抵擋所有攻擊。雖說也有例外，好比是優樹的「能力封殺」，不能過度仰賴，可是其性能依然高到值得信賴。

不過，就算用在自己身上很完美，要對他人使用，而且還是同時對好幾個人用「絕對防禦」，準確度似乎會衰減一些。

我的話，就算有些攻擊沒防到也沒關係，因為有「無限再生」。再說因為受傷也會再生，能實現完美防禦。

但是雷納德他們不一樣。我的「絕對防禦」有些沒擋到，產生的少許餘波就會讓他們進入瀕死狀態。

簡直是千鈞一髮。

「沒想到除了我，還有其他人學會崩魔靈子斬。讓我有點驚訝。」

「嗯，真是傲慢的想法，日向。經歷漫長的歲月，有不少人都能達到妳的境界。」

好吧，我也會用。

不過我這邊是智慧之王拉斐爾擅自「解析鑑定」就學會了。

話說回來要把崩魔靈子斬用得爐火純青，前提是必須將「靈子壞滅」融會貫通。如果有好幾個人都達到這種境界，那麼對人類似乎就得刮目相看了。

不，仔細想想是有那個可能性。

有能夠封印維爾德拉的「勇者」，因此出現強大的人類也不奇怪。連我都變成魔王了，不得不小心提防。

現在好像不是悠哉想那種事的時候。

「這裡頭似乎還有聖騎士隊長。這點程度的攻擊就讓他們進入瀕死狀態，未免太沒用。總之你們這些傢伙跟過去的劍聖根本沒得比。更不是我的對手。」

格蘭貝爾如此宣告，他似乎相信事情就像自己說的那樣。換句話說，他當著日向的面說她不是對手。

「你說的話還真可笑。那就麻煩你當我的對手吧。」

做出回應的日向臉上帶著冷笑。這邊這個似乎也認真起來了，那樣就沒有我出場的餘地。

原本是這麼想的，結果這想法也太天真。

大聖堂那邊突然傳出劇烈的爆炸聲響。

「是蘭斯洛嗎？我命令他破壞大聖堂，看樣子正大肆破壞呢。」

「什麼？你這傢伙……」

孩子們跟塔克多等人都在大聖堂裡。

雖然有派紫苑、迪亞布羅和其他護衛，但他們若在那裡打起來，那些人怕會遭受波及。我想盡快收拾格蘭貝爾，若要這麼做或許得先排除礙事的傢伙。

打定主意後，我打算「傳送」到大聖堂。

不料卻被格蘭貝爾用一句話打斷。

「魔王利姆路，就讓這些人當你的對手吧。某些人搞不好跟你同鄉，你就好好享受吧。」

好幾個人聽令於格蘭貝爾現身。

同鄉這個字眼令人在意，我馬上就知道那是什麼意思了。

年齡層分布甚廣，有各式各樣的人種。乍看之下雜亂無章，本質上卻有一個共通點。那就是每個人的魔素量都比一般人高。

「是『異界訪客』啊。原來如此，某些人搞不好跟我一樣是日本人。」

唔，現在沒空在那裡悠哉了。

因為十名以上的「異界訪客」不約而同朝我殺過來。

看樣子他們跟古蓮妲一樣，都被「咒言」支配，連自由意志都被剝奪。在這種狀態下，光只是解除「咒言」，他們也不會住手吧。

可是……

「咯咯咯，你真的要跟他們打嗎？那些人只是被我操縱喔。」

這個陰險的傢伙。

刻意告訴我這點，想必是為了封住我的行動吧。

雖然不甘心，但這是非常有效的手段。

「我聽說你很容易心軟。有辦法對無辜的人痛下殺手嗎？還是會把這個看成是一場戰爭，選擇自保？如果你要那樣也無妨。」

格蘭貝爾只把召喚過來的「異界訪客」當成武器看待，而且認為他們的價值等同單純的消耗品。

就算我現在把他們都殺了，他也會像剛才說的那樣，完全不會感到困擾吧。

真的是非常難纏的對手。

他對我做過深入研究。

若是由迪亞布羅或紫苑對付這些人，他們早就被人毫不留情地收拾乾淨。從這個角度來看，遇上我不知該算他們運氣好，還是運氣差……

「哎呀，可惡！麻煩死了——！」

現在沒空煩惱。

動作不快點，孩子們就危險了，而且傷亡還會繼續擴大。

事到如今，方法只有一個。

那樣很麻煩，但我只能一一解除他們的「咒言」，把他們打暈且不取他們的性命。

就這樣，我也遭這場戰事波及。

＊

跟我來自同一個故鄉的人朝我發動攻擊。

搞不好有些訪客不是來自地球，而是來自別的次元，或者是其他的世界？

會去想這些表示我找回從容了吧。

「異界訪客」身體機能很強，而且不知道他們擁有什麼樣的特殊能力。用不著多說也知道他們很危險，但是對現在的我而言並不構成威脅。

就算我毫無防備，派那個古蓮妲還是傷不了我吧。

「絕對防禦」和「無限再生」加在一起就是這麼萬能。

棘手歸棘手，頂多也就這樣。

花點時間就能把他們全部癱瘓，而且大家都不會受到傷害。我並沒有輕敵，但我真的這麼想。

畢竟我有智慧之王拉斐爾，不會有機會輕敵。

有鑑於此，我將龐大的運算能力分出一部分，開始觀察四周的狀況。

首先是在不遠處作戰的日向。

格蘭貝爾不再說話，用優雅的動作與日向比劍。

跟日向一樣，武器只有細劍。

右手拿著劍，左手盤在腰後。似乎只有放魔法的時候才會連右手一起用。

「嘖，原來你當日曜師的時候一直在隱藏實力？印象中你最擅長赤手空拳跟人打近身格鬥，原來劍技也很高超。」

「呵呵！我精通所有的武器。只是以前不需要用到那麼多罷了。」

「哎呀，原來是這樣。那就讓我弭除這份從容吧。」

日向從一開始就毫無保留。看她使用月光細劍就知道了。

令人納悶的是格蘭貝爾那把劍。

能用來跟日向交戰就表示那把劍不尋常。

《答。關於那把劍的等級……受到妨礙，解析失敗。推測在傳說級以上。》

鑑定結果令人驚訝。

最近智慧之王拉斐爾從未失敗。

沒想到結果是這樣。
看樣子我可能太小看格蘭貝爾。
我猜應該不至於，但搞不好——連日向都打不贏？
不，再怎麼說也不可能……
不可能有那種事，可怕之處在於我無法如此斷言。
就連智慧之王拉斐爾都無法看穿對手的技量。
日向跟格蘭貝爾的對決固然令人在意，別的戰事卻更令我掛懷。
大聖堂那邊疑似發生激烈戰鬥。
我提高「魔力感知」的精確度，關注那邊的狀況。
那裡有個身穿黑色鎧甲的男子。
令人驚訝的是同時對付紫苑和迪亞布羅，他竟連一步都沒有退讓。
啊，怪不得。
那傢伙的魔素量居然比紫苑和迪亞布羅相加還多。
「太扯了吧，喂。居然有那種隱藏王牌，比一般的魔王還強。」
「這是當然的。為了對抗魔王軍，還有跟人類敵對的魔族，不管有多少王牌都無法放心。」
聽到我的自言自語，格蘭貝爾出聲回應。
你還在跟日向作戰卻有這種餘力，我好驚訝。但是機不可失，既然他都回答了，就請他透露更詳細的情報吧。
還可以順便讓他分心，可謂一石二鳥。

「那傢伙應該比扮演魔王的羅伊更厲害吧？也比你強不是嗎？」

我問格蘭貝爾的語氣稍微帶點挑釁意味。

「他的名字叫蘭斯洛。是跟我有千年交情的朋友。」

格蘭貝爾用平實語氣回答我的問題。

日向都沒有說話，八成察覺我的意圖了。她似乎沒有出手干涉的意思，我繼續照作戰計畫走。

「原來是朋友啊。可是那個蘭斯洛先生看起來不像人類呢。」

「那又如何？」

被人如此反問，我一時間不知道該怎麼回答才好。雖說我只是想套出他的真面目，知道他不是人類也算有收穫……

「不，沒什麼……」

我好像被人堵到沒話說，感覺有點懊惱。

「蘭斯洛是長生種，是我全盛時期的好夥伴。比聖騎士隊長強上許多，由你的部下出面作戰應該會很吃力。」

格蘭貝爾說得沒錯，紫苑和迪亞布羅似乎陷入苦戰。

原以為有迪亞布羅在用不著擔心，這樣想是否也太天真？

不，他的樣子實在很不對勁。

不知道為什麼，迪亞布羅那傢伙看起來不太專心。

《警告。偵測到異常的空間扭曲。這是有人要透過「空間轉移」出現的前兆——》

這時智慧之王拉斐爾突然發出警訊。

如果不是很嚴重的事情，它不會警告我，所以情況應該已經很危急了。

既然這樣，現在作戰就不該有所保留。

迪亞布羅恐怕是在注意這個異常現象吧，所以跟人對決才不專心。

『蘭加，你在嗎？』

『頭目，我在這兒！』

有了！

他大概在我的影子裡睡覺。

『我要你過去暗中掩護紫苑！』

『遵命。』

蘭加開「影瞬」潛入紫苑的影子裡。

看到準備都已就緒，我接著發出下一個指令。

『迪亞布羅，你在注意別的事情吧？』

『失禮了，利姆路大人。陷入苦戰是不被允許的失職表現，但事實上這個人比預料中還強。是很少見的種族蟲型魔獸，且為完全型態，對我們惡魔族來說就像天敵。』

根據迪亞布羅所說，蟲型魔獸是擁有精靈之力的異次元魔獸。有時也會出現在這個世界裡，進化成人型的個體更為罕見。

即使如此，迪亞布羅還是有勝算，但現況是他遲遲沒有擺平對方。換句話說，讓迪亞布羅耿耿於懷的「原因」更不妙。

那個讓他耿耿於懷的原因正要透過「空間轉移」過來，如今只能拜託迪亞布羅對付那樣東西。

『紫苑，妳都聽見了吧。迪亞布羅居然會找藉口，想必事態嚴重。』

當我這話一脫口，我感覺到迪亞布羅似乎很內疚。他平常絕對不會找藉口，我馬上就看出這傢伙在隱瞞些什麼。

為了讓迪亞布羅自由行動，這裡就拜託紫苑和蘭加幫忙吧。

『現在蘭加就躲在妳的影子裡。我要你們兩人同心協力打倒那隻蟲型魔獸——蘭斯洛。』

『用不著等您下令！』

『我不會辜負頭目的期待！』

紫苑似乎也發現迪亞布羅不太對勁。就算我不下令，她也會做出相應處置吧。可是這樣一來紫苑就要獨自一人對付強敵蘭斯洛，將會陷入危機。

並非對紫苑沒信心，我只是想盡可能採取安全的對策。兩人聯手或許卑鄙，但實際跟人作戰就要以百分之百獲勝為前提。

『迪亞布羅，你先去處理讓你擔心的事。還有你要更信賴夥伴，懂得依賴他們。』

『——！咯呵呵呵，遵命。看來我有點自以為是。那麼，我這就去排除問題！』

不是有點，是太過自以為是。

不過他總算找回平常的步調，太好了。

『那我們開始行動吧！』

『『『遵命！』』』

我有點生疏地下令，這三人爽快回應。
再來只要相信他們會帶來最棒的結果就好。
我將注意力拉回目前仍在處理的「異界訪客」癱瘓行動上。

●

「咯呵呵呵呵，全都被利姆路大人看透了啊。都騙不了他，真是的。」
「第二祕書，那種事還用得著說。先別管那個，快點去把擔憂的事情了結吧！」
「這是當然。妳應該注意到了，那個叫蘭斯洛的人比妳強喔。真的沒問題嗎，第一祕書小姐？」
「呵呵呵，真沒想到你會擔心我，第二祕書──不，迪亞布羅。我承認你很強，比我還強。所以不管面對什麼樣的敵人都要打倒，以免增添利姆路大人的煩惱！這才是你的職責所在吧？」
「──！咯呵、咯呵呵呵呵。沒想到妳會叫我的『名字』──」
「快去吧！這裡交給我就行了。」
「不是因為利姆路大人下令，我也打從心底信賴妳，紫苑小姐。」
「叫我紫苑就好。被你加敬稱只覺得噁心。感覺不是出自真心啊。」
「咯呵呵呵呵。那麼紫苑，祝妳旗開得勝。」
「你也一樣，迪亞布羅。」
紫苑和迪亞布羅並未眼神交會，只聊了短短幾句就互相認可。這兩個人自尊心都很強，但其實從一開始就認可對方的實力。

迪亞布羅邁開步伐。

連頭也不回，對自己的副手淡淡地下令。

「威諾姆。你拚死也要──不，你死掉也沒關係，一定要保護這些孩子。」

話說利姆路下的命令，其中並未包含對迪亞布羅部下的指示。既然這樣就沒什麼好顧慮的。重要的就只有孩子們跟樂團成員──迪亞布羅冷靜地判斷。

「啊，是。」

真希望他也多關心我們一點──威諾姆心想。

可是他沒笨到把這種話說出口。

要是他講出那種話，還沒被敵人幹掉就會先遭迪亞布羅消滅吧。

再說──

（沒關係，紫苑大人和蘭加大人好像要去對付那個狠角色，如果只是保護這些人，光靠我們也綽綽有餘。比跟迪亞布羅大人作戰還輕鬆──）

這才是威諾姆的真心話。

「祝您武運昌隆，迪亞布羅大人！」

「閉嘴。用不著你操心。」

難得威諾姆開口祝福，卻被迪亞布羅冷著聲駁斥。

（算了，這位大人就是那樣……）

被人強行抓去當部下的事在腦海中閃過，威諾姆趕緊將那些念頭甩開。要是一臉不滿的樣子被迪亞布羅撞見，不曉得會有什麼下場。

威諾姆換個心情，專心執行任務。

迪亞布羅則將之後的事託付給夥伴們，離開戰場。

他瞄準目標「傳送」過去。

這個地方離大聖堂有一段距離，是位於魯貝利歐斯國外的荒野一角。

一名身穿暗紅色女僕裝的藍髮美女出現在那兒。

她腳邊倒了幾名聖騎士。

就連號稱一騎當千的人類守護者對她來說都不值一提。

「好久不見，純黑。你都不快點過來，害我一直等你。」

「我感覺到熱烈的殺意，但剛才有幾分鐘忙不過來，無法抽身。對了，請妳叫我迪亞布羅。青之始祖——不對，妳已經得到萊茵這個名字了嘛。」

藍髮美女——萊茵聽到迪亞布羅做此回應便滿意地笑了。

「對。在我們這些始祖中最強的赤紅始祖、偉大的金大人替我取了萊茵這個名字。你是由來路不明的雜種魔王命名，我跟你不一樣。」

「啊？妳活得不耐煩了？不對，妳想從這個世界上消失吧。咯呵呵呵，就讓我成全妳吧。」

臉上依然帶著笑容，迪亞布羅眼裡的笑意卻消失無蹤。金色眼珠裡的紅色瞳孔變細，將萊茵當成獵物鎖定。

「我們來打吧，迪亞布羅！啊啊，好期待。自從知道你在東方大地上跟純白始祖交手，我就一直很想跟你對決。」

「無聊。若妳覺得自己夠格當我的對手，那妳就搞錯了。」

「為了確認這點，我們快點開打吧！」

這話一說完——不對，話聲未落，萊茵就有所行動。

那手刀比音速還快。

然而卻被迪亞布羅伸手輕輕一揮就擋開了。

萊茵好高興。

她如今終於能身體力行，實現長年以來的願望。

（對，這樣就對了。一下子就打完，我會很困擾。同樣是始祖，你太過自由。沒有構築派系、一點使命感也沒有，惡魔族都想獲得肉體，你卻對此心願嗤之以鼻……）

說萊茵在嫉妒迪亞布羅也行。

他那樣過活，讓重視法律秩序的萊茵忍無可忍。

除此之外，迪亞布羅還——

（不可原諒，他跟金大人打成平手。卻不想變得更強，整天遊手好閒。惡魔族就該循正當規則獲得肉體，把進化當成目標！）

為了發洩長年以來的不滿，萊茵使出渾身解數朝迪亞布羅進逼。

迪亞布羅——黑暗始祖是很特別的惡魔。

在遙遠的太古時期。

紅與黑為了爭奪最強的寶座而爭戰。

最後打成平手，之後兩人的際遇很不一樣。

赤紅來到物質界獲得肉體，取得莫大的力量。

可是黑暗始祖卻像在否定進化，不管過多久都沒有任何改變。

白、黃、紫這三人則情非得已。

因為她們老是在妨礙彼此，不讓對方進化。

三方力量互相牽制，永遠維持均衡。

照理說黑暗始祖不受這些事情限制，但他彷彿將其他六色當白痴看待，樂得忠於自我。

就這樣，好幾萬年的時光過去。

正因如此，萊茵無法原諒迪亞布羅。

他我行我素、愛幹嘛就幹嘛，自由自在地過活。而且還被最強的金認可，萊茵無法原諒這樣的迪亞布羅。

「啊哈哈哈哈！正如你所說，老是逃避不叫作戰。你真的只擅長逃跑呢。」

「咯呵呵呵呵。就跟妳說了，別搞錯。就妳這點程度，我用不著拿出真本事。而且我也沒有逃跑的意思。」

「輸不起是嗎？我看你是剛獲得肉體沒辦法使出全力吧，這個不能拿來當作藉口喔。」

萊茵用拳頭擊發魔力彈。

魔力彈干涉世界規律，轉變成核擊魔法「熱線砲」。

萊茵行使魔法不須經過咒文詠唱。

不過，這點迪亞布羅當然也預料到了。他不慌不忙，靠魔法抵銷將凶殘的核擊消滅。

層層疊疊的魔法結界與迎擊術式。它們彼此互相突破，給對手致命一擊。這就是高階惡魔的對戰方式。

不需要經過浪費時間的咒文詠唱，他們兩人施展超高規格的術式。

隨著時間流逝——

「真、真是不敢置信！你、你邊跟我作戰邊畫這個嗎？」

「妳說對了，萊茵。跟妳對決之於我就像在辦公。還沒打就知道誰勝誰負，連遊戲都稱不上，無聊透頂。」

萊茵非常震驚。

勝負早就見分曉了。

萊茵身邊出現由發光咒文組成的層積型魔法陣。就在這一刻，迪亞布羅打個暗號，那便出現在半空中。

被那個魔法陣捉住，萊茵動彈不得。只要她稍微動一下，迪亞布羅就會讓魔法發動。

那個魔法術式正是——

「這個是多段式『靈子壞滅』……？這、這種魔法是惡魔的剋星，相當危險，你可能也會粉身碎骨，為什麼你會用這種魔法——！」

迪亞布羅對這樣的萊茵冷眼垂望。

他心想「連這種東西都搞不懂」，冷冷地為萊茵默哀。

「真無趣。對主子的信仰夠深，連靈子都能支配。這可是常識喔。」

「你腦子有問題呀！哪來那種常識——！」

「那不重要。差不多該送妳上路了。膽敢愚弄我美麗的主子利姆路大人，定要讓妳痛不欲生，為這個罪行好好反省。」

緊接著七道光芒射出。

這些光箭光只有一道就蘊含不容反抗的破壞力，來自四面八方，張牙舞爪地襲向萊茵——

●

魯米納斯打心底感到焦躁。

在這個音樂交流會的會場裡，她還邀請魔王利姆路，造反的格蘭貝爾卻在此撒野。犯下如此難堪的失誤還是建國以來頭一遭。

她只想立刻趕到大聖堂，親手將那些礙事的傢伙殺個片甲不留，但出於本能的直覺和理性卻讓她收手。

看到敵人像那樣大肆破壞，肯定是在聲東擊西。

路易和岡達隨侍在魯米納斯身側，兩人不敢吭聲，深怕替主子的怒火火上加油。

然而在一片平靜無波下——

跟魯米納斯一樣，他們的內心也不平靜。可是該把什麼擺在第一位，他們並沒蠢到會做出錯誤判斷。

假如格蘭貝爾負責牽制，他的目的是什麼？

（如果是那傢伙，他知道妾身很寶貝那個聖櫃吧。那麼也有可能是想解放「她」——）

聖櫃是魯米納斯的祕寶。

可是還有更大的理由，讓她無論如何都得守住聖櫃。

格蘭貝爾也是知道那個理由的其中一人，不太可能會瞄準這個聖櫃。即使如此，魯米納斯還是相信自己的直覺。

而且她猜中了。

這裡是最深處的房間。

照理說沒人知道有這個墓室存在，卻出現不速之客。

「搞什麼鬼，窩們入侵的事穿幫啦。或者只素這裡的戒備太過森嚴？」

「呵呵呵，真令人遺憾。不過這裡有個看起來很有趣的獵物呢。我們稍微大鬧一場也沒關係吧？」

「這倒無所謂，可素你要小心。那個美女不素一般人。窩猜妳八成就素魔王魯米納斯？」

兩名入侵者闖進來，說一些狗眼看人低的話。

拉普拉斯和福特曼，他們正是入侵者。

那個無論如何都得守住的聖櫃前方放了一張長椅，魯米納斯優雅地躺臥在上頭，目不轉睛地看著他們兩個人。

這兩名對手乍看之下似乎不敵魯米納斯，整體感覺卻讓人不敢輕忽。

沒有將那些激烈情緒表現在臉上，魯米納斯莊嚴地開口：

「——准你們報上姓名。」

拉普拉斯先回應魯米納斯。

早已料到他們會入侵著實令人驚訝，但是格蘭貝爾早說過會有這種可能性。為了因應這點，他們甚至派人過來。

那個人替拉普拉斯一行人帶路，突破架設在中途的多道防衛網，順利來到這個地方。

「初次見面。窩素『享樂小丑（Wander Pierrot）』拉普拉斯，擔任萬事屋『中庸小丑幫』的副會長。這位素福特曼。」

拉普拉斯用調皮的語氣打招呼，動動身體跟福特曼打暗號。

「呵呵呵。我是『憤怒小丑（Angry Pierrot）』福特曼。雖然認識不深，但還是請妳多多指教。」

面對魯米納斯等人，受人引介的福特曼也不為所動。

因為他的想法很單純。

打倒敵人——只想著這件事，福特曼靜待拉普拉斯打暗號。

「哦，對，還有另一個人。進來唄。」

拉普拉斯一叫，門口那邊又出現一個人。

一名金髮美女現身。

「……」

「她不愛說話。名字好像叫——」

「妾身曾經見過妳。對了，妳是格蘭貝爾深愛的女子——瑪麗亞·羅素吧。」

「對對對，就素那個瑪麗亞！什麼嘛，原來魯米納斯大人認識她？」

被這麼一問，魯米納斯露出不悅的表情。

「你這傢伙，少在那裝熟。自我介紹也結束了，這樣就不會留下任何遺憾。接下來沒什麼好談的，用拳頭溝通吧。」

魯米納斯的忍耐力已經瀕臨極限。發現還有人躲著才忍住沒發作，可是看到「最後的那個人」現身，她再也忍無可忍。

「搞什麼，妳這個人還真性急。招呼素打完哩沒錯，但還有一樣，格蘭貝爾要窩們傳話給妳。」

「哦？」

「那窩要說嘍？『我在上面等妳。魔王魯米納斯啊，跟我一決勝負吧。不快點過來，妳很看重的那些人都會死喔。』他的話大概素這樣。目前應該在跟那個怪物——聖騎士團長日向對決，贏的人究竟會是誰咧——」

拉普拉斯滔滔不絕說個沒完，路易銳利的一擊讓他閉上嘴巴。

那是因為魯米納斯一隻手向下揮，命令手下開始進攻。

「殺死我弟的人就是你吧？」

「嘖，別人講話要聽完啊！好，算哩，順便回答你的問題。沒錯，就素那樣。窩把跟你長得一模一樣的羅伊宰掉啦！」

「嗯。我對報仇這檔事沒興趣，但是機會難得，就趁機證明一下，看你是不是真的比我弟優秀。」

路易說完就盯上拉普拉斯。

「那我的對手就是你吧。可別讓我太無聊，小伙子！」

「呵——呵呵呵！那句話該我說才對！」

岡達與福特曼視線交錯，緊接著他們就衝出墓室。也不管會為周遭帶來多大損害，沉浸在屬於他們兩人的對決裡。

「路易跟岡達真教人頭疼。平常都很冷靜，一跟人對戰就變得血氣方剛。不過，妾身也跟他們一樣。格蘭貝爾啊，你等著。就算你派出最後的王牌也無法阻止妾身！」

魯米納斯也不例外。

用銳利的目光看向不發一語、羸弱佇立的瑪麗亞。

「死人——應該不是吧。格蘭貝爾還沒放棄嗎？瑪麗亞已經死了。就算妾身用神的奇蹟『亡者復活』也沒用，失去的靈魂不可能救回。他卻……」

魯米納斯靜靜地自言自語。

沒錯，站在眼前的女子不是瑪麗亞。

是長得像她的某種東西。

「那好吧。讓妾身親手送妳上西天。」

身上燃起熊熊妖氣，魯米納斯跟著站起。

接著魯米納斯和瑪麗亞順勢開打，速度快到一般人無法看清。

獲勝的人會是魯米納斯，或是長得像瑪麗亞的不明物體？

就這樣——

墓室裡只剩下聖櫃。

怕傷到墓室，大家都從那裡開。

早已看穿這點，一名少年從黑暗中現身。

「啊哈哈，沒想到計畫實現起來這麼簡單。果然是真的，就跟格蘭貝爾說得一樣。」

在那嗤笑的人是優樹。
沒有將格蘭貝爾給的情報照單全收，他消聲匿跡跟來。徹底隱藏聲息，甚至騙過魯米納斯的眼睛。
優樹平常都保留了些許氣息。這樣若是遇到突發狀況就能徹底隱藏。
不少人都能感應到氣息。就算面對這樣的對手，一旦讓他們誤認自己的實力在之上，他們就容易掉以輕心。
看準這點，優樹時常暗中謀劃。
日積月累的修行能在重要場合上開花結果。
這次也不例外。
完全不費吹灰之力，優樹將標的物弄到手。
「這就是聖櫃嗎？」
他輕輕地伸手，用手觸碰美麗的冰棺。
「哦，這是……原來聖棺是這麼一回事？純粹由靈子構成物質體，原來可以創造這樣的東西……」
幸好有來——優樹心想。
其他人大概連這個聖櫃都摸不著吧。
那具棺材大概會把魔力燒盡，對「能力封殺」卻沒有任何影響。如果是優樹，他有辦法偷走這個聖櫃。
就這樣，優樹毫不猶豫地打碎聖櫃。
魯米納斯拚命想守護的祕寶，就此被人輕易破壞。
一名美麗的少女在聖櫃裡沉睡。

她就是優樹要找的「勇者」吧。

「哎呀，這女孩身上也下了封印啊。反正對我沒用……晚點再解除就行了吧。」

保護得真周到，優樹在心裡暗自苦笑。

比聖櫃更強力的「結界」覆滿少女的身體。

等回去再慢慢解就好。一面做此判斷，優樹的目光不經意落在少女臉上。

「話說回來，這個女孩是誰啊？感覺好像在哪看過——唔，那怎麼可能。」

年紀大概在十六歲上下。

銀黑色長髮滑順地蓋住重要部位，看起來就像新生兒，身上一絲不掛。

「唔——這樣可能會被人說成是在性騷擾，可是現在管不了那麼多了。」

小聲說完，優樹抱起那個美少女。

「『勇者』也弄到手了，那我就快點逃走吧。」

話說到這裡，優樹露出一抹邪惡笑容，迅速離開現場。

——話說「勇者」為什麼會睡在聖櫃裡？

真的如格蘭貝爾所說，是決戰兵器嗎？

姑且不論那些，格蘭貝爾的目的是什麼？

優樹這個人很多疑，可是他太過優秀，因此變得自以為是，認為什麼事都有辦法解決。

也因為這樣，僅管心中有些許疑慮，他還是決定跟格蘭貝爾合作。

自己做的事會導致什麼樣的事情發生，現在的優樹仍無法想像。

「異界訪客」們宛如喪屍般來襲。

我小心謹慎地將他們一一癱瘓，不取任何人的性命。

以我目前的力量來看，這點程度的對手就算來一百個也不會陷入苦戰。頂多只是解除「咒言」很麻煩罷了。

話說回來……

這些「異界訪客」令人在意。

我集中精神觀察，他們確實擁有大量魔素。

身體機能也很強，某些人的強度甚至來到A級。

可是不知道為什麼，不覺得他們有這麼強。

一開始以為是實力差距的關係，但是看樣子原因不只這個。

被格蘭貝爾奪去自由意志應該也是原因之一吧。不過，還有其他的——

《答。在這場戰鬥中，大家都沒用獨有技。》

啊，就是這個！

我懂了，原來是這樣。

跟我對打的人都沒發動特殊攻擊，所以我只要靠一些單調的作業就能癱瘓他們。

這麼說來，雖然有那麼多的「異界訪客」，但是大家都沒獲得獨有技是嗎？

還是他們對我手下留情？

不管真相是哪個，感覺都怪怪的。

總之無論格蘭貝爾的企圖是什麼，先把他打倒不就得了。

打定主意後，我朝最後一個人逼近。

看起來還是年幼的女孩。似乎已經超過十歲了，這年紀勉強能讓魔素安定吧。

這孩子也是空有那股力量，但僅只如此。我用熟練的動作「解咒」。

進展順利。

當她回復意識似乎對眼下情況感到困惑，但現在沒空在這慢條斯理地解釋。我將她的意識切斷，讓她跟其他人躺在一起。

這樣的孩子有好幾個，說真的很難下手。格蘭貝爾看起來一點都不關心他們，而我還是想辦法搞定。

他的目的大概是爭取時間吧。

若是我認真起來，把他們全都殺掉不用花太多時間。從這方面來看，格蘭貝爾已經達到他的目的。

不過這樣一來，用來與我作戰的「異界訪客」都被癱瘓了。不曉得他爭取時間有何打算，可是只要快點讓這場戰爭結束，那些都不重要了吧。

做此判斷後，我瞥向戰場把握戰況。

孩子們平安無事，暫時可以放心。

雖然面臨這樣的狀況，塔克多他們還是認真練習演奏。該說他們膽子很大嗎？將精神放在某件事物上能沖淡不安，這樣或許也不失為一個好方法。

日向跟格蘭貝爾的對決仍勢均力敵。

果然是高手。

說那是超高速戰鬥恰如其分，兩人憑藉高超的戰鬥技巧交手，不容許任何一絲失誤發生。一不小心出錯招可能會讓平手局面瓦解，一口氣分出勝負。晚點再來關注似乎比較妥當。

紫苑和蘭加被蘭斯洛壓著打，但優劣差距並不懸殊。

紫苑任蘭斯洛攻擊，但那是因為所有的傷都能自動恢復。

「超速再生」真的很犯規。就算實力多少有些差距，還是能靠這招顛覆吧。

蘭加則專心攻擊。

他躲在紫苑的影子裡，專攻蘭斯洛的死角。同時放出「死亡風刃」和「黑色閃電」等魔法攻擊。

巧妙的戰鬥方式令人佩服，問題在於那些攻擊對蘭斯洛不管用吧。

不，蘭斯洛很不一樣。

我到現在才想起來，說到這個蟲型魔獸，跟阿畢特和賽奇翁是同種族。

那些複眼似乎能看清所有的死角，就連被蘭加偷襲都能輕易避開。

基本上，半吊子攻擊是行不通的。

看起來像黑色鎧甲的東西其實是外骨骼，比鋼鐵還要堅硬。光靠左手的外殼就能接住紫苑那把大劍。硬到很誇張的地步，不瞄準關節攻擊是沒用的。而且還能反彈蘭加的魔法，由此可見表面有類似「魔力妨礙」的效果。

原來如此，怪不得迪亞布羅打得很吃力。迪亞布羅擅長使魔法，蘭斯洛確實是他的剋星。話雖這麼說，迪亞布羅應該還是有辦法搞定。

不只物理，還囊括魔法。

這兩種屬性上都有優勢，蘭斯洛確實不簡單。

沒想到這麼厲害的傢伙居然沒有任何野心，只為格蘭貝爾賣命……

好吧，就算紫苑和蘭加難以對付他，我應該也能想辦法搞定。

想到這兒，我正打算過去對付蘭斯洛——

我朝大聖堂的入口看去，不禁進入備戰狀態。

不只是我，連日向和紫苑等人都大吃一驚。

這也難怪。

畢竟不應該出現在這裡的魔王雷昂就站在那邊。

白袍底下穿著高質感的騎士服和黃金鎧甲。還是老樣子，是個美型男，只是現在看起來似乎心情很差。

雷昂不是一個人，背後還跟著好幾名騎士。

他們身上散發強大的氣場，看來帶的盡是些幹部。

他來這裡究竟是想幹嘛？

是敵是友？

我想應該不可能跟我們站在同一陣線，但我可不想在現在這個節骨眼上與雷昂為敵。

「你來啦，魔王雷昂大人。還有日向，跟我對打有空看別的地方，看來妳還有不少餘力嘛。」

有餘力的是格蘭貝爾吧。

他完全不為所動，沒有趁機攻擊日向，看上去泰然自若。不過，就算他趁人之危，日向展露的破綻也有可能只是個陷阱。

既然要打這種高水準的戰鬥，如果沒有用正當的方式打贏對手，贏得勝利可能也不被認可。

總而言之，格蘭貝爾早就知道雷昂會來。照他說話的樣子來看，肯定是這樣沒錯。

也就是說，這兩人是一夥兒的。

「少跟我裝熟。你是誰？」

「對了，這是我們第一次見面嘛。你之前買的那些孩子都是我四處蒐集來的。這次還勞煩你移駕此處，不好意思。」

「……」

也許他們並未串通？

看樣子雷昂跟格蘭貝爾似乎是第一次見面。

然而那有可能是在演戲……

這麼說來，被我打倒的「異界訪客」大多還未長大成人，都是年紀跟中學生差不多的孩子。莫非格蘭貝爾說的是——

「你在說什麼？我不是來找你的。我會來這是因為——」

「哎呀，我是靠你教的術式召喚那些孩子呢。你要主張自己什麼都不知情嗎？你不就是想利用還未安定的異界孩子們增加部下，讓他們變成精靈使者嗎？為了打造跟那個井澤靜江一樣的強韌戰士。」

我彷彿遭到當頭棒喝。

日向也不再出劍，在格蘭貝爾跟雷昂間來回張望。

《警告。有危險。個體名「格蘭貝爾．羅素」疑似要用花言巧語讓主人與魔王雷昂敵對。》

我也有這種感覺。

不管怎麼看，在這跟雷昂敵對都是下下策。

所以不能聽信格蘭貝爾的話。

話雖如此──

「你以為為了叫出想要的對象，要經歷多少失敗？那些人就是答案。」

不管怎麼說，我都無法視而不見。

靜小姐被雷昂召喚，之後又被他捨棄。不僅如此，雷昂似乎還召喚了其他的孩子。

真是一大惡事，實在無法原諒。

「那些話都是真的？」

「當然是真的，魔王利姆路。只要有需求，不管是什麼樣的商品，我們這些商人都樂於提供。」

這話真讓人火大。

我又不是在問格蘭貝爾。

供給的一方也要有道德觀念才對啊。把所有的責任全推給消費者，這種行為違反我的美學。可是現在比起那個，我更想確認其他事情。

「你……不只是靜小姐，還召喚其他的小孩子？」

「對。」

「明知受不安定召喚的孩子們沒辦法活太久?」

「這——」

雷昂正想說些什麼,現場卻響起哄笑聲,把他的話打斷。

笑聲來自格蘭貝爾。

「咯咯咯,咯哈哈哈哈!太好笑了。雷昂啊,你的委託不就是要我提供『未滿十歲的異世界孩童』嗎!與其要安定召喚的『異界訪客』聽令,還不如拯救不安定的孩子,對他們施恩吧?然後再利用他們,把他們當成武器不是嗎!」

這句話充滿挑釁意味,然而格蘭貝爾的目的很明顯。他知道我容易心軟,就想盡情利用這一點。換句話說,他打算激發我的正義感,讓我對雷昂產生敵意。

不過——格蘭貝爾的話可信度很高。

若是要讓精靈寄宿在那些孩子身上,受召者必須處於格蘭貝爾所說的不安定狀態。

是因為這樣嗎?

所以雷昂的部下身上都有精靈氣息?

「……這是真的?」

「對。但那是有原因——」

「少囉嗦!始作俑者果然是你嗎!」

我喊完就朝雷昂跑過去。

不賞這傢伙一拳,我還是沒辦法消氣。

明知這是格蘭貝爾的計謀,我還是忍不住對雷昂動怒。

理由晚點再說。

先讓我打一下洩恨。

就這樣，我使盡全力朝雷昂打過去。

雷昂沒有移動。

制止打算過來保護他的部下們，雷昂用筆直的目光望著我。

是因為要對付我很簡單？還是說——

加速後的思考速度也跟不上，我的拳頭朝雷昂逼近。

雷昂一動也不動。

《——對象物無反擊徵兆，將迎面打上。》

沒有任何陷阱，下一秒，拳頭重重打在雷昂的右頰上。

「——氣消了嗎？」

這拳我使盡全力，卻不至於對雷昂造成太大傷害。嘴唇疑似被打傷，他用手帕擦擦流出的鮮血，但雷昂仍舊未動分毫。

嘖，雖說完全沒使用任何技能，但是看樣子我還是有點小看雷昂。

可是剛才那拳讓我發現一件事。

感覺這傢伙——魔王雷昂好像比想像中還要善良。照理說他沒必要讓我打，雷昂卻在毫無防備的狀態下接受那一拳，這就是證據。

他的言行給人冷酷的印象，但其實人似乎沒那麼壞。

靜小姐不恨雷昂。她很想恨他，卻怎麼樣都辦不到。

想確認雷昂的真實心意——這也是靜小姐死前的最後願望。

用不著智慧之王拉斐爾給我忠告，我從一開始就很冷靜。

我跟靜小姐做了約定。

靜小姐心中仍有遺憾，我要代替她跟魔王雷昂討這個公道。為了履行那個約定，我才利用眼下局面。

雷昂之所以會那麼做，背後肯定有原因吧。

能不能原諒晚點再做判斷。

在這種混亂的情況下，讓雷昂也與我為敵無疑是種自殺行為。

現在不是感情用事的時候。

雷昂沒有站在我這邊，也不是敵人——既然知道這點，那我的答案就是這個。

「還不夠。已經替靜小姐出氣了，但我的帳還沒跟你算。關於這點，我們『接下來好好聊聊』吧！」

好了，他有聽出我的意思嗎？

雷昂的眉毛微微抽動。

照這個樣子看來，雷昂似乎也不是傻瓜，這下我就放心了。

那我們就來好好聊聊吧。

聊聊該怎麼對付格蘭貝爾。

一面想著這些，我舉刀指向雷昂。

那模樣就跟兒時的靜一模一樣。

沒有任何的色素沉澱，肌理細緻。

髮質柔順，每根髮絲都在發光。

如今已不能稱作黃種人的樣貌，仍保有靜的原型，美貌更上一層樓。

那對金色雙眸緊盯著雷昂，一句話自粉色唇瓣逸出。

「還不夠。已經替靜小姐出氣了，但我的帳還沒跟你算。關於這點，我們『接下來好好聊聊』吧！」

利姆路雖然這麼說，但雷昂馬上就聽出他的意思。

（原來如此，他想利用這個狀況是嗎？也就是說，他對我認識不深卻不疑有他，打算相信我？這傢伙出乎意料地豪氣呢。）

不過，雷昂並不討厭。

乍看之下利姆路就像在感情用事，但這些似乎全都經過計算。而且還是為了在這種混亂情況下分辨誰是敵人，誰是朋友。

（我原本就認為不能對這傢伙掉以輕心，可是遇到這種場面，他倒是很可靠。）

一面想著，雷昂也拔出腰間的佩劍，擺出迎戰架勢。

來這裡的路上，在飛龍船裡。

雷昂收到來自祕密結社「三巨頭」用「魔法通訊」捎來的急報。
說跟其中的一個情報員聯絡不上，可能是真實身分被某人發現。
這個「某人」可能是魔王利姆路，也有可能是五大老。
也無法否認是聖騎士團的可能性。
由於那個人被抓住且聯絡不上，所以這狀況也是理所當然。每個人都有嫌疑。
當然，雷昂沒蠢到光聽這些就相信三巨頭。
也許他們精心策劃，試圖欺騙雷昂。
唯一能確定的只有一件事。
那就是目前朝聖地去等同自投羅網。
可是即使如此，也不足以讓雷昂退縮。
（就算這是陷阱也無妨，只要克蘿耶在那裡——）
不管那裡有多麼危險，雷昂都不在乎。

時間來到現在，與利姆路拔刀對戰，雷昂總算冷靜下來。
他觀察四周，努力掌握狀況。
戰場混亂到令人驚訝的地步。
就連分辨敵我都很困難。
護衛雷昂的魔法騎士團精銳也在不知不覺間捲入戰爭。
被人巧妙誘導，開始跟聖地防衛隊交手。

『繼續防禦，絕對不能把對手殺掉。』

『遵命！』

雷昂用「魔法通訊」對銀騎士阿爾羅斯下令。雖然走的是加密迴路，但是在這就算被人竊聽也不奇怪。他已經有心理準備，只下了後續不會造成問題的命令。

不管怎麼說，雷昂在這都像來攪局的。

對魔王魯米納斯來說，雷昂是不速之客。就算採取報復行動也在情理之中，這樣想一點也不奇怪。這種時候，為了讓情勢盡量有利於我方，雷昂想盡量將死亡人數壓到最低。

（話說回來，那個魯米納斯跑哪兒去了？）

在大聖堂的入口附近，雷昂與利姆路正在對打。

聖騎士團長日向在不遠處對付格蘭貝爾。

後方則是一同參與魔王盛宴的紫苑與蘭加在和蟲型魔獸蘭斯洛激戰。

這塊土地的統治者魔王魯米納斯不可能容許這種事情發生，可是在這卻看不到魯米納斯的蹤影。

連魯米納斯這樣的厲害角色都被絆住——不管怎麼看，情況都不尋常。

在雷昂看來，眼下情況太過詭譎。可是按目前的情況判斷，陷阱的內容便呼之欲出。

不曉得是誰出的主意，但是這個陷阱的目的就是讓魔王利姆路和雷昂對戰。

但對那個不明人士來說在意料之外，而對雷昂算走運的，就是利姆路輕易地看穿陷阱。

而利姆路正想利用這點控制局勢。

就在雷昂眼前，利姆路的眼神飄向格蘭貝爾。

（原來如此，那傢伙就是幕後黑手嗎？好吧。我也信你一次。）

對謹慎小心的他來說著實罕見，雷昂決定敞開心胸相信利姆路。

●

感到混亂的不只雷昂一人。
日向也為瞬息萬變的局面感到困惑。
更重要的是，與她對峙的格蘭貝爾散發一股異樣氛圍，感覺很詭異。
「無法從我身上奪取技術，覺得很奇怪嗎？」
「——！」
被一語道破，日向難得出現震驚反應。
「哼，有什麼好驚訝的。妳以為我不會發現妳的祕密嗎？只要看了就能猜到幾分，所以我才讓其他六人先跟妳對戰。」
「原來是這麼一回事……」
日向的獨有技「簒奪者」，其特徵在於對上位者有絕對優勢。
然而對格蘭貝爾的鑑定結果為「不可簒奪」。
照理說以前格蘭貝爾確實在她之上。因此日向就在訓練所行使「簒奪者」，想試到「成功」為止，試圖奪取格蘭貝爾的技能。
當時無法徹底奪取，頂多只能複製……
「妳能靠某種手段奪取對手的技能和技藝對吧？可是那招只能對同一個人用一次。妳已經從我身上奪取過了吧？所以沒辦法對我用第二次。」

「怎麼可能……」

格蘭貝爾的話讓日向不由得起反應。而她馬上察覺自己失言。

「咯咯咯，果然是這樣啊。日向，妳工於心計，是我帶過最有才華的弟子。既慎重又狡猾。放眼過去那些聖騎士，達到妳這種境界的人少之又少。這點值得驕傲，但妳還太年輕。和自己同水準的人交手顯得太過生疏。」

「你有完沒完！」

看似不耐的日向出言反駁格蘭貝爾。

可是日向知道她被格蘭貝爾牽著鼻子走。由於她一不小心做出反應，承認自己的技能是奪取對手的能力。

格蘭貝爾過去確實起了疑心，但還不至於有百分之百的把握吧。而他用話術套日向的話。

（是誰比較狡猾！）

僅管正跟日向盡全力作戰，格蘭貝爾仍喋喋不休。

這份從容——就是這點讓她難以忍受。

「就算曾經奪取過那項技能，我還是有辦法。可別小看我。」

日向對格蘭貝爾的敵意展露無遺。

對，日向還有「強制簒奪」這個殺手鐧。這次就別複製，要把技能徹底奪走。

只要這麼做，格蘭貝爾就沒招式可出，日向將會贏得勝利。

觀察結束——就像在暗示這點，日向展開猛烈攻擊。

每次揮劍都蘊藏致命威力。

同時連續發動「篡奪者」，打算削弱格蘭貝爾的力量。

然而——

（怎麼可能，我的技能應該確實生效了啊——！）

鑑定結果依然是無法奪取。

這表示格蘭貝爾的實力不如日向。

如今日向的力量比以前大上許多。就算超越格蘭貝爾也不奇怪，因此結果還算合乎邏輯。

問題在於——

就算她用最有把握的「強制篡奪」奪取格蘭貝爾的技能，格蘭貝爾還是會在下一秒使用那個技能。

不管重複幾次都是一樣的結果，讓日向臉上寫滿焦躁。

她確實奪取了格蘭貝爾的技能和技藝，可是那對日向來說毫無用處。已奪取過的技能，不需重複累積。

不過，若能奪取格蘭貝爾的絕招就有用了……

（為什麼？也許格蘭貝爾知道會被奪走，已經預留備份了？）

這點不無可能。

一般人應該辦不到，但格蘭貝爾是前「勇者」，這點程度的把戲似乎難不倒他。

「妳怎麼了，日向？臉色很難看喔。」

格蘭貝爾露出嘲弄的笑容，看來他看穿日向的心情——就是這點令日向焦躁。

「嗯。看妳的表情，似乎不清楚我動了什麼手腳。戰鬥時最重要的莫過於仔細觀察對手。莫非妳以為我沒想任何用來對付妳的計策？如果被我說中，那妳的想法未免太天真了，日向。」

「嘖，你廢話真多。」

「看妳的戰鬥方式就知道，妳特別擅長對付比自己強的對手。相對的，面對比妳弱的對手，妳似乎很少奪取他們的技能。但還是有奪取過，想必是透過某種手段吧。不過，那會讓妳非常疲勞對吧？」

「……」

「用不著回應也無妨。看妳現在這個樣子，我確定自己的推測是正確的。」

完全被對方看穿，日向驚訝不已。她認為格蘭貝爾是舊時代的人，總對他有點不屑，現在真想痛扁那樣的自己。

「唔……的確，看樣子繼續下去也沒有意義。」

繼續發動「強制篡奪」一點意義都沒有。日向如此判斷，暫時跟格蘭貝爾拉開距離。

她調整呼吸，測量攻擊範圍。

心跳速度快到破紀錄，從額頭上流出的汗水迅速增加。

怦咚——在日向心窩深處，一陣輕微的痛楚掠過。

（——剛才那是什麼？不對，我消耗的體力比預料中還多。但這或許不是我計算錯誤，而是遭受某種攻擊……）

站在客觀的角度觀察自身狀態，她發現疲勞累積得比平常更快。

就算她連續發動「強制篡奪」好了，現在的日向也不會消耗那麼多體力。

然而卻如格蘭貝爾所說，日向已經疲勞到無法忽視的地步。

「妳看上去一臉困惑呢。日向啊，妳確實很強。所以對應這種卑鄙的作戰方式，經驗才不夠豐富吧。」

「你說什麼？」

「很簡單。我的行動都經過計算，為了讓妳的體力超過負荷。一點一滴累積，讓妳以為稍微逞強一下就能攻擊成功，逼妳過分消耗體力。聽好，若要對付跟自己實力差不多的敵人，消耗對方體力的人將穩操勝算。判斷力一旦鈍化，將會露出更大的破綻。就像妳現在親身體驗的那樣。」

「——！」

就算日向想否認格蘭貝爾的話也辦不到。

日向透過獨有技「數學家」冷靜分析戰況——她自認如此。可是格蘭貝爾卻道高一尺魔高一丈。

日向個人認為她對格蘭貝爾已經夠警惕了。她承認之前有點小看他，但並未掉以輕心。

（照這樣看來，這個男人比我強，是那樣嗎？對，沒錯。這是經驗造就的技量差距，就是這樣吧。）

既然導出這個合理的解釋，日向也只能承認了。

就算靠日向的「簒奪者」也無法奪取技量。

「我已經搞清楚了。為了打倒你，我也必須拿出真本事。」

「說對了。快拿出真本事吧。否則休想超越我。」

將四周的雜音趕出腦海，日向的注意力全放在格蘭貝爾身上。

在一片寂靜無聲中，整個世界只剩日向和格蘭貝爾這兩人。

「我要上了，格蘭貝爾大老！」

「就陪妳玩玩，日向！」

如此這般，日向和格蘭貝爾的戰鬥變得更加激烈。

迪亞布羅放出多段式「靈子壞滅」，將萊茵的防禦結界陸續破壞。
最後一道光線貫穿萊茵的胸。
一切都按迪亞布羅的計畫走。
萊茵仍尚存一息，這也在迪亞布羅的意料之中。
「咯呵呵呵，好弱。跟妳打果然比跟進化前的戴絲特蘿莎更沒勁。」
「戴、戴絲特蘿莎？」
「這件事跟妳沒關係。比起那個，妳為什麼跑來這邊，告訴我原因。」
「誰要告訴你——！」
迪亞布羅高高在上地下令，但是萊茵沒必要遵守。她理所當然地拒絕，令迪亞布羅有些不快。
話說迪亞布羅確實打贏萊茵，但一點也不輕鬆。
完全進化的蟲型魔獸交給紫苑和蘭加處理，那玩意兒對惡魔族來說是天敵，這件事是真的。
那是異界生命體，住在物質世界跟精神世界的夾縫間。是半精神生命體，一旦混進物質世界就會自然而然獲得肉體的棘手侵略者。
若是出現一大群將帶來極大危險，這種危險生物須及早發現、及早驅逐。
基本上進化成人型的個體相當罕見。一般而言多半無法適應物質世界，停留在不上不下的階段。
然而那個叫蘭斯洛的蟲型魔獸卻進化成最終型態。迪亞布羅認為就連紫苑和蘭加都難以對付他。

（不過，紫苑小姐好歹是利姆路大人的部下。具有恐怕能顛覆實力差距、不曉得會做出什麼事情來的恐怖。再說還有蘭加先生在，他們不一定會輸。可是，就算這樣——）

迪亞布羅能打贏蘭斯洛。

迪亞布羅認為將戰場上的不確定因素剔除，比較符合利姆路的希望。既然如此，他就該快點回去解決蘭斯洛……

可是腦中又浮現別的想法。

那就是迪亞布羅猜測利姆路要紫苑和蘭加接下這個任務或許是刻意安排。

迪亞布羅動搖是事實。

他感應到萊茵靠近，不希望「他們」進戰場搗亂，迪亞布羅才無法專心作戰。

（當時我自認應該快點把蘭斯洛除掉……）

可是，這樣真的比較好嗎？

（也許利姆路大人想讓紫苑小姐等人與強敵作戰，藉此累積戰鬥經驗。那我去打倒就是多管閒事了……）

迪亞布羅是這麼想的。

正可謂戰鬥狂才有的思考模式。一般人不會做出這種莫名其妙的結論。

迪亞布羅是利姆路至上主義，沒有照利姆路的意思行動是他失職。

戰勝對方就好——事情沒這麼簡單。

對迪亞布羅來說，真心話是他讓出難得跟那種強者作戰的機會，希望他們能確實戰勝對手，將對方轉變成自身的食糧。

（這部分令人猶豫。需要小心判斷呢。）

諸如此類，迪亞布羅的想法開始大幅走偏。

萊茵這樣的世間頂級高手就在眼前，迪亞布羅卻在那煩惱個老半天。

當然，利姆路根本沒在想這些蠢事。

重點在於讓整件事圓滿落幕，確保孩子們跟樂團成員平安。讓紫苑和蘭加累積經驗，根本不是這個節骨眼上非想不可的問題。

迪亞布羅完全搞錯方向。

然而基於這個大錯特錯的判斷，迪亞布羅的方針大轉彎。

「原本想把妳宰掉，還是算了。」

「你在說什麼……？是想威脅我嗎——」

「不，已經夠了。不用再演戲了，直接出來吧。」

迪亞布羅對胸口開個大洞的萊茵這麼說。

萊茵看上去根本不知道他在說什麼，但臉上的表情愈來愈焦躁。

有別於剛才知道自己即將戰敗的面色鐵青，她的表情很複雜，臉上悔恨參半。

「純黑……你這傢伙，明明最近才終於進化成惡魔大公——」

「妳還是一樣死腦筋。強的本質不在魔素量多寡，重點在於技量。我的前輩說過『魔素量差距不等於戰力差距』喔。」

「竟敢口出狂言……」

萊茵回話的聲音逐漸淡去，身影慢慢消失。接著當場化作塵埃，消失得無影無蹤，同時天邊射下一道光芒。
光柱消失後，現場剩下兩個人。
是青與紅。
跪著的是青——萊茵。
傲然而立的則是紅——最強的魔王金·克林姆茲。
「嗨，好久不見，純黑。」
「嗯，赤紅——不對，現在是金·克林姆茲吧。你果然也在。」
迪亞布羅從一開始就在警戒金。
面對這樣的迪亞布羅，金用懷念的語氣搭話。
「你果然從一開始就發現那是萊茵的『遍布（Mist）』吧？既然這樣，為什麼使出那種大招？」
被這麼一問，迪亞布羅露出厭惡的表情。
根本說來，迪亞布羅從一開始就假裝沒發現萊茵使用「遍布」。
按照迪亞布羅當初的計畫，他打算讓疑似在監視自己的萊茵本體和金誤認「那傢伙也不怎麼樣嘛」。讓他們看到自己只是打倒萊茵的「遍布」就自以為是，得意洋洋地離去。如此一來，金就會對迪亞布羅失望吧。
他會就此失去興趣，當場走人。
這樣迪亞布羅就能對金隱瞞實力，並爭取時間，還能過去幫紫苑他們吧。
然而這項計畫被迫中斷。
這是因為迪亞布羅自身的欲求。

不用再演戲了——這句話也是說給自己聽的。

「光靠『靈子壞滅』無法打倒我們這些始祖惡魔不是嗎？那種小技倆甚至連殺手鐧都稱不上。」

「哦，口氣挺大的嘛。要是被直接打中，就連我都無法安然無恙呢。」

「若是被直接打中，連我也會消失。前提是要被直接打中。」

「咯咯，啊哈哈哈哈！」

「咯呵呵呵呵。」

聽到迪亞布羅如此回應，金滿意地大笑。

迪亞布羅也繼續維持從容不迫的態度，與金對峙。

這種時候，萊茵就跟空氣沒兩樣。

「對了，為什麼直到現在才進化？你跟其他那三人不一樣，沒興趣跟人互扯後腿吧？」

「嗯，那三人看起來就像是在互扯後腿，但事實真相是她們藉此在玩樂。不過，跟我無關就是了。金，我也有問題想問你。這個世界上可有比我們更強的人？」

面對金的質疑，迪亞布羅朝他反問，就跟戴絲特蘿莎一樣。這在始祖惡魔間儼然是一種常識，對金來說也是如此。容易獲得共鳴。

「沒有吧——硬要說的話，大概是『龍種』，可是那跟自然現象差不多。」

就連這樣的「龍種」遇到金也算不上威脅。「星王龍」維爾達納瓦復活另當別論，照目前的現狀來看，金沒有說錯。

迪亞布羅頷首。

「對。我們是最強的。明知如此還進化，跟人作戰會變得很乏味，只是單方面的虐殺不是嗎？」

他笑瞇瞇地主張。
這部分的思考模式也很像戰鬥狂會有的。
「原來你是這麼想的。」
這下金也懂了。
雖然他們本人不願承認，但這兩人確實很相像。這種時候特別有默契。
「那你的心境會改變是因為那隻史萊姆？」
「他是利姆路大人。請你別叫他史萊姆。」
「……知道了啦。那你會進化是因為利姆路的關係吧？」
迪亞布羅我行我素，讓金有點火大。可是在這抱怨不會讓事情有所進展。配合對方的步調固然讓人不爽，但金還是配合迪亞布羅重新提問。
好吧——迪亞布羅接著道：
「利姆路大人的成長總令人瞠目結舌，就算稱之為進化也當之無愧。他的模樣很可愛，靈魂充滿高貴氣度。還有——」
「要講很久嗎？」
「……？」
這還用問——就像在說這個，迪亞布羅利眼回看金。
「別講利姆路的事了，說說你的事吧？」
迪亞布羅有點不開心。但他疑似想起目前狀況急迫，這才決定乖乖照金的話辦。
「嘖，沒辦法。那我就切入正題。這位利姆路大人的夥伴，進步速度也是日新月異，所以我就被那種氛圍感化。

「……哦，這麼驚人啊。」

金看起來好像有點累，但還是有餘力咀嚼迪亞布羅的話。

「對。要是過得太悠哉，就算是我可能也會被拋在後頭。待在這種環境下，沒道理一直限制成長。」

原來是這樣啊，這下金懂了。

金總算找回自己的步調。臉上掛著壞心眼的笑容，朝迪亞布羅這麼說。

「利姆路似乎已經支配西方諸國了。但很可惜，現在我的部下應該在大肆作亂吧？」

在金看來，這單純只是對人類惡作劇。那是他的想法，可是利姆路想跟人類友好相處，事情就嚴重了吧。

金會那麼說是基於這層想法。

找迪亞布羅的麻煩一點用也沒有，但改找利姆路麻煩，迪亞布羅應該也會受到影響才對。這時他剛好想起自己的部下在西方諸國作亂，就順便拿來利用一下。

迪亞布羅居然認人當主子，以前金跟他勢均力敵，這件事對他來說有點惱人。

所以才挑釁迪亞布羅，順便找碴。

沒有蘭斯洛守護北方，如今西方諸國的守備力薄弱。正如金所說，現在八成變成活地獄了。

照眼下狀況看來，迪亞布羅也拿這件事沒轍。就算是利姆路也無計可施，金如此認為。

可是聽完那些話，迪亞布羅依舊咯呵呵地嗤笑。

「你以為利姆路大人連這點都看不出來？早就安排妥當了。利姆路大人英明神武，那可是比海還深，能洞察一切事物——」

還以為他多少會有點動搖，沒想到迪亞布羅完全無動於衷。不僅如此，都這個時候了，還在炫耀利姆路。

這傢伙真的有病——無奈的金體認到這點。

「……哦。看樣子果然很有趣呢。那傢伙超乎我的預期啊？」

「對，這是當然的。對利姆路大人理所當然。」

之後迪亞布羅繼續趁利姆路不在，大肆挑釁金。

要是利姆路知道，肯定會大叫「你在搞什麼啊！」。

聽到他們兩人的對話，萊茵懊惱地咬住唇瓣。然而金和迪亞布羅還是繼續對談，沒把萊茵放在眼裡。

…………

…………

……

就在這個時候——

西方諸國遭遇前所未見的危機。

平常總是由西德爾邊境防衛軍擊退惡魔，他們的主力卻因不明原因消失。因此無法擊退定期進攻的惡魔軍團，發出緊急聯絡請求支援。

「竟然有這種事！你說惡魔軍團南下？」

「西德爾邊境伯爵究竟在做什麼！」

「現在沒空說那個了。應該從各國派遣軍隊，構築階段性防衛據點！否則這個英格拉西亞王都也會遭惡魔大軍入侵！」

各國代表緊急召開評議會，在那喧鬧不休、紛紛擾擾。

西方諸國評議會這個組織是由各加盟國派議員當代表組成。

雖然說話很有分量，可是要應付突發狀況難免會浪費時間。

這是採取多數決形式的最大弱點。

北方守衛工作由英格拉西亞王國的西德爾邊境伯爵一手包辦。

大國英格拉西亞王國的軍力約半數都在北方待命，用來對抗金・克林姆茲。不僅如此，還派了數名聖騎士團成員，並從評議會的下級組織自由公會派遣數名A級冒險者。

那塊土地正是如此重要的防衛據點，要是這裡被攻陷，對人類來說可是一件大事，攸關生死。

怪不得聚集在會場裡的議員慌成一團。

目前定為最終防線的據點正勉強維持。都靠在那待命的聖騎士和冒險者苦撐。

照這個情況看來，必須立刻派援軍過去。

可是時間上卻不允許。

獨裁國另當別論，若是由獨立自主的國家組成聯盟，必須請母國批准。

目前最快的方法就是對自由公會發布緊急委託。

對身為盟主國的英格拉西亞王國請求動員常設軍隊也是一個辦法。可是這樣會害英格拉西亞王都守備薄弱，他們肯定不會批准吧。

說來，北方的守衛工作一直由英格拉西亞王國負責，遇到緊急狀況向各國請求支援也不為過。就如某個不知名議員喊的那樣，組成聯軍的可行性較高。

可是這時問題來了，各國將派遣軍隊，要由新興國——魔物之國坦派斯特率領。

既然全場一致表決讓這個提案通過，事到如今也沒立場抱怨。然而要將自己國家的寶貴兵力交到魔物手裡，對議員們來說也是一個令人困擾的問題。

「麻煩各位肅靜！」

議長一聲大喝讓會場逐漸歸於平靜。

議員們的視線都集中在議長身上，議長開口回應大家。

「現在的情況迫在眉睫。與其在這爭執不下，還不如早點跟母國取得聯繫，請他們派遣軍隊到這。這裡有魔王利姆路大人派來的魔國聯邦代表人。她——戴絲特蘿莎小姐對軍事也很有一套。那個利姆路大人指派她當代理人，將聯軍交給她當之無愧。」

某些人對議長的話有點意見，但卻不至於起身表述。

若是沒有其他替代方案，在這裡抱怨只會讓事態惡化。

事已至此，議員們的視線都轉到戴絲特蘿莎身上。

以評議會之名召集軍隊，軍權將握在戴絲特蘿莎手裡。大夥兒會不約而同打量她，從某方面來說實屬正常。

在議員當中，戴絲特蘿莎是罕見的年輕女子，還是難得一見的美人。

魔國聯邦的美女特別多——許多議員都這麼想，卻沒人蠢到敢把那種話說出口。

大家都在納悶這個叫戴絲特蘿莎的女子真有那麼大的力量？

雖有點誇張，但這件事不只牽涉到他們的命運，甚至關係到人類存亡。

「戴、戴絲特蘿莎小姐，那個——敝人知道問這種事很失禮，但妳有辦法指揮軍隊嗎？」

其中一名議員鼓起勇氣，朝戴絲特蘿莎提出這個疑問。

露出豔麗的笑容，戴絲特蘿莎對那名議員做出回應。

「請各位放心。我的主君利姆路大人已下令，將守護加入西方諸國評議會的西方各國。我的部下已經前往各地。還有──摩斯。」

「是。根據剛才得到的情報指出，似乎已有可靠的援軍抵達北方防線。」

「你、你說什麼！」

「這、這是真的嗎？」

話說那個名喚摩斯的少年，他是戴絲特蘿莎的隨從吧──議員們才剛體認這點。這個摩斯的話便讓場內一陣譁然。

「那、那麼，戴絲特蘿莎小姐，妳說的援軍是？」

「摩斯。」

「是。魔導王朝薩里昂的飛龍船正趕往現場。一些低階惡魔在那裡作亂，靠那個風精人的部下應該就能驅逐乾淨。」

「聽說是這樣，議長大人。還有摩斯，直呼利姆路陛下的盟友風精人很沒禮貌。」

「啊！多、多有得罪──」

「下不為例喔。今後要確實叫她艾爾梅西亞陛下。」

「遵、遵命。」

被戴絲特蘿莎的紅眼瞪視，摩斯整個人氣勢萎靡。

自知還未擺脫惡魔大公爵時代的價值觀，摩斯面色發白。

惹怒戴絲特蘿莎，摩斯就等著領死。先別提那些，竟然藐視利姆路的友人，摩斯自己也無法原諒這種失誤。

戴絲特蘿莎恐怕也看出摩斯是這麼想的，所以沒有進一步追究，只給他忠告。

假如摩斯沒有改掉那種傲慢的態度，下一秒就會被戴絲特蘿莎肅清吧。就算摩斯是大惡魔，永遠為戴絲特蘿莎盡忠，這點依然沒變。

戴絲特蘿莎是既溫柔又冷酷的人。

緊接著，會場的氣氛變得極度混亂。

聽完戴絲特蘿莎跟摩斯的對話，他們已經掌握狀況了。可是這些資訊沒憑沒據，意見出現分析，不確定是否能就此相信他們。

「我國相信戴絲特蘿莎小姐。」

「嗯，我國也這麼認為。關於軍事方面的事，就交給戴絲特蘿莎小姐全權處理！」

某些人大聲主張。

「怎麼這樣，未免太不負責任了！要是發生什麼事情可就為時已晚啦！」

「說得沒錯！假如增援一事是謊言，人類社會將被惡魔蹂躪！」

某些人則如此否認。

大家爭執不下，場內一分為二。

戴絲特蘿莎悠哉地看著這一幕。

她沒有表示意見，只是在一旁聽著。

不久之後，戴絲特蘿莎突然站起來。

「我知道了，就是你吧。果然混在裡頭。」

事情來得太過突然，議員們全都一頭霧水，不知道戴絲特蘿莎在說什麼。

唯獨一人被戴絲特蘿莎緊盯，臉上掛著汗珠、面色慘白。

這名議員是五大老之一。

羅斯帝亞王國的公爵，約翰——羅斯帝亞。

「我、我怎麼了？」

拚命掩飾內心的慌亂，約翰反問戴絲特蘿莎。然而戴絲特蘿莎只勾起唇瓣，畫出欣喜的弧度。

不夠沉著的約翰率先反應。

「魔、魔物果然不可信任！我們應該要靠自己的力量守護人類。衛兵、衛兵快過來，都給我過來——！」

約翰煞有其事地大喊。臉上沾滿汗水，看起來很拚命。相反的，戴絲特蘿莎臉上的笑意加深。

聽從約翰的命令，士兵全衝進會場內。約翰的護衛也在裡頭，讓他又露出從容的表情。

戴絲特蘿莎優雅地擺弄頭髮，其他議員則陷入混亂。

約翰這種行為根本無視規章。

就算戴絲特蘿莎確實心懷不軌，目無王法擅自作主，採行議決制度的評議會也不能容許這種行為。

不管約翰的立場有多麼重要，那種蠻橫行為勢必無法過關。

「我說你，名字好像叫約翰．羅斯帝亞對吧？是羅斯帝亞王國的公爵，地位崇高。」

「那、那又怎樣？事到如今才想拍馬屁——」

「約翰先生，你剛才跟誰進行『魔法通訊』？」

「什麼——！」

「你為何下令破壞這個國家的『防衛結界』？」

「妳、妳怎麼……」

「可以告訴我嗎？」

輕鬆的模樣就好像在茶會上跟人聊天，戴絲特蘿莎對約翰進逼。

其他議員都很驚訝。

現在沒空在那慌亂了。他們立刻命令部下去確認英格拉西亞王都的「防衛結界」。

可是還沒得到答案——

大夥兒發現四面八方開始劇烈搖晃。

「該不會是真的——！」

「竟然破壞結界？做這種事就無法防止魔物入侵。人民會遭受莫大災害啊！」

「真是的，這究竟是怎麼一回事！約翰先生，您快給個交代！」

若是有人比自己還要慌亂，人們本來就會受到感染，陷入恐慌狀態，但是向後退一步似乎就能自然而然恢復冷靜。

約翰屬於後者。

知道自己的計畫已經成功，他臉上浮現安心的笑容。

「傑拉德閣下，結界已經消失了，時候到了吧。請把那位大人叫來。」

在約翰的催促下，有人開始動作，議員們看了全都面色鐵青。

「那、那個人是傭兵團『綠之使徒』的——」

「團長傑拉德！」

「不只是葛芬，『綠之使徒』還跟約翰串通嗎！」

「可是話說回來，約翰先生到底想做什麼？」

無視這些議員的話，傑拉德站到約翰身旁。

「契約已在這一刻確實成立。感謝協助。」

「沒什麼，用不著客氣。我們是盟主格蘭貝爾大老最後的希望，剛好跟你們的目的搭上線。來吧，用不著手下留情。既然要做就做個徹底，把這裡變成地獄吧！」

大肆宣告後，約翰哈哈大笑。

眼裡的理性光芒已然消逝，本性畢露，換上凶殘的表情。

直到這個時候，議員們總算發現約翰是背叛者。可是王都的「防衛結界」已遭人破壞。

似乎對此心裡有數，議員們紛紛露出絕望的表情。

「艾茵，動手吧。」

「嗯，我知道了！」

在傑拉德的催促下，名喚艾茵的女子開始詠唱咒文。

這是召喚魔法。

艾茵是隊伍「綠亂」的隊長，同時也是一名精靈使者。但這次召喚的不是精靈，而是「綠之使徒」信仰的神。

一個黑色的橢圓形「傳送門」出現，強大的力量化身穿過那道門出現在眼前。

那是身穿暗紅色女僕裝的綠髮美女。

可是大家都知道這名美女很危險。因為跟她美麗的外表恰恰相反，她身上散發令人絕望的妖氣。
連察覺異狀趕來的魔法審問官遇上這股妖氣都渾身僵硬。
本能告訴他們──一動就會被殺掉。
從黑暗中現身者──她的名字叫「惡魔大公」米薩莉。

在一片絕望之中，約翰滿足地嗤笑。
他想起最後被格蘭貝爾叫去的那天。
葛芬失勢，五大老剩四人。
包括羅素一族的首領──格蘭貝爾・羅素。
英格拉西亞王國的西德爾邊境伯爵。
德蘭將王國的德蘭王。
再來就是約翰。
格蘭貝爾把他們三個找來，朝他們下了令人害怕的最終命令。
「瑪莉安貝爾已死。事到如今，我們羅素的氣數將盡。跟魔物共生，換個角度想或許有機會實現。若是像魯米納斯大人那樣，對人類領域毫無興趣，搞不好能順利共存也說不定。不過，按照魔王利姆路的方針走，人類會徹底受他控制。無論如何都要阻止。」
「可是格蘭貝爾大老，若是沒有可行的對抗手段，不管擬什麼樣的計畫都會出現破綻。」
「我很清楚瑪莉安貝爾在怕什麼。但我們連混沌龍這個王牌都失去，已經無計可施了。留在我們底下的蘭斯洛應該也不便出動……」

德蘭的話很現實。西德爾認同他的看法，約翰也表示贊同。

約翰有跟瑪莉安貝爾這個危險人物直接接觸過，能戰勝那個年幼又危險的女孩，魔王利姆路果然可怕。

（目前還是假裝順利姆路的意，一面蓄積實力才是上策。）

以上是約翰的見解。

話雖如此，大概是看出約翰等人怯戰，格蘭貝爾激動地闡述意見。

「你們這些蠢材，莫非怕了？不管世界多麼混亂，不管要做出多少犧牲，人類的世界都該由我們人類統治。不是嗎？」

面對如此激烈的氣勢，約翰等人不敢吭聲。

格蘭貝爾很少表露情感，所以他們才知道格蘭貝爾的怒火、恨意有多深。

「我已經累了。這樣下去人類世界會就此滅亡，換魔王利姆路執掌天下。若這一切都是命，那我就做最後一次的掙扎。我要做出最後的賭注。你們就照自己的意思選擇吧。」

接獲這句話，格蘭貝爾給他們時間，約翰等人將對往後的路做出抉擇。

要就此追隨格蘭貝爾與命運抗衡，或是歸順魔王利姆路？

為了不讓羅素一族的血脈斷絕，就像平常那樣做切割，成為敵對勢力——做出這個選擇的只有德蘭一人。

「我的領土遠離戰火。就讓我們成為羅素一族的遺族，用公平公正的眼光觀察歷史吧。」

德蘭這番話獲格蘭貝爾首肯。

「好。我想以後再也沒機會了，先交代遺言。我已經沒有翻身的機會，但你絕對別留下任何遺恨。」

格蘭貝爾做出覺悟並說了這段話，德蘭聽了哭著點點頭。
接著獨自離開現場。
約翰也知道這是他們最後一次集會，但是他心中沒有任何悔恨。
格蘭貝爾是羅素一族的創始者。想到他心中的苦惱，對約翰來說與他一同赴死就不算什麼。
另外一個人——西德爾也這麼想。
在那之後，這三人開始策劃最後的計謀。
格蘭貝爾要利用自由公會的總帥優樹，去找魯米納斯做最後的挑戰。
西德爾要解除北方防衛網，讓北方的惡魔們對西方諸國進軍。
約翰則要破壞英格拉西亞王都的防衛機構，將評議會的中樞成員殺光。要是連會去與會的魔國聯邦代表都殺掉，還能讓魔王金與魔王利姆路對立。
如此一來，人類社會將變得極度混亂。
看是要讓僅存的德蘭復興也好。
出現其他主導國也罷。
還是由某個成為希望的人領導人類。
格蘭貝爾似乎還有其他想法，但是約翰不在乎。
「……這樣真的好嗎？我可是要命令你們去死喔。」
「您說這是什麼話。我也是羅素一族的成員，我的心與您這位高祖同在！」
「我也一樣。這具病弱的身體或許不能陪您走到最後，但求至少能派上一點用場。」
格蘭貝爾問這話是為了確認他們的意願，只見約翰和西德爾回答時沒有絲毫迷惘。

約翰的想法跟剛才完全不一樣，這是有原因的。羅素一族全都理所當然地聽令於格蘭貝爾。沒有他的庇護就沒有這片榮景，對格蘭貝爾就是如此依賴。

聽到格蘭貝爾即將赴死，優柔寡斷的約翰這才下定決心。

（德蘭閣下似乎也痛徹心扉。就好像被父母拋棄的孩子，想必現在覺得很不安吧。）

如此想來，自己算很幸福吧——約翰心想。

直到迎接最後一刻都能心懷身為羅素一族的驕傲。

約翰按格蘭貝爾的命令行事，與曾和葛芬串通的「緣之使徒」取得聯繫，答應要幫助他們。

他們的目的是要召喚能讓世界陷入混沌的「緣之神(verit)」。這個戰鬥集團夢想在亂世大放異彩，想法完全以自我為中心。

時間拉回現在。

約翰的任務結束了。

想必「緣之使徒」也達成他們的野心。

因為他們的神——「惡魔大公」米薩莉回應召喚。

米薩莉比魔王還可怕，毀滅英格拉西亞王國將不費吹灰之力。

（咯咯咯，連號稱這個國家最強的魔法審問官看到那個惡魔都不敢動彈。這個國家也要完蛋了。我們羅斯帝亞王國也會遭受波及吧，只好到那個世界再向大家賠罪。）

為此感到滿足之餘，約翰環顧議場。

接著他看到令人難以置信的光景。

面對恐怖的化身米薩莉，有個人露出豔麗的微笑。站在她身旁的少年也一臉無趣，看上去完全不以為意。

（這、這些傢伙是怎樣？）

感到驚愕的約翰想起這兩人分別是魔國聯邦代表戴絲特蘿莎，還有她的隨從摩斯。

「原來是這樣，你的企圖還挺有趣的，約翰先生。莫非你想毀滅這個國家，讓整個世界陷入戰亂？」

「是又如何？」

戴絲特蘿莎的反應讓約翰很不是滋味。面對米薩莉這個凌駕魔王的災禍，戴絲特蘿莎那從容不迫的表現令他不悅。

然而他立刻改變想法。

戴絲特蘿莎以魔物來說或許夠厲害，但那份自信會害了她。

（空有力量也沒用。連對手的實力都看不穿，那份無知會把她毀掉。）

看到強者認清現實，又哭又叫。光是想像戴絲特蘿莎拚命求饒的模樣，約翰心中就滿是嗜虐的快感。

「真是太可笑了。當我出現在這裡，你的計畫就已經出現破綻了。」

「咯咯咯，在說什麼傻話。」

聽戴絲特蘿莎這麼說，約翰露出老神在在的笑容。

戴絲特蘿莎愈有自信，事後嚐到的絕望就愈深。想到這邊，約翰心裡滿是期待。

此時議長介入他們二人的對話。

「戴、戴絲特蘿莎小姐，現在不是悠哉談那個的時候。就算只有妳一人也要盡快脫身，向利姆路陛下火速報備！」

「哎呀，議長大人？那我該跟利姆路陛下說什麼才好？」

在西方諸國，人們對惡魔的了解不深。跟東方帝國的專家相比，那些知識量頂多只能塞牙縫。

就連議長也不例外，看到米薩莉仍不清楚她是什麼種族。只知道她是魔王金．克林姆茲這個恐怖代名詞的部下，以此認定米薩莉很具威脅性。

無知是一種罪，但偶爾也會有加分作用。

假如議長和那些議員對惡魔夠清楚，光是看到米薩莉出現在眼前，他們就會滿心絕望吧。

完全沒發現自己沒變成那樣的幸運，議長拚命懇求戴絲特蘿莎。

「就是！麻煩您跟他說那個魔王金底下的幹部攻過來了。如此一來，那位大人也不至於對我們見死不救吧！」

議長也知道自己想得太美。

不管魔王利姆路多想跟人類共存，他都不會特地走上與魔王金敵對之路。只要稍微經過一點損益衡量，任何人都能明白這個道理。

話雖如此，議長仍對那微乎其微的可能性抱持期待。

議長親眼看過那個叫利姆路的魔王，相信他說的話。

如果是那個感情豐富、過分有人情味的魔王，也許會不顧利益損失，過來救他們也說不定——明知這樣想很蠢，議長還是不免有那種想法。

這就是為什麼議長面臨恐懼還能保有正常的判斷力。

面對這樣的議長，戴絲特蘿莎露出微笑。

「所以我才會在這裡啊。」

議長一時間沒會意過來她在說什麼。但他馬上就會知道是什麼意思。

對戴絲特蘿莎一席話感到困惑的不只議長。

約翰也一樣，戴絲特蘿莎游刃有餘的態度讓他忍無可忍。

「妳以為我會讓妳稱心如意嗎？傑拉德閣下，差不多該讓他們認清現實啦。」

除了他，被約翰下令的傑拉德也是其中之一，對目前的狀況感到困惑。

（為什麼、為什麼米薩莉大人沒有行動？）

艾茵是傑拉德的副手，一叫出「惡魔大公」米薩莉就失去意識。大概折了不少壽命，但這可是豐功偉業，光是能保住性命就值得讚許。只不過，若不仰賴米薩莉的超常力量，她再也不會醒來吧。

一面為艾茵感到驕傲，傑拉德同時準備伺機撤退。

米薩莉擁有超乎想像的力量，要將在場眾人全殺光易如反掌。不僅如此，就連這座英格拉西亞王國首都也會被煉獄業火燃燒殆盡吧。

他打算在事發之前帶著艾茵逃離現場。

這座都市的居民全獻給「綠之使徒」的神米薩莉。藉此立功，傑拉德等人也能在眾神末席列位。他的預定計畫如上。

不料事態與傑拉德的如意算盤背道而馳。

自從米薩莉現身此處，她就不發一語，一直盯著戴絲特蘿莎瞧。

最後米薩莉總算開口：

「真教人難以置信，白。妳怎麼會獲得肉體降生？」

「哎呀，這樣叫我感覺好落寞。有人替我取戴絲特蘿莎這個好名字。妳也討厭被人叫綠惡魔不是嗎？對吧，米薩莉？」

「妳、妳居然……得到名字？這怎麼可能——」

「就是有可能。難得妳刻意過來打招呼，不好意思，現在的我可不會輸給妳。即使如此也要跟我作戰，那就有趣了。就讓妳睡上一千年，當成是送妳的禮物吧？」

戴絲特蘿莎唔呵呵地笑著。

用優雅的笑容挑釁米薩莉。

不僅獲得肉體，有人還替她取名字。

就這樣，戴絲特蘿莎進化成惡魔大公，跟米薩莉一樣。

這下就站在同一條起跑線上。

乍看之下戰鬥能力不相上下。可是按常理來說，剛得到肉體的戴絲特蘿莎處於劣勢。

但前提是戴絲特蘿莎沒那麼好戰。

米薩莉是魔王金的部下，都在處理行政事務，戴絲特蘿莎同為始祖，一天到晚跟人爭權。

這兩人的戰鬥經驗雖無法計量，卻如實存在。再加上現在還有戴絲特蘿莎的部下摩斯。

（我的魔素量較高，卻不想冒險對付兩個惡魔大公。而且對手還是在始祖中較為棘手的黑白其中一方。金大人賦予我的使命是在王都稍微搗亂一下。不是賭上性命滅掉其中一個始祖。應該先向金大人回報這件事才對。）

米薩莉很冷靜。

瞬間看穿敵我雙方的戰力差距，做出目前最有利的選擇。

「用不著這樣挑釁我——戴絲特蘿莎。今天的目標不是妳。而是破壞王都的『結界』，我想這樣已經達成目的了。」

「哎呀，妳想逃？」

「對。我的命屬於金大人。不能隨意捨棄。」

「這樣啊。那就期待下次的機會到來。」

「這句話是我要說的。快點習慣那具身體吧。打輸才找藉口，對我可沒用。」

戴絲特蘿莎臉上的笑意加深。

對此，米薩莉仍舊面無表情。

兩人稍微互瞪一會兒，接著米薩莉突然消失無蹤。

「——咦？」

傑拉德不禁咦了一聲。

當米薩莉離去，現場只剩下一頭霧水的人們。

神……看在傑拉德等人眼裡是至高存在，甚至讓人覺得她無所不能，卻被看起來空有美貌的議員勸退——在傑拉德看來是這樣。

對米薩莉來說，「緣之使徒」是用完即丟的道具。

為了監視人類社會及蒐集情報，她一時興起才準備這些道具。替代品要多少有多少，傑拉德等人有什麼下場不關她的事。

他們被人徹底拋棄，傑拉德無論如何無法接受現實。

「不、不會吧！可惡，都是妳害神跑回去！」

激動的傑拉德朝戴絲特蘿莎砍去。

突破A級的實力可不是擺好看，劍速俐落到常人無法看穿。

可是對於戴絲特蘿莎卻像靜止一般。

再說用不著她出手，現場還有摩斯。無禮者如此冒犯，摩斯不可能視而不見。

「鏗」的一聲，一個清脆的聲音響起，傑拉德的劍斷了。他轉眼間被摩斯抓住。

「可別把他殺了。那邊那位高官約翰也一樣。」

「可是，這些人侮辱戴絲特蘿莎大人——」

下一秒，摩斯的耳朵飛了出去。

「摩斯，莫非想讓我說第二次？」

「小的不敢！竟敢向戴絲特蘿莎大人進言，是我太自以為是！」

摩斯當場跪下，為自身失言感到後悔。

最近戴絲特蘿莎心情很好，害他一時間大意，其實她非常任性。

不僅是戴絲特蘿莎，烏蒂瑪和卡蕾拉也一樣。

「物以類聚」就是她們的最佳寫照。

「既然知道了，這次就原諒你。啊啊，我的心胸真是寬大。對吧，摩斯？你也這麼想吧？」

「是的，您說得完全正確！」

摩斯非常配合，他是個聰明人。

雖說偶爾會出現失誤，可是他這樣服侍戴絲特蘿莎超過一萬年。這些成績太過輝煌，其他人都學不來。

就這樣，約翰、傑拉德、艾茵這三人被抓起來。跟他們一個鼻孔出氣的士兵們也被逮捕。

「這、這怎麼可能……」

敗給摩斯，傑拉德這才恢復冷靜。接著米薩莉和戴絲特蘿莎的對話慢慢在腦內浸透，讓他會意過來。

（這個對手讓我們的神認定她與之同等……？白、白指的該不會是純白始祖！）

傑拉德知道始祖的事，因此才能確實看透戴絲特蘿莎的真實身分。

一發現這件事，傑拉德便六神無主。

知道他們跟什麼樣的東西為敵，他知道這下自己的靈魂將永無寧日。

身為強者的自負碰到始祖根本連一點價值都沒有。

「啊哈、啊哈哈哈哈哈——！」

傑拉德開始狂笑。

從某個角度來說，傑拉德落得這樣的下場還比較幸福。

如此這般，傑拉德與艾茵便在失去自我的情況下被魔法審問官帶走。

約翰的模樣彷彿一下子老了好幾歲，他呆呆地癱坐在地面上，嘴裡唸唸有詞。

「我、我失敗了嗎……就連格蘭貝爾大人的願望、最後的請託都……」

「是啊，你什麼都辦不到。」

戴絲特蘿莎出言嘲諷。

她在約翰的耳邊耳語，裡頭蘊含劇毒。

戴絲特蘿莎的甜美吐息搔著約翰的耳朵，麻痺他的心靈。

「可惡、可惡！如果、如果沒有妳，計畫早就成功了！」

「哎呀，是這樣嗎？那真是對不起。雖然最後妨礙到你的計畫，但這也是命運的安排，你就死了這條心吧。來，好像有人在後面等你，那我就先失陪了。」

戴絲特蘿莎說完用白皙手指撫過約翰的下顎。

然後將位子讓給等著執行任務的魔法審問官。

「不、不要。別過來，別靠近我！」

魔法審問官從頭到尾都保持沉默，將約翰押走。

「住手，喂，放開我！你、你們知道我是誰嗎！做這種事會有什麼下場，你們難道不知道嗎！我的祖國可不會默視。這會演變成國際問題！」

約翰拚命大叫，但大家都無動於衷。

沒人願意對他伸出援手。

這是當然的。

有那麼多的證人在場，約翰的行為必須接受制裁。

「在那哭叫也沒用喔——要為你的罪確實付出代價。你的朋友也在呢。一定會玩得很開心。」

「畜牲！妳這個惡魔，最好下地獄！」

「唔呵、唔呵呵呵呵。真不錯，就是這個。聽喪家犬在那亂叫怎麼會這麼開心？但是你不該恨我。

在這個評議會裡頭，罪人的處置要靠裁判決定。你的罪名如果是『國家顛覆罪』或『外患罪』這類內亂罪，

那將在評議會的管轄範圍外，由英格拉西亞王國管轄。好可惜喔，我沒有權利處罰你呢。雖然還可以套用正當防衛，但你對我來說好像太弱了呢。」

看約翰這麼拚命，戴絲特蘿莎笑得很開心。

剛才那段話完美對應國際法。拿法律當擋箭牌，戴絲特蘿莎只靠正當理由就把約翰逼入絕境。

加上約翰還被逮捕。他將步上葛芬的後塵，再也看不到明天的太陽，被人暗中處分掉。

單看結果，戴絲特蘿莎擊退企圖毀滅王國的惡魔，救了英格拉西亞王國，甚至是全體評議會成員。

這件事奠定戴絲特蘿莎在評議會上的地位。

思路清明，加上那身武力。

兩者都無人能及。

連議長都開始重用戴絲特蘿莎，她的聲名遠播。

就這樣，戴絲特蘿莎徹底收服西方。

「原來他已經料到事情會變成這樣？啊啊，一切都在利姆路大人的掌握之中！好棒，實在太棒了！」

「那位大人真是深不可測。」

「對，說得沒錯。可是這件事可能會讓金．克林姆茲認真起來。到時候……」

「我們來累積實力吧。要讓世人知道不管敵人有多麼威猛，都不許阻礙那位大人的前行之路！」

「既然你知道，我就沒什麼話好說了。你要好好精進，別辜負期待。也要跟席恩講喔。」

「遵命，我的主人！」

只見戴絲特蘿莎滿意地點點頭，露出優雅的微笑。

北方大地也不例外，因戴絲特蘿莎的部下席恩表現亮眼，在艾爾梅西亞麾下的魔法士團抵達前，戰況已獲得控制。再說金也不是真的要進攻，惡魔們節節敗退，一轉眼就撤退了。

就這樣，西方動亂看似劃下休止符。

可是真正的動亂仍尚未開始。

…………

…………

……

「喂，剛才米薩莉跟我聯絡了，為什麼白色始祖有名字？」

「哦，你說戴絲特蘿莎啊。她也是看出利姆路大人有多棒的一人。」

面對悵然若失的金，迪亞布羅開心地解釋。

「而且連我的手下都被擊退，這次的惡作劇完全失敗。」

「那是當然。一切都在利姆路大人的計畫之中。金，你也只是被利用的其中一人罷了。」

在利姆路不知道的地方，迪亞布羅繼續挑釁。

假如利姆路人在現場，他肯定會發出慘叫「在說什麼啊，你這個笨蛋！」，不顧一切阻止迪亞布羅吧。

「所以，那個戴絲特蘿莎也是利姆路這小子替她命名的吧？」

「對，就是這樣。」

「那個戴絲特蘿莎獲得肉體進化成惡魔大公也是——」

「當然是託利姆路大人的福。」

「……是喔。」

迪亞布羅臉上的笑意更深，金的頭則愈來愈痛。萊茵在金身後待命，她也因事態的嚴重性白了一張臉。

（喂喂喂，真的假的。這千百年來維持的微妙戰力平衡居然在這個時候一口氣崩壞……）

金內心只覺得可笑。

三名始祖三強鼎立，加上東西對立、魯米納斯與達格里爾互相制衡，各地戰力保持絕妙的平衡。平衡徹底瓦解。

突然有種不祥的預感，金不禁開口問迪亞布羅。

「喂，戴絲特蘿莎從三強中脫穎而出，那剩下的兩人怎麼了？」

「嗯，你在說烏帝瑪和卡蕾拉嗎？利姆路大人也為她們準備職缺，而她們都很開心——」

「等等，先等一下！」

迪亞布羅開始笑容滿面地解釋，卻被人在第一時間制止。

「怎麼了？接下來才是重頭戲呢。」

迪亞布羅正要樂得炫耀，被人阻止似乎很不開心。

這樣的迪亞布羅令金傻眼，但他還是開口了，必須把重點問清楚。

「呃，且慢。這個講起來也很長吧？」

「那當然。」

當不當然暫且先擺一邊。金可不想一直陪他。

「那件事之後再慢慢聽你說。那個烏帝瑪跟卡蕾拉是……」
「哦，烏蒂瑪是紫色始祖，卡蕾拉是黃色始祖。若是沒叫她們的名字，這些人會馬上動怒喔。最近她們都忘了以前的稱呼。」
「是喔……」
答到這邊，金啞口無言。
（喂喂喂，利姆路那傢伙到底在想什麼？黑暗始祖是怪人，可能會發生這種事沒錯，連紫色始祖跟黃色始祖都那樣可就不能一笑置之了。而且他剛才還提到白色始祖？那傢伙是所有始祖中最心高氣傲的，沒想到她會聽命於某人——）
金想到一半就聽到迪亞布羅若無其事地說了某句話。
「不過，邀她們的人是我就是了。工作增加固然是好事，可是這樣就不能照顧利姆路大人，一點意義都沒有。你也這麼認為吧？」
「——啊？」
喂喂喂，這傢伙剛才說什麼來著？——彷彿在這麼說，金用看怪人的眼神看迪亞布羅。
身為絕對霸主的金被迪亞布羅一席話耍得團團轉。
「簡單講，我想把雜事推給別人——咳咳，我想要一起工作的夥伴，就邀那些目前正好沒事做的人。老是像笨蛋一樣為權力爭鬥，未免太無聊。所以我對她們說希望她們變得更成熟，來幫忙利姆路大人！」
接著迪亞布羅得意洋洋地說了這些。
（始作俑者原來是你嗎——！就是你，你才該成熟點！）
金在心裡暗自吐嘈。

「……所以你邀了那些人，利姆路收了當部下，還給她們名字跟肉體？」

「沒錯。一開始她們對利姆路大人的態度很失禮，如今回想起來還是很想殺掉她們。然而現在她們也派上用場了。只要利姆路大人不在意，我也會用寬大的心胸寬恕她們。」

迪亞布羅已經夠奇怪了，利姆路則顯得更加異常，金打從心底這麼認為。

替始祖命名，一般的魔王無法辦到。這種行為伴隨危險，必須賭上性命，或是存在消滅。

基本上，若沒有認可他的實力，始祖不會追隨他。別說是替她們命名了，連靈魂都會被吃個精光吧。

這已經不是腦子有問題或自信心過剩可以形容的了。

（我看還是直接過去聊聊好了。）

金得出這個結論。

「我下次去找利姆路玩。」

「啊？那樣好像會帶來麻煩，我才不要。」

這個臭小子——金想到這兒握緊拳頭。

可是現在生氣就輸了。

迪亞布羅很特別，就算在這個地方消滅，他也會立刻復活。金對此心知肚明，才沒有中迪亞布羅的挑釁技倆。

「沒什麼。我很想再聽你多說一點事情，在這種地方沒辦法好好談嘛。我聽迪諾說過，利姆路的領地不是很繁榮嗎？我也想去看一下。」

把手環在迪亞布羅的肩膀上，金故作親切地說著。

「呼——真拿你沒辦法。既然這樣就歡迎你來。利姆路大人一定也會很高興。」

聽到利姆路的國家被人誇獎，迪亞布羅也感覺不差。他的心情稍微好轉，允許金來訪。

利姆路要是知道這件事肯定會發出慘叫。

事後聽迪亞布羅稟報，利姆路在心裡暗道：「這個傢伙，在一些不必要的地方盡學紫苑……」

不知道事情會變成這樣，迪亞布羅就這麼跟金說定。

「既然這裡有你們在，那我就先走啦。」

「好。不管這裡『發生什麼事』，利姆路大人都會妥善處理吧。」

「是喔。那也幫我跟利姆路打聲招呼啦。」

「沒問題，那改天見。期待下次見面。」

如此這般，金從現場離去。

迪亞布羅嘆了一口氣。

「看來總算想辦法混過去了。要是金來這妨礙我們，不曉得事情會變怎樣。就連我都難以對付金。

咯呵呵呵呵，要變得更強才行──」

現場只剩迪亞布羅響亮的哄笑聲。

●

在內殿裡，一場激烈的戰鬥持續蔓延。

路易放出的手刀變成斬擊，能砍斷所有障礙物。而且還伴隨衝擊波，就算拉普拉斯逃到遠方，依然朝他進逼。調皮地躲來躲去，拉普拉斯嘴邊帶著從容的笑容。

「對了對了，你素羅伊的哥哥唄？是雙胞胎嗎？那就別打了唄。你贏不了窩喔！」

拉普拉斯假裝四處逃竄，甚至還有餘力跟人開玩笑。

面對這樣的拉普拉斯，路易從頭到尾都面無表情。就算攻擊被人避開也不在意，朝拉普拉斯淡淡地揮動雙手。

不知不覺間，兩人來到墓室外頭。

拉普拉斯閃避路易的攻擊，躲著躲著自然而然來到這個地方。

「如你所說，我跟路易就像雙胞胎。實力完全勢均力敵，外表也很相似。差別在於路易很狂暴，而我沒什麼感情，頂多只有這樣。可是，唯有一點。在這方面我比他更厲害。那就是『眼睛』很好。」

「眼睛很好素啥鬼？」

「能細細觀察對手的技能、肢體動作和對手相中的目標。正因如此，我看得一清二楚，知道你從剛才開始就一直在找我的破綻。」

「……搞什麼，原來你比弟弟優秀啊。不過光靠一對利眼沒辦法打贏窩喔！」

「這可不一定。還有一件事，我的名字叫路易。拜託別叫我哥哥。真要說起來，我跟羅伊的感情不怎麼好。」

「哦──好唄，反正跟窩沒關係。」

在激烈的攻防戰中，或該說──拉普拉斯一面避開路易咄咄逼人的攻擊，用從容不迫的態度應對。在觀察的人不是路易，是自己才對──那眼神就是最好的佐證。

「好了，你差不多也累了吧？就好好睡個覺吧。」

此時路易喊道。

同時他的攻擊變得更加激烈。

「就跟你說沒用哩。」

「是嗎？那我就加強火力。」

語氣依然沒有任何變化，但拉普拉斯突然有種不祥的預感。

這種時候的預感特別準。拉普拉斯沒有絲毫猶豫，他用大到誇張的動作跳離現場。

這個判斷是對的。

路易的攻擊擴散開來，將拉普拉斯剛才站的地方打個粉碎。

「——唔！這股力量素什麼……」

剛才那一下明顯蘊含強大威力。假如拉普拉斯繼續小看路易，他大概會來不及回防，因此受重傷吧。

「呼——終於開始有手感了。居然能避開剛才那一擊，看來你這個男人不簡單。」

「你想讓窩疏於防範，靠那一擊宰掉窩對唄？」

「嗯。不敢說沒這個意思，但用不著使這種卑鄙技倆，我還是能打贏你。」

「你說什麼？」

拉普拉斯曾經宰掉羅伊。

當時羅伊的確小看拉普拉斯。然而即使剔除這點，拉普拉斯的實力依然遠在羅伊之上。

再說拉普拉斯並沒有掉以輕心。

就算羅伊是魔王魯米納斯的替身，他的實力仍舊與魔王卡札利姆不相上下，這是如假包換的事實。

卡札利姆形同拉普拉斯等人的父母。面對實力與其不相上下的對手，拉普拉斯怎麼可能掉以輕心。

「剛才那是血刃閃紅波（Blood Rain）的進階活用版。隱藏魔力氣息，該技能的目的在於讓對手降低戒心。只是被對方看過一次，下次就不管用。」

這種行為就好像在掀底牌，但路易還是對拉普拉斯解說自己的技能。

聽到這些，拉普拉斯心中的不祥預感愈來愈強烈。

（這下糟哩。素在拖延時間嗎？這傢伙的目的到底素什麼？）

拉普拉斯的直覺告訴他，現在他正身處在危險之中。

這樣下去會著路易的道──拉普拉斯如此判斷，毫不猶豫地使出殺手鐧。

這種時候絕對不能猶豫。稍微猶豫一下，他可能就會丟掉性命。

「──所以說，你會死在這裡！」

路易做出宣告，拉普拉斯周圍隨即引爆。

爆發的衝擊波往中心點集中。待在那兒的拉普拉斯無處可逃，鮮血粒子砲已將他鎖定。

勝負分曉。

任何人看了都會這麼認為。

火焰燒得劇烈。

正中央有個人型崩塌倒地。

「可惜了。我跟羅伊原本是同一個人。是魯米納斯大人靠她的力量將我們分開。羅伊死掉讓我取回原本應有的力量。」

從前有個過度狂暴、沒人敢對其出手的「鮮血的霸王（Bloody Lord）」。

是魯米納斯討伐這個男人，將他納為己用。

可是那時的他太過狂暴，除了魯米納斯，跟其他的部下總是衝突不斷。因此魯米納斯將那個男人一分為二，任命一個當自己的左右手，也就是法皇，另一人則成了替身魔王。

換句話說，如今路易取回往年的力量，變成完全體

力量是以前的好幾倍。

就算拉普拉斯的力量完全在羅伊之上，路易也有把握贏得勝利。

正因如此——

「真嚇人。剛才真的好險。」

看到拉普拉斯邊說邊拱著身爬起來，路易有點驚訝。

拉普拉斯哪可能放過這個好機會。

「你快逃，福特曼。這樣下去你會死的！」

「呵呵呵，雖然不甘心，但有可能會變成那樣喔。」

福特曼已經被岡達殺到滿目瘡痍。

魯米納斯底下的「三爵」就屬岡達實力最強。雖不及變成完全體的路易，他的實力仍非福特曼能匹敵。

就算在跟路易作戰，拉普拉斯仍然仔細觀察，確實掌握這點。

只有他一個人，要逃跑很簡單，可是拉普拉斯不可能丟下福特曼逃跑。

（就算窩在這拿出看家本領，還素無法把他們全都打倒。在那之前，福特曼就會先被殺死唄。既然這樣，最好的辦法就素盡快逃走。反正牽制敵人的目的已經達成哩，沒必要冒險！）

這是拉普拉斯得出的結論。

所以他故意出聲讓路易動搖，再趁機採取行動。這招奏效，拉普拉斯和福特曼順利逃走並保住一命。

墓室裡只剩魯米納斯和瑪麗亞・羅素。

魯米納斯對瑪麗亞採取的攻勢似乎有所保留，她沒有認真打。能配合進行超高速戰鬥，證明眼前這樣東西——瑪麗亞是贗品。

可是，即使如此——

魯米納斯還是確實讀到瑪麗亞充滿慈愛的氣息。

（格蘭貝爾那傢伙八成把瑪麗亞的遺體保存起來。那麼這樣東西就是利用屍體打造的屍人——不，不對。這具殘骸沒有任何意志，是用死靈魔法「死靈復甦」做的使魔。竟然使用禁忌的邪術，那傢伙已經墮落到這種地步了嗎……）

失去所愛之人，任何人都會祈求吧。

希望所愛之人重新活過來。

可是沒人能實現這個願望。

格蘭貝爾想仰賴邪術，魯米納斯並非不能想像那種心情，然而那頂多只停留在想像階段。魯米納斯離死亡很遙遠，無法理解真正的悲傷是什麼。

格蘭貝爾和瑪麗亞是感情很好的夫妻。

瑪麗亞是聖女，一路支持身為勇者的格蘭。而格蘭也想替聖女瑪麗亞分擔重擔，與她相互扶持。

兩人感情好到讓當時還是敵人的魯米納斯為之嫉妒。

竟然讓這樣的瑪麗亞當使魔，可見格蘭貝爾的覺悟有多深。而且她強得超乎常理，肯定還用了其他邪術。

因為瑪麗亞跟魯米納斯對打時，能夠使用無以計數的特殊能力。就好像在使用數種獨有技，就連魯米納斯都難以應付。

（棒是棒，但還是太弱。格蘭貝爾那傢伙也知道無法戰勝妾身吧。那麼，他的目的是——）

思考到一半，魯米納斯突然覺得很不安。她似乎漏看什麼重要事物——

「魯米納斯大人，讓賊人給逃了。現在路易正在追捕他們，小的現在也要過去追——」

這時岡達回來稟報。

他的話說到一半停下的瞬間，魯米納斯也發現異樣。

房間裡少了某樣東西。

那樣東西非常重要……

岡達看到了，魯米納斯的異色雙眸也捕捉到這點。

——在墓室深處審慎保管的聖靈力棺材消失無蹤——

魯米納斯連話都說不出來，整個人陷入混亂，無法接受現實。

這種事絕不允許。

魯米納斯非常震驚，被瑪麗亞的攻擊正面打中。

「魯米納斯大人——！」

岡達焦急的聲音傳來，但魯米納斯無暇顧及。那股痛楚遊走全身，甚至讓魯米納斯感謝，因為這個刺激讓她的思路得以保持冷靜。

在魯米納斯心中，有一部分保持冷靜，藉著那冷靜的思路再次思考。

安撫大叫不要的心，認清現實。就算感情上有多麼不想承認，魯米納斯冷靜的分析力依然直指現實。

聖靈力之棺——聖櫃被偷了，這就是現實。

一擁而上的怒意使魯米納斯刺穿瑪麗亞的胸膛。

「格蘭貝爾，你要做到這個地步是嗎？膽敢、膽敢踩妾身的底線，格蘭——！」

發出憤怒的咆哮，魯米納斯釋放體內蘊藏的魔力。

「非比尋常」的威力將墓室瞬間破壞。魯米納斯周身充斥混沌的魔力漩渦。

任何人都無法靠近，形成一個死亡空間。

「岡達——！」

「是，屬下在！」

「把他們找出來。一定要把那些入侵者找出來！」

「遵命！」

不需要過多言語。

察覺魯米納斯的意思，岡達立刻展開行動。

面對盛怒的魯米納斯，就連岡達都有可能小命不保。

（要是這個任務失敗，我國魯貝利歐斯可能會毀滅……）

岡達被迫朝那個方向想，開始全力奔馳。

現場只剩魯米納斯一人，連壓抑怒火都煞費苦心。

她冷靜判斷，知道自己若採取行動只會讓狀況更加惡化。

思考的時候與感情做切割──這對魯米納斯而言是很自然的行為。

然而這次事件還是帶來很大的衝擊。

（那樣不行。在時機成熟前若是沒有小心保護，可能會讓世界滅亡。要是連妾身都難以應付……）

那樣東西──那個聖櫃是重要友人託付給她的東西。而且一個不小心沒弄好，這個世界可能會面臨重大災難，所以才被她嚴密封印。

魯米納斯冷靜分析狀況。

對那個聖櫃施加的封印只有魯米納斯能解。那股神聖力量也會灼燒施術者魯米納斯，是威力強大又可怕的「結界」。

可是問題擺在眼前，那樣東西被人帶走……

（──究竟是誰？能夠把那樣東西帶走，這表示那個人很有實力，至少能與妾身匹敵……）

換句話說，對方的實力相當於魔王。

格蘭貝爾在大聖堂作亂，他的目的肯定是要聲東擊西。

這個人足以讓格蘭貝爾託付關鍵目標。

他相信若是自己當誘餌，那個人一定可以偷走聖櫃。

在這場賭注中，格蘭貝爾贏了。

（──不，現在或許還來得及。不能在這示弱。比起那個，現在更該……）

格蘭貝爾拿到聖櫃有何打算？

要先去確認這件事。

基本上關於聖櫃，魯米納斯沒有對格蘭貝爾透露半點消息。那是最高機密，就連岡達和路易都對聖櫃、聖櫃裡封印的少女沒有太深了解。

格蘭貝爾不惜將王牌全用上。就這點來看，那股決心不是一般的強。

甚至連魯米納斯看了都覺得不對勁。

只要能達成真正的目的，其他事情怎樣都無所謂——她感受到這股充滿怨念的氣魄。

「好吧。先來確認你的真實用意。」

在這聲呢喃後，魯米納斯朝大聖堂看去。

●

看樣子雷昂知道我的意思了。

他配合我，與我刀劍相向。

可是看在旁人眼中，那就像真正的攻防戰吧。就連我一不注意都有可能被砍死。

話說，他真的有看懂嗎？

看我的眼神，雷昂應該也知道格蘭貝爾是幕後黑手。接下來只要等時機到來，在那之前順水推舟跟他論劍就好。我是這樣想的，但是雷昂的劍看上去完全不給我喘息空間。

速度非常快。

日向的劍速也很快，不過雷昂也不遑多讓。

他用的似乎也是正統派劍術，姿勢很漂亮。

我個人的情況，是跟白老拜師學藝後便加入一點個人色彩。由於戰鬥手段並非只有刀，關於這點也是沒辦法的事。再加上有智慧之王拉斐爾當監製，應該不至於完全不合乎邏輯才對。

然後，那種事不重要，剛才在說雷昂的攻擊很犀利。

甚至讓人懷疑他進攻是想把我殺了，然而雷昂臉上幾乎沒有任何表情。看那張臉難以讀出他是否有殺意，害我有點擔心，不確定就此相信他是否妥當。

《答。沒問題。根據「未來攻擊預測」顯示，他正配合你出招。》

那我就放心了。

就這樣繼續下去，由智慧之王拉斐爾大師的自動戰鬥模式包辦吧。

這些先擺一邊，還有其他事令我擔憂。

從剛才開始我就一直測得地底有晃動反應。

甚至懷疑是不是岩盤位移——搖得非常激烈。我猜應該是人不在這的魯米納斯所為。

到處都有問題。

這場騷動已經不是出點事就能形容的了。

早就超出能把其他國家的人也捲進來的程度了，若對象不是我早就被投訴，演變成國際問題。

——不過，對魯米納斯做這方面的投訴也沒用。

這些姑且不論。

迪亞布羅也還沒回來。

紫苑和蘭加正苦於對付那個叫蘭斯洛的蟲型魔獸。

日向和格蘭貝爾看上去勢均力敵，可是感覺上格蘭貝爾更有餘力。可以想見戰鬥拖愈久對日向愈不利。

總之各方面的戰況都不理想。

甚至讓人難以判斷，不曉得該從哪裡開始處理。

我正在分析戰況，這時地底突然傳出高濃度的魔力反應。

這來自魯米納斯。

大聖堂地面上鋪設的石材都被震飛，開了一個直徑約兩公尺的圓洞。一道集束射線射出，直接將天花板射破，消失在天空中。

威力亂強一把，但是對魯米納斯來說這點招數只是小菜一碟吧。

「格蘭貝爾，看來你是玩真的，想要與妾身為敵是吧。」

地面上開了一個洞，魯米納斯抱著一名美麗的女子現身。一開口就對格蘭貝爾丟出殺意濃厚的質問。

看來要刷新局面了。

雷昂似乎跟我抱持相同看法，目光放在魯米納斯身上。

「咯咯咯，不愧是魯米納斯大人。就連我的使魔都無法絆住妳。我從為數眾多的『異界訪客』身上抽取力量注入，那可是我的最高傑作。」

「愚蠢的東西。不管替冒牌貨注入多少力量，沒有意志的人偶都不敵本尊。這種事你應該最清楚吧！」

「我當然知道。」

面對激動的魯米納斯，格蘭貝爾依然老神在在。

日向用來對付他的劍速變得更加犀利，然而就連這些都被格蘭貝爾輕易化解。

照理說日向有能偷取對手技巧的手段，可是看樣子似乎沒用成。

說起來，技藝和技能不一樣，就算奪走也無法馬上使用。必須經過日積月累的修練才能運用自如。

格蘭貝爾會這麼強，是因為他經年累月鑽研吧。軸心絲毫沒有偏移，安定到就像穩如泰山的大地。

「真厲害。看樣子他自稱前『勇者』這件事不是唬人的。」

「嗯。這件事有點超乎預期。」

雷昂和我小聲交談。

沒去管我們兩個，魯米納斯和格蘭貝爾繼續交談。

「那你幹這種事到底是何居心——」

魯米納斯邊說邊讓手裡抱的女子輕輕躺下。

看起來就像睡著了，不對。她已經死了。就如字面上的意思，只是操縱屍體，將其當成使魔罷了。

既然沒有「靈魂」，不管注入多少能量都沒意義。對此，我非常清楚。

「——瑪麗亞已死，你還要褻瀆她！」

看樣子魯米納斯認識那名女子。

她叫瑪麗亞是嗎？

模樣跟瑪莉安貝爾有點像。她搞不好是……

「因為有這個必要。一切都是為了這一刻。」

魯米納斯一臉狐疑，當著她的面，格蘭貝爾脫掉左手的手套。刻在上頭的花紋開始發光，與之呼應，瑪麗亞的屍體也跟著發光。

「你想幹嘛——！」

這個疑問出自魯米納斯，但是在場所有人也抱持相同疑問吧。

我跟雷昂停下手邊動作，在那觀望。

事到如今，跟人演戲只顯得可笑。甚至讓我想不起來，不知道剛才為什麼要演那場戲。

令人難以置信的現象就在我們眼前發生。

瑪麗亞的屍體變成一道光芒，注入格蘭貝爾手上的刻紋裡。格蘭貝爾的身體隨即充滿力量。

不只是魔素量上昇，還以肉眼可見的形式呈現。

格蘭貝爾的細胞活化。

白色毛髮變成耀眼的金髮，乾枯的皮膚恢復水嫩。

往年的「勇者」出現——是年輕時候的格蘭貝爾・羅素。

他的目光銳利。

「——妾身懂了，你這小子……連妾身給的愛之吻(Love energy)都放進瑪麗亞體內是吧！」

魯米納斯大叫，格蘭貝爾則對此首肯。

印象中愛之吻是用來保持青春永駐的能量。這些為格蘭貝爾調合的能量加上其他能量全遭他回收是嗎？

結果造就眼前的格蘭貝爾吧。

「魯米納斯大人——不對，魯米納斯。我跟妳還沒分出勝負。我突然想到了，還沒達成這個目的就不能死。如今瑪莉安貝爾已死，我的野心也泡湯了。然而我還是懷抱渴望！」

「臭小子！」

「別小看我！」

有兩個人對格蘭貝爾做出回應。

是魯米納斯跟日向。

回春的格蘭貝爾轉頭看日向。

「對了，日向，有些事還沒教妳。在我收過的弟子中，妳最有才華。而且企圖心很強，一直努力磨練自己。誇妳優秀也不為過。但是——」

這句話一講完，格蘭貝爾隨手一揮釋出攻擊。那一擊讓人難以置信。

「崩魔靈子斬——！不會吧，不需要詠唱咒文就能操縱靈子嗎？」

能夠避掉的日向也很厲害。可是有過之而無不及，格蘭貝爾能輕鬆使出究極聖劍技，那已經不是超乎想像可以形容的了。

他是讓人難以想像的怪物。

「日向啊，我之前很疑惑，不知道妳為什麼不能當勇者。光靠才華與努力無法變成勇者。沒被精靈所愛，就不具備成為勇者的資格。話雖如此，妳被精靈所愛。然而……」

「那真是可惜了。就算被精靈所愛又怎樣，當不了的東西就是當不成。」

「要是妳覺醒成勇者，就能對我的野心有所助益吧。因此，讓我給妳一個建議。妳心中有黑暗吧？妳殺了跟自己很親近的人吧？是父母、兄弟，還是朋友？」

「閉嘴！」

為了避開崩魔靈子斬，日向跑到遠方，但她又在地上蹬一腳，朝格蘭貝爾一鼓作氣逼近。格蘭貝爾那番話大概說到她的痛處，她的眼神充滿憤怒。

劍與劍互相碰撞，敲出高亢的聲響。

格蘭貝爾紋風不動，反倒是日向被打飛。

「唔──！」

技量差距太過懸殊。

日向之於格蘭貝爾有如稚兒，讓人懷疑自己是不是看錯了。

「妳無法接受光之精靈。快克服吧。心中的黑暗不過是自身心靈擅自捏造的幻覺。要原諒過去的自己，對現在的自己──對妳的生存之道引以為傲。如此一來，妳也將重見光明──」

「我叫你閉嘴！」

日向情緒激動地大喊，這一切都被格蘭貝爾冷眼注視。

「令人遺憾，日向。假如有更多時間，我就能引導妳。要是妳不能理解，那就親身體驗吧。連想要保護的東西都無法守護，拯救世界只是痴人說夢。」

糟糕──我的直覺這麼告訴我。

那些對話讓大家的注意力全都放在日向身上。

要是這些格雷貝爾全都算到的話？

那他的目的是──

《警告。根據「未來攻擊預測」顯示，他的目的是──》

一旦格蘭貝爾揮劍，變成斬擊射出的「靈子壞滅」將無人能擋。

比起斬擊，更像是突刺——該叫它「崩魔靈子突擊（Melt Strike）」吧。

速度快到逼近光速，會將標的物貫穿。

所以我使盡全力跑向那個孩子。

根據計算顯示，就算我盡全力奔跑也趕不上。可是開「暴食之王別西卜」將整個空間吃掉的話……

接近光速運動的靈子不可能捕捉到，但知道對方的目標是克蘿耶，就有機會搶先。

「克蘿耶——！」

當我喊完，一切都已經結束了。

日向率先採取行動。

沒有一絲一毫的猶豫，擋在克蘿耶跟格蘭貝爾的射線之間。然後犧牲自己，讓格蘭貝爾的崩魔靈子突擊打在胸口上。

胸口轉眼間被貫穿，日向邊吐血邊倒下。然而光束只衰減些許威力，仍朝克蘿耶進逼。

繼日向之後採取行動的男人令人意外，是威諾姆。

跟日向一樣，打算犧牲自己保護克蘿耶。

八成是忠於迪亞布羅的命令，威諾姆總是全神貫注，確保孩子們安然無恙，所以才能在那瞬間趕上。

「咕啊，好痛——！」

就算肚子上開了一個大洞，他看起來還是很有精神。

不愧是惡魔，只要「靈魂」沒事，就算肉體毀滅似乎也安然無恙。假如格蘭貝爾的目的是威諾姆，那就另當別論，但現在不去管他似乎也沒什麼問題。

因為日向和威諾姆爭取那一點時間，我最後趕上了。將克蘿耶前方的空間全都吃掉，就結果而言，我是以接近瞬間移動的形式撲上去的。

再來只要讓「誓約之王烏列爾」的「絕對防禦」保護克蘿耶就好。

「咦，利姆路老師？日向……姊姊……？」

雖然對威諾姆不好意思，但克蘿耶的注意力只放在日向身上。這也不能怪她。就連我都在擔心日向。

「日向，妳沒事吧？」

魯米納斯朝日向跑去，檢視她的傷口。

「日向姊姊，妳不能死——！」

「喂，克蘿耶！」

還來不及阻止，克蘿耶就跑出去了。其他的孩子也想追上去，我趕緊用「麻痺噴霧」讓孩子們昏厥。然後給威諾姆回復藥，要他保護孩子們。

「你、你叫她克蘿耶？真的是……克蘿耶嗎……」

雷昂看起來舉止詭異，但現在沒空理他。

我也過去追克蘿耶，來到日向身邊。

一面對格蘭貝爾保持警戒，一面窺探日向。

——咦，這是……

「喂，魯米納斯……」

「安靜！靈子的侵蝕速度太快！」

肉體的傷明明在癒合，日向卻愈來愈衰弱。原因在於靈子正破壞日向的精神體。

照這樣下去，最後會連星幽體都侵蝕。到時就算是日向也——

這時日向微微地睜開眼睛。

「很、很好！妳做得很好，日向。要保持清醒！」

「——不，魯米納斯大人，我、我——咳喝！」

糟糕。

這樣下去日向會有危險。

不過，就連比我更精通神聖魔法的魯米納斯都無法將日向拉離鬼門關。

格蘭貝爾的技能就是這麼棘手。

「克、克蘿耶，幸好妳平安無事……」

儘管嘴邊流著鮮血，日向還是拚命撐起身子。

有著鋼鐵般的意志。

明明連眼睛都看不到了，嘴角卻噙著笑容。

日向朝克蘿耶伸出右手。

顫抖的手握著「月光細劍」和手環——是「聖靈武裝」。

「……克蘿耶，這些給妳。身、身為師父……都、都還沒為妳做……師父該做的事，如果是妳，一定能……超越我——」

日向的話斷斷續續，但確實傳達給正在哭泣的克蘿耶。

「日向……姊姊……」

克蘿耶伸手，戰戰兢兢地觸碰日向——

下一秒——

日向的身體開始發光，那些光似乎流進克蘿耶手中。

是我看錯了——？

就連魯米納斯也沒有任何反應。

該說這是……時間靜止了……

「騙、騙人！我不知道這種事！為什麼，時間還沒到啊！」

克蘿耶的叫聲傳入耳裡。

「喂，克蘿耶？」

才叫到一半，克蘿耶的身影就消失了。

彷彿一開始就不曾存在。

——我突然回過神。

剛才那到底是？

「克蘿耶、克蘿耶在哪裡？利姆路……你這傢伙，對克蘿耶動什麼手腳？」

「呃，不，我也搞不清楚……」

雷昂抓住我的肩膀質問，但我也一頭霧水。是說克蘿耶跑哪去了？

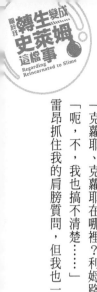

難道說，她真的消失了？

看我這個樣子，雷昂似乎相信我沒在說謊。

他一臉焦急並朝四周張望。

我則感到無比驚愕。

剛才發生什麼事了？完全搞不清楚。

《——無解。情況異常。個體名「克蘿耶．歐貝爾」發生了什麼事，無法掌握全貌。》

令人驚訝的是，就連總是很可靠的智慧之王拉斐爾都無法掌握現況。

可是我現在連發呆的餘力都沒有。

●

少女——克蘿耶消失，魯米納斯並不訝異。

眼下比起那些，更重要的是——令她珍視的夥伴。

魯米納斯發動亡者復活卻沒有發揮效用，消失在半空中。

這件事令魯米納斯感到驚愕。

「為什麼！才剛死沒多久，怎麼會……」

——不，魯米納斯「看得見」。

日向的肉體完美修復，裡頭最重要的「靈魂」卻消失了。

「日向，對不起。有妾身在卻讓妳遇上這種事……」

一滴淚從魯米納斯的眼眶滑落。

這時一道煞風景的聲音傳入魯米納斯耳裡。

「妳就別在那哀嘆了。這些都按我的計畫進行。最後一項計畫真的很順利，魯米納斯！」

在這種情況下，就只有一個人——只有格蘭貝爾開心地笑著。這點讓魯米納斯非常火大。

日向喪命。

魯米納斯就連為此感到悲傷的時間都沒有。

「不可原諒，妾身絕不原諒你。要把你大卸八塊！」

魯米納斯大聲咆哮。

並為此震怒。

盛怒之火讓魯米納斯漲紅臉。

那是在氣她寵幸的日向於眼前遭人奪走。

什麼都辦不到，那種無力感與絕望一湧而上。

這股憤怒比起以前王國被維爾德拉害到灰飛煙滅有過之而無不及，令身為魔王的魯米納斯心煩意亂。

宛如在杯子裡快要溢出的水產生波紋，這股刺激激發魯米納斯的慾望。

情感上出現劇烈擺盪，讓總是壓抑自己的魯米納斯產生某種變化。

響徹四周的「世界之聲」——魯米納斯先前已將技能活用至極致，就連她都無法攀上巔峰，而那道

聲音於此時敲響昭示之鐘。

《確認完畢。條件滿足。獨有技「色慾者」進化成究極技能「色慾之王阿斯蒙太」。》

就在這一刻，寄宿在魯米納斯身上的龐大力量更上一層樓，變得既凶惡又狂暴——達到天上支配者的境界。

魔王魯米納斯的進化技能——「色慾之王阿斯蒙太」司掌「生與死」。

日向的死令她感到無力，魯米納斯因此覺醒。

可是，魯米納斯毫無反應。

因為她憑本能理解到一件事，那就是事到如今，就連這個能力都沒意義了。

「事到如今，那些都無所謂了！現在一切都太遲了……在關鍵時刻無法派上用場，對妾身來說是可有可無的力量——！」

就連「世界之聲」都徹底無視，魯米納斯被灼燒其身的怒火包圍。

「你是要跟妾身一決勝負對吧？」

「對，魯米納斯。妳也進化了吧？雖然在意料之外，但我很高興。」

藍與紅的異色雙眸閃著妖異光芒，充滿憎恨的眼瞪視格蘭貝爾。

不經意地，消失的少女——那張臉在魯米納斯腦中掠過。然而，魯米納斯將這份情感逐出腦海。

「這『跟之前聽說的不一樣』——不過，那種事不重要。就送你上西天吧，格蘭貝爾——！」

就這樣，魯米納斯對上格蘭貝爾。

受超過千年的因緣牽引，他們即將一決雌雄。

●

我只能默默地看魯米納斯處置。

照完美的步驟施以亡者復活，卻沒有發揮任何效果。

那情景令人難以置信。

基本上只要靈魂平安無事，不管是精神體或星幽體都能靠亡者復活復原才對。為什麼沒用……

《答。個體名「坂口日向」的「靈魂」疑似消失。不管用什麼手段都沒用，無法將失去的「資訊體」復原。》

……沒有……靈魂？

不，其實我注意到了。

這是日向第二次倒下，所以其中的差異特別明顯。

魯米納斯也一樣，早就發現了吧。

可是一般而言靈魂不會這麼快消失。會不會是哪個環節出錯導致無法辨識？她賭的是那一絲希望吧。

話雖如此，看樣子還是不行。

真沒想到魯米納斯會慌成那樣。想必日向跟她的感情很好，超乎我的認知吧。
我也無法置身事外。
怎麼會發生這種事——想到這邊，我的思緒就變得很混亂。
可是現在沒空去想那個了。
「這跟之前聽說的不一樣——不過，那種事不重要。就送你上西天吧，格蘭貝爾——！」
聽到魯米納斯大吼，我這才發現自己一直在發呆。
竟然在戰場上發呆，我到底在做什麼。
那就跟自殺沒兩樣。
晚點再來悲傷也不遲，現在必須盡我所能。
魯米納斯的話聽起來有點奇怪，但我還是晚點再去探究吧。
要冷靜，保持冷靜。
事情還沒有收拾好。
要是我在這裡失去理智輸掉，那日向的犧牲和大家的努力就全都白費了。
雖然很勉強，我還是順利切換意識。
假如魯米納斯叫得再晚一點，情況就會更加惡化吧——這是因為大聖堂在下一刻大爆炸。
爆炸引發的閃光和暴風從入口掃向中央地帶。
速度快到不行，跟光速相比卻感覺慢到讓人打呵欠。
我不慌不忙地展開行動，想保護孩子們和樂團成員。

我擔心紫苑等人便朝那偷瞥一眼，結果神不知鬼不覺歸隊的迪亞布羅已展開「結界」保護他們。

「咯呵呵呵呵，我來晚了。」

「不，幸好你趕上！」

我朝迪亞布羅道謝。

話說回來，這次紫苑被嚇到。

蘭加察覺現場發生爆炸，還發現迪亞布羅，但是看樣子紫苑只注意眼前的敵人。

臉上神情認真得可怕，就好像沉醉在鮮血之中而布滿紅潮。看起來莫名性感，在戰場上卻很突兀。

算了，沒關係。

直到不久前都被人壓制，如今似乎已能勉強跟對方抗衡。就讓紫苑和蘭加繼續對付蘭斯洛吧。

我開始探究爆發的原因。

感覺到一股極其巨大的妖氣。

甚至讓人有種背脊發寒的錯覺，那股氣息就是如此邪惡。

已經超越所謂的不祥預感了。

沉重的壓迫感來襲，彷彿天要塌下來似的——咦，這股氣息神似跟克蘿耶融合的高階精靈？

像歸像，卻有些許不同。

不過，唯獨那股龐大的存在感與克蘿耶身上的神似。

《警告。該對象為物質體。已測得異常能量——上限與個體名「維爾德拉」同等。》

好的。

認定那是怪物啦！

跟之前不一樣，不是無法檢測了，可是一點安慰效果都沒有。

若是跟混沌龍一樣只是靠本能作亂，那還能應對，要是這次的敵人有智慧，那我可就舉手投降了。

除此之外，假如其戰鬥經驗很豐富……連想都覺得可怕。感覺連打都沒得打，會直接吃敗仗。

那股能量是我的好幾倍。

但我有種預感，八成只能硬著頭皮上。

這就是所謂的絕望吧。

緊接著，煙霧散去。

站在那裡的是一名絕世美少女。

如新生兒般未著寸縷，閉著眼靜靜地佇立。

銀黑色長髮飄散，朝四周灑下銀光。

那身姿美得如夢似幻，讓我不禁看到入迷。

——但現在不是做那種事的時候。

「把妾身的聖櫃奪走，就是你幹的好事嗎！而且還好死不死解開聖靈力封印，讓破滅的意志『克羅諾亞』覺醒……」

魯米納斯朝某個方向大叫，那裡出現一抹熟悉的身影。

是優樹。

果然，這次也是他在搞鬼嗎？

心裡的某個角落很想相信他，但是看樣子智慧之王拉斐爾果然是正確的。

不過，要是有人問我會相信哪一邊，我會毫不猶豫地回答「智慧之王拉斐爾」。

所以我一點也不驚訝，而是用冷淡的態度朝優樹開口：

「果然跟你有關？」

「嘖，穿幫了嗎？不過，這樣正好。」

優樹一點也不內疚，用不以為然的態度大放厥詞。

這似乎是那傢伙的本性，話說他的神經好像挺大條。

優樹後方有兩個戴面具的陌生魔人。

是「左右不對稱狗眼看人低的面具」跟「憤怒的面具」——這兩個傢伙八成是「中庸小丑幫」的拉普拉斯和福特曼吧。

我之前就在懷疑了，看來他們果然跟優樹掛勾。

「妳就是魯米納斯？我是神樂坂優樹，見到妳是我的榮幸。」

「住嘴！你是怎麼解開封印的？」

「關於妳的問題，那是因為我有非常特殊的體質。這個『能力封殺』可以抵擋所有的魔法和特殊能力。」

「——原來是這樣啊。竟然不打自招，膽子挺大的嘛。」

恨得牙癢癢的魯米納斯在瞪優樹，但所有的注意力仍放在格蘭貝爾身上。

魯米納斯和格蘭貝爾彼此制衡，雙方都無法任意出手。

此外，格蘭貝爾也在看黑髮少女。跟魯米納斯一樣，同時對應所有的攻擊。高手的戰鬥不是一句靈巧就能形容。

「算是吧。總而言之，既然都被那位利姆路先生知道了，那我也就沒什麼好隱瞞了。話說回來，我也有個問題想請教一下。不是問妳，是那邊那位格蘭貝爾先生。」

「咯咯咯，我大概能猜到你想問什麼，也罷，就說說看吧。」

優樹嘴上說的輕鬆，眼神卻不敢大意，一直在窺探四周。

我跟雷昂都能自由行動了，他想逃沒那麼簡單。

前提是──優樹打算逃跑，可以確定這傢伙肯定會逃走。

我想不透優樹怎麼會在這種時候現身。因此會有今天這個局面，八成不是優樹的意思。

還沒摸清狀況就行動很危險。

只能從優樹和格蘭貝爾的話推測現在是什麼情況。

「聽說聖櫃裡封的是『勇者』，但她都不聽使喚呢。封印還擅自解除，這到底是怎麼一回事，格蘭貝爾？」

勇者？

你說那個少女是勇者？

這下我愈來愈摸不著頭緒了。

為什麼魔王會把勇者封起來？

是說魯米納斯好像很寶貝她，感覺不是單純的封印而已。

「這還用說！那玩意兒既是『勇者』又不算『勇者』。現在的她等同邪惡的化身，名叫克羅諾亞

——」

魯米納斯出面回答優樹。

聲音聽起來非常憤怒，令人驚訝的是還混雜焦躁。

魯米納斯叫那名少女克羅諾亞，還說她是邪惡的化身，聽到這類不詳的字眼，看樣子她果然非常危險。

「咯咯咯。真是辛苦你了，優樹。那個聖櫃——聖靈力封印就連我都無法破除，所以才利用你。一旦封印解除，任何人都不是她的對手。這些魔王和邪惡之人啊！你們全都在這受死吧！」

一面發出哄笑，格蘭貝爾喊出這句話。

話說他人好好喔。把內情毫無保留全都說出來，也算是幫我們一個大忙呢。

——講是這樣講，情況完全沒有好轉就是了。

「真是的，互相矇騙的結果是我輸了嗎？完全被人擺了一道……」

我聽到優樹在發牢騷。

不過，這種膠著狀態也差不多要結束了。

某個物體開始搖晃。

黑髮少女——克羅諾亞有動靜了。

她輕輕地搖搖頭，睜開那雙眼睛——

一場大混戰就此開打。

＊

魯米納斯是否知道些什麼？那個晚點再慢慢問，首先要挺過這一關活下來。

「迪亞布羅，你代替我負責這裡。」

「──遵命！」

在那瞬間迪亞布羅欲言又止，但他似乎很懂得察言觀色，一下子就答應了。

他八成想要毛遂自薦上場作戰，但現在沒空爭辯那個。我完全不想讓他接手，想必迪亞布羅看出這點。

接下來──

現在的問題是我該如何行動。

魯米納斯和格蘭貝爾陷入膠著。

紫苑和蘭加也在跟蘭斯洛奮戰。

優樹一行人企圖逃亡。我不想讓他們逃走，可是比起克羅諾亞，他們的危險性沒那麼高。話雖如此，難就難在無法置之不理。他們可能會從背後暗算，不可能跟我們一起攜手戰鬥。

雷昂從剛才開始就一副失魂落魄的樣子。老實說，大概無法期待他下場戰鬥。

友軍太少，敵人太多。

情況很悲慘，事情未免太難辦了。

這時克羅諾亞睜開眼睛。

她準備跟人作戰。

克羅諾亞看上去全身赤裸——除了一個地方，她的手腕上帶著手環。那個手環開始發光，黑色粒子蓋住克羅諾亞的身體。原理似乎類似「聖靈武裝」。

她身穿漆黑的鎧甲。強度比日向穿的光之鎧更高。

此外，克羅諾亞還召喚一把劍。

那是酷似月光細劍的美麗細劍，差別在於刀身是黑色的。

《警告。形狀一樣，內含的能量卻高到無可比擬。》

看樣子那兩樣裝備都遠在傳說級之上。

跟我的直刀同等，或者比它更強。換句話說，有可能來到神話級。

我不該再有天真的期待。

重點已經不是有沒有智慧了，可能連技量都比不上對手。

而且我有種預感，覺得那樣武器能突破我的守備網。

將面臨致命危機。

《警告。敵人「克羅諾亞」會——》

我知道！

用不著聽智慧之王拉斐爾的忠告，我也知道這下麻煩了。

順從本能，我展開「絕對防禦」並採取迴避行動。
緊接著，一道黑色閃光劃過我剛才站的地方。直接將直線上的所有障礙破壞掉，閃光突破大聖堂的牆接著消失不見。
這已經不是糟糕兩個字可以形容的了。要是慢一步，我就會直接被打中吧。能不能撐住就看運氣了。
《不。就算靠「誓約之王烏列爾」的「絕對防禦」，「靈子」還是能貫穿。只能預測動向，讓「靈子」互相干涉，使它們彼此抵銷。敵人的攻擊變動數值超乎想像，將難以預測。亦即——》
無法防禦對吧？我明白。
那絕對防禦的絕對又是……諸如此類，現在可沒空在那哀嘆。
我剛才夠機靈，確實避開敵人的攻擊，這點值得誇獎。
再說克羅諾亞的攻擊不只針對我。接著她再次出手，瞄準優樹掃去。
沒躲掉那個攻擊的優樹因此受傷。話雖這麼說，頂多只是臉頰稍微割傷罷了。
活該——不該在那災樂禍，但是就讓我偷笑一下吧。
話說回來，克羅諾亞的攻擊真不是蓋的。
面對純粹的物理攻擊，就算優樹有「能力封殺」也沒意義。
不對，仔細想想我有「物理攻擊無效」，優樹卻沒有那麼便利的能力。就算他的身體經過強化，原本也不過是個人類。

原以為「能力封殺」頗具威脅性，沒想到破綻意外多。
看別人作戰才有餘力考察。
趁矛頭還沒指回我身上，我必須想些對策。

《提議。要透過究極技能「暴風之王維爾德拉」發動「暴風龍召喚」嗎？　YES／NO》

啊，原來還有這一手！
我不想在這麼多人面前出大絕招，可是堅持這個導致情況無法挽回，問題可就大了。
要是出現像日向那樣的犧牲者，到時就太遲了。
考量到魯米納斯和維爾德拉的關係，我有點不安，但現在沒空管那個。
我樂得接受智慧之王拉斐爾的提議。
本人有偷偷練習，已經掌握要領。我透過「靈魂迴廊」呼喚維爾德拉，結果他懶洋洋地回應。
『嗯，是利姆路嗎？你們幾個丟下我自己跑去遠足，玩得很開心嗎？』
他在鬧脾氣。
那又不是遠足。
拜託你就別抱怨了，現在我沒空悠哉反駁。
這種時候就要打開天窗說亮話。
『維爾德拉，求求你。我們需要你的幫忙。拜託你幫幫我們！』
透過「靈魂迴廊」傳達情感會比「思念網」更直接。要是撒謊一下子就會被人看破，所以我平常都不用。

然而若要傳遞真心話，這反倒是最棒的手段。

維爾德拉似乎大吃一驚。

『哦哦，你需要我的力量？也是啦。像我這麼可靠的人，天底下沒幾個。你會想拜託我，那種心情我很能體會！』

糟糕，是不是讓他拿翹了？

不，沒問題。如果是維爾德拉，他會回應我的心情吧。

『沒時間了。可以呼叫你嗎？』

『哼，問這什麼蠢問題。你有事拜託我。既然這樣，我的答案只有一個！儘管叫吧。我會盡其所能！』

就跟我想的一樣，維爾德拉這傢伙很值得依靠。

《已獲得首肯。將發動「暴風龍召喚」。》

不久之後，大聖堂裡吹起狂風——

●

雷昂一直處於呆滯狀態。

（我沒趕上嗎……？）

那個叫克蘿耶的少女——肯定沒錯，她就是雷昂尋尋覓覓的兒時玩伴。

不惜弄髒自己的手、仰賴禁忌手段，花了好幾百年苦尋這名少女，她剛才確實就在眼前。

沒錯，的確在那裡。

可是現在那個少女又不見了。

一開始雷昂懷疑利姆路動了什麼手腳。

不過，他馬上否決這個想法。

似乎發生不可思議的事情——雷昂認為只能朝這個方向解釋了。

（還不是時候，現在放棄還太早。剛才我見到她了。下次一定還有機會！）

就像在說給自己聽，雷昂如此說服自己。

他藉此重新振作，然而當下事態已經急轉直下。

一名敵人現身，展現無人能敵的力量。

雖然不清楚她的底細，但他看見利姆路忙著防守。

雷昂也無法置身事外，照眼下情況看來，不敢保證他不會變成下一個目標。

只見優樹遭受攻擊，拚命閃躲。

看到這一幕，雷昂這才想起自己還站在戰場上。

然而時機已經有點晚了。

在大聖堂牆邊，一些無法作戰的人都倒在那兒。雷昂對此並不知情，那是利姆路刻意安排的，避免他們受戰事波及。

這些人還活著，但是他們徹底昏厥。因此雷昂對他們降低戒心。

平常的雷昂不會出現這種失誤。然而剛才他要找的少女在眼前消失，大受打擊的雷昂心亂如麻。

這些要素加在一起，讓雷昂產生破綻。

正因如此，那瞬間雷昂才來不及反應。

一顆小小的魔力彈從牆邊打過來。

看起來沒什麼殺傷力，它朝追殺優樹的克羅諾亞射去。

當然這種東西對克羅諾亞沒用。可是放魔力彈的人讓詭計完美得逞。

這下克羅諾亞轉頭，改盯雷昂。

「嘖，原來目的是讓她盯上我！」

咂嘴之餘，雷昂只能先無視在背後蠢動的傢伙。只要目光從克羅諾亞身上離開，下一秒雷昂就會死。

若是沒有認真應對，就連魔王雷昂都會居下風。不僅如此，就算他認真應戰，很可能也打不贏這個對手。

克羅諾亞就是這麼棘手的敵人。

事已至此，雷昂再也無暇顧及其他。

有人看到情況變成這樣正大聲喝采。

是優樹一行人。

「幹得好，蒂亞！」

「這個判斷下得真棒。沒想到會在這種時候派上用場，但先買個保險是正確的選擇呢。」

其實安插蒂亞是為了讓利姆路對雷昂產生敵意。可是卻遲遲沒有機會，蒂亞只好一直演下去。這些忍耐在絕佳的時間點上獲得回報。

「呵呵呵。再來只要等蒂亞回來，我們就可以撤退。」

被克羅諾亞盯上害優樹冷汗直流，但現在已經恢復平常心。甚至有餘力觀看雷昂與克羅諾亞對戰。

因為他有空觀戰，勢必會發現蒂亞貼著牆跌跌撞撞拚命逃過來。趁拉普拉斯還沒完全做好逃亡準備，他趕緊過去救人。

當優樹把蒂亞帶回來，拉普拉斯的魔法也完成了。

「完成啦。窩們快點回去唄。」

「說得對。利姆路先生似乎打算做什麼，留在這裡很危險吧。我們快點逃吧。」

點頭同意後，優樹的手朝天舉起。

接著將覆蓋魯貝利歐斯的國家規模魔法結界破壞掉。

「呵呵呵，不愧是老大。」

「不論什麼時候看，老大的技能都很犯規呢……」

「那樣很好啊。多虧這招，窩們才能輕鬆逃走。」

正如拉普拉斯所說，要靠魔法從這種市中心逃亡照理來說是不可能的。有了優樹的力量，能讓所有的情況有利於他們。

蒂亞說得沒錯，這樣很犯規，但多虧那招才能逃跑，所以大家都毫無怨言。

「不曉得誰會存活下來，但下次遇到就是敵人了吧。那你們好好努力吧！」

留下這句話，優樹一行人自該處離去。

●

我看到優樹等人逃跑。

竟然留下這麼棘手的傢伙，就他們幾個腳底抹油開溜——雖然為此感到憤慨，但換個角度想未嘗不是一件好事。

跟不知是敵是友的人——該說這種時候肯定是敵人。跟那種人站在同一個陣線上，不知道什麼時候會遭人背叛。

一不小心就會被人前後夾攻，與其這樣還不如鎖定單一敵人，那樣獲勝機率也比較高。

對西方諸國來說，西方聖教會的影響力很大。

只要魯米納斯贊同我的聲明，優樹就等同在西方失勢。

畢竟自由公會的後盾是評議會，可說是領導人的男子正在跟魯米納斯交戰。

只要在這贏得勝利，優樹就不構成威脅。

雖然被他逃掉，但我不必太過沮喪。一面拿這些話安慰自己，我目不轉睛地盯著敵人。

「利姆路啊，那個不是……把我封印的『勇者』嗎？」

「好像是這樣沒錯。」

「果然是她。雖然沒有『戴面具』，但是嘴角形狀跟我瞄到的一樣。我果然沒看錯，她真的很美！」

維爾德拉話說得飛快，在那沾沾自喜。

雖說現在沒空去管那個，但他明明是「龍種」卻能分辨人類的美醜？讓我有點納悶。

總而言之，這時我對維爾德拉「愛上對方才輸掉」的疑慮又更深了。

「我同意她很漂亮，但她現在是敵人。本來好像被魯米納斯封印，但是現在好像失控了。這玩意兒似乎是專門用來對付你的，你要負起責任想辦法處理一下。」

「沒禮貌。像我這樣品行端正的人，哪需要那麼誇張想對策對付我啊？」

這種話虧你說得出口……

就連我聽了都傻眼到開始覺得佩服起來。

可是現在沒空理維爾德拉的戲言。

「開玩笑待會兒再開，你稍微陪那傢伙一下，替我爭取時間！」

「嘎——哈哈哈！交給我吧，我跟這個人也算有緣。很想跟她再打一次。當然了，就算我把她打倒也沒關係吧？」

噢噢，好帥喔！

就我所知，講這種台詞都是準備打輸的。

「當然好！那就拜託你嘍！」

「包在我身上。那個時候還是龍才輸給她。這是一個好機會，可以讓成長後的我表現一下。」

看他說得自信滿滿，其實你是不是變弱啦？

變成人比當龍強，這是什麼道理？想是這樣想，難得他那麼有幹勁，我也不方便潑冷水。所以我就開開心心將維爾德拉推出去。

就算輸掉，維爾德拉也不會死。
這點大可放心，我轉頭看向雷昂。
「你沒事吧，雷昂？」
克羅諾亞在觀察我們，我的目光沒有從她身上移開，一面朝雷昂問道。
「勉強挺住。可別大意，那傢伙比想像中還強。」
總之我先替雷昂療傷。
雷昂的劍已經斷了，渾身是傷。虧他能堅持到現在。
多虧雷昂爭取時間，我才能順利召喚維爾德拉。
「那種事，我一看到她就心裡有數。再說魯米納斯對她保持高度警戒。我從一開始就不覺得能輕易戰勝。」
所以就連我都拿出維爾德拉這張王牌。
「因為這樣，你才把維爾德拉叫來嗎？我不會問你是怎麼叫出來的，但想到他站在我們這邊，就覺得如虎添翼。不過，要對付那個東西，就連『龍種』都很吃力。」
這點也不例外，就算你不講我也知道。
因為眼前這個克羅諾亞就是封印維爾德拉的人。
「對了，你的傷勢如何？」
「沒什麼大礙。為了不讓劍碎掉，多浪費一些魔力，但身上沒有任何的致命傷。」
話雖如此，最後雷昂的劍好像還是折斷了。此外，雷昂雖然說得雲淡風輕，但他看起來似乎在咬牙苦撐。

我們沒餘力保護雷昂。

事情變成這樣，就結果而言我是做了正確選擇吧？

我召喚的不只維爾德拉一人。

其實還有另一個人。

「您沒事吧，雷昂大人？好久不見。」

那個人就是卡利斯。

在召喚的時候稍微遇到一點小問題，那就是維爾德拉要任性，吵著說要帶卡利斯一起過來。

「你是……焰之巨人？」

「是的。現在獲得卡利斯這個名字，在服侍維爾德拉大人。」

「這樣啊，你過得好就好。」

「我沒有察覺雷昂大人的真意，沒能跟井澤靜江相互理解。在維爾德拉大人的引導下，總算發現自己有多愚昧。」

「……是嗎？」

雷昂也跟著點點頭，但我懷疑他們的對話是否真的有交集。

感覺好像只是隨便應個幾聲，可是在這個時候吐嘈未免太煞風景了吧。

個性太認真，主僕倆在這方面很相像。

「利姆路，稍微替我爭取一點時間。也讓你看看我的奧義。」

雷昂朝我如此提議。

他可能會趁機逃走，然而短暫相處下來，我想雷昂不是那樣的人。

就相信他吧。

「知道了。那我去掩護維爾德拉。卡利斯，在雷昂做好準備前，你在這把守。」

「遵命！」

「抱歉，多謝相助。」

事情就這麼說定了。

雷昂立刻開始做些準備。

卡利斯負責守護他，舊時的主僕再次聯手。

我則回到戰場上。

最後一戰揭開序幕。

第五章

勇者覺醒

Regarding Reincarnated to Slime

——啊啊，好想睡。

面對難以抗拒的誘惑，日向正要被吸進深不見底的冥土深淵。

小時候至今的所有回憶掠過心頭——是走馬燈。

（對了，我想起來了。在我小的時候，連那樣的爸爸都會陪我玩。）

由於她只看到「眼前」，所以才連這麼重要的事情都忘了。

從前，她有一個正常的家庭。

自從日向父親的公司倒閉，一切全都亂了套。

假如爸爸沒有走上歪路，媽媽也不會瘋掉。

那個爸爸有多麼苦惱，日向就連去想的餘力都沒有。

因此她到現在還是很恨，一直活在憎恨裡，試圖逃避不幸的現實。無法原諒父親的罪孽，藉著定罪於他，日向將自己的行為正當化。

說起人這種生物，不管是誰心中都有弱點。

爸爸也不能倖免。

如果家人之間互相扶持，或許結果會不一樣……

（這樣的我高談正義未免太滑稽。所以我才會在那傢伙身上尋找父親的身影吧……）

那股正義感——他本人應該會否認吧，可是那無止境的善心成了日向的救贖。

日向的心不斷拉扯、幾欲撕裂，替她帶來福音、讓她心胸開闊的無疑就是那個——

這些都是日向擅自的想法，就算跟他本人說，他也只會很困擾吧。

可是，也許他會接納——有時她也會受這種甜美的誘惑吸引。

（這樣不就跟格蘭貝爾說得一樣了。我一直無法原諒自己。）

一旦注意到這點，她就覺得惆悵。

覺得自己不可原諒——日向一路活過來都是怎麼想。

因為她是這樣的人，連母親也不會感到悲傷。就算回到原來的世界，也沒有人會為此感到開心吧。

因此，她想在這個世界裡幫其他人的忙。

她要盡可能救更多人——這個信念成了日向的原動力。

（可是，我已經累了。想在這個幽暗的深淵裡休憩——）

慢慢地，日向的意識被黑暗吞噬。

五感全都消失了，心裡的結也解開，再也沒有任何遺憾——

《不能睡——！》

一道強烈的呼喊聲讓日向清醒過來。

（剛才那是克蘿耶……？）

這個想法將日向拉回現實。

不對，難以稱之為現實，眼下的情況非常奇妙。

透過浮在半空中的窗戶，她可以看見外面的景色。但那不是透過肉眼看的，有如用心感受這些光景。

《那是因為日向姊姊在我體內。》

什麼意思——還來不及回問，日向便想起自己遇到什麼事情。

（對，對了。我被格蘭貝爾刺到……卻沒死？）

所有的事情重回腦海，日向陷入混亂。

就算讓她的「數學家」全速運轉，還是無法得出合乎邏輯的答案。說來能在這個狀態下使用技能就已經夠奇妙了。

《我會跟妳說明一切，妳要好好維持意識。然後，希望妳跟我同步。》

（同步？）

《對。這裡是不是有一道光？》

聽到那句話，日向按照克蘿耶的指示集中意識。緊接著，她看見聲音所指的地方出現一道微弱光芒。

《對，就是那裡！》

日向朝光靠近。

感覺像在挪動身體，其實前進的只有意識。

接著——

當光與日向的意識融合，日向的意識便染上七彩光芒。

一會兒後——

「妳醒了？」

『這裡是……？』

「嗯，看樣子已經穩定了。跟妳說喔，日向姊姊在——」

『叫我日向就好。』

「……嗯，我知道了！那我跟妳說，日向就在我體內，我的『靈魂』裡。我想妳是第一次遇到這種事，應該會很困惑，但這是真的。這樣下去日向會被『無限牢獄』吞噬！」

聽她這麼說，日向也跟著對自己目前的狀況有所體悟。

怪不得沒有身體，因為自己的「靈魂」在克蘿耶體內——她馬上理解到這點。而克蘿耶說的「無限牢獄」就在那個幽暗深淵之下。

『這樣啊，謝謝妳叫我。』

正因為這樣，日向老實地向她道謝。

之後克蘿耶跟日向說明許多事情。

根據克蘿耶所說，當日向被刺中，「靈魂」就跑到克蘿耶體內。

一般而言，死後靈魂就會離開肉體，在空中擴散消失。可是這次跟克蘿耶的「靈魂」互相干涉，才發生那種不尋常的事。

光聽這些說明讓日向不敢苟同，但還有其他讓日向在意的事。

『對了，利姆路沒事吧？魯米納斯大人呢？格蘭貝爾怎樣了？』

臉色大變的日向朝克蘿耶提問。

不過，克蘿耶還是一樣冷靜。

「那個——希望妳冷靜聽我說，這裡是遠古時期。」

『啊？』

「妳看，有看到那座山嗎？」

『有……咦，難不成！那是利歐拉山脈的靈峰？可是，那——這裡是？照地理位置計算，是魯貝利歐斯的聖地……？』

難怪日向會感到困惑。

有東西在遠方若隱若現，是利歐拉山脈的山頂吧。因為這裡什麼都沒有，所以可以看到很遠的地方。

對——這個地方是空無一物的草原。

照理說這裡應該有一座都市才對。

可是卻什麼都沒有。

她不願去想那個可能性——一些超強人士交戰將這裡夷為平地，但如果是那樣應該不會長草才對。

——也就是說——

「我想妳應該很難相信，但是我沒有說謊喔。」

克蘿耶說得沒錯。

簡單講，這裡是聖地——將來會變成聖地的地方，日向她們超越時空，來到魯貝利歐斯這個國家都還沒誕生的遠古時期。

聽說魯米納斯到這塊土地移居已經是兩千多年前的事了。

這麼說來——

『不會吧……？』

就算知道那是真的，日向還是不免呢喃出聲。

不對，太奇怪了——這時日向心生疑問。

『克蘿耶，為什麼妳能斷言那是過去？』

對，這就是讓她疑惑的地方。

超越時空，就算她接受這種令人難以置信的事好了，那克蘿耶又是如何得知那是過去？

一切全毀滅的未來——也有那種可能性。

的確，這四周別說是人影了，連建築物等物體都沒有。再加上沒有遺跡，比較有可能是過去。但就算是這樣好了，那些遺跡也有可能埋在地底，無法斷言這一定是過去吧。

明明是這樣，克蘿耶卻毫不猶豫地斷言。

這點令日向狐疑。

看日向這樣，克蘿耶笑著回應。

「很簡單。因為我不是第一次來這裡。每次我的力量失控就會回到過去，還來過這個地方，所以我記得。」

日向在心裡「——啊？」了一聲，驚訝到說不出話來。

然後慢慢接受克蘿耶的說詞，試著理解。

『這是怎麼一回事，我想妳會詳細說明吧？』

接著日向用很有魄力的語氣質問。

＊

克蘿耶的話著實令人吃驚。

聽起來克蘿耶的技能似乎屬於時空跳躍類。

之所以會說「似乎」是因為連克蘿耶自己都不太清楚。

她好像不能照自己的意思發動，頂多就只能回想「過去」發生過的事。

然而那不容小覷。

因為這個過去指的是克蘿耶經歷的「過去」。對於一再穿越時空的克蘿耶來說，這個「過去」還包含未來會發生的事。

只不過，她疑似無法完整回想……

人類的記憶很曖昧，什麼時候發生什麼事，這些都無法正確記憶。而且還是超越兩千年的記憶，只能說是無解吧。

『那妳的力量是什麼時候覺醒的？』

面對日向的問題，克蘿耶稍微想一下才回答。

「這個嘛，是被利姆路老師救的時候。為了讓我跟艾莉絲她們保持安定，利姆路老師帶我們去『精靈神域』。讓那邊的精靈寄宿在我們身上，可是——」

克蘿耶說寄宿在她身上的不是精靈，而是「來自未來的自身技能」。而且更讓人難以置信的是它還具備自我意識。

「──未來我可能會死，所以才反覆寄宿在當時的我身上。」

『也就是說，「精靈神域」是妳覺醒的起點吧？』

「不，不是那樣。當時什麼都沒想起來，但一回到過去就想起來了。」

『那妳不就一直重複在做一樣的事？』

「好像是這樣。只有上一次的記憶能讓我想起細節，不過，有時也會穿插不一樣的記憶……」

這樣啊──日向心想，聽到這句總算放心了。

若是每次都重複做一樣的事，那簡直是地獄。

人心可沒堅強到能持續打已經知道結果的仗。

之後日向默默聽克蘿耶講述。

克蘿耶穿越的時間帶一定都是同一個時代。那恐怕是時空跳躍的極限。

至於去的地方，就依克蘿耶力量失控的時間點而定。

在她上次的記憶裡，日向死掉的地方好像是朱拉大森林。

「利姆路老師死掉，維爾德拉復活──」

『啊？利姆路死了？是誰殺的？怎麼殺？竟然能把那個怎麼殺都殺不死的利姆路……』

「這個嘛，自從我在『精靈神域』接受未來的自己，飛回到過去的記憶這次出現巨大變化。到那個時間點利姆路先生竟還活著，肯定是有史以來最棒的結果呢。」

日向發現克蘿耶用「先生」稱呼利姆路，但她刻意忽略。為了避免打斷她，日向當個稱職的聽眾。

有關上次去「精靈神域」之後的記憶，克蘿耶開始挑重點講。

…………

…………

……

救了克蘿耶等人後，利姆路開「空間轉移」回到魔國聯邦。因為錯開一點時間，故沒遇到日向。將進攻魔國聯邦的「異界訪客」們打得落花流水，讓朱拉大森林周邊各國知道他不是好惹的。知道利姆路有多危險，各國都不敢輕舉妄動。法爾姆斯王國依然健在，開始虎視眈眈地增強軍備。

十大魔王之間似乎也發生什麼事，但是關於這方面她只停留在聽說階段。

利姆路跟自由公會總帥優樹交情愈來愈好，開始跟各國交涉。可是法爾姆斯王國從中作梗，這方面一直進展不順。

即使如此利姆路依然沒有放棄，做了不少新嘗試。

孩子們的學校就是其中之一。

待在魔國聯邦興建的學校裡，克蘿耶他們也跟魔物孩童一起學習。

然而這時事情突然出現劇烈轉折。

西方諸國──經評議會委託，由日向率領的討伐軍進攻魔國聯邦。

『我？』

「嗯，日向。當時真的好可怕。」

『這真是……對不起。』

「不會，沒關係。反正最後好像也和解了。」

據克蘿耶所說，日向跟利姆路單挑似乎以平手收場。

孩子們——特別是克蘿耶介入，日向這才收手。

「日向妳說『再觀察一下』，然後就跟利姆路先生合好了。」

當時日向似乎也覺得事有蹊蹺，後來就開始獨自進行調查。結果發現法爾姆斯王國在背後搞鬼，這才相信利姆路。

之後五年過去。

利姆路沒有變成魔王，一樣在當朱拉大森林的盟主，每天都過得很忙碌。

跟日向交好後，和魯貝利歐斯的關係也變好。不知道為什麼，魯米納斯也對利姆路很關照，雙方得以維持和平。

成長後的克蘿耶變很強，還跟偶爾過來遊玩的魔王蜜莉姆變成好朋友。

不過，這樣的和平日子也將劃下休止符——

命運之日到來——帝國開始進攻。

「那個時候，我已經喜歡上利姆路先生了，所以就耍性子要他別上戰場。因為帝國很強大，準備很多可怕的兵器，我覺得他贏不了。但利姆路先生笑著說『放心吧，包在我身上！』。其實他自己也很害怕，卻在那耍帥。還給我這個『面具』……」

『那是靜老師的……』

「嗯，對。是我給她的。」

這既是發生在未來的事，同時也是過去曾經發生過的事。
一再重複，形成一個循環。
克蘿耶繼續把話說下去。
去參加決戰後，利姆路就沒有回來，接著魔國聯邦滅亡。
因為維爾德拉突然復活，狂怒的他大肆作亂。
帝國軍被滅。
事後魯米納斯、日向、克蘿耶等人一起對付維爾德拉。就怕繼續放著不管，人類社會會毀滅。
然而到最後，還沒跟維爾德拉分出勝負——
日向就被不明人士殺害。
看到一束閃光貫穿日向的胸口，克蘿耶就覺醒了。她直接回到過去，結果不知道後來發生什麼事。
…………………
…………
……
就算情況出現差異，克蘿耶的循環還是會以類似感覺重複。
每次的關鍵都是日向死去，這次也不例外。
（這次也一樣，代表我每次都會死啊……）
日向的心情變得很微妙，覺得既悲傷又難堪。
可是克蘿耶沒有管日向，繼續把話說下去。
「還有，這次很特別。因為至今為止，在我回到過去之前，利姆路先生一定都會喪命。從來沒有被他目送過！」
之前利姆路都會因某種原因死去。然而這次克蘿耶跳躍的時候，利姆路依然安然無恙。
日向也有看到，這次可以期待會出現不同的結果。
的確，這次跟之前有許多重大差異。
或許克蘿耶的無限循環也會在這次結束——想到這裡，日向悄悄地下定決心。
『……如果是那傢伙，他的確會抱持不合乎邏輯的希望，認為在這種情況下也能想辦法熬過。』
「對吧！在這種狀態下回到那個時代，利姆路先生還會在那裡。這次一定要大家一起活下去。還要確實找出是誰殺了利姆路先生跟日向！」
確實就如克蘿耶所說，跟上一次相比，這次情況在各階段都有所改善。
未來充滿希望——日向也這麼認為。
『話說回來，虧事情能轉變這麼大。原因是什麼呢……』
「呵呵，其實在『精靈神域』我稍微想起未來的記憶。所以我在英格拉西亞才對利姆路先生耍賴，稍微挽留他。」
而且還拿到這個——話說到這邊，克蘿耶不知從哪兒變出那個「面具」。
『那是——這樣啊，這次妳也拿到了。那麼之後未來必定會朝那個方向發展吧。』
日向也很在意那個面具。
由於死亡當下的狀況不盡相同，或許克蘿耶沒機會拿到面具。
假如事情變成那樣，預定要給靜江的面具這次就沒了——這種狀況也在假設範圍。不過，既然克蘿耶已經拿到了，那就不用擔心這方面的事。

還真是精明，感到佩服之餘，日向開始研擬今後的計畫。決定相信克蘿耶的話，將希望寄託在未來。

這時克蘿耶對日向小聲說道：

「還有，這件事要先說一下。雖然我很喜歡日向，但我不會把利姆路先生讓給妳！」

『啊？』

「女孩子打某些戰爭是不會退讓的——艾莉絲也這麼說！」

還是小孩子呢——日向看克蘿耶這樣不禁莞爾。

（我對利姆路？那怎麼可能……）

想到這邊，日向露出苦笑。

同時又感到煩惱，心想「該不會」……

「妳剛才慌了吧？」

『才沒有！別管那個了，我們趕快行動吧！』

被克蘿耶吐嘈，日向強行改變話題。

（——仔細想想，這個孩子保有兩千年以上的記憶，重來好幾遍吧？都被她的外表騙了，不能把她當成天真無邪的孩子看待……）

日向終於體認到這項事實。

就這樣，克蘿耶和日向展開奇妙的兩人之旅。

＊

日向和克蘿耶先去找也活在這個時代的少數熟人——魯米納斯。

克蘿耶毫不猶豫地走著。

『妳知道地點在哪裡？』

「嗯。那裡會有一場規模大到不行的戰鬥，我們過去看看。」

『是維爾德拉吧？』

「嗯。這次利姆路先生雖說他是朋友，但前幾次都是敵人。他好像會跟人對打，我想去幫忙。」

『是嗎？那個人就是魯米納斯吧。』

「嗯。這次我也想早點過去，趁維爾德拉先生還沒作亂，讓大家趕快逃走。要讓魯米納斯信任我，才能幫忙。」

克蘿耶很厲害。

跟利姆路不一樣，方向感似乎也很好，不需要日向給建議就能抵達目的地，一路上都沒迷路。

就這樣，她們抵達魔王魯米納斯的城堡。

『這就是夜薔薇宮（Night Rose）……怪不得魯米納斯大人會如此自豪。』

那是一座美麗的城堡。

雖然是徹頭徹尾的人造物，卻像一個自然要塞，同時兼具莊嚴感。

到處都有看起來像玫瑰花尖刺的突起物，似乎是哨兵站崗的地方。

馬上有人察覺克蘿耶靠近，一大群吸血鬼全跑出來。

克蘿耶朝將她團團包圍的士兵開口：

「我來見魯米納斯。麻煩替我引見。」

『等、等等！妳竟然在這種地方直呼魯米納斯，以為能全身而退嗎？』

雖然日向給出忠告，克蘿耶還是把它當耳邊風。

『沒關係啦。我跟魯米納斯是朋友！』

『這是妳救他們脫離維爾德拉魔爪後的事吧？現在根本還是陌生人啊！』

日向這麼一說，克蘿耶才發現自己的記憶混亂。

『啊，對喔。我重來太多次，以為他們已經打完了。這麼說來，我每次都被日向罵呢……』

心想「妳當然會被罵」，同時日向也對未來發展感到不安。

的確，克蘿耶已經習慣這種狀況了，但對日向來說則是頭一遭。那處理事情就要更有危機意識——

日向如此心想。

所以日向提議由她主導。

『妳聽好，克蘿耶。我會給妳建議，妳不要馬上回話，切記聽完我的意見再說話。』

『唔——知道了。我也覺得這樣比較好。要是不小心說錯話，歷史可能會改變。』

看克蘿耶二話不說答應，日向稍微放心一點。

但同時也發現剛才那句話背後的意義有多麼重要，讓她為之膽寒。

（先等一下！她說得沒錯，輕舉妄動可能會改寫歷史。好不容易有機會迎接充滿希望的未來，要是不小心做錯事，一切不就都白費了嗎！）

如今領悟到這點，日向自認剛才阻止克蘿耶做出輕率行動是正確選擇。

雖說已經犯下重大失誤，但不要緊，別再出現更多失誤就好。這樣應該還有救，日向心想。

緊接著，她們被帶到魯米納斯面前。

當然，要進去沒那麼簡單。而是克蘿耶不由分說硬逼士兵放行。

『妳啊，還記得我剛才說過什麼嗎？』

氣到渾身發抖的日向壓下那股怒火質問，結果克蘿耶答得若無其事。

『沒問題啦。我有過類似經驗，曾經闖進去告知維爾德拉會來攻擊的事！』

完全不覺得自己理虧，說得理直氣壯。

既然她說跟那時一樣都有進去，日向也不好再說什麼。

（還好。目前應該還沒有問題。可是照這個樣子看來，有必要進一步核對已知資訊……）

想到這兒，日向在心裡嘆了一口氣，覺得好頭疼。

＊

「妳的意思是那隻邪龍過不久就會過來這裡？」

「對。我知道魯米納斯很強，可是妳打不過維爾德拉。這座城堡也會被他弄壞，希望你們快點去避難。」

日向有點不安，心想：「沒問題嗎？」

分析魯米納斯的性格可知直接告知真相才是對的，日向的「數學家」已導出解答。

當然不是全盤托出，要跳過重點部分。

「嗯。妾身不認識妳，不能隨便相信妳的話。妳有什麼證據嗎？」

魯米納斯的語氣變得比較柔和一點——可是到這還不能放心。因為這些都是在演戲，只是要拐笨蛋罷了。

日向對此清楚得很，所以她不慌不忙地向克蘿耶建議。

要她問出目前正確來說是什麼年代，讓克蘿耶套情報。然後再動員日向腦中所有的知識，計算維爾德拉來襲的時期。

「快的話，維爾德拉來這個地方應該是兩個星期以後的事。至少可以確定他會在秋天過來，要嚴加警戒。」

魯米納斯不是笨蛋。

打算分析克蘿耶的心跳等等，看看她講的話是不是真的。

雖然克蘿耶有可能在說謊，可是她不把自己引以為傲的士兵當一回事，照理說不可能做出那種蠢事。

結果魯米納斯暫時不去決定是否要信任她，准許克蘿耶留在這裡。

之後維爾德拉來了。

魯米納斯英勇迎戰。

克蘿耶也想作戰卻被日向制止。

『聽好了。上次在這個時代，妳沒有跟維爾德拉作戰對吧？』

『嗯。可是……』

『其他記憶全忘了吧。現在的重點是要循著上次的路走。為了贏得魯米納斯的信賴，必須跟她講未來的事。但絕對不能提到這次的未來會有什麼結果。只要沿著上次的路走，應該就能連到這次的未來。』

這件事很重要，所以日向說兩遍。

被她的氣勢嚇到，克蘿耶也點頭如搗蒜。

這次的記憶——例如格蘭貝爾會背叛魯米納斯等等，若是跟魯米納斯說，魯米納斯一定會把格蘭貝爾收拾掉。如此一來，最後可能就不會連往克蘿耶和日向曾經去過的未來。

無論如何都要避免這件事情發生，日向和克蘿耶再次確認這點。

雖然城堡被維爾德拉破壞，但克蘿耶大肆活躍才沒讓太多人受害。這就跟日向所知的歷史一致。

事情就跟克蘿耶說得一樣，因此魯米納斯似乎相信克蘿耶了。而且魯米納斯還跟克蘿耶變成好朋友。

在密室裡，魯米納斯與克蘿耶面對面。

「原來克蘿耶妳曾經時空跳躍好幾次？」

「嗯。我的記憶大約到兩千年後。妳願意聽我說嗎？」

「當然好。儘管說。」

得到魯米納斯的許可，克蘿耶開始訴說自己的身世。

當然都有跟日向商量。

克蘿耶說這兩千年來她都以「勇者」身分四處活躍。

然後兩千年後會出現一個名叫利姆路的史萊姆。那個利姆路上戰場後就沒有再回來，維爾德拉也被解放。

還說魯米納斯交到日向這個朋友。那個日向被不明人士殺害。

克蘿耶跟日向自己都不曉得是誰殺了日向和利姆路。雖無法說明這些細節，但死亡情況等等都有詳細透露。

「原來如此。妳想要改變未來？」

「不，我希望盡可能做到一致。採取大規模行動做出大幅度改變，未來可能會變得截然不同。」

「這麼說也對。妾身對那樣的未來也未感到不滿。硬要說的話，就是不能接受那個叫日向的人死去吧。明明都還沒見過那個朋友，妾身是在期待什麼呢？」

說到這邊，魯米納斯笑了一下。

（魯米納斯……謝謝妳，沒想到妳會這麼說，我真的好高興。）

她的外表很冷酷，這麼說或許令人難以置信，但魯米納斯其實人很好。

日向非常清楚這點。

「那妾身也答應妳，會幫妳的忙。羅伊那傢伙有點難說服，但其他人應該沒什麼好擔心的。要讓大家知道克蘿耶是妾身的朋友。那妳之後有什麼打算？」

魯米納斯銳利的目光落在克蘿耶身上。

對此，克蘿耶大方宣示。

「就跟前幾次一樣。我要當『勇者』，幫助遇到困難的人！」

看她答得這麼直接，魯米納斯露出豔麗的笑容。

「是嗎？有意思。妳命中注定要跟某人對決，這點也很耐人尋味。那妳對外要叫什麼名字？」

克蘿耶跟日向因此僵了一下。

『克蘿耶這個名字廣為人知好像不太妙。』

『嗯。一定會被雷昂哥哥發現。』

就算不是這樣好了，日後大家也不知道「勇者」的本名。雖然已經對魯米納斯報上本名了，但最好還是對世人隱瞞。

『怎麼辦？』

『妳之前都怎麼做？』

『這個嘛，就隨便想一個。幾乎都沒有報上名字就走了。』

那妳這次也那麼做吧——日向正要隨口回應，可是她突然不經意想起利姆路的話。

他抱怨說替魔物命名吃了不少苦頭。

所以她就將臨時想到的名字說出口。

『對了，妳的名字叫克蘿耶，還有獨有技「時空旅行」，衍生而來的是時間之神克羅諾斯，兩者加在一起叫「克羅諾亞」如何？』

『不叫克羅諾耶嗎？』

『這樣唸起來很容易穿幫吧？』

『啊！這麼說也對。知道了，那我就叫「克羅諾亞」！』

日向用「數學家」替心靈加速，透過心靈會話跟克蘿耶召開緊急會議。接著她們順利決定要叫什麼假名。

「——叫克羅諾亞。最好不要讓世人知道我的真名。所以從今天開始我就是『勇者』克羅諾亞！」

就這樣，「克羅諾亞」那個名字從此在世界史上留名。

＊

放棄變成廢墟的城堡，魯米納斯等人準備前往新天地。

當然克蘿耶也一起。

『話說回來，為什麼我的「簒奪者」消失了？』

「不清楚。但每次到最後日向的力量好像都會被我吸收……」

似乎難以啟齒，克蘿耶說到這邊就停了。

按她的態度推斷，日向大概知道自己最後有什麼下場。

『算了，沒關係。反正差別只在於時間早晚。話說取個名字就被奪去力量，「克羅諾亞」的特性很像魔物呢。』

「喂！這樣講未免太失禮了吧？」

『哎呀，不好意思。我沒有惡意呢。』

「日向的嘴巴也很毒呢。好好的一個美人，這樣會沒人愛喔。」

『少囉唆。反正我已經死了，又沒關係。』

兩人繼續旅行，一面開心地閒聊。

跟魯米納斯等人道別後，克蘿耶如她所說以「勇者」身分四處活躍。

接著一段時間過去，即將來到三百年前——也就是維爾德拉被封印的時候。

經過一段漫長歲月，克蘿耶就跟之前一樣，獲得「絕對切斷」和「無限牢獄」。擁有獨有技「數學家」的日向也在克蘿耶體內支持她。

因此就跟前幾次一樣，克蘿耶輕鬆地宣示：

「我要去封印維爾德拉。」

跟魯米納斯重逢後，克蘿耶這麼說。

「原來如此，印象中妳以前曾經提過這件事。不過，真的沒問題嗎？」

魯米納斯看起來很擔心。

跟以前不一樣，如今克蘿耶和魯米納斯已是知心好友。

「沒問題啦。還有日向跟著我啊。」

關於日向的事，她也只跟魯米納斯一人說。

後來魯米納斯就二話不說接受日向存在的事實。

「那就好。別勉強自己喔！」

『別擔心。我會負責對付維爾德拉。』

「咦？」

似乎是第一次聽說，克蘿耶很驚訝。可是日向一點都不介意，那語氣就像在說「就這麼定了」。

『我曾經跟維爾德拉對決過一次。當時……』

當時的狀況從日向腦中掠過。

嘎———哈哈哈！太弱太弱。

這樣也叫人類守護者？別笑死人！

噗——呵呵。搞什麼，已經站不起來了？

真受不了，好想知道敗北是什麼滋味。

好了，差不多該結束了吧。

我可沒那麼多閒功夫。

——差不多就是這樣，都是一些屈辱的記憶。

『……中間發生一些事情。不把他痛扁一頓難消心頭之恨。』

克蘿耶聽日向的語氣就知道她是認真的。

魯米納斯也一樣。

「妳的心情妾身很能體會。妾身也想讓那隻蜥蜴吃驚一次。」

『之前我成功讓他秀出所有招式。既然有這個機會就好好利用，讓戰鬥有利於我們吧。』

日向和魯米納斯高興談論該如何制裁維爾德拉。

印象中維爾德拉還陪克蘿耶玩過，所以她沒那麼恨維爾德拉。然而她知道維爾德拉以前有多愛搗亂，所以也提不起勁替他辯護。

「那些恩恩怨怨我不是很清楚，但妳要手下留情喔。其實維爾德拉先生是一個很好的人呢。」

弄到最後，克蘿耶還是讓日向放手去做了。

跟維爾德拉對決時。

日向亂強一把。

在克蘿耶的協助下，徹底封殺維爾德拉。

「咕哇——————！」

看到維爾德拉懊惱地大叫，面具下的美貌滿意地泛起紅暈。

接著日向便將身體支配權還給克蘿耶。

＊

克蘿耶的時間即將結束。

那一刻逐漸逼近。

「之前都沒跟妳們提過，但我差不多要消失了。」

「克蘿耶，妳在說什麼？」

『這是什麼意思？』

就是說——繼這句話之後，克蘿耶把之前沒講的事全說出口。

其實私底下日向也猜到了。

再過不久，雷昂就要出現在日向知道的歷史中。她認為雷昂與克蘿耶一起來到這個世界，將出現同一個時代有兩個相同人物存在的特殊狀況。

正如多元宇宙論提到的那樣，新的宇宙會不斷形成，同時存在許許多多的平行世界，那麼其中就不存在矛盾，可以同時遇到兩個克蘿耶吧。

不過，假如世界只有一個——

克蘿耶的獨有技「時間旅行」正是其中一個反常案例。不管發生什麼事情都不奇怪，然而會有好幾個世界產生，這點讓日向有點難以置信。

世界會因此改變——朝這個方向想倒還能理解。

否則在那麼多個世界裡，同時存在好幾個自己，就會連日向她們現在在做的事也毫無意義。

有的世界會得救，有的世界會滅亡——這種觀點讓日向難以接受。

所以她下定決心，這次要終結克蘿耶的無限循環並拯救世界。

就算她會犧牲也沒關係。

但還是有問題存在。

那就是剛才克蘿耶說過的話。

（不過看樣子，我的推論好像是正確的……）

世界果然只有一個，不允許矛盾存在。

（——不，不對。並非不允許矛盾存在，只是不能讓世界擴生罷了。若是背後有強制力，就連矛盾都會遭到扭曲。否則就不能解釋為什麼會有那個「面具」。）

為自身推論正確感到安心的同時，日向一想到接下來會發生的事，心情就變得很黯淡。因為她知道接下來會如何發展全都看運氣，將由他人決定。

「——所以說，我沒有在那之後的記憶。我想之後大概由日向接手，幫忙拯救靜老師……」

『我也一樣，只能活動到一無所知的「我」來的那一刻對吧？那妳覺得之後會發生什麼事？』

未來魯米納斯一直小心保管某樣東西。

如今回想起來，那是被封印的克羅諾亞吧？

「只依稀記得我好像曾經失控作亂。那個大概不是我，是另一個人格吧？」

這時日向忽然想起替克羅諾亞命名的事。一替它命名，它就奪走日向的技能。

也許那真的是類似魔物的東西——此時日向總算發現這件事。

「總而言之，再過不久克蘿耶就會失去意識吧？這恐怕是反作用，因為同一時空中有兩個相同的東西重疊。日向，妾身認為妳猜得沒錯。」

『應該是。然後剛到這個世界的克蘿耶就會整個人被轉移到那個時代吧。』

「八成是這樣。」

「嗯。所以日向，雖然拜託妳這種事很——」

『沒關係。救完靜老師，我就會去拜託魯米納斯大人。』

「交給妾身處理吧。用聖靈力封印打造聖櫃就能與現世隔離。妳們應該會跑到未來世界，妾身會找出妳們的『靈魂』，將封印徹底解除。」

克蘿耶、日向及魯米納斯。

這三人一心同體。

一切都託付給魯米納斯了。

克蘿耶的意識消失後，就剩下日向一人。

除了證明剛才那些推論都是真的，龐大的不安和壓力於此時襲向日向。

會感到不安是因為孤獨。

壓力則來自——有股強烈意志想由內而外支配身體，為了壓抑它才產生。

（主人格克蘿耶消失，所以克羅諾亞才失控吧。不過，真沒想到力量會這麼強……）

感到驚愕之餘，日向用鋼鐵的意志逼它屈服。

日向去雷昂的王城救出靜江，順利將「面具」交給她。

將這個來路不明的「面具」託付給她，日向總算突破一個關卡。

雖然感到懷念卻沒有表現出來，日向繼續跟靜江一起旅行。

而旅程也將劃下休止符。

離別之日到來。

很想再跟靜江多相處一下，但她無法這麼做。可能是克蘿耶的主人格消失使然，日向開始難以壓制克羅諾亞。

這樣下去計畫會泡湯。

那樣一切就都白費了。

到最後日向照著歷史與靜江道別，跑去拜託魯米納斯。

克羅諾亞究竟是何方神聖，結果還是沒有搞懂。

魯米納斯靠她的力量把日向封在聖櫃裡。

不久之後，一無所知的自己將跑來這邊。

那時沉睡的日向會怎樣？

運氣好就不會造成影響，若是運氣不好——下次覺醒的就會是克羅諾亞。

雖然如此，但那一定……

（我相信你一定會想辦法化解——利姆路！）

想起令人懷念的史萊姆，日向帶著淡淡的微笑沉眠。

●

維爾德拉跑去對付克羅諾亞，不料沒多久就哇哇叫。
「咕哇——我、我被砍了——！利、利姆路，我被砍到了耶！」
啊——是是是。
當然會被砍啦。
你直接用手接劍，當然會被砍個正著。
我說，那把劍可不是普通的劍。
是號稱神話級、威力非常強大的劍。
沒想到你居然有勇無謀地赤手接劍。
真不可靠——
這傢伙變成人果然變弱了。
都怪他表現出自信心十足的樣子，害我的失望也特別大。
我原本還期待維爾德拉可以順利打倒克羅諾亞。
天底下果然沒有這麼好的事。
「我說你，要粗心也該有個限度！一看就知道會受傷啊！」
維爾德拉的淒慘蠢樣讓我好想哭。

未免太扯了。

「可、可是，利姆路。那把刀比之前對戰的時候還利……」

「就說勇者的攻擊是『絕對切斷』嘛。你自己不是說之前被這招砍到？」

好吧，那個「絕對」也不知道有多少可信度。但我可不想拿來跟本人的「絕對防禦」比誰比較厲害。

「不，就那個……因為被砍也沒事……」

嘴裡一面嘟囔，維爾德拉拚命閃避克羅諾亞的攻擊。有時會被砍到，但幸好看起來還有餘力。

不，事實上——

我懂維爾德拉的意思。

他想說的是上次被砍也沒受什麼傷吧。

但是稍微想一下就知道了。

單純只是尺寸不一樣的關係。

一看就知道那把劍能砍多長，就算靠技能擴張，應該還是無法砍斷維爾德拉的巨大身體。

可是現在維爾德拉變成人型。

而且還幹蠢事拿手去擋劍，當然會被砍到。

雖然馬上就會再生，但是跟龍型相比，這樣魔素消耗得更快吧。一般而言變成人型較不耗力，但是對付克羅諾亞，加總起來反而耗更快。

八成是對引以為傲的「維爾德拉流鬥殺法」過度自信，做出拿手去擋真劍的錯誤示範。

話雖如此，我一點都不慌張。

這對維爾德拉來說是一帖良藥。所以就請維爾德拉繼續照這個步調吸引克羅諾亞的注意力。

我改看雷昂那邊。

在卡利斯的守護下，雷昂進行召喚。

實際上經過的時間並沒有多長，但是我感覺好像過了很久。

雷昂叫出的是一把細劍。

「讓你久等了。沒有武器奈何不了敵人。讓我也用這把勇者時代的愛劍『聖焰細劍（Flame Pillar）』應敵吧。」

居然是神話級喔。

不愧是以前在當勇者的魔王，果然厲害。

左手裝備黃金圓盾，這個則是傳說級。感覺很厲害，但是看起來好像沒辦法用來抵擋克羅諾亞的劍。

其實他覺得有總比沒有好吧。

總而言之，雷昂似乎也準備好了。

這下我們終於可以開始反擊——

才想到這邊，魯米納斯就朝我飛過來。

她打輸了嗎——我急了一下，可是魯米納斯身上沒有半點傷痕，看來那似乎是假動作。

在那瞬間，魯米納斯跟我對上眼，向我傳達強烈的「念力」。

『先跟你說一下，克羅諾亞是克蘿耶身上的另外一個人格！搞不好日向的靈魂也沉睡在裡頭，絕對不能把她殺掉！』

——啥！

比起那股念力，內容更令我震驚。
是說那麼重要的事別在這種緊要關頭隨口說出來啦！

看到雷昂要過去對付克羅諾亞，這下我急了。
魯米納斯就像在說剩下的事都交給我處理，又回去對付格蘭貝爾。
這下該怎麼處理突然從別人那裡聽到的真相，我也不知道該怎麼辦才好。
克羅諾亞是克蘿耶。
聽她這麼一說，確實很像。
剛才魯米納斯還說日向的靈魂怎麼了，這部分讓人一頭霧水……
話說那到底是什麼情形？

《答。照可能性推論，可導出公式「克羅諾亞=克蘿耶」。》

也就是說？

《意即推論個體名「克蘿耶．歐貝爾」跳躍時空出現在過去。長大以後變成眼前這個「克羅諾亞」。》

不，不不不。
那種事有可能嗎？

問魯米納斯就知道了，可是她現在忙著跟格蘭貝爾打殊死戰。就算問了也沒空回答吧。就連剛才的「念力」都是勉強發送。

話說時空跳躍……就是時空旅行或移動到過去未來那類的？感覺好像不能自由自在操控，應該算時空旅行吧？

——咦，我怎麼相信了。

不，可是——

剛才克蘿耶就在我眼前消失。

《答。假如那個時候的現象是「時空跳躍」，無法窺知全貌就屬正常現象。對「時間」沒有干涉權限，自然無法觀測。》

也是啦，知道時間這個概念，要觀測卻是天方夜譚嘛。

不對。

沒必要去理解。

先假設「有那個可能」，那有幾點就說得通了。

之前為了幫助年幼的克蘿耶，召喚出來的「某種東西」就來自未來吧？

假如未來的克蘿耶發生什麼事，現在在眼前大肆作亂的克羅諾亞精神體回到過去——

《是。同意該可能性很高。》

原來是這樣。

如果這是真的，當時菈米莉絲會那麼慌張就說得通了。

眼前這個克羅諾亞散發邪惡氣息。感覺到這股氣息，菈米莉絲自然會想阻止。

在這煩惱也沒用。

克蘿耶曾經跳躍時空，這點已經是肯定的了。

那現在的狀況又該怎麼解釋？

《答。同一「靈魂」不能待在同一時空中。所以才會產生反作用，將其中一方趕跑。但是重點在於個體名「魯米納斯．瓦倫泰」可利用聖靈力「結界」——聖櫃將「靈魂」封住。因此——》

克蘿耶和日向的「靈魂」很有可能沉睡在克羅諾亞體內是嗎？

假如聖櫃的力量超越克蘿耶的「時空跳躍」——唔，現在也只能相信了。

既然如此，我該採取的對策是……

「雷昂，別攻擊克羅諾亞，專心防禦就好。」

「你有什麼想法是嗎？」

「對，突然要你相信我或許很難——」

「——不，老子相信你。因為你也相信老子。」

我好驚訝，沒想到他居然會如此輕易地相信我。

説話的語氣不再見外，講話直來直往的雷昂也不賴。
現在就先對他說聲謝謝，接著我朝維爾德拉下指令。
「維爾德拉！」
「包在我身上。」
我什麼都還沒說耶——
算了，沒關係。現在連吐嘈的時間也不想浪費。
「等一下我會打暗號，麻煩你壓制克羅諾亞。我想你應該知道，這麼做非常危險——」
「剛才我說『包在我身上』了吧，利姆路。我相信你。所以你一定要讓那個計策成功。」
——我有點開心。
克羅諾亞——不想弄傷克蘿耶，真要說起來是我一意孤行。
一切都只是推論，也許是我們搞錯也說不定。在那之前，面對像克羅諾亞這樣的壓倒性強者，有這種天真想法根本是自殺行為。
可是，話雖這麼說——
既然有那個可能性，我就要賭賭看。
「抱歉，麻煩你奉陪一下。」
「嘎———哈哈哈！別在意，這是常有的事。」
「有件事也令老子在意。為了進行確認，決定配合你的計策。沒有別的用意。」
維爾德拉就算了，或許雷昂也注意到了。
發現克羅諾亞就是克蘿耶。

我很想慢慢跟他解釋，但現在不是那麼做的時候。

雷昂用平淡的表情跟克羅諾亞比劍，可是額頭上掛滿汗水。想必連回答我都很吃力。

假如這個作戰計畫成功，晚點再好好跟他道歉。

接下來，有關潛進克羅諾亞靈魂的方法——

『利姆路大人。您沒將作戰計畫的內容說出口，這是明智判斷。這座大聖堂目前恐怕還在魔王金的監視下。』

迪亞布羅也開「思念網」跟我對話。而且很細心，那些「念力」都經過多重加密隱藏。

話說魯米納斯的「念力」也差不多是這種感覺，看來她對四周保持高度警戒。

我個人只是基於自己一意孤行才不想對外公開，還有不想被克羅諾亞聽到作戰計畫罷了。

反正結果是好的就好。

『這樣啊，那你有什麼事嗎？』

他特地過來跟我講話，應該有什麼原因吧。

迪亞布羅很優秀。似乎已經掌握目前的狀況，也許能說出值得參考的意見。

『回您的話。如果是利姆路大人，應能透過靈魂干涉將念力直接送到對方那兒去。但有個方法比那更確實。』

『是什麼？』

『該方法是在物質體互相接觸的情況下，透過精神體入侵對方體內。然後讓星幽體彼此接觸，這樣就能直接干涉對方的「靈魂」。』

先不論我是否能辦到，那個方法聽起來好危險。一不小心可能會回不來……

我想一般地靠「思念網」跟對方說話，那樣不行嗎？

《答。個體名「迪亞布羅」提議的方式成功率較高。只是危險度高到無法比擬。》

所以智慧之王拉斐爾才沒有提這個點子吧。

『迪亞布羅，謝謝你。但我要先跟你說一件事。』

『是，您請說？』

『你把我估得太高了。』

『咯呵呵呵。您也真是的，好謙虛啊！』

那不是謙虛啦——

這次為了拯救克蘿耶和日向，必須把成功率擺在第一位。只是看狀況而定，可能會改成安全第一。

我最好教得更徹底點，讓迪亞布羅知道我很沒用。

剛才我聽完沒有進一步追問，但他好像遇到金了，沒有亂講話吧？

要是像平常那樣拿我出來炫耀，可能會被金盯上。

關於這部分，晚點一定要好好說說他。

『可以的話，最好「找個東西」讓對方的精神安定下來。那麼，祝利姆路大人武運昌隆！』

迪亞布羅的信賴好沉重。

可是現在應該感到高興，因為我聽到有用的作戰情報。

「不過該怎麼讓對方的心冷靜下來……？」

若是能辦到這點，大家就不用那麼辛苦了。

哪會剛好有這種道具……

「利姆路大人，既然這樣，要不要試試那個『面具』？」

有人朝我搭話，是一直在支援雷昂的卡利斯。

看來這傢伙也看出我想做什麼。

太過優秀把我給嚇一跳。

「面具？」

「是的。那樣東西甚至能封印我，應該也能讓那個人的精神安定下來吧？」

「原來如此……」

優秀歸優秀，卻沒察覺我不希望這段對話被人聽到的心情。可是真要說誰不好，都怪我不由自主喃喃自語。

話說回來，要用那個面具是嗎？

那個已經送給克蘿耶了吧？

那它現在在哪裡？

咦，先等一下……

那是靜小姐的遺物，被我修好。

把它送給克蘿耶——莫非那個面具繞來繞去又回到靜小姐手上？

咦，這麼說來……那個面具是從哪來的？

——不，現在沒空想那種事。
有辦法重製面具嗎？

《答。要「複製」「抗魔面具」嗎？　　　　YES／NO》

我選YES。
不愧是智慧之王拉斐爾，三兩下就打造出來。
跟真品分毫不差，性能也一樣。
有了這樣東西，或許克羅諾亞能冷靜下來。
我拿出面具讓卡利斯看，笑著跟他道謝，然後注意力全放到克羅諾亞身上。
作戰計畫的大致流程已定。
再來只要認真起來實行就可以了。
雷昂與克羅諾亞一對一。
克羅諾亞壓制對手，雷昂專心防禦，身上的傷愈來愈多。
就連雷昂這樣的強者似乎也難以對付克羅諾亞。
這樣下去一定會吃敗仗——前提是我什麼都沒做的話。
「維爾德拉，就是現在！」
我一喊完這句話就單手拿著面具逼近克羅諾亞。
緊接著——

當那個面具戴到克羅諾亞臉上，我的意識也被黑暗吞噬。

被蘭斯洛釋出的爆裂波正面擊中，紫苑與蘭加撞破牆壁飛到外面去。

為了去追那兩人，蘭斯洛踩著悠然的步伐前進。

跟蘭斯洛展開一場激烈攻防，紫苑和蘭加已落得滿目瘡痍。

話雖如此，紫苑很冷靜。感情沒有一絲一毫的紛亂，彷彿若無其事地與蘭斯洛對峙。不讓對手發現自己處於劣勢，擺出威風凜凜的姿勢。

在紫苑後方，蘭加搖搖晃晃地起身並重新站穩。跟紫苑不一樣，蘭加沒有「超速再生」，受到的每一道攻擊都會一直向上累積。

蘭加也具備各種高度抗性。不管是物理攻擊還是精神攻擊，他的防禦力高到可以將半吊子威力無效化。除此之外，因利姆路的祝福獲得獨有技「魔狼王」，「魔狼王」的「超直覺」讓他擁有幾可預測走向的迴避能力。

就這樣被人壓著打，一般來說是不可能的事。再加上敵人只有一個，己方可是紫苑和蘭加組成的雙人小隊。

蘭斯洛是多麼危險的對手，看這種情況就一目了然。

像是要保護蘭加，紫苑上前一步。

「蘭加，你可以稍微休息一下沒關係。」

「這怎麼行，那個傢伙很強。我們兩人一起應戰都變成這樣了，光靠紫苑妳一人太危險。」

「別擔心。我好像稍微抓到要領了。在我打暗號之前，蘭加你要盡量蓄積力量。」

紫苑說完不等蘭加回應就拿大太刀指著對手。

那個姿勢很美，展現堅定不搖的意志。

「漂亮。竟然能跟我打到現在，就連那些惡魔也很少有這種能耐。」

蘭斯洛為此感嘆。

然而身上一點傷痕也沒有的對手出聲誇讚，在紫苑聽來只覺得屈辱。

「住口。看我撕下那份從容！」

紫苑一喊完就採取行動。將刀高高舉起，接著迅速揮下，速度快如鬼神。

乍看之下雜亂無章，其實那是絲毫不拖泥帶水的流麗動作。

但蘭斯洛不為所動。

清脆的回聲響起。

那是守護蘭斯洛的外骨骼彈開紫苑大太刀的聲響。

蘭斯洛是蟲型魔獸，全身包滿比鋼鐵還硬的外骨骼。因此就算沒有武器或防具，依然具備無與倫比的強度。且蘭加放出的魔法也不例外，全被他的體表彈開。上頭似乎有特殊力場，完全傷不了他。

用左手擋掉紫苑的攻擊後，蘭斯洛順勢出拳。威力大到連岩石都能粉碎，有血有肉的人類被打中一拳包準七零八落。

如果是之前的紫苑，她什麼都不會多想，將不以為意地接下吧。

不能挺過就是死，頂多就是兩種選一種。

可是如今紫苑確實有所成長。可能是任命她教育部下的關係，已經懂得放眼大局。

如果自己在這裡死掉，戰況將一口氣惡化。就算贏不了還是能爭取時間，一定會有人過來幫忙。如今她已經懂得相信這點，紫苑不會魯莽地渴求勝利，知道要把重點擺在求生上。

讓蘭加休息的原因就在這裡。若是現在逞強，要是有什麼萬一將無力採取行動。為了避免這種事情發生，仍有餘力的紫苑下定決心當箭靶。

當然，理由不只這些。

（呵呵呵，在這裡贏得勝利，利姆路大人就會誇獎我！）

她在打這種如意算盤。

雖然將求生擺第一位，但紫苑並沒有放棄求勝。

成長讓紫苑的心出現餘力，而那份餘力令紫苑體內沉睡的才能加速開花結果。

現在紫苑就連戰鬥方式都變了。忠於白老的教導，不靠蠻力取勝，懂得重視技巧。

與蘭斯洛對決讓她在這方面獲得更多磨練，因此紫苑才散發正統派劍士會有的美感。

蠻橫的暴力加上技術。

結果就是——

紫苑揮下的大太刀刀尖產生衝擊波，朝蘭斯洛打去。

當然，這頂多只對蘭斯洛造成一點障眼效果，然而紫苑趁機逼近。

用流暢的動作發動下一道攻擊。

蘭斯洛再次化解，可是手卻愈來愈麻。

紫苑的技量大幅提昇。就算處在這場戰鬥中，紫苑仍持續成長。

（還不夠，這樣還不夠——！）

剛才那一擊加上她的獨有技「廚師」附加效果。要靠其「確定結果」破壞蘭斯洛堅硬的外骨骼。老是被彈開也不放棄，紫苑繼續拿大太刀砍同一個地方。一心只想「破壞外骨骼」。靠硬度取勝的外骨骼，要扭曲法則將它打碎。這就是紫苑的目的。

面對像蘭斯洛這樣的強大敵人，紫苑沒有放棄。她一直糾纏對方，就算自己的技能沒用也不絕望，相信願望一定會實現，一再發動攻擊。

而蘭斯洛靜靜地持續化解紫苑的攻勢。

淡淡地打著攻防戰。

蘭斯洛不慌不忙，準確到有如機器，應付著紫苑。

反之紫苑使盡全力。連固有技「鬥鬼化」都發動，以超乎極限的力量猛攻蘭斯洛。即使如此，這場攻防對他來說仍屬小試身手。

實力差距太過懸殊。

紫苑招式用盡，勉強才跟對方抗衡。

蘭斯洛的動作穩若溪流。

然而突然下起一場豪雨，讓河川氾濫。

持續發動技能令紫苑筋疲力竭。一旦失去平衡，敗者將受反作用力吞食。

不僅如此——

由於蘭加離開戰場，蘭斯洛已看穿紫苑的一舉一動。小心謹慎地試探，確定紫苑再也無招可出。

下一秒，蘭斯洛的妖氣高漲。夾帶威猛的氣勢，開始朝紫苑發動猛攻。

威力是剛才的好幾倍，拳雨灌到紫苑身上。

紫苑與蘭斯洛一動一靜，如今那種印象全面逆轉。

「妳真的很強。要為此感到驕傲。可是妳贏不了我。光是要弄傷我的外殼就費盡心力吧？妳就死了這條心向我投降吧！」

蘭斯洛如此宣示。

然而紫苑平心靜氣地回答他。

「呵呵呵，可笑。你以為我會一直有勇無謀胡亂出招嗎？登上更高更遠的巔峰，那才是我要的。若是沒達到那種境界，不只會被那個囂張的第二祕書看扁，甚至不能幫上利姆路大人的忙。」

「什麼？」

「你這隻蟲子洞察力還真弱。我說我要超越你。」

此時紫苑的妖氣突然暴漲，她再次拚盡全力朝蘭斯洛揮砍。

大太刀與手交錯。

這次果然也不例外，紫苑的攻擊被蘭斯洛彈開。

可是紫苑卻扯出一抹笑容。

「呵呵，如我所料。」

話一說完，紫苑搖搖晃晃地起身，再次與蘭斯洛對峙。

「無聊。妳的攻擊果然還是傷不了我。」

面對放話的蘭斯洛，紫苑嗤之以鼻。

⋯⋯⋯⋯

…………

紫苑想起自己過去有多膚淺。

力量就是正義。

身為魔物自然會這麼想，弱者只會被壓榨。

紫苑生來就是大鬼族，是朱拉大森林裡的上位者。

但是有人很擔心這樣的紫苑。

就是紫苑跟紅丸等人的師父——白老。

紫苑的身心都徹底受到鍛鍊。她變得更溫順些，但是她其實無法在真正的意義上體會吧。

利姆路定下規矩——「不能小看其他種族」，她雖然沒有視若無睹，卻覺得事不關己。

弱者只有死路一條——那是理所當然的事。

直到紫苑死去，她才發現自己的想法大錯特錯。

害怕被殺。

她怕的不是死亡，而是都還沒派上任何用場就消失。

後來紫苑被利姆路救起。

那時她鬆了一口氣。

知道自己沒有被拋棄，好像被父母親保護一樣，心裡充滿這種放心的感覺。

跟聖騎士團對戰後，利姆路也有開導紫苑。

紫苑再次蛻變。

那個時候，原以為人類是可恨的仇敵，然而紫苑卻沒有那麼氣他們。

雖然對此感到納悶，但是聽完利姆路的話，這個謎就解開了。

他說不是所有人都很壞，有好人也有壞人。

重點在於要能夠分辨。

人的價值取決於其生存樣貌。

強或弱，這種事沒有任何意義。

就算現在沒有任何用處，總有一天才能還是有可能在某個領域發揮。

一個人的價值不該由他人決定，而是自己才對。

紫苑知道利姆路想說的是這個。

一旦領悟這點，對他人感到羨慕嫉妒就顯得非常愚蠢。

紫苑知道自己比不上迪亞布羅。所以心裡總是有一份恐懼，怕利姆路拋棄她。

但事實並非如此。

確定利姆路不會遺忘自己，紫苑再也不會感到不安。

那些醜陋的情感直到最近都還占據紫苑的心，這些感情也消失得乾乾淨淨。

不需要羨慕其他人，只要超越他們就可以了。

紫苑將注意力轉向自己的內在。不再把其他人當成競爭對手，認為超越自我才是有意義的事。

只要這麼做，她相信自己就會持續不斷地成長。

就算腳步緩慢也無妨，紫苑等人壽命很長，想必能抵達那些脆弱之人無法到達的境界。

當想法改變，紫苑也不再焦急。
這些心境變化促使紫苑成長。
那不屈不撓的精神在這種極限狀況下開花結果——

《確認完畢。個體名「紫苑」的固有能力「鬥鬼化」進化成獨有技「鬥神化」。》

這是偶然發生的，並非紫苑刻意安排。
她沒有放棄求勝，持續掙扎才能引發這種奇跡。

…………………

……………

……

「就告訴你吧。勝利女神會對堅持到最後的人露出微笑！看招，『鬥神解放』——」
紫苑毫不猶豫使用剛進化的獨有技「鬥神化」。
肉體已因「鬥鬼化」過度使用，超過臨界值的負荷而發出悲鳴。然而紫苑用「超速再生」讓其閉嘴。
獨有技「鬥神化」就像「鬥鬼化」的進階版技能。不會失去意識失控，純粹只是讓力量、體力和精神力提昇。就跟紅丸的「魔焰化」一樣，屬於身體強化系技能，能賦予精神生命體的性質。
不過，那並非萬能，裡頭還是有很大的缺點存在。
在這種狀態下，肉體強度會直接加算到精神體上，魔素的消耗太過激烈，短時間內就會枯竭。
當紫苑發動獨有技「鬥神化」，很快就會逼近活動界限。下一次出手就要分出勝負，紫苑帶著這份覺悟與敵人決一死戰。

「那股力量是怎麼一回事，竟然直逼我！」

受到獨有技「鬥神化」的影響，紫苑全身上下都發出氣勢驚人的妖氣。在此同時，所有的感官都變得很敏銳，紫苑感覺自己的力量變得非常澎湃。

「就是現在，蘭加！」

「知道了！」

紫苑用雙手握住「剛力丸．改」，高高地舉向天際。

這時蘭加使出渾身解數打出「黑色閃電」。為了伺機而動而不斷凝聚的這份威力，是目前蘭加能打出的最大威力。

蘭加相信紫苑。就算自己打出的閃電會害紫苑受傷，他也會毫不猶豫地行動，只要紫苑如此希望。

「混帳——！竟敢把我的外殼——」

紫苑才不會去管蘭斯洛說什麼。

「天地活殺崩誕（chaotic fate）！」

將所有意志全灌注在裡頭，連天地間一切現象結果都能改寫。帶著閃電的大太刀從頭頂揮下——

蘭斯洛的外骨骼能抵擋所有來自紫苑的攻擊。

唯獨左手有一道小小的擦傷。

可是對紫苑來說，這樣已經足夠了。

只要能打中一點點，就會藉此展開「最適行動」。並且導出「確定結果」，這就是紫苑的獨有技

——「廚師」的奧義。

——一道亮眼的刀光閃過，折斷的刀飛上半空中。

紫苑的大太刀最終斷成兩截。

然而倒下的人是蘭斯洛。

沿著被砍斷的左手，那道巨大傷口從肩口來到身體的中心線上，將之一分為二。毀滅性的雷擊從那個傷口入侵，將蘭斯洛的重要器官燃燒殆盡。

就在這一刻，戰鬥結束。

蘭斯洛倒趴在地。

他知道自己再過不久就會喪命。

眼球動了動，看向在跟魯米納斯作戰的格蘭貝爾。

（抱歉，格蘭貝爾——我先走一步。到那個地方、到約定之地再與你相見——）

眼裡的光芒逝去，蘭斯洛的生命活動就此停擺。

就這樣，紫苑與蘭加贏得勝利。

●

看到利姆路替克羅諾亞戴上面具，魯米納斯心想——成功了嗎？

這是一場賭注。

克蘿耶和日向相信利姆路，魯米納斯也將一切全寄託在他身上。

克蘿耶和日向早就跟她提過利姆路這號人物。魯米納斯裝作不知情，一面留意這個人。自己會去參加魔王盛宴，也是因為聽說利姆路會參加。利姆路當上魔王，這跟魯米納斯聽說的完全不一樣。

就連在跟日向商量時，她也裝作什麼都不知道。

隨著克蘿耶的話一一兌現，魯米納斯也不再懷疑她說的話。所以魯米納斯從一開始就不打算和利姆路敵對。

而且最近發生的事跟克蘿耶和日向說的內容大相逕庭。

有些地方開始對不起來。

這件事讓魯米納斯沒來由地感到恐懼。

她有種預感，落差愈大，靠聖櫃守護的克羅諾亞就愈不可能正確復活……

這份恐懼化為現實，發生意想不到的事。

在她引頸期盼的音樂交流會上，長年以來當成心腹看待的格蘭貝爾背叛自己。

不，她早就知道格蘭貝爾會背叛，卻沒想到他會像這樣大方反叛自己。

接著日向死去。

克羅諾亞復活。

要對抗這個違反常理的東西，拜託同樣違反常理倖存的利姆路最為妥當。

魯米納斯如此判斷。

之後利姆路果然不負魯米納斯的期望，決定採取呼喚克羅諾亞之「魂」的作戰計畫。

（那個面具就跟克蘿耶以前戴的一樣。那就有希望！）

魯米納斯在心裡歡呼。

面對這樣的魯米納斯，格蘭貝爾朝她搭話。

「妳看起來很開心嘛，魯米納斯大人。當真相信妳所愛的克蘿耶會回來？」

「你說什麼？」

「克羅諾亞是毀滅的意志對吧？如今封印它的聖櫃消失，要阻止克羅諾亞必須把克蘿耶的意志叫回來。但妳認為克蘿耶的靈魂真的還睡在克羅諾亞體內？」

「你怎麼知道這件事？」

魯米納斯瞬間露出驚訝的表情，但轉念一想。

如果是格蘭貝爾，就算偷聽魯米納斯和克蘿耶的對話也不奇怪。

「原來是這樣，所以你才……」

「對，就跟妳想得一樣。要毀滅世界，沒有比這更快的方法。只要將一切都交給比我強上好幾倍的人處理就可以了！」

格蘭貝爾說完便露出笑容，眼裡染上陰暗沉濁的瘋狂氣息。

「住嘴！別以為你能稱心如意！」

「沒錯。這個世界總是在踐踏我的心願。剛才又是一個例子。我的朋友死了。」

聽格蘭貝爾這麼說，魯米納斯這才發現已有一場戰鬥結束。利姆路的部下獲得勝利，蘭斯洛命喪黃泉。

「呵呵呵。這個世界果然對我很嚴苛。」

「那又怎樣！」

魯米納斯朝格蘭貝爾冷言相向。

格蘭貝爾則對她靜靜地宣告：

「——所以這種世界最好滅亡。」

「少在那自說自話。要絕望隨你便，你自己一個人去絕望吧！」

朝格蘭貝爾回吼後，魯米納斯舉起自己的愛刀。

名喚「夜薔薇刀」，以自己的故鄉命名。

格蘭貝爾也回應魯米納斯。

拔出從勇者時期開始一路相伴的搭檔——真意之長劍。

兩人的武器同為神話級，條件不相上下。

接著——

「絕望？不，並非如此。如今我心裡充滿希望！」

格蘭貝爾高聲宣示，從蘭斯洛體內解放的能量流到他身上。

那是蘭斯洛的「靈魂」，也是他的力量。

瑪麗亞、蘭斯洛，再加上格蘭貝爾。

三者的力量透過「靈魂」昇華，創造一個希望。

《確認完畢。條件滿足。獨有技「不屈者」進化成究極技能「希望之王薩利爾」。》

格蘭貝爾也在這種情況下登上至高無上的巔峰。

只有被選中之人才能達到這種究極境界。

巧的是究極技能「希望之王薩利爾」竟與究極技能「色慾之王阿斯蒙太」具備同樣的能力，都是「掌控生死」。

這下力量上的條件也相當。

格蘭貝爾靜靜地佇立，那對黑暗混濁的雙眼看著魯米納斯。

「我也準備好了。魯米納斯大人。現在就為這場因緣做個了斷吧。」

「──說得好。你的覺悟，妾身就確實接下吧。還有，妾身一定會把你殺了，你就放心吧！」

緊接著，雙雄互相對峙。

究極技能覺醒之人互相對決──然而勝負在瞬間分曉。

化作一道紅色閃光，魯米納斯的夜薔薇刀劈出一擊。

裹著晦暗的藍色火焰，格蘭貝爾的真意之長劍接下那一刀。

「給亡者的鎮魂歌（Memory end Requiem）──！」

「──堅忍不拔（Fortitude）！」

究極技能「色慾之王阿斯蒙太」與究極技能「希望之王薩利爾」正面對決。

在相同的條件下，意志較堅強的人將贏得勝利。

正因如此──

不屈者「勇者」格蘭貝爾沒道理輸──然而，最後站著的人卻是魯米納斯。

●

替克羅諾亞戴上面具後，我開始集中精神入侵克羅諾亞的精神世界。
當然，我不可能有這種能耐，控制工作全都交給智慧之王拉斐爾。
原以為裡頭會一片黑暗，沒想到意外明亮。
說來不可能有任何光源，這就是所謂的心靈風景吧。
我憑感覺彈跳前進，這時發現有人走在我旁邊。
「嗨，好久不見，史萊姆先生。不對，應該叫你悟先生吧。」
是靜小姐。
除了感到懷念，我覺得有些害羞起來，於是半開玩笑回話。
「別這樣啦，現在的我名叫利姆路。沒有要拋棄過去的意思，可是被人那樣叫覺得好害羞。」
我絕對不是希望她那樣叫我。
絕對不是。
話說回來，心靈風景真的好方便。
要是覺得寂寞，就連已經死去的人都會出來陪我。
靜小姐沒有戴面具，直接以真面目示人。燒傷的痕跡也消失了，讓我再次確認靜小姐果然是名美女。

因為是模擬這樣的靜小姐，我自然長得像美少女，從某方面來說算是挺合理。

不過我以前是男的，感覺很微妙就是了。

有靜小姐相伴的我就像打了一劑強心針，前進的腳步愈來愈快。

靜小姐也面帶微笑跟過來。

另一名美少女擋住我們的去路。

是克羅諾亞。

她眼裡充滿憎恨、看起來很可怕，似乎想把世界上所有的東西全都毀滅掉。

首先要跟她對話。

希望她願意聽我說，我想到這邊正打算開口。

不料下一秒──

「──你是……利姆路？真的……是本尊嗎？」

這反應令人驚訝。

還以為她會對我有更多敵意。

「是、是啊。我是利姆路。」

當我承認是本人，克羅諾亞便抱住我的身體。

抱住史萊姆的美少女。

感覺滿搭的。

看到這樣的我們，靜小姐發出輕笑。

她輕輕撫摸克羅諾亞的頭，嘴裡一面輕喃：「妳很努力呢。我也好想見妳，勇者大人。」

嗯——這麼溫馨好嗎？

外面好像正在進行激烈戰鬥，但是總覺得我現在好幸福……

「那、那個——妳是克羅諾亞？」

像這樣面對面接觸，我開始懷疑克羅諾亞就是成長後的克蘿耶。

她們果然很像。

「對。我是克羅諾亞。被封在克蘿耶體內的邪惡化身，同時好像也是她的另一個人格。若是沒有日向替我命名，應該不會出現這麼明顯的自我人格。」

原、原來如此。

我完全搞不清楚狀況，總之知道了背後原因好像滿複雜。

「那妳的目的是——」

假如她想就此毀滅這個世界，我也得盡全力阻止才行。

既然她是克蘿耶的另外一個人格，那我得想辦法叫出克蘿耶，讓她們兩個交換——所以才鼓起勇氣問她。

然而——

「已經不要緊了。因為利姆路平安無事。」

克羅諾亞不再有所堅持，像這樣輕鬆地回應我。

說什麼因為我平安無事，拜託別說那種不吉利的話。

至今為止也經歷不少險象環生的局面，但我都像這樣平安熬過來了。很抱歉，我可不想再遇到其他麻煩事。
「不，我一直活得好好的呀。」
「你還敢講，明明就為了救我犧牲自己！」
聽我這麼回答，克羅諾亞大發雷霆。
說我犧牲自己，我聽得一頭霧水呢。
不曉得她在不爽什麼，但還是先跟她道歉好了。
「哈哈哈，抱歉抱歉。之後我會小心的。」
「不可以騙我喔！就這樣說定了。」
聽她那麼說，我便跟克羅諾亞約好絕不會亂來。
我不懂。
照理說我應該不會亂來才對。
不，等等。
要是克羅諾亞也保有未來的記憶，那我將來該不會——

《……這個可能性很高。》

喂，那不是真的吧？
聽到讓人討厭的事。
不對，正好相反。

我反而慶幸現在先聽說。

以後絕對不要亂來——我在心裡鄭重發誓。

等克羅諾亞冷靜下來，我開始問最關鍵的問題。

「那麼，妳知道克蘿耶現在在哪裡嗎？」

還有日向是不是也在那邊？

心情很焦急，但還是小心問話較好。若不小心得罪克羅諾亞，原本問得到的資訊也許會沒得問。

但這些擔憂根本是在杞人憂天。

「在我心靈深處的『無限牢獄』中迷失方向。原本被封在那裡的是我，可是同一時間軸重複出現相同存在，才會彼此輪替。」

如此這般，她一下子就把那些事說出來。

看來克羅諾亞也很珍視克蘿耶。

認為主人格是克蘿耶，克羅諾亞自己則是輔助角色。應該可以相信她是這麼想的。

想到這邊，我接著問下一個問題。

「那日向呢？」

「日向啊……」

答案令人感到震驚。

克羅諾亞說日向已經死掉了。

「這是怎麼一回事？魯米納斯說日向也一起回到過去……」

所以照理說日向應該平安無事才對——

「利姆路你誤會了。日向早就死在這裡了。格蘭貝爾的攻擊連靈魂都能粉碎，因此克蘿耶才吸收日向的『靈魂』，然後跟她一起回到過去，可是日向無法承受『時空跳躍』。」

咦？

不，可是……

魯米納斯說她也有跟日向對話。

再說——

「替克羅諾亞命名的人是日向吧？」

「嗯。」

「那不就——！」

「只有日向的自我意識保存在靈魂殘渣裡，放在日向的獨有技中。所以說，唯獨日向的『數學家』不能吸收。要是這麼做，日向的自我意識也會消失——」

看克羅諾亞答得如此悲傷，我知道她沒有說謊。

不，等等。

那是技能根植在靈魂之中，才能保留日向的自我意識。既然這樣，將那個技能放回日向的肉體裡，日向不就能死而復生了？

「我知道利姆路在想什麼。因為我——克蘿耶也有過相同想法。可是那樣行不通。我剛才說過吧？日向的靈魂殘渣也被『無限牢獄』綁住。那裡面的所有東西都會混在一起，一片混沌。從那邊出生的我說這種話或許不近人情，但日向的『數學家』大概也被整合了——」

像維爾德拉那樣，擁有強韌的自我與龐大能量就另當別論，日向雖然變成聖人，但她原本是人類，應該沒辦法熬過「無限牢獄」……

日向的肉體就在那裡。

只要靈魂沒事，照理說日向應該能重生才對。

「不，別擔心。日向是非常堅強的孩子，她肯定還沒完全消失。所以我們來呼喚她吧。」

克羅諾亞在那悲嘆，我則沮喪不已。

有人對我們這麼說，她就是帶著溫穩笑容的靜小姐。

＊

那份不安煙消雲散。

等結果確定再哀嘆也不遲。

「的確，說得對。克羅諾亞，我想把克蘿耶和日向從『無限牢獄』救出來，有什麼辦法嗎？」

「現在已經穩定下來了，應該能感覺到另一個我『克蘿耶』的氣息。可是要解除『無限牢獄』很困難。要是那麼做，大概會把肉體毀掉……」

原來是因為龐大的能量全都關在「無限牢獄」裡。

我都忘了，就是在這裡的克羅諾亞負責控制年幼克蘿耶的力量。

總量足以跟維爾德拉匹敵的能量一旦解放，克蘿耶的肉體可能就會灰飛煙滅。目前甚至無法確定日向的心是否還殘留在裡頭。

關於這點，我願意相信靜小姐的話。

要巧妙控制「無限牢獄」的能量，同時救出克蘿耶和日向——請智慧之王拉斐爾干涉「無限牢獄」如何？

用不著完全解除，只要探究內容物就好？

《否。照目前情況看來是不可能的。無法干涉最小單位的「資訊體」。》

智慧之王拉斐爾也說它能解除「無限牢獄」。可是無法干涉被封在裡頭的資訊，似乎沒辦法有進一步的舉動。

維爾德拉擅自復活，看來他果然屬於特殊案例。

「我知道了！那就將權限開放給你。另一個我『克蘿耶』也同意了，就照利姆路的意思去做吧！」

——咦？

我還在煩惱該怎麼辦才好，結果克羅諾亞就給了讓人意想不到的提議。

比「靈子」小上好幾倍，質量趨近於零的物質。據說那就是「資訊體」。這個世界上所有的物質必定包含「資訊體」。

雖然只限在我的「胃袋」和克羅諾亞的「無限牢獄」裡，但現在可以觀測這種「資訊體」。智慧之王拉斐爾似乎就是操縱資訊體來整合或廢除技能。

如今獲「無限牢獄」的擁有者首肯，智慧之王拉斐爾便能自由行使其力量。

《告。已確認獲得權限。接下來要開始進行干涉。》

該怎麼說。

總覺得智慧之王拉斐爾大師好像很開心。

是那個吧。

跟它隨意擺弄本人身上那些技能的感覺很像。

接下來劇情如怒濤般發展。

我還來不及阻止，智慧之王拉斐爾就掌握主導權。

《結束。獨有技「無限牢獄」、「絕對切斷」、「簒奪者」相加，奉獻大量魔素，進化成究極技能。》

沒有像平常那樣問我《YES／NO》，智慧之王拉斐爾迅速採取行動。

不對，不需要徵求我的許可吧。

因為那又不是我的技能──咦，好像哪裡怪怪的？

將我的擔憂晾在一旁，克蘿耶──克羅諾亞──她們的力量進化成究極技能「時空之王猶格索托斯」。而且原本是克蘿耶第二人格的意識體克羅諾亞還透過優化獲得技能管理權限，轉變成名為「神智核」的資訊體，隨時都可以跟克蘿耶切換。

像這樣隨心所欲大改真的好嗎？

不，一點都不好──會讓人想接這句話，可是大家都沒意見。

「利姆路真的很亂來。可是我最喜歡這樣的利姆路了！」

克羅諾亞不僅把我抱住，還在我的右臉頰上親一下。

除此之外——

「欸，克羅諾亞！妳怎麼可以擅自插我的隊！」

另一邊也傳來柔軟的觸感。

就跟克羅諾亞一樣，克蘿耶抱過來親我。而且克蘿耶還是大人姿態，跟克羅諾亞就像雙胞胎，長得一模一樣，是絕世無雙的大美人。

心靈風景實在有夠便利。

雖說這不是現實令人感到無比悲哀，但是被美女夾攻感覺真不賴。

既然有這個機會何不讓我脫離史萊姆狀態，靠影像重現當人，而且還是生前的那個好男人？

我開始沉浸在桃色妄想裡。

靜小姐在一旁注視那樣的我。

還有另一個人。

「豔福不淺嘛，利姆路。都不知道我是否能復活，你卻在那裡歡天喜地。」

這個人就是日向。

她說得對，現在不該那麼高興。

發現此事的我紅著臉乾咳。

不、不愧是日向小姐，妳還是一樣漂亮。

是不是該從這種客套話講起？

說她許久不見還是一樣漂亮，但我剛剛才跟她見過面。

不過遇到女人還是該多誇幾句吧。

「不愧是——」

「客套話就免了。」

「啊，是。」

都被她看透了。但有句話還是要說一下。

「話雖這麼說，說『妳平安無事』有點奇怪，但能像這樣跟日向重逢，我真的很高興。」

這可是我的真心話。

「謝謝。」

日向如此回應，臉頰有點紅紅的。

她是在害羞吧。

這次肯定在「嬌」了吧！

《否。不是。》

我想也是。那怎麼可能。

把我扔在一旁，日向和靜小姐沉浸在重逢的喜悅裡。

看來變得更坦率些，日向也跟著眼眶泛淚。

「對不起，老師。我並不想給老師添麻煩……」

「我都明白，日向。當時的我沒有注意到，我才該說抱歉。還有謝謝妳。那時去雷昂城堡救我的勇者是妳吧。」

「——是的，老師。」

看到她們兩人相擁，我也有種想哭的衝動。

「日向，妳果然是一個堅強的女孩。因此從妳身上孕育而出的『數學家』才能保住自我吧。」

此時靜小姐心有所感地輕喃。

原來如此，聽她這麼一說或許是那樣沒錯。

日向還是跟以前一樣，一點都沒變。

「可是另一股力量消失了。」

「呵呵，這表示妳已經不需要那股力量了吧。今後妳要正視自己，讓自己有所成長。」

「——可是，我真的能重生嗎？」

「不會有問題的。妳也如此深信對吧？」

「嗯，算是吧……」

這時靜小姐跟日向轉眼看向我。

「你們打算抱到什麼時候？」

被日向這麼一說，我才想起自己還被克蘿耶跟克羅諾亞抱住。

「我想多抱利姆路一點！」

「就是說啊，日向。都兩千年沒見了，讓我再抱一下——」

這種說法可能會遭人誤解耶。

我什麼都沒做。是克蘿耶她們把自己埋在史萊姆身體裡，只是這樣罷了。

「好了好了，那些事晚點再慢慢講。我也差不多該走了，日向妳要早點復活喔。」

臉上依然帶著笑容，靜小姐出聲勸克蘿耶等人。

「要走去哪裡？」

「你應該知道吧，利姆路？我只是透過你顯現出來的幻影。」

不，這裡是所謂的心靈風景，所以——

「夢總有醒來的一天。能遇到你們，我也很高興。劍也他們看起來也過得很好，多虧利姆路替我揍雷昂，我已經釋懷了。一切似乎全是誤會，知道這件事讓我對這個世界稍微產生一點好感。所以我沒有留下任何遺憾，覺得很滿足。」

克蘿耶和日向原本想挽留她，可是看到靜小姐露出滿足的笑容，想說的話又吞回去。接著她們用力點點頭。

「利姆路，日向就拜託你了。」

「利姆路先生一定沒問題對吧？」

「我可是很期待你的表現喔。」

這三人給了我意想不到的壓力。

害我冷汗直流。

一想到失敗該怎麼辦——唔，不能去想這個。

不能這麼軟弱。

都還沒做就先放棄，那有違我的個人美學。

日向應該比我更不安，我要一直維持從容不迫的態度才行。

「交給我吧。日向，我馬上救妳出去。」

本人如此宣言。

言語能化為力量。一定要成功——重新下定決心的我從心靈風景中離去。

回到現實世界，我依然是人型姿態。

姿勢都沒變，看樣子連動都沒動

我伸了一個懶腰，再次打起精神。

在心靈風景中，最後一刻我看到靜小姐逐漸淡去的笑臉。

為了不辜負那抹笑容，我要再撐一下。

「噢，利姆路你沒事啊！」

「發生什麼事了？剛看到克羅諾亞停止動作倒下——」

「晚點再跟你們解釋。可不可以請你們繼續幫忙警戒，以免有人過來搗亂？」

「包在我身上！」

「那好吧。晚點你可要詳細說明。」

維爾德拉就算了，連雷昂都二話不說答應。

這下我就可以放心了。

我想應該不至於——但若是優樹真的跑回來，他們也能幫忙應付吧。

來看看日向的遺體在——

日向的遺體被魯米納斯用魔法治癒到沒有任何傷痕，就躺在倒伏的克羅諾亞身旁。

哎呀，因為日向的胸口曾經開過洞，所以我先拿出備用的外套幫她披上。像這樣不經意展現溫柔，散發懂得體貼的大人魅力。

我不想又被人瞪——這個真實心聲就藏在我心裡吧。

再來是關鍵的復活魔法，光靠我一個很難施法。

雖然讓意識浮上來，但堪稱日向本體的「數學家」還留在克蘿耶的「時空之王猶格索托斯」裡。已經和它同化，只是沒消滅罷了，要分離出來很難。

得準備用來代替的能量，將兩者更換的同時靠復活魔法救出。若要施行，還是得找那個傢伙幫忙。

「麻煩幫個忙讓日向復活——魯米納斯！」

我開口呼喚那個人，也就是魯米納斯。

●

「咕、咕哈，贏得……漂亮。魯、魯米納斯……大人。」

格蘭貝爾吐血倒地。

被魯米納斯打中，他的身體逐漸失去生氣，但格蘭貝爾卻換上安詳的表情。

「你這傢伙——」

格蘭貝爾想傳達給她的話，魯米納斯本人確實聽見了。

——因此，若是連這點困難都無法克服，根本不能守護人類。既然如此，乾脆藉著身為守護者的「勇者」之手毀滅世界——

魯米納斯清楚知道他賭上最後的希望。面對這份覺悟，魯米納斯為了回應他的想法，這才將格蘭貝爾正面攻破。

事到如今，魯米納斯才對格蘭貝爾的想法有了切身體會。

格蘭貝爾想要的並不是讓克羅諾亞失控，而是讓她以正確的形式覺醒，讓她成為人類的希望。

就算歷時千年，他依然如此笨拙。魯米納斯對此心有所感，覺得有些寂寞。

「——我……我的悲願……對上她的……超時空威能……不算什麼。有妳、魔王利姆路……再加上她……」

在這個殘酷的世界裡，沒有力量哪來正義之說。

就連格蘭貝爾這樣的強者都為自身無力悲嘆。

這時利姆路的聲音傳進魯米納斯耳裡。

利姆路想讓日向復活。也就是說，克羅諾亞——克蘿耶已成功覺醒。

（那傢伙果然靠得住。漂亮地達成任務。）

嘴巴上沒說，魯米納斯對利姆路讚譽有加。

「你已經善盡職責了。剩下的事交給妾身，好好休息吧。」

朝格蘭貝爾說完，魯米納斯打算過去找利姆路。

雖說魯米納斯砍出那一擊足以取人性命，但是在那之前，格蘭貝爾早就將生命力耗盡。壽命早已走到盡頭，要繼續延續生命，就算有魯米納斯出力相助也辦不到。

變成魔物另當別論，但是魯米納斯清楚知道格蘭貝爾不希望這樣。

「在、在那之前……魯米納斯大人。我有一事相求……」
「什麼事？」
「希望……我想將這份希望，託付給……那個女孩……」
聽到這句話，魯米納斯猶豫了一下。
格蘭貝爾可能會動什麼手腳，考量到這層風險，她猶豫是否該替格蘭貝爾實現願望。
話雖如此，魯米納斯還是決定接受他的請求。
魯米納斯就是如此心軟、寬容。
「好吧。」
「多、多謝——」
握住魯米納斯伸出的手，格蘭貝爾感激涕零。同時他的身體開始發光，變成光泡散去。
「——你就安心到那個世界去吧。」
彷彿受魯米納斯的聲音引導，在漫長歲月裡一路征戰的前「勇者」再也不受因果束縛，朝這個世界擴散。

●

「讓你久等了。」
說起話來如此傲慢，用不著說也知道是魯米納斯。
明明經歷一場激烈戰鬥，她的衣服卻整整齊齊。

看樣子大獲全勝。雖然我早就猜到了，但還是希望她快點過來。

「怎麼了，有什麼不滿嗎？」

「不，沒什麼。」

我不敢在這明講，八成是受日本人特有的「沒事別自找麻煩」主義影響。

但那些事情不重要，快點來幫日向吧。

「我要對克蘿耶的『無限牢獄』進行干涉，妳趁機回收日向的『靈魂』。要是能量不夠——」

「用不著擔心這件事。妾身會想辦法。」

真是太好了。

魯米納斯果然超能幹。

如此這般，我開始迅速投入作業。

手對準躺著的克羅諾亞舉起，向魯米納斯指出日向「靈魂」的所在位置。

魯米納斯看上去駕輕就熟，馬上開始進行某種干涉。魔法對技能，這種時候技能比較好用。

「——再誕（Rebirth）！」

魯米納斯發動能力。

在旁邊看發現一件事。

現在魯米納斯發動的是我學不來的超高段技能。

《——「解析鑑定」失敗。那是相當於究極技能的力量。》

果然沒錯。

不，套在魯米納斯身上就沒什麼好奇怪的了。我反倒能放心交給她處理。

克羅諾亞躺在那兒，再加上日向的遺骸。

日向的碎片與克蘿耶的靈魂同化，被整合到獨有技「數學家」裡。

魯米納斯靠自身能力處理被我事先「分離」的日向「靈魂」。將其小心翼翼地取出，注入高密度能量代替。

《……》

注入值遠比取出的能量要大，但這是必要的處置吧。我邊想邊看，這次她改朝日向的遺骸伸手。

日向的「靈魂」藉魯米納斯之力回到遺骸裡。

她的頭髮恢復光澤。臉頰變紅潤，心臟再次跳動。

接著日向睜開眼睛。稍微咳了幾聲，但日向身上並無異狀。

成功了。日向順利復活。

還有克羅諾亞。

除去日向這個異物，她恢復完全狀態。

之前就已經夠漂亮了，但眼下克蘿耶的靈魂開始綻放神性光輝，美得不像人類靈魂。

她睜開眼睛。

來看看這次是克蘿耶還是克羅諾亞。

「利姆路先生！」

照這反應來看是克蘿耶吧。她以前叫我老師，不知道從什麼時候開始變成「先生」，可是感覺起來就像克蘿耶。

她朝我撲過來。

我溫柔地接住她。跟兒時樣貌很不一樣，實在是很有女人味——咦，怪了？

心想跟預料中的觸感不一樣，仔細看卻發現克蘿耶變回小孩子。

克蘿耶身上穿著合身的黑色衣物，應該是拜「聖靈武裝」所賜吧。這點令我慶幸。跟大家說個祕密，其實我覺得有點遺憾，這件事就放在我心裡面吧。

看在旁人眼中就像我抱著小女孩。

很容易被人誤會我正要犯案。

日向的視線好刺人。

不僅如此，雷昂不知為何看起來很火大。

「這算什麼，利姆路？」

「你最好給個詳細交代。」

喂喂喂，雷昂你別激動。

還有日向小姐，臉臭成這樣會增加皺紋喔！

——說那種話是自殺行為吧。

日向好不容易死而復生，克羅諾亞也從失控狀態中恢復，為什麼我還是沒脫離危機？

為這種不合邏輯的怪事感嘆之餘，還想麻煩他們務必讓我說句話。

「大家冷靜點吧。總而言之，在這裡說話不方便，今天已經夠累了。就讓我們換個時間換個地點，到時再來慢慢釐清狀況吧！」

這個提議經過多數決表決通過。

＊

就這樣，戰鬥結束。

現場只剩美麗的音色流淌。

令人驚訝的是，塔克多等樂團成員在那場戰鬥中依然持續進行演奏練習。這等韌性值得讚許。

稱讚完塔克多等人，我命令他們解散。

另外還發現一件事。

「──咦？克蘿耶的能量好像比剛才還強？」

「是你多心吧。」

「不，就如利姆路所說，肯定是──」

「閉嘴！妾身沒在徵詢你這隻蜥蜴的意見！」

維爾德拉嚇了一跳。我也一樣。

剛才魯米納斯給人的感覺變得有點柔和，但她突然發飆，不能怪我們。

這個話題最好到此結束──雖然我這麼想，有個男人卻不解風情。

不是維爾德拉。維爾德拉常會有些白目發言和舉動，但最近好歹有學乖。知道魯米納斯要發飆，便跟我點點頭心照不宣。

「不，就跟利姆路和維爾德拉先生說得一樣。乍看之下只是舉世無雙的美少女，但本質比以前還是克羅諾亞的時候更為強大吧？」

沒想到出聲的人竟然是魔王雷昂。

外表看起來很冷酷，性格上卻意外的神經大條，容易誤踩地雷。

是說他未免太看重克蘿耶。

從剛才開始就一直黏著她，完全沒有離開的意思。

還說對方是舉世無雙的美少女，甚至連本性都不打算隱瞞，超寵溺力場全開。

「雷昂哥哥。他從以前就是這樣，對我太過執著！我常常勸他，說這樣會交不到女朋友！」

克蘿耶則對雷昂很嚴厲。

雷昂是只為克蘿耶而生的超級——不，還是說到這裡就好。再講下去讓人有點心酸。

話說回來，之前都被那冷酷的美貌欺騙，其實雷昂這個人運氣很背吧？

菈米莉絲也說雷昂以前是個愛哭鬼，讓我想對雷昂好一點。

看來很傻眼的克蘿耶朝雷昂放話完，接著轉頭環顧四周。

「嗯，現在好像沒問題了，所以我先跟大家說一下，看樣子我已經覺醒成真正的『勇者』了。在自己體內培育的『資質』和在日向體內溫存的『資質』似乎合而為一了。這是祕密喔。」

克蘿耶說完微微一笑。

我聽完大吃一驚，同時想起一件重要的事。

「克蘿耶！這麼重要的事——」

金可能還在監視我們，不能隨便亂講話。想起這件事的我趕緊試圖掩飾，不料……

擔那種心好像是多餘的。

「沒問題！看樣子已經沒人在監視我們了。」

此時克蘿耶做出安全宣言。

如今克蘿耶已經超越外表給人的少女印象。

孩子總有一天會長大，不再需要父母庇護。

除了為克蘿耶的成長感到開心，同時又覺得有點寂寞。接著我突然領悟到一件事。

現在，就在此刻——「真勇者」克蘿耶·歐貝爾覺醒了。

日向和克蘿耶並沒有完全分離，不知不覺間寄宿在日向身上的「勇者資質」仍留在克蘿耶體內。

一具身體蘊藏兩種資質。

這是照理來說不可能發生的奇蹟，覺醒後克蘿耶因此登上前所未有的境界。

——不，不是那樣。

這並非充滿不確定性的奇蹟，而是克蘿耶永不放棄的意志催生的必然結果。

在無限循環的輪迴中，克蘿耶帶著那份純真勇往直前，因此克服萬難進入全新境界。克蘿耶不屈的意志甚至能吹散絕望，造就這個奇跡。

這個時候，我打心底覺得克蘿耶好厲害。

所以我坦率地說出那句話。

「妳很努力呢。我也要跟妳學習，不管發生什麼事都永不放棄。」

這是我最真實的心聲。

「嗯！」

看到克蘿耶笑著點頭，我發誓未來絕不會讓那個笑容蒙塵。

換句話說，我的想法不能永遠那麼天真。

既然知道有一股勢力想要殺我，自然得想想對策。

對吧？

《是。須想萬全之策。》

這次事件讓我有了深刻體悟，那就是我戰敗，會不只是我一個人的問題。

對敵人不能手下留情──我再次將這個覺悟刻在心裡。

理解對方的理念固然重要，但過於重視導致我方犧牲就本末倒置了。

──為了獲勝，我要不擇手段──

對克蘿耶回以笑容，我暗自下定決心。

終章

前往約定之地

Regarding Reincarnated to Slime

這天夜裡，我們稍微交換一下情報。

詳細情形打算等日後安頓好再來談。

雷昂告訴我他跟克蘿耶是什麼關係。

原本是如兄妹般一起長大的青梅竹馬，但更進一步的資訊他不願透露。克蘿耶大概也忘了，那些已經是個謎。

但我看也不是什麼太大的謎團吧。

雷昂生性淡漠，唯獨特別寵溺克蘿耶。

比德蕾妮小姐寵溺菈米莉絲有過之而無不及，雷昂的執著已經進入危險水域。

「讓我宣誓為妳盡忠吧。」

像是對克蘿耶做這類真情告白。

話雖如此，克蘿耶應該會笑著拒絕。

而事實上，克蘿耶似乎也能變成大人。

克羅諾亞的自我意志依然存在，關係類似我和智慧之王拉斐爾。因此當然能轉換身體的主導權。要認真作戰的時候，聽說她可以跟克羅諾亞進行意識融合，恢復原本應有的樣貌。

她還說突然變成大人可能會害艾莉絲等人陷入混亂，所以目前繼續用這種姿態過活。

我也覺得這樣比較安全，就讓克蘿耶隨她的意思去做吧。

魯米納斯則跟我說格蘭貝爾的事。

「格蘭大概是因為妻子死掉才發狂。而瑪莉安貝爾曾是那傢伙的希望，她的死讓他再度陷入瘋狂。後來恐怕又恢復正常。」

既認真又笨拙。

這句話最適合用來形容格蘭貝爾・羅素這個男人。

名叫瑪麗亞的妻子喪命令他感到自責，覺得自己沒能守護心愛之人。

這樣的格蘭貝爾找到新希望——瑪莉安貝爾，連她也為了挑戰我吃下敗仗。雖然沒有證據，但我猜應該是優樹殺了她。

可是對格蘭貝爾來說，理由是什麼都好。瑪莉安貝爾死亡是一件大事，失去她的失落感則讓格蘭貝爾恢復正常吧。

沒有比這個更諷刺的事。

那是因為恢復正常後，格蘭貝爾想出一個計畫，要讓「真勇者」覺醒。

要是失敗就會讓世界面臨崩壞危機。

然而格蘭貝爾做出決斷。

他已有覺悟，再認真不過。

唯獨一點，那是毋庸置疑的事實。

即「勇者」亦非聖人君子。任何人心中都有偏見、都有瘋狂。

格蘭貝爾對人類的愛很深。因此一旦陷入瘋狂，反噬效果也比任何人都要來得大吧。

就連我都無法置身事外。

假如我失去所愛之人？

我想起之前差點失去夥伴時，那股失落感幾乎要將我的心撕碎。

「──『真蠢』──無法這麼說吧。」

我似乎能稍微體會格蘭貝爾的心情。

隔天──

我們按照預定計畫舉辦音樂交流會。

在遼闊的藍色青空下。

背對殘破不堪的大聖堂。

眼前有一大群排得整整齊齊的觀眾。

美麗又憂愁的音色響徹雲霄。

一些人將希望寄託在未來，這是獻給他們的──送葬曲。

●

我作了一個夢。

非常不可思議的夢。

在那裡，我變成一個非常任性的女孩子。

瑪麗亞一醒來看到格蘭就露出微笑。

「作了一場美夢吧？」

「對，非常甜美。」

這兩人相視而笑。

「真是不可思議。為什麼我沒有相信那隻史萊姆？」

「嗯——這個問題好難回答。因為是夢——這樣講好像太隨便？」

「討厭，認真回答啦！」

「哈哈哈，抱歉。就像瑪麗亞妳說的那樣，若能夠接受一切彼此信賴，便沒有比這更棒的事了。可是人類很膽小。害怕生活原則跟他們不一樣的人，心生警戒去懷疑對方會不會背叛自己。而且更麻煩的是，不會懷疑他人的人等同有顆美麗的心，但這種人絕對不適合當為政者。這是因為心思比任何人都要來得深沉，是領導者必須具備的資質。」

聽完這段話，瑪麗亞看似不滿地鼓起臉頰。

「真是的！那這樣人類不就永遠無法發自內心互相理解了！我討厭這樣。討厭那種事！所以我決定下次要相信他。」

「妳是在說夢裡的事吧？」

「對，就是那樣。不過，要是下次又作同樣的夢，到時一定要相信那隻史萊姆。那樣我們一定能變成非常要好的朋友！」

「是嗎？我想一定會的。」

格蘭溫和地附和瑪麗亞。

瑪麗亞則對這樣的格蘭天真無邪地提問。

「對了格蘭，你作了什麼樣的夢？」

「我嗎？我啊……」

格蘭作了一個又長又悲傷的夢。

但他最後看見希望之光。

「作了一個好夢。真的很棒。」

「哎呀，那真是太好了！只要你能幸福，我就幸福！」

「我也是。只要妳能幸福，不管遇到什麼樣的苦難，我都會克服。」

「有我、有你，每天過著安穩的日子，光這樣就覺得每天都很開心呢。」

「是啊。」

「等孩子生下來，家人就會變多，那樣我們就會變得更幸福！」

「對，妳說得對極了。」

語畢，格蘭溫柔地抱住瑪麗亞。

他們聽見美麗的樂音。

告訴他們該踏上旅途了。

「讓蘭斯洛等太久不好意思，我們也該出發了吧。」

「嗯，也對。有東西忘記帶嗎？我們再也沒機會回這裡吧？」

「那個啊，不要緊。只要有妳，我再也不需要任何東西。」

就這樣，兩人牽著手邁開步伐。

前往遙遠的約定之地，大家都在那裡等他們——

後記

讓大家久等了。終於可以送上第十一集。
這一集幾乎都跟網路版不一樣。
在這先劇透一下，後續故事裡的各角色動向也會跟網路版有出入。
所以角色設定也一起變更。
優樹的設定也做了大幅更改，而跟「勇者」有關的設定則更動得更多。
然後因為責任編輯I氏亂來，那些更動就這麼定案。
至於編輯說過的任性話則是——

「你不覺得小女孩克蘿耶不見有點寂寞嗎？」

內容如上。
就在這瞬間，我開始懷疑責任編輯I氏是蘿〇控。
不是機械控喔——呃，這些事先擺一邊。
跟克蘿耶有關的劇情原本就夠複雜了，再加上I氏的需求，這次可是令我傷透腦筋。
但我敢說就結果而言變得很有趣。

書籍版的克蘿耶會遇到什麼事情，敬請期待。

＊

西方篇在這次完結。
從下一集開始，終於預計要讓東方帝國出動。
會有新角色登場，我想《轉生史萊姆》的世界將會變得更加遼闊。
也請各位今後多多指教！

國家圖書館出版品預行編目(CIP)資料

關於我轉生變成史萊姆這檔事 / 伏瀨作；楊惠琪譯
. -- 初版. -- 臺北市：臺灣角川, 2018.04-
冊；　公分
譯自：転生したらスライムだった件
ISBN 978-957-564-138-2(第9冊：平裝). --
ISBN 978-957-564-299-0(第10冊：平裝). --
ISBN 978-957-564-587-8(第11冊：平裝)

861.57　　107002534

Kadokawa
Fantastic
Novels

關於我轉生變成史萊姆這檔事 11

（原著名：転生したらスライムだった件 11）

2018年11月12日 初版第1刷發行
2024年7月29日 初版第9刷發行

作　者：伏瀬
插　畫：みっつばー
譯　者：楊惠琪

發 行 人：台灣角川股份有限公司
總　監：呂慧君
總 編 輯：蔡佩芬
主　編：林秀儒
文字編輯：黃怡珮
設計指導：陳晞叡
美術設計：宋芳茹
印　務：李明修（主任）、張加恩（主任）、張凱棋、潘尚琪

發 行 所：台灣角川股份有限公司
地　址：104台北市中山區松江路223號3樓
電　話：（02）2515-3000
傳　真：（02）2515-0033
網　址：www.kadokawa.com.tw
劃撥帳戶：台灣角川股份有限公司
劃撥帳號：19487412
法律顧問：有澤法律事務所
製　版：尚騰印刷事業有限公司
ISBN：978-957-564-587-8